계녀가류 규방가사 연구

숭실대학교 한국문예연구소 학술총서 53

계녀가류 규방가사 연구

최 연 지음

學古房

머리말

길지만, 덧없이 흐른 시간이었다.

할아버지 · 할머니, 아버지 · 어머니께서 겪어 오신 디아스포라의 고단함을 내 작은 몸과 마음으로 어찌 짐작이나 할 수 있으랴. 드넓은 중원을 떠돌며 살아오신 그 분들의 한과 꿈을 그 분들의 조국에서 확인하고 싶었다. 민족문학 탐색의 꿈을 안고 그 분들의 조국을 찾아온 지 3년. 이제 어렴풋이나마 그 분들의 깊은 마음을 짐작할 수 있게 되었다.

나는 중국 55개 소수민족들 중의 하나인 조선족 출신이다. 어려서부터 조선족 학교를 고집하시는 부모님의 철학에 순종하여 민족교육을 받아왔고, 그 선택이 내게 얼마나 소중한 축복이었는지 지금 비로소 깨닫는다. 작지만 큰 나라 대한민국의 긴 역사와 깊은 문화전통이 그간 내가 지녀온 자부심의 근원이었음을 알게 된 것이다.

2005년 중국의 연변대학교에서 석사과정을 마치고 산동성 옌타이의 노동대학교魯東大學校에서 교편을 잡게 되었다. 학생들에게 한국어와 한국문학을 가르치면서도 '한국문학을 제대로 연구하는 학자'의 꿈을 버릴 수 없었다. 한국문학 생산과 유통의 현장에서 제대로 된 학자의 길을 배우고 싶었다. 결국 연변대학교 서동일 교수님의 권유로 숭실대학교 조규익 교수님 문하에서 학자의 길을 연마하게 되었지만, 따지고 보면 어려서부터 부모님이 심어주신 '민족정신 탐색의 꿈'이 투사된 결과일 것이다.

한국에 와서 전통시대 한국문학의 숲을 헤치고 들어가니 갈래 길이 많았다. '다기망양多岐亡羊'이랄까. 한국의 정신문화와 문예미학을 찾아 헤맸지만, 정작 길이 많아 오히려 찾기 어려웠다. 그래서 조 교수님께 길을 잡아 줄 것을 요청 드리니, '큰 욕심을 갖고, 작은 욕심들을 버리라'는 말씀을 해주셨다. 이것저것 잡고 싶은 것들이 많지만, 모두 가질 수는 없는 법. 내가 여성이니 전통시대 여성들의 삶과 문학에 착안하는 것이 좋고, 요즘 들어 학자들의 관심이 뜸한 규방가사에 손을 대는 것이 어떻겠느냐는 제안을 주셨다. 그 중에서도 계녀가誡女歌를 출발점으로 삼아 공부를 시작하기로 했다.

계녀가류 규방가사를 공부하면서 놀라운 깨달음이 왔다. 사실 '여성 억압적 담론'의 계녀가류 규방가사로부터 시대정신과 어긋나는 따분함을 느끼고 떠나는 사람들이 대부분이지만, 한 꼭지 두 꼭지 작품들을 읽어나가면서, 마냥 따분한 이야기들의 반복만은 아니라는 생각이 들었다. 나름대로 하나의 구조 안에 공존하는 표층성과 이면성을 해석해낼 수 있었던 것이다. 특별히 여성들에게만 엄혹한 잣대가 적용되던 암흑시대에 여성들이 살아남기 위한 돌파구는 무엇이었을까. 이면적 의미를 역으로 마련해 놓은 그 시대 여성들의 지혜가 바로 생존을 위한 돌파구였고, 의도하지 않고도 오늘날의 '여성시대'를 마련하게 된 그 시대 여성들의 역사적 혜안이었다. 작품들에서 공간이나 시간의식, 생태여성주의 등을 읽어낸 것도 바로 그런 깨달음의 결과였다. 남성들의 기세가 등등하지만, 결국 그들도 언젠가는 남성과 동등한 여성 고유의 역할을 인정하게 되리라는 믿음 아래 인고忍苦의 세월을 견디며 살아나온 건 아닐까.

세상은 넓고 해야 할 공부는 많으니, 이제 시작일 뿐이다. 계녀가류 규방가사를 통해 공부해 온 나름의 방법으로 '가지 않은 숲 속의 다른 길'을 가며 새로운 의미를 모색할 것이다. 겸허한 자세로 쉬지 않고 질문들을 던질 것이다. '학자는 늘 출발선에 서 있는 자'라는 은사 조 교수님 말씀의 뜻을 이제 비로소 깨닫고, 감사드린다. 짧은 만남이었지만, 학문의 매력을 강하게 일깨워 주신 구사회 교수님, 박연호 교수님, 최규수 교수님, 엄경희 교수님께 진심으로 감사드린다. 온갖 고생 속에 낳아 주시고 자부심과 자신감 넘치는 지금의 나로 키워주신 부모님과, 타국으로 공부하러 떠나는 엄마에게 자신의 장난감을 아낌없이 쥐어주며 격려해준 내 소중한 동기東騏에게 진심어린 마음의 선물로 이 책을 건넨다.

2016. 8. 19.
학문의 뜻을 세운 숭실동산에서
최연

목 차

제1장 서론

제2장 계녀가류 규방가사의 배경과 장르 내적 위치

제3장 계녀가류 규방가사의 주제의식과 변이양상

제1장

서론

1.1 연구의 필요성

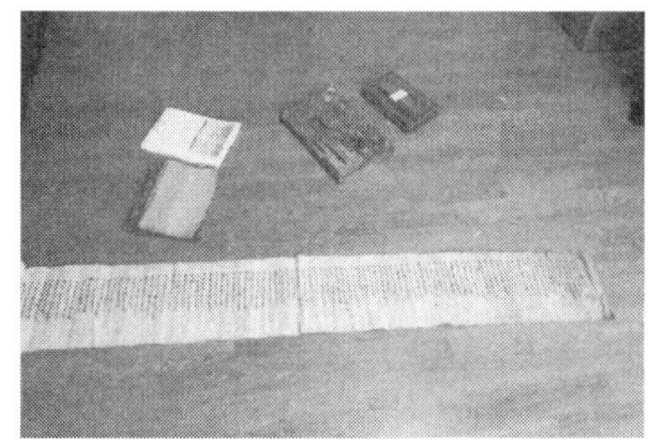

두루마리 규방가사(박순호 소장)

규방가사는 조선 영조 조 중엽 이후 영남 일대에서 창작된 대표적 여류문학으로 여성의 규방을 중심으로 형성된 교훈가사 문학의 한 갈래이다. 규방가사는 여성들이 주체가 되어 창작·전승해온 문학이므로 조선후기 여성들의 삶을 진솔하게 담고 있다. 규방가사는 양반 부녀자들이 국문을 익히고 교양을 쌓기 위해 창작되기 시작했고, 여성들 사이에 이러한 양식을 주고받고 베끼는 것이 유행하고 성행하면서 여성들이 주요한 독자군과 작자군으로 참여해왔다. 다양한 주제를 담고 있는[1] 규방가사는 시집가는 딸의 행실을

1) 권영철, 『규방가사 연구』 一, 『曉大 論文集』, 1975, p.18. 권영철은 규방가사의 유형을 계녀교훈류, 신변탄식류, 상사소회류, 사친연모류, 풍류소영류, 가문세덕류, 축원송도류, 제전애도류, 승지찬미류, 보은사덕류, 의인우화류, 노정기행류, 신앙권효류, 월령계절류, 노동서사류, 언어유희류, 소설내간류, 개화계몽류, 번언영사류, 남요완상류, 기타 등 21개항으로 나누었다.

서낭자 석별가(담양 가사문학관)

연화산 화전가(담양 가사문학관)

가르치는 계녀가류 규방가사, 시집살이의 고단함과 여자로 태어난 설움을 한탄하는 탄식가류 규방가사, 당대 여성들의 공식적인 외부 나들이인 화전놀이 때에 불렀던 화전가류 규방가사 등으로 분류된다. 규방가사는 사대부 가사를 적극적으로 수용하면서 이루어졌기 때문에 성리학적 교훈성이 두드러진 특성을 보인다.[2)]

본 연구의 대상은 규방가사 중의 한 갈래인 계녀가류 규방가사이다. 계녀가류 규방가사는 향촌 사회의 변화를 가문 결속으로 극복해 나가는 사회적 흐름, 교훈서 및 교훈가사 등의 영향을 받아 18세기 중엽에 형성된 것으로 보인다.[3)] 초기 작품들은 신행을 전후하여 친정 부모가 딸에게 시가에서 지켜야 할 규범을 전달하는 것으로 '측흔덕힝'을 '깁히듯고 쏀보'게 한다거나,[4)] '셰월이 오ᄅᆡ가면 홀망키 쉬우'므로 '처음가진네 마음을 늘도록 변치'[5)] 않게 한다는 내용 등을 담아 경계한 것이다.

2) 조규익, 「교훈의 장르론적 의미와 교훈가사」, 『한국고시가문학연구』 23, 한국고시가문학회, 2009, p.347.
3) 양지혜, 「계녀가류 규방가사의 형성에 관한 연구」, 이화여자대학교 석사학위논문, 1997, p.86.
4) 권영철, 〈신힝가〉, 『규방가사』 Ⅰ, 한국정신문화원, 1979, p.40.
5) 권영철, 〈훈시가〉, 『규방가사』 Ⅰ, 한국정신문화원, 1979, p.26.

계녀가류 규방가사의 가장 두드러진 특징은 전승성과 교훈성이다. 시집 갈 여성을 교육할 능력과 가능성을 구비한 직계 존속인 사대부 부녀자 층이 문학 담당층과 향유층으로 되어 있지만 작자의 이름에 대해서는 기록된 것이 극히 적다. 최초의 작품들이 딸을 교훈하기 위한 목적으로 창작된 것들이라는 점에서 어머니를 주요 작자층으로 보는 것이 타당하며 어머니 대신 아버지 혹은 할머니가 지은 작품들도 있다. 이러한 가사 작품을 수용하여 생활화하고 전수하는 향유자는 대부분 시집가는 새색시와 같은 여성이다. 그러나 아직 결혼하지 않는 딸에게 예비지식을 가르치기 위한 것들도 있고, 시집살이 도중 친정으로 근친 와 있는 딸을 위해 지은 것들도 있으며, 시집살이를 더 잘 하라는 격려의 뜻으로 시집에 가 있는 딸에게 보내는 경우는 물론, 시집가서 불행히도 일찍 과부가 된 딸을 교훈하기 위해 지은 것들도 있다. 이런 대상들이 주된 독자층이며 작품은 그 다음 세대의 딸이나 며느리에 의하여 전승된다.[6] 규방가사 중에서 교훈성을 가장 여실하게 반영한 것이 계녀가류 규방가사이다. 계녀가류 규방가사는 여성이 주요 작자 층인 동시에 교훈의 대상이기 때문에 조선 시대 여성들이 지켜야 할 가정 내 윤리규범을 잘 알 수 있는 작품 군이다. 뿐만 아니라 '여성 대 여성', '여성 대 사회'라는 관계 속에서 이루어지는 당대 현실 생활의 모습과 가치관도 구체적으로 알 수 있다.

1950년대부터 학문적 관심의 대상이었던 규방가사는 그동안 여러 선학들의 자료 정리와 연구 분석을 통해 그 문학적 특징과 가치를 드러내고 있다. 하지만 오랜 연구를 거쳐 왔음에도 불구하고 연구대상으로서의 비중은 다른 장르에 비해 상대적으로 미미하였다. 그 기존논의들을 보면, 규방가사는 남성가사의 방계傍系 내지 지류支流 정도로 취급되거나 본격적인

6) 이헌경, 「계녀가류 규방가사 연구-형식구분을 중심으로」, 원광대학교 석사학위논문, 2003, p.2.

가사문학의 논의에서 부차적이고 예외적인 것으로 다루어져 왔다.[7] 계녀가류 규방가사에 대한 기존연구는 화자 · 원류설 · 창작 층 · 교육방안 등을 중심으로 이루어졌는데, 이에 대한 충분한 검토 작업을 토대로 본 연구에서는 더 새로운 면에 주목하고자 한다.

본 연구에서는 다음과 같은 층위로 논의를 진행할 것이다.

우선 교훈적 특성을 중심으로 계녀가류 규방가사에 대한 정의와 범주를 새롭게 설정하고자 한다.

기존의 연구들은 주로 계녀가류 규방가사를 시집가는 딸에게 시집살이의 규범을 가르치는 장르로 정의를 내리고 있다. 하지만 그 작품 내용을 보면 교훈의 대상을 시집가는 딸에 제한한 것이 아니라 일반 부녀자들, 남성 내지는 보통 일반사람들로 설정하기도 했다. 계녀가류 규방가사에서 '계녀'라는 본질적인 의미를 여성의 행실규범에 대한 훈계과 가르침 외에 여성의식의 깨우침에도 두어야 할 것이다. 계녀가류 규방가사의 의미를 '시집가는' 행위에서만 찾을 것이 아니라, 교훈 즉 '가르침'[8]에 주안점을 두어야 그 본질을 제대로 파악할 수 있다. 본 연구에서는 계녀가류 규방가사의 범주와 내면적 의미를 재 규명하는 데 목적을 둔다. 계녀가류 규방가

7) 鄭吉子, 「閨房歌辭의 史的展開와 女性意識의 變貌」, 숙명여자대학교 박사학위논문, 2002, p.2. "규방가사 연구에 대한 논의는 대부분의 歌辭文學論에서 남성가사를 모두 논의한 후에 소량으로 따로 거론하기도 하고 아예 거론하지 않는 경우가 있었다. 아예 거론하지 않은 경우는 전일환의 『조선가사문학론』(계명문화사, 1990)이다. 몇 행만 다룬 경우는 정재호의 『한국가사문학론』(집문당, 1982, pp.11~13)이다. 그리고 따로 거론한 경우는 徐元燮의 『가사문학연구』(螢雪出版社, 1991, pp.68~71), 崔康賢의 『가사문학론』(새문사, 1986, pp.68~71) 등이다. 崔康賢은 일반적 관습에 따라 知名氏 작품, 失名氏 작품, 여류 작품 등 셋으로 분류하고 있다. 권영철이 수집한 자료만 6000여 편임에도 불구하고 崔康賢이 제시한 총 18편 가사 일람표에 규방가사는 단 8편뿐이다."

8) 조규익, 「교훈의 장르론적 의미와 교훈가사」, 『한국고시가문학연구』 23, 한국고시가문학회, 2009, p.333.

사를 단순히 시집가는 여성에게 시집살이의 규범을 가르치기 위하여 지은 가사라는 범주에 국한하지 않고 '여성에게 일상행실의 규범과 덕목은 물론 남녀의 역할분담이라는 사회적 의미까지 깨우치려는 규방가사'로 정의하고자 한다. 이러한 범주설정에 의거하여 개화기 시대에 창작된 여성가사들의 일부도 계녀가류 규방가사의 범주에 포함시켰다.

또한 계녀가류 규방가사에 구현된 시 · 공간성은 작자의 의식세계와 정서적 가치의 발현을 구체적으로 보여준다는 점에서 매우 중요하다. "시에서 시적 자아 · 공간 · 시간 등은 시의 상상적 틀을 결정하는 근원적 요인들로 그 요인들의 상호작용 속에서 새로운 의미가 형성된다. 인간은 공간과 시간을 주도해 가는 주체이며, 공간과 시간은 모든 사유와 행위의 전제가 된다. 따라서 인간 · 공간 · 시간이라는 세 요소의 작용은 동시적이고 유기적인 것"[9]이므로 계녀가류 규방가사에서의 작가의식도 시간성과 공간성을 전제로 표면화된다. 시간성을 살펴보는 부분에서는 '과거-현재-미래'라는 시간의식의 흐름 속에서 작자가 보여주는 내면의식과 성격에 초점을 맞출 것이다. 공간성을 살펴보는 부분에서는 조선 시대 여성들이 규범과 책무를 감수해야 하는 사회 · 가정적 분위기, 외부와 격리된 규방 공간 속에서 자아실현의 의식을 규방가사라는 문학 장르를 통해 어떻게 표출했는지, 규방 공간이 작가의식의 지향성과 어떤 관련성을 가지고 있는 지를 검토할 것이다.

문학연구는 인간의 의식과 심리현상에 대한 이해와 통찰에서 출발한다. 계녀가류 규방가사에는 조선시대 여성들의 현실의식과 생활체험 외에도 이면적으로는 여성의 사회역할 담당과 양성조화의 이상이 담겨져 있다. 계녀가류 규방가사는 '유교윤리에 순응하는 인간상을 만들기 위해 지어진

9) 엄경희, 「서정주 시의 자아와 공간 · 시간 연구」, 이화여자대학교 박사학위논문, 1999, p.7.

전통적인 여성가사'라는 논의와 함께 여성이 남성에 대한 순종적인 사회의식의 산물임을 강조하는 관점이 지금까지 존재하였다. 이러한 관점에 대응하여 본 연구에서는 에코페미니즘의 원리를 바탕으로 계녀가류 규방가사에 대한 새로운 해석적 시각을 제시하고자 한다. 먼저 계녀가류 규방가사가 토대로 삼고 있는 성리학의 이념이 에코페미니즘과 상통한지에 대해서 알아볼 필요가 있다. 성리학과 에코페미니즘이 각자 갖고 있는 자연관, 남성과 여성간의 동등한 가치부여를 보여주는 면에서 어떠한 유사성을 갖고 있는지를 검토할 것이다. 그리고 계녀가류 규방가사에서의 새로운 여성성 패러다임의 발현과 조화로운 인간관계의 유지라는 두 가지 면에서 에코페미니즘의 해석적 시각으로 논의를 전개할 것이다. 이 논의를 통해 가부장적 제도가 요구하는 도덕규범을 수용하고 실천하면서 양성 조화와 융합에 대한 추구를 견지하는 것으로 생존의 길을 개척해가는 작자층의 이념이 드러날 것이며 계녀가류 규방가사에 대한 새로운 이해를 제공할 것이다.

1.2 연구사 검토

계녀가류 규방가사에 관한 논의를 전개하기 위해서는 연구사를 개관할 필요가 있다.

우선 규방가사의 발생시기와 명칭에 대해 살펴보려고 한다. 초창기 규방가사 연구사에서 주요한 논의사항 중의 하나는 규방가사의 명칭과 용어에 관한 부분이다. 규방가사의 범주에 대해서는 여러 방면의 문헌적 검토와 그 개념이 제시되었다. 규방가사는 여성이 창작하고 향유한 가사라는 이유로 지금까지 규방가사 · 내방가사 · 여류가사 · 규중가도 · 규중가사 · 규방문학 · 부녀가사 · 여성가사 등의 다양한 명칭으로 사용되어 왔다.[10]

규방가사에 대한 최초의 연구는 고교형, 조윤제와 김사엽 등에 의해 이루어졌다. 고교형(1933)[11]은 유교의 여훈을 내용으로 하는 긴 가사를 통하여 여덕의 함양을 강조하는 영남대가의 풍습에 대해 소개하였다. 이 연구에서 '내방가사'라는 용어가 처음 사용되고 규방가사의 면모가 밝혀졌다. 조윤제나 김사엽은 규방가사를 기술하면서 '규중가도'라는 용어를 사용하였는데 이때 '규중가도'는 사대부 문학과 동일한 반열에서 논의되었다. 이들의 연구는 규방가사 자료 군을 사대부 가사와 구별하여 인식하면서 작자 층을 영남의 사대부 집안의 여성으로 정하고 작품내용과 전승방식 등에 대해서 소개하였다. 조윤제(1954)는 "오늘 날 대부분의 소설은 여자의 장중에서 애호 배양되었다 하여도 가하거니와 시가 방면도 역시 그들의 생활과 떨어지지 못하였다. 나는 이 여자의 시가 생활을 규중가도라 하야 여기 말하고자 하나 옛날 오랜 것은 휘徵할 문헌도 없으니 그만두고 최근 백년 이내에 있어 그들의 가도를 말해 볼까 한다."[12]라고 하였지만 규방가사의 발생 시기에 대해서는 명확히 언급하지 않았다. 또한 조윤제는 '가사'의 내용에 서정시류 · 서사시류 외에 계녀가 · 화전가 등 다양한 종류가 있다고 파악하였다. 그 시기에도 현재처럼 규방가사와 내방가사라는 명칭을 널리 사용하고 있음을 알 수 있다.[13] 이와 비슷한 시기에 김사엽(1956)은 규방가사를 '작자가 여자인 가사'로 정의하고 농암 이현보의 자당인 권씨의 〈선반가〉와 허난설헌의 〈규원가〉 및 〈봉선화가〉를 예로 들어 발생 시기를 중종 때부터 시작된 것으로 보았으며 일부 상류 규중에서 유행했다고 하였다.[14] 이는 〈선반가〉를 규방가사의 효시로 봄으로써 규

10) http://blog.daum.net/nbuy1po5271/10.
11) 고교형, 「嶺南대가 내방가사」, 『朝鮮』 222, 1933, pp.3~9.
12) 조윤제, 「嶺南女性과 그 文學-특히 歌辭文學에 대하여」, 『新興』 6, 1932, pp.13~19.
13) 조윤제, 『한국시가사강』, 을유문화사, 1954, p.433.
14) 김사엽, 『조선시대의 가요연구』, 대양출판사, 1956, p.330.

방가사에 대한 개념을 여타 학자와 다르게 범위를 확대한 것이다.[15)]

서영숙(1992)은 여성가사라는 용어를 사용하였으며 여성가사 중 서사적 가사 작품들을 대상으로 그 전개방식에 대하여 작자와 독자의 관계, 서술자와 작중인물의 관계, 서두와 결말의 관계를 중심으로 고찰하였다. 그리고 여성 민요와의 비교를 시도하여 여성가사의 형식적 특징을 해명했다. 여성가사는 남성가사의 양식을 모방하고 내면화 시키던 단계로부터 출발했다고 하면서 여성가사의 유일한 전범은 바로 남성가사라고 하여[16)] 여성가사의 발생과 원류를 남성가사로 보고 있다. 또한 16세기에는 가사가 모든 여성에 의해 대중화 되었다기보다는 일부 뛰어난 여성들에 의해 창작 · 전승이 이루어졌다고 하였다. 그리고 〈사미인곡〉, 〈속미인곡〉과 같은 작품들이 여성 화자를 택한 것은 여성가사의 수법을 빌린 것이며 〈규원가〉, 〈원부사〉가 사미인곡과 비슷한 소재와 구조로 되어 있는 것은 16세기에 여성가사가 형성되었음을 보여주는 증거라고 보았다.[17)] 한명(2002)은 규방가사의 발자취를 더듬어 보면서 형식과 내용이 어떻게 변화하였고 그 원인이 무엇인지에 대해 영남지역의 풍토와 예학, 교훈서 등과 연결시켜 검토하였다.[18)] 구사회(2014)는 규방가사가 일제시기를 끝으로 소멸된 것이 아니라 근대 시기를 거쳐 현재까지 여성들에게 창작되고 있다는 사실을 제시하였다.[19)] 이 지적은 규방가사의 현대적 수용과 변화를 살펴 볼

---

15) 권영철, 『규방가사 연구』, 二友出版社, 1980, p.66. 권영철은 '시조 형식에 준했으면 준했지 규방가사 형식은 아닌 것이라고' 언급했다.

16) 서영숙, 『한국 여성가사 연구』, 국학자료원, 1996, p.364. 이외에도 김학성, 「가사의 장르적 특성과 현대사회의 존재의의」, 『고시가연구』 21, 한국고시가문학회, 2008, pp.153~189.

17) 서영숙, 『서사적 여성가사의 전개방식 연구』, 충남대학교 박사학위논문, 1992, pp.8~11.

18) 한명, 「閨房歌辭의 形成과 變貌樣相 硏究」, 전주대학교 박사학위논문, 2002, pp.10~47.

수 있다는 데서 의미 있는 것이라 할 수 있다.

그 다음 규방가사의 한 갈래인 계녀가류 규방가사의 명칭과 분류에 관한 선행연구를 살펴본다. 학계에서 계녀가류 규방가사 연구가 본격적으로 시작된 것은 1970년대부터이다. 그 대표적 연구가 권영철과 이재수이다. 권영철(1975)은 계녀가를 시집가는 딸에게 시집살이의 방법을 가르치기 위해 써 준 규방가사라고 규정하고 전형 계녀가와 변형 계녀가로 구분하였다. 전형계녀가는 13개 항목의 질서정연한 구조를 가지고 있거나 이에 준하는 것이고 여기에서 벗어나 있는 것은 변형계녀가로 범주화했다. 변형 계녀가를 구분하여 규범성을 그대로 지니고 있으면서 다분히 변질된 것은 제1변형 계녀가, 규범성이 거세되어 체험적이고도 실생활을 읊은 것은 제2변형 계녀가로 명명하였다.[20] 이재수(1976)는 계녀가사를 성인사회의 구성원인 부모가 혼인을 계기로 미성년 사회에서 성년사회로 이행해 가는 딸에게 성인사회에서 미덕으로 간주되고 있는 사고방식과 행동양식을 가사의 형식으로 훈계한 교훈가사의 일종으로 규정하였다. 그 종류에 대해서는 계녀의 주제, 계녀의 대상, 그리고 계녀의 내용에 따라서 분류하고 있다. 특히 계녀의 내용에 따라서 사회적 통념을 위주로 한 규범적 계녀가와 작자의 체험 위주로 한 체험적 계녀가로 나누었다.[21] 이렇게 권영철과 이재수는 계녀가류 규방가사의 개념 설정뿐만 아니라 자료 확보 면에서도 선편을 잡았다. 서영숙(1992)은 계녀가사를 주로 작자와 독자의 관계에서 논의하였다. 여성가사는 개인이나 집단의 체험을 청자에게 전달하기 위해 지어진 낭송문학이며 서술자가 개인인 작품과 집단인 작품으로

19) 구사회, 『한국 고전시가의 작품발굴과 새로 읽기』, 보고사, 2014, p.152.
20) 권영철, 「규방가사 연구(3)-계녀 교훈류를 중심으로」, 『曉大 論文集』, 1975, pp.75~129.
21) 이재수, 『내방가사 연구』, 형설출판사, 1976, pp.11~32.

나누어진다고 했다. 작자와 독자가 이루어지는 관계에 따라 서술자의 태도나 어조가 달라진다고 파악한 것이다.[22] 이헌경(2003)은 이재수의 논의를 적용하여 계녀가사를 규범적 계녀가와 체험적 계녀가로 나누었다. 규범적 계녀가는 순응적이고 체험적 계녀가는 저항적인 움직임을 보인다는 점에서 구별되지만 모두 유교 이념시대에서 요구하는 유교적인 여성상을 양성하기 위해 지었기 때문에 근본적인 목적은 같다고 하였다. 체험적 계녀가를 여성화자의 체험적 계녀가와 남성화자의 체험적 계녀가로 나누어 그 형식과 특징에 대해서도 검토했다.[23] 안선영(2005)은 계녀가류 가사는 '부녀의 시집살이 덕목을 일러주는 형식'이라는 틀을 일관되게 가지고 있다는 점을 제시하며 51편의 작품을 6개 유형으로 범주화했다. 또한 교훈가류의 작품들은 삼강오륜과 효 등의 일반적인 부녀 윤리를 가사로 나타낸 것으로 계녀가류의 작품에서 보이는 일정한 틀에 제약을 받지 않는다고 하였다. 이는 계녀가류 규방가사의 범주화에 중요한 단서를 제공하였다.[24]

---

22) 서영숙, 『한국 여성가사 연구』, 국학자료원, 1996, pp.11~24.

23) 이헌경, 「계녀가류 규방가사 연구-형식 구분을 중심으로」, 원광대학교 석사학위논문, 2003, pp.19~34.

24) 안선영, 「계녀가사의 구성양상과 서술특성-남성·여성 화자의 차이를 중심으로」, 성균관대학교 석사학위논문, 2005, pp.8~14. 이 외에도 장덕순, 「誡女歌辭 試論」, 『국어국문학』 3, 국어국문학회, 1953, pp.42~44(장덕순은 계녀가류 규방가사가 사대부 집안의 여성들에 의해 형성되어 점차 평민여성들에게까지 확산되는 과정을 거쳤으며 내용도 관념적인 것에서 평민적인 것으로 전개되었다고 하였다); 최태호, 「내방가사연구」, 경북대학교 석사학위논문, 1968, pp.9~31; 박요순, 「호남지방의 여류가사 연구」, 『국어국문학』 48, 국어국문학회, 1970, pp.67~89; 이종숙, 「내방가사 연구」 Ⅰ, 『한국문화연구』 15, 이화여자대학교 한국문화연구원논총, 1970, pp.53~86; 이종숙, 「내방가사연구」 Ⅱ, 『한국문화연구』17, 이화여자대학교 한국문화연구원논총, 1971, pp.
117~144; 이종숙, 「내방가사연구」 III, 『한국문화연구』 24, 이대한국 문화연구원논총, 1974, pp.55~76; 사재동, 「충남지방 내방가사 연구」, 『어문 연구』 8, 충남대학

계녀가류 원류설은 그 동안 규방가사 형성에 정설로 받아들여져 왔다. 계녀가류 작품세계를 '유교적 부녀윤리'의 함양이라는 주제로 인식하고 규방가사의 원류로 파악하는 관점은 규방가사의 작품 논의에 있어서도 큰 영향을 끼쳤다. 정병욱(1976)은 '내방가사'를 여성이 희로애락을 표출하는 규방문학으로 규정하면서도 그 작품세계에 대해서는 계녀가류를 중심으로 논의하였다.[25] 정재호(1982)는 계녀가류 가사가 규방가사의 중심이라고 보면서 "나라의 어려움에 처해서도 국가보다는 가문을 중시하고 삼종지도만 되풀이하는 폐단을 보인다"고 비판하는 태도를 취하였다.[26] 이러한 논의는 계녀가류 규방가사의 본질을 완전하게 보여주는 것이라고 볼 수 없다. 왜냐 하면 자료군의 양상은 그 주제와 소재 등에서 매우 다양하고 복잡하게 나타나기 때문이다. 이에 대한 반론은 김학성(1982)[27]과 서영숙(1992)에 의해 제기되었고 그동안 정설로 굳게 받아들여지던 논의를 재검토하는 계기가 되었다. 서영숙(1992, 1996)[28]은 여성가사 작품 중 초기작으로 알려진 〈규원가〉, 〈원부사〉와 같은 작품들이 여성생활에 대한 훈계를 담지 않고 있다는 점에서 여성가사의 원류나 주류는 모두 계녀가사가 아닌 탄식가사에 있다고 보았다. 양지혜(1997)는 계녀가류 규방가사의 형성과정과 그 원인에 대해 고찰하고 규방가사라는 문학적 범주 안에

교 어문연구회, 1972, pp.11.

25) 정병욱, 『한국고전시가론』, 신구문화사, 1976, p.251.(내방가사는 주로 영남지방의 부녀자들에 의해서 제작되고 전승되어 온 규방문학의 하나로서 섬세한 여성들의 희로애락을 표출하였다. 그 내용은 주로 접빈객, 봉제사 등에 관한 예의범절, 현모양처의 도리 등 부녀자들의 심정과 생활을 노래한 것이 많다.)

26) 정재호, 『한국가사문학론』, 집문당, 1982, p.21.

27) 김학성, 「가사의 장르적 특성과 현대사회의 존재의의」, 『한국고전시가의 연구』 21, 한국고시가문학회, 2008, pp.153~189; 김학성, 〈계녀가〉, 『민족문화대백과사전』, 한국정신문화연구원, 1991, p.22.

28) 서영숙, 『한국 여성가사 연구』, 국학자료원, 1996, pp.365~366.

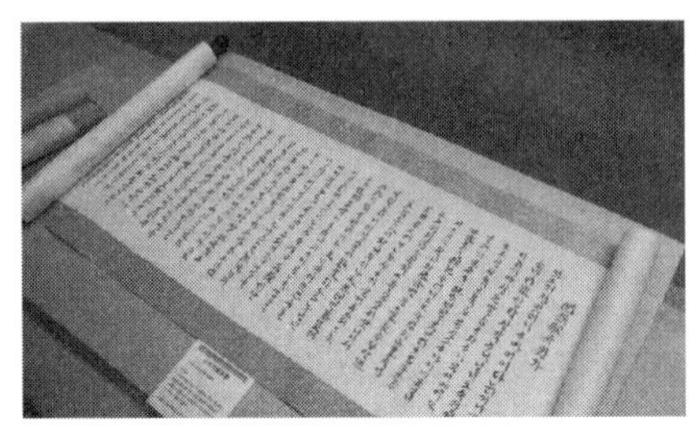
〈규원가〉 (담양 가사문학관)

서 계녀가류 규방가사가 차지하는 위상을 파악하여 그 문학사적 의의를 밝혔다. 계녀가류는 18세기 말에서 19세기 초에 규방가사의 원류가 아닌 다른 영역에서 형성되었으나 그 변이형태는 규방가사 향유 층들의 미적관점과 세계관의 영향 아래 형성되어 규방가사의 흐름에 통합되었다고 보았다. 이 연구는 계녀가류 규방가사가 규방가사의 원류가 아닐 수도 있다는 관점으로 새로운 연구 방향을 제시했다는 데 의의가 있다.[29] 최규수(2014)는 원류설에 대응하여 계녀가류 규방가사가 규방가사의 여러 유형 중 하나일 뿐 규방가사의 전체를 대변하는 것은 아니며 계녀가류의 특질적인 국면이 존재하는 것은 분명하지만 이것 역시 규방가사의 나머지 유형들과 긴밀히 연결되거나 중첩되는 지점에서 그 의미를 지닐 수 있기에 그 시야를 좀 더 넓혀두는 것이 필요하다는 관점을 제기했다.[30]

계녀가류 규방가사의 텍스트와 이본 연구는 한석주, 최규수, 강연임, 최은숙 등[31]에 의해 진행되었다. 한석주(1991)는 〈신행가〉, 〈우미인가〉,

29) 양지혜, 「계녀가류 규방가사의 형성에 관한 연구」, 이화여자대학교 석사학위논문, 1997, pp.18~29 .

30) 최규수, 『규방가사의 '글하기' 전략과 소통의 수사학』, 명지대학교 출판부, 2014, p.365.

31) 韓碩洙, 「〈신행가〉외 五篇-資料紹介 및 解題」, 『開申語文硏究』 8, 개신어문학회, 1991, pp.83~105; 최규수, 「계녀가류 규방가사에서 〈貴女歌〉의 특징적 면모와 '貴女'의 의미」, 『한국시가연구』 26, 한국시가학회, 2009, pp.342~370; 강연임, 「개화기 여성가사의 분포 양상과 텍스트 언어학적 특성」, 『인문학연구 통권』 83, 충남대학교 인문과학연구소, 2011, pp.5~32; 최은숙, 「고전시가의 텍스트 변이를 활용한 문화읽기 교수 학습방안-〈계녀가〉류 가사를 중심으로」, 『동방학』 20, 한서대학교 동양고전연구소, 2011, pp.85~107: 한정남, 「규방가사 연구」, 명지대학교 석사학위

〈비틀가〉, 〈망월가〉, 〈어화청춘〉 등 5편의 규방가사에 대해 그 개요를 약술하고 해제를 진행하였다. 이 연구는 새로운 자료를 발굴했다는 데에는 의의를 지니지만 진일보의 분석과 연구가 진행되지 못한 것이 제한성이라 할 수 있다. 최규수(2009)는 〈귀녀가〉에 대해 일대기적 서술(자탄가류)과 교훈 경계(계녀가류)를 동시에 충족시키는 구성적 특징을 보이고 있으며 '귀녀'의 형상화에 동원된 특징적 국면들은 거꾸로 '여자팔자'를 말하는 새로운 어법적 장치가 될 수 있다고 보았다. 강연임(2011)은 개화기 여성가사를 대상으로 중세에서 현대로 이행되는 국어의 변천과 변이과정을 추적하였다. 최은숙(2011)은 〈계녀가〉의 텍스트 변이에서 문화 읽기와 관련된 교육적 단서를 확인하고 고전시가 텍스트를 활용한 비판적 문화읽기의 교수 학습방안을 제안하였다.

특별히 지적할 필요가 있는 것은 계녀가류 규방가사의 한 갈래인 〈복선화음가〉 이본에 대한 연구가 상당히 이루어졌다는 것이다. 변형계녀가인 〈복선화음가〉에 대해서 이선애(1981)는 작품의 서지, 사상적 배경, 문학적 가치 등을 소개하였으며[32] 이형래(2003)에 의해서는 〈복선화음가〉의 존재의미와 쟁점에 대한 논의가 진행되였다.[33] 성무경(2003)은 〈복선화음가〉에 대해 19세기 중 · 후반에서 20세기 초에 이르는 동안 많은 이본을 양산한 일종의 '교양가사'라고 밝히면서 〈복선화음가〉류 가사의 이본 현황과 규방가사의 소통문제를 살펴보았다.[34] 박연호(2003)는 가사의 진술방

논문, 1995, pp.83~105.

32) 이선애, 「복선화음가 연구」, 『여성문제연구』 11, 대구가톨릭대학교 사회과학연구소, 1982, pp.183~214.

33) 이형래, 「〈복선화음가〉의 존재의미와 쟁점적 문제」, 『국어국문학지』 41, 문창어문학회, 2004, pp.63~84.

34) 성무경, 「〈복선화음가〉류 가사의 이본현황과 텍스트 소통」, 『민족문학사연구』 22, 민족문학사연구소, 2003, pp.81~110.

식에 대해 논하면서 〈복선화음가〉는 오륜 항목을 명령형으로 서술하면서 구체적인 인물형상을 특정항목과 분리시켜 독립적으로 제시하는 직접적·간접적인 혼합형 진술방식을 채용한 것이라고 보았다.[35] 김석회(2005)는 〈복선화음가〉의 초기형태가 화자의 시집살이 실제체험에 계녀훈을 얹는 형태의 계녀 형이었을 것으로 추정된다고 보고 계열상을 파악하였으며 계열 형성의 문학사적 의미에 대해서 시론적試論的인 연구를 진행하였다.[36]

계녀가류 규방가사의 인물형상 연구에 대해서 정인숙(2013)은 〈나부가〉에서 나오는 금세부인의 개성적인 특징에 대해 논의를 진행하였는데 금세부인을 그저 게으르고 철없는 며느리 혹은 패악한 아내로만 치부해 버릴 수 없는 해석의 단서를 제공했다는 점에서 중요하다. 이 연구에서는 금세부인을 전통규범에 무조건 순응하지 않는 개성적 인간형으로 인식하고 있으며 〈나부가〉를 전통 규범에 포획되지 않는 며느리 세대와 전통 사회의 테두리 안에서 규범을 요구하는 시부모 세대와의 갈등을 노출한 작품으로 보고 있다.[37]

계녀가류 규방가사의 창작 층 연구에 대해 조윤제, 나정순, 박경주, 서영숙 등의 논의가 있다. 조윤제(1954)는 계녀가류 규방가사의 작자를 여성 중심에 놓고 연구하는 것이 일반적인 관례였지만 규방가사의 창작층은 여

35) 박연호, 『가사문학장르론』, 도서출판 다운샘, 2003, p.233.

36) 김석회, 「복선화음가 이본의 계열상과 그 여성사적 의미」, 『한국시가연구』 18, 한국시가학회, 2005, pp.299~345. 이외에 김병국 외 『조선후기 시가와 여성』, 월인, 2005, pp.289~290.

37) 정인숙, 「〈나부가〉에 나타난 게으른 여성형상과 그 의미」, 『한국고전여성문학연구』 26, 한국고전여성문학회, 2013, pp.195~218. 이외에도 정한기, 「가사 〈나부가〉의 형성배경에 대한 연구」, 『어문연구』 34, 한국어문교육연구회, 2006, pp.375~397; 김명준, 「나부가 연구」, 『어문연구』 46·47, 한국어문교육연구회, 1985, pp.362~382.

성이 중심이지만 남성인 경우도 있다고 보았다.[38] 나정순(2008)은 규방가사의 영역을 여성 작 중심으로 한정하는 것이 아니라 여성과 남성의 관계사 혹은 가족사의 측면에서 확장하여 생각해 보는 것이 필요하며 규방가사가 여성만의 영역이라는 제한적 인식에서 탈피되어야 한다고 보았다.[39] 이런 인식에 대응하여 최근 규방가사의 양성성에 대한 연구가 나오기도 했다.[40] 박경주(2007)는 계녀가 계열에서 〈권실보아라〉, 〈여아슬퍼라〉, 〈경여가〉, 〈계여가〉, 〈교녀가〉, 〈계녀ᄉᆞ〉, 〈ᄀᆡ여아서라〉를 남성작자 규방가사의 계열로 분류하였다.[41] 계녀가류 규방가사의 화자연구에서 계녀가류 규방가사가 규방 여성을 중심으로 창작되고 향유된다는 측면에서 출발하여 대부분의 화자가 여성이고 극소수는 남성화자라는 견해가 주도적이다. 서영숙(1996)은 교훈위주의 계녀가사는 여성들이 가사를 자신들의

---

38) 조윤제,『한국시가사강』, 을유문화사, 1954, p.434. "이것들은 다 가사라 불러 대저 수백구에 이르는 가사체 시가이나 규중에서 소설과 아울러 대단히 진중되는 규중문학이다. 그 작자는 대부분 여자라고 믿으나 그 중에는 남자의 소작도 얼마만큼은 섞어 있다고 본다. 일터이면 〈병자곡〉, 〈북청가〉, 〈현부신손양경가〉 등이 그것이니 이것은 부형이 그들의 딸이며 자손을 교육하기 위하여 지어준 것도 있고 또 어느 사이에 남자의 소작이 규중에 소유하야 시가 문학을 즐겼다. 어릴 때부터 어머니에게 언문을 배워 쓰고 읽는 것을 익히고 가사문학에 침윤하야 나이차면 수십수의 가사를 암송하는 것은 드문 일이 아니고 한사람이 수백수의 가사를 비장하는 것은 흔히 보는 일이었었다." 이와 같이 규방가사 중에는 남성의 창작품도 다수 존재한다고 보았다.

39) 나정순,「규방가사의 본질과 경계」,『한국고전여성문학연구』 16, 한국고전여성문학회, 2008, pp.69~110.

40) 나정순,「규방가사의 본질과 경계」,『한국고전여성문학연구』 16, 한국고전여성문학회, 2008, p.88. (규방가사가 남성에 의해 창작되었던 예시들은 화전가류 뿐만 아니라 계녀가류, 탄식가류를 통해서도 확인할 수 있다. 이들 일련의 작품에 대해서 실명의 남성작가가 밝혀진 경우도 있고 이름이 밝혀지지는 않았으나 남성 작이라고 확인할 수 있는 경우도 있다. 남성작이라 해도 작품 내용에서 남성화자의 언술을 확인할 수 있는 사정은 여의하다.)

41) 박경주,『규방가사의 양성성』, 도서출판 월인, 2007, pp.4~20. 박경주,「남성화자 규방가사 연구」,『한국시가연구』 12, 한국시가학회, 2001, pp.253~282.

문학으로 활발히 향유하면서 『내훈』, 『여사서』 등을 가사체로 옮겨 여성들에게 탄식을 절제하고 유교적 이념을 인식시키고자 하는 남성위주의 사고방식에서 나온 것으로 보고 있다.[42] 이는 여성가사가 남성가사에 의존해서 그 생존을 유지해왔다는 관념에서 초래된 것이다. 또한 서영숙의 앞선 논의에서 계녀가사는 독자의 관계에 따라 문학적인 서술이 달라질 수 있다는 관점은 계녀가사 연구에 있어서 새로운 안목과 방법을 제공했다고 볼 수 있다. 그러나 작자와 독자의 관계를 단순히 신분과 나이의 차이에 따라 작품 실현 양상의 차이를 살피는 데는 한계가 있다고 본다. 이런 한계에 대응하여 안선영(2005)[43]은 계녀가사의 작자(화자)의 성별과 이에 따른 서술양상의 차이에 주목해야 할 필요가 있다고 보면서 작자(화자)가 윗사람이냐 동류의 사람이냐를 따지기 이전에 작자(화자)가 남성이냐 여성이야 하는 문제를 먼저 고려해야 할 필요가 있다는 논의를 내세웠다. 그리고 다양한 작품을 대상으로 구성양상과 서술특징에 대한 검토를 거쳐 남성화자와 여성화자의 차이를 중심으로 살펴보았다. 남성화자의 계녀가사는 여훈서의 세심한 교훈전달에서 가사의 감정표출의 극대화와 내면의식 표출에 중점에 두고 있는 반면, 여성화자의 계녀가사는 전형적이고 관습적인 교훈전달에서 구체적이고 현실적인 교훈 전달로 발전된 모습을 보이고 있다. 그 원인은 계녀가사 말고도 여러 통로로 교훈을 전달할 수 있었던 남성화자와는 달리, 여성화자는 보다 강한 공동체의식 내지는 동일체 의식이 있었기 때문이라고 보았다. 이 논의는 남성화자의 계녀가사와 여성화자의 계녀가사를 분류하고 그 차이점을 보여줬다는 데 의의를 가지

42) 서영숙, 『한국 여성가사 연구』, 국학자료원, 1996, p.366.

43) 안선영, 「계녀가사의 구성양상과 서술특성-남성·여성 화자의 차이를 중심으로」, 성균관대학교 석사학위논문, 2005, pp.6~7. 이외의 연구로는 이원숙, 「계녀가류 규방가사의 화자와 청자 고찰」, 계명대학교 석사학위논문, 2009, pp.13~21.

고 있다. 이 외에도 엄경섭(2012)의 계녀가류 규방가사에서 보여지는 아버지라는 화자의 심리의식에 관한 연구[44], 남성작가와 여성작가에 따라 가사라는 문학 장르 속에 형상화되어 있는 여성의 모습을 어떻게 다르게 드러내고 형상화하고 있는지를 논한 김배흡의 연구[45]도 있다.

계녀가류 규방가사와 여러 교훈서와의 연계에 관한 연구도 이루어졌다. 조선시대 많은 교훈서들은 계녀가류 규방가사의 형성과 내용구성에 영향을 끼쳤다. 권영철(1980)은 『예기』의 「내측편」을 비롯하여 한대의 『여논어女論語』, 당대唐代의 『여측女則』, 『여훈女訓』, 원대袁代의 『여교서女教書』, 명대明代의 『여범女範』 등의 교훈서에 대해 논의를 들면서 이런 것들이 모두 전형 계녀가류 규방가사의 성립에 상당한 영향을 주었다고 했다.[46] 서영숙(1996)은 계녀가사가 창작되기 시작한 시기는 내훈서들이 형성된 시기를 조선 중기 내지 후기로 볼 때 17세기 이후이며 초기에는 한학에 소양이 깊은 남성들이나 일부 여성들에 의해 창작되었을 것이라고 보았다. 그 원인은 내훈서들이 한글로 번역되었다고 하더라고 일반 여성들에게는 쉽게 읽히기에는 무리가 있으므로 평소 여성들이 가까이하고 쉽게 낭송, 암기할 수 있는 가사체로 풀어 씌어 지면서 여성들의 손에 전해졌을 것이라고 보고 있다.[47] 이을환(1990)은 『우암 계녀서尤庵 誡女書』에서 인간관계의 매체, 가정사회전달의 매체가 되는 언어문제를 핵심 삼아 일상 언어에 대한 여러 교훈내용을 체계적으로 정리하고 현대적 의의를 살리기 위해 현하現下의미전달, 의사소통의 신학문인 일반의미논 그리고 전달이론傳達理論의

---

44) 엄경섭, 「男性話者 誡女歌辭의 연구: 朝鮮時代 아버지相의 糾明을 중심으로」, 동아대학교 석사학위논문, 2012, pp.15~31.

45) 김배흡, 「작가의 성별에 따른 가사의 여성 형상화 양상 연구」, 건국대학교 석사학위논문, 1999, pp.8~131.

46) 권영철, 『규방가사 연구』, 이우출판사, 1980, p.188.

47) 서영숙, 『한국 여성가사 연구』, 국학자료원, 1996, p.366.

시각에서의 조명, 평가와 교훈가치의 규명에 대해 연구를 진행하였다.[48] 이 연구는 계녀가류 규방가사의 이론기초를 해명하는 데 많은 교시와 자료 방향을 제공하였다는 중요한 의미를 가진다. 조선영(1999)은 『효경』과 계녀가류 가사를 관련지어 그 속에 나타난 효의 양상을 전귀全歸하는 효도, 시양侍養하는 효도, 간쟁諫爭하는 효도, 봉제사奉祭祀하는 효도로 설정하고 그 수용관계를 살펴보면서 효가 함축한 덕목들은 그 시대의 분명한 가치체계이자 중대한 교육적 과제라는 것을 구현했고 논의의 근본취지를 『효경』에 표현된 효 사상이 계녀가류 가사작품 어디에 어떻게 스며있는 가에 두고 논의를 전개하였다. 따라서 경전이 문학작품 속에 수용되면서 어떤 변모양상을 보이는 지 그 양상 또한 문학적으로 어떻게 승화되었는지 모색하는 작업이 보충되어야 한다고 보았다.[49] 마송의(2006)는 「계녀서」의 구성과 교육내용, 그리고 기타 여성 교훈서와의 비교를 진행하였으며 이를 통해 조선 후기 여성교육은 스스로 여성의 종속적 지위를 정당화시키는 것으로 작용하였다고 보았다.[50] 이은진(2009)은 계녀서와 계녀가사를

---

48) 이을환, 「〈戒女書〉의 言語戒訓 研究-一般意味論 · 傳達理論의 照明을 겸하여」, 『아시아 여성연구』 29, 숙명여자대학교 아시아여성연구소, 1990, pp.33~57.

49) 조선영, 「계녀가류 가사와 〈효경〉」, 『국어국문학』 124, 국어국문학회, 1999, pp.209~230. 조선영, 「계녀가류 가사와 〈女四書〉」, 『한국문학연구』 22, 동국대학교 한국문학연구소, 2000, pp.205~223; 이성림, 『한국문학과 규훈 연구』, 관동출판사, 1995, pp.21~38.

50) 馬松義, 「송시열의 〈戒女書〉를 통해 본 조선 후기 여성교육의 특징」, 숙명여자 대학교 석사학위논문, 2006, pp.33~69. 정은화, 「宋時烈의 女性教育觀: 「戒女書」를 中心으로」, 충남대학교 석사학위논문, 1995, pp.4~38; 이정은, 「송시열의 〈계녀서(戒女書)〉에 나타난 도덕적 가치덕목 분석 및 활용에 관한 연구」, 경인대학교 석사학위논문, 2006, pp.11~50; 서흥석, 「宋時烈의 鄕村活動과 社會 · 經濟思想」, 한남대학교 석사학위논문, 2004, pp.15~74; 이임선, 「朝鮮時代 規範書를 中心으로 한 九容의 몸가짐과 茶禮節」, 원광대학교 석사학위논문, 2009, pp.6~14; 김수란, 「傳統女性教育에 대한 教育人間學的 研究」, 연세대학교 석사학위논문, 2002, pp.7~19; 여정희, 「〈태교新記〉의 태교 思想 研究」, 성균관대학교 석사학위논문, 2005,

통하여 조선시대 여성교육의 현황과 함께 그들의 교육이 어떻게 사회 결속 및 국가 통치의 밑거름이 되었는지를 살펴보았다.[51] 이외에도 김수경(2014)은 『규곤의측閨閫儀則』이라는 교훈서와 〈홍씨부인계녀(사)〉의 관계는 일반적 상황과 개별적 경우, 공적인 담론과 사적인 발화, 주어진 상황으로서의 교훈과 쓰기로 부여되는 의미로서의 교훈이라고 보았다.[52] Otsuki, Shinobu(2014)는 〈계녀서〉와 〈화속동자훈和俗童子訓〉 두 교훈서를 비교 분석해 한일 양국 여성관의 동질성과 이질성에 대해 알아보았는데 다소 편면적인 논의에 그쳤다는 것이 한계로 보인다. 이외에도 일부 여성의식에 관한 연구도 존재한다.[53]

계녀가류 규방가사와 개화기를 연결시킨 연구는 다음과 같다. 전미경(2002)은 규방가사란 텍스트를 통해 개화기 계몽담론이 '여성'의 일상을 강렬하게 비난하고 있을 때 '여성'들은 무엇을 말하고 있는지, 당시 신식교육을 받지 못한 절대다수의 여성들이 자신을 둘러싼 일상을 어떻게 조망하고 있는지에 대해서 연구를 진행하였다.[54] 최혜진(2011)은 개화기 시대 규방가사의 문맥과 1900년 이후 매체에 실린 가사들을 살펴 여성에 대한

---

pp.17~18.

51) 이은진, 「조선후기 계녀가의 여성 교육적 의의」, 창원대학교 석사학위논문, 2009. pp.18~36.

52) 김수경, 「閨坤儀則』과 〈홍씨부인계녀(사)〉와의 관계 탐색」, 『한국고전여성문학연구』 27. 한국고전여성문학회, 2014, pp.214.

53) Otsuki, Shinobu, 「한일 여성교훈서 비교 연구:〈계녀서〉와 〈和俗童子訓〉의 여성관을 중심으로」, 이화여자대학교 석사학위논문, 2014, pp.30~70; 이경은, 「조선후기 여성들의 삶과 보자기: 조각보를 중심으로」, 이화여자대학교 석사학위논문, 2003, pp.22~27; 조남호, 「내방가사여성의식 연구」, 서남대학교 석사학위논문, 2006, pp.8~30; 서글희, 「조선시대여성의 생활상을 다룬 규방가사 연구」, 아주대학교 석사학위논문, 2006, pp.14~39; 권재성, 「규방가사 〈슈신가〉 연구」, 동국대학교 석사학위논문, 2004, pp.30~58.

54) 전미경, 「개화기 규방가사에 나타난 여성의 일상에 대한 여성의 시각-계몽의 시각과의 다름을 중심으로」, 『가족과 문학 제14집』 1, 한국가족학회, 2002, pp.97~123.

사회적 시선과 여성 주체의 담론을 함께 규명해 보면서 당대 여성의식을 '몸'과 관련하여 살펴보았다. 여성의 몸에 주목하는 이유는 개화기 시대 여러 의식변화를 통해 몸에 대한 '현존성'이 주목되고, 철학적 윤리적인 몸에서 벗어나고자 하는 움직임을 포착할 수 있다는 점에서 적극적인 의의를 갖고 있다.[55)]

계녀가류 규방가사의 교육방안에 대한 연구도 이루어졌다. 박춘우(2007)는 읽기와 쓰기의 상관성에 근거하여 규방가사에 나타난 소통과 치유의 글쓰기 원리를 현대 글쓰기 교육에 활용하는 방안을 모색해 보았다.[56)] 염수현(2009)은 국어교육이 도구과목으로써 인성교육이 중요한 통로가 되어야 한다는 점에 착안해서 〈계녀가〉를 선정하여 교수 · 학습 방안을 마련하는 데 목적을 두고 문학작품을 매개로 하여 토의 활동과 글쓰기 활동을 하여 인성 교육적 목표를 달성하고자 하였다.[57)] 김선주(2014)는 학습자들이 〈복선화음가〉의 도덕적 민감성을 어떻게 발견하고 이해하고 있는지를 분석하여 학습자의 주체적 참여를 독려하고 깊이 있는 이해에 이를 수 있는 교육 방안을 마련하였다.[58)] 이외에도 〈규원가〉를 중심으로 내방가사의 효율적인 지도방안을 검토한 변혜정(2002)[59)]의 연구 등이 있다.

---

55) 최혜진, 「개화기 가사에 나타난 여성의 몸 담론」, 『語文硏究』 68, 어문연구학회, 2011, pp. 365~399.

56) 박춘우, 「규방가사의 글쓰기 방법 연구」, 영남대학교 박사학위논문, 2007, pp. 73~136; 박춘우, 「계녀가류 규방가사의 교훈전달방식과 교육적 활용방안 연구」, 『우리말글』 45, 우리말글학회, 2009, pp.27~35.

57) 염수현, 「〈계녀가〉의 교수학습방안 연구」, 인제대학교 석사학위논문, 2009, pp.28~50; 양새나, 「탄식가류 규방가사의 치유 기능에 근거한 글쓰기 치료의 교육적 설계」, 한양대학교 석사학위논문, 2012, pp.39~67.

58) 김선주, 「〈복선화음가〉의 도덕적 민감성 이해 교육 연구」, 서울대학교 석사학위논문, 2014, pp.38~137.

59) 변혜정, 「내방가사의 효율적인 지도방안 연구 : 〈규원가〉를 중심으로」, 성신여자대학교 석사학위논문, 2002, pp.42~73.

이 밖에도 계녀가류 규방가사를 다른 장르나 다른 작품과의 비교를 논한 연구가 있다. 박병근(2004)은 계녀가류와 탄식가류에 대한 비교연구를 진행했는데 계녀가류는 그 시대 여성들이 지켜야 할 덕목으로서 내용이 유교적이고 공식적인 기능을 갖고 있는 반면 탄식가류는 남성 중심사회에서 소외된 여성들이 겪는 억울하고 불합리한 점을 작품 속에 표출했기 때문에 비공식적인 기능을 갖고 있다고 보았다.[60] 조규익(2005)은 '계녀가류'와 '오륜가계' 가사가 표현양상과 구성 등 면에서 자식이 해야 할 도리를 서술했다는 면에서 연관성을 가지고 있으며 '계녀가류'는 '어떻게 부모에게 효도를 해야 하는가'를 실천 지향적 서술로 가르친다는 면에서 '오륜가계' 가사의 이념 지향적 서술과 차이를 보인다고 인정하였다.[61]

계녀가류 규방가사의 글쓰기 방식에 관해서는 최규수, 김은미, 조세영 등의 연구가 있다. 최규수(2001)는 〈홍씨부인 계녀사〉의 글쓰기 방식을 자탄 모티브의 확대와 과거 지향적 시간 인식, 다양한 어조 활용과 체험적 경계의 정감적 표출, 율조 조성 등 세 가지로 분석하여 자전적 술회의 장치와 그 의미에 대해 고찰을 하였는데 편지글의 형식을 빌었다는 점에서 글쓰기의 작가적 특성이 자연스레 표출된 것이라고 보았다.[62] 따라서 계녀가의 글쓰기 방식에 대해서 가정윤리의 핵심을 순서대로 나열하여 서술하는 것은 내용적 차원의 구성문제에서 시간성보다 논리적 전개를 우위에 둔 것이라고 했다.[63] 김은미(2009)는 〈계녀가〉에 대한 문체소 분석, 문법

---

60) 박병근, 「내방가사 중 계녀가류와 탄식가류의 작품내용 연구」, 충남대학교 석사학위논문, 2004, p.8.

61) 조규익, http://munjang.or.kr/archives/209223. 이외에도 박지연, 「조선전기 양반가사와 규방가사에 나타난 시적화자의 목소리 비교」, 아주대학교 석사학위논문, 2008, p.8.

62) 최규수, 「〈홍씨 부인 계녀사〉에 나타난 자전적 술회의 글쓰기 방식과 의미」, 『한국시가 연구』 10, 2001. pp.257~276.

63) 최규수, 『규방가사의 '글하기' 전략과 소통의 수사학』, 명지대학교 출판부, 2014,

적 특징과 문체소 구사의 의미에 대해서 분석했다.[64]

계녀가류 규방가사의 시간성에 대한 기존연구들은 다음과 같다. 권영철은 '규방가사의 공간적 위치에 대해서 발생지역이 주로 영남지방이고, 그곳에만 존재해 온 독특한 가사문학의 하나이며, 시간적 위치에 대해서는 양반가사가 왕성하여 음주사종의 가사가 가창시대를 벗어나 음영가사로 변모한 시대인 영조조경에 발생하여 한일합병 이후에 서서히 쇠퇴하다가 6.25이후로 소멸의 계단에 이른 오랜 역사성을 지니고 있다'[65]고 보았는데 이는 규방가사의 단순한 시간 경유적인 지적에 그쳤다. 김수경(2004)은 신변 탄식류 규방가사의 작품 구조 안에서 시간성에서의 기억과 재현의 방식에 주목하여 서술방식이 갖는 기능과 의미를 탐색하였다. 이러한 서술은 여성적 글쓰기의 한 특성으로서의 '여성적 글쓰기'의 방식을 탐구했다는 면에서 주목할 만하다. 하지만, 탄식가류 규방가사 가운데 〈청승가〉 한 작품만을 중점적으로 다루고 나머지 작품들은 부분적인 예로서만 다루었다는 한계를 갖고 있다.[66] 최규수(2014)는 계녀가류 규방가사가 순차적으로 펼쳐지는 '서사-본사-결사結辭'라는 구성방식의 기본 틀에서 그 하나는 시간성의 두 축(작품 내 설정된 시간성과 필사 및 향수상황에서 유지되는 시간성)을 주목하는 것이고 다른 하나는 장면화된 시간성을 살펴 여자의 일생('신행-석별-계녀'등의 항목의 자동화와 심정적 차원에서 몰입의 강도를 조절)이라는 시간의 축을 보여준다고 했다.[67]

---

p.85.

64) 김은미, 「〈계녀가〉의 문체론적 연구」, 경성대학교 석사학위논문, 2009, pp.11~23. 조세형, 「가사를 통해 본 여성적 글쓰기, 그 반성과 전망」, 『한국고전여성문학연구』 12, 한국고전여성문학회, 2006, pp.235~263; 원종인, 「서사적 규방가사 연구」, 숙명여자대학교 박사학위논문, 2009, pp.80~91.

65) 권영철, 『규방가사 연구』 一, 『曉大 論文集』, 1970, p.11

66) 김수경, 「신변탄식류 규방가사 〈청승가〉를 통해 본 여성적 글쓰기의 의미」, 『한국고전여성문학연구』 9, 한국고전여성문학연구, 2004, pp.85~116.

계녀가류 규방가사의 공간성을 언급한 기존연구들도 존재한다. 규방이라는 공간을 중심으로 학문이나 교육의 혜택으로부터 소외된 여성들이 어떤 방식으로 한문 및 국문 해독능력을 갖추었는지, 그리고 규방의 여성들이 스스로의 정체성을 형성하는 규방 외부의 기반으로서의 독서문화와 여행체험에 대해 살펴 본 백순철(2005)의 연구도 주목할 만하다.[68] 나정순(2008)은 규방가사의 창작 시기, 분포, 작자 층, 시대성의 문제를 검토하여 규방가사가 오랜 시간성과 광범위한 공간성을 통해 적층성과 전승력을 지니고 있다는 점을 지적하면서 규방가사는 한국 문화에 내재되어 있는 인간적 관계에 의한 정서적 가치를 발휘한 작품이라고 보았다.[69]

계녀가류 규방가사의 기타 연구를 살펴보면 다음과 같다. 계녀가류 규방가사는 가부장제 사회에서 여성에 대한 교육을 목적으로 지어진 문학 장르이기 때문에 여성주의적 시각에서 보는 관점도 필요하다. 지금까지 계녀가류 규방가사는 봉건사회가 여성을 억압하고 순종을 강요했다고 보는 관점이 대부분이다. 이와는 대조적인 관점으로 장덕순(1953)[70]은 계녀가사에 대하여 아무 꾸밈새 없이 힘들이지 않고 부녀생활의 구석구석까지 캐가면서 묘사한 데 그 진가眞價를 두고 있으며 사실적이며 평민적인 것이 계녀가사의 본연本然의 자태姿態라고 평가하였다. 이와는 대조적인 관점으로 권영철(1975)은 여성들이 고정된 생활무대에서 가사의 소재를 구했는지라 이의 빈곤을 면하지 못하였으며 문학적 소양 또한 남성 수준에는 미

67) 최규수, 『규방가사의 '글하기' 전략과 소통의 수사학』, 명지대학교 출판부, 2014, p.98.
68) 백순철, 「규방공간에서의 문학창작과 향유」, 『여성문학연구 통권』 14, 한국여성문학학회, 2005, pp.7~31.
69) 나정순, 「규방가사의 본질과 경계」, 『한국고전여성문학연구』 16, 한국고전여성문학회, 2008, pp.69~110.
70) 장덕순, 「誡女歌辭 試論」, 『국어국문학』 3, 국어국문학회, 1953, p.12.

급인지라 양반가사에 대해 문학적 수준이 낮음은 어찌 할 수 없다[71]고 남성문화와 비교한 규방가사의 열등성을 강조했다. 이재수(1976)는 계녀가류 규방가사를 당시 사회에서 여성에게 선 또는 미덕으로 인정되고 있는 사고방식과 행동양식을 가사의 형식으로 훈계한 교훈가사의 일종이라고 규정하였으며,[72] 또한 김문자(2001)는 규방가사에 보이는 조선 사회에서의 부부관계 양상은 부부 유별 및 남편에 대한 공경과 순종의 모습을 보이며 부부 관계는 남편과 아내가 동반자로서 평등한 관계가 아니라 일종의 상하관계였다고 인정하였다.[73] 이와 비슷한 관점에서 박병근(2004)은 계녀가류에 나타나는 교훈과 훈계의 덕목은 당대를 살아가는 여성들에게는 하나의 억압이 되었고 남녀 사이의 관계는 주종관계로 여성의 의무와 복종만을 강요했다고 인정하였다.[74] 나정순(2008)은 계녀가류 규방가사에서 화자가 여성이든 남성이든 딸에게 당부하는 내용은 가부장제 사회와 상관없이 어느 사회에서나 통용될 수 있는 인간이 지녀야 할 아름다운 가치를 내포하고 있기때문에 규방가사를 전환적으로 해석될 필요가 있다고 했으며, 규방가사의 관습적 성향은 이념이라는 규범적 보편성이 아니라 인간적 관계에서 오는 절실함의 발현이라는 정서적 가치의 문화적 보편성에서 찾아야 할 것으로 보았다.[75]

이 밖에 정길자(1993)는 규방가사에 나타난 시적화자의 심리적 특성을 심리학적인 개념인 자아결핍의 심리와 자아실현의 심리로 나누어 살펴보

---

71) 권영철, 『규방가사 연구』 一, 『曉大 論文集』, 1970, p.36.

72) 이재수, 『내방가사 연구』, 螢雪出版社, 1976, p.25.

73) 김문자, 「규방가사에 나타난 조선 시대의 부부관계와 아내의 태도」, 연세대학교 석사학위논문, 2001, pp.25~34.

74) 박병근, 「내방가사 중 계녀가류와 탄식가류의 작품내용 연구」, 충남대학교 석사학위논문, 2004, pp.7~11.

75) 나정순, 「규방가사의 본질과 경계」, 『한국고전여성문학연구』 16, 한국고전여성문학회, 2008, pp.70~96.

았는데, 계녀가류 규방가사에 대해서는 칼 구스타브 융(Carl Gustav Jung)의 이론인 '그림자', '페르조나', '콤플렉스' 등 심리학 개념과아리스토텔레스(Aristoteles)의 카타르시스 심리이론을 이용하여 살펴보았다. 이 연구는 규방가사 시적화자의 심층심리에 내재된 인간의 욕구에 관심을 두고 연구했다는 점에서 주목할 가치가 있다.[76)]

앞으로의 연구진행의 방향에 대해서 나정순은 초창기 규방가사 연구가 여성의 열등한 문학에 대한 조명에서 출발한 점이 있다면 90년대 이후에는 그것을 극복하고자 하는 여성 중심적 시각에서의 논의가 주종을 이루어야 하며 또한 사회와의 영역 속에서 소통으로서의 문학으로 조명되어야 하고 그 소통에 내재한 관습의 근거는 무엇인지 등이 규명될 때만이 규방가사 연구의 새로운 전기를 마련할 수 있을 것이라고 하였다.[77)]

계녀가류 규방가사에서의 연구는 이상과 같이 정리할 수 있으며, 앞으로의 연구진행은 보다 확장적일 필요가 있다.

1.3 연구방법

본 연구에서는 정리, 출판된 자료집과 영인되어 출간된 필사본 소재 자료와 논문, 그리고 기타 자료 형식으로 소개된 자료들을 모은 계녀가류 규방가사 67편을 텍스트로 삼고자 한다.

『규방가사』 I, 『주해 가사문학전집注解 歌辭文學全集』, 『교주 내방가사校註

76) 鄭吉子, 「閨房歌辭에 나타난 缺乏과 實現의 心理的 成格」, 숙명여자대학교 석사학위논문, 1993, pp.13~54; 남영숙, 「화전가의 여성 문학적 성격 연구」, 창원대학교 석사학위논문, 2002, pp.21~23.

77) 나정순, 「규방가사의 본질과 경계」, 『한국고전여성문학연구』 16, 한국고전여성문학회, 2008, pp.70~96. 이외에도 손봉창, 「內房歌辭 研究: 새로운 問題點의 提起」, 건국대학교 석사학위논문, 1971, pp.10~17.

內房歌辭』, 『가사집 2』는 정리 · 출판된 규방가사 자료집들이다. 『개화기 가사 자료집 4』 는 개화시대 가사를 수집 · 정리한 것이며 『역대가사문학전집歷代歌辭文學全集』 1~30는 영인된 필사본 자료집이다. 여기에 실린 계녀가류 규방가사 작품들 중에서 장르적 대표성을 지니고 있는 작품들을 선정하여 분석의 대상으로 삼는다. 본 연구는 텍스트를 중심으로 계녀가류 규방가사의 유형 범주와 변이양상, 시 · 공간적 성격 연구, 에코페미니즘 해석의 가능성으로 구분하여 진행하고자 한다.

제2장에서는 계녀가류 규방가사의 발생배경과 가사 장르 내 위치에 대해 알아볼 것이다.

발생배경에서는 계녀가류 규방가사가 산출된 배경과 윤리적 배경을 검토한다. 이어서 계녀가류 규방가사가 생성되고 향유된 과정에서 이념적 토대를 담당한 여러 교훈서를 살펴보고자 한다. 그리고 정서적 토대의 분석에 뒤이어 계녀가류 규방가사가 가사문학 내에서 차지하는 위치와 남성가사, 교훈가사와의 상호 연관성을 검토하고자 한다.

제3장에서는 문헌학적 · 주제 분류의 연구방법으로 계녀가류 규방가사의 범주와 유형분류, 텍스트의 변이양상 등 부분으로 나누어 보고자 한다. 이 부분에서는 먼저 계녀가류 규방가사에 대한 장르적 범주를 설정하고 67편의 계녀가류 규방가사 작품을 그 내용과 주제에 따라 '신행교훈류', '행실교훈류', '복선화음류', '신교육계몽류'로 유형분류를 진행하고자 한다. 이어서 계녀가류 규방가사의 텍스트 변이에 대한 검토를 통하여 그 변이양상의 원인과 작가의식을 살펴보고자 한다.

제4장에서는 계녀가류 규방가사의 시간성과 공간성을 중심으로 연구를 진행하고자 한다. 우선 베르그송(Bergson, Henri), 마르틴 하이데거(Martin Heidegger) 등의 시간성 이론과 연관 지어 계녀가류 규방가사의 표현구조의 근간을 찾아보고자 한다. 현재의 시각에서 출발해 과거로 거슬러 올라

갔다가 다시 현재로 되돌아오면서 미래를 지향해 보는 의식 흐름을 통해 계녀가류 규방가사 작품들에 나타나는 시간의식을 추적하게 될 것이다. 작품에 나타난 시간적 성격을 과거시간으로의 회귀욕망, 현재시간에서의 불안과 극복, 미래시간으로의 기대와 확장, 시간의식의 순환성 등 4개 부분으로 나누어 고찰하게 될 것이다.

딸이 시집가는 현실에 대한 불안과 혈육의 상실감으로 채워지는 현재의 정서 속에서 작자는 과거시간을 재현시키며 회귀욕망을 드러낸다. 또한 과거시간의 이런 재현 속에서 미래에 대한 기대를 반영하게 된다. 아울러 "미래시간으로의 기대와 지향"에서는 작자가 신행에 대면하는 현재의 시간의식 속에서 밝은 미래를 기대했다는 점에 초점을 맞추어 검토하게 될 것이며, '과거-현재-미래'라는 시간성의 이행 속에서 교훈담론이 어떻게 나타나고 있는지, 이런 서술방식이 어떤 기능과 의미를 지니는지, 여성의 인생담론이 어떠한지 등을 규명하고자 한다. 시간의식의 연속선상에서 '현재 인식-과거 회상-미래 지향'의 시간적 흐름이 어떻게 전체 작품의 맥락구조를 이루면서 역동적인 효과를 이루고 있는지도 분명해질 것이다.

그리고 공간적 성격에 대해서는 가스통 바슐라르(Gaston Bachelard) 등의 공간성 원리에 기초하여 '바깥' · '안'의 위계적 공간과 배움 · 실천의 공간, 역사 · 현실 의식의 교차공간과 집단정서의 공간, 폐쇄 공간으로부터의 새로운 탈출구 등으로 나누어 검토를 진행할 것이다.

첫째, 계녀가류 규방가사에서 보여주는 공간은 '바깥'으로부터 분리된 사적이고 여성적인 '안'이라는 위계적 공간이라는 것과 배움 · 실천의 공간은 행실을 배우는 공간(친정)과 행실을 실천하는 공간(시집)이라는 점을 중점적으로 규명할 것이다.

둘째, 규방공간을 역사 · 현실 의식의 교차공간과 집단정서의 공간으로 나누어 살펴볼 것인데, 계녀가류 규방가사에서의 규방은 역사와 현실의식이 부딪치는 공간이라는 점과 여성의 집단정서가 깃든 공간임을 규명하려고 한다.

셋째, 계녀가류 규방가사는 폐쇄된 규방공간으로부터의 새로운 탈출구를 모색하는 작가의식이 내포되어 있음을 규명할 것이다.

제5장에서는 지금까지 계녀가류 규방가사를 여성 억압적인 측면으로 본 기존의 논의들과 시각을 달리하여 여성과 자연의 조화로운 관계를 추구하는 이론이자 운동으로서의 생태 여성주의 해석방법을 적용하고자 한다. 먼저 여성성의 현실과 이상, 한 몸으로서의 '자연과 여성' 등 두 개 단위로 나누어 여성성 패러다임 전환의 당위성을 밝히게 될 것이다. 이어서 남녀 양성의 화합이 가족의 전제 조건이라는 점과 조화와 상생의 인간관계가 궁극적 이상이었다는 점이 드러나게 될 것이다. 이런 방법들을 적용할 경우 계녀가류 규방가사는 새롭게 해석될 것이고, 제6장의 문학사적 위상 또한 새롭게 드러날 수 있으리라 본다.

제2장

계녀가류 규방가사의 배경과 장르 내적 위치

2.1 계녀가류 규방가사의 발생배경

이 부분에서는 시대적 배경, 윤리적 배경, 정서적 기반 등 다양한 측면에 대한 고찰을 통해 계녀가류 규방가사의 형성과 창작토대를 살펴보고자 한다.

2.1.1 사회적 배경과 윤리적 배경

조선은 유교 이념을 바탕으로 세워진 나라이다. 조선 왕조는 불교를 배척하고 유교를 바탕으로 한 왕도정치王道政治의 실현을 천명함으로써 역성혁명易姓革命을 이룩하고 그 정권의 정당성을 확보하게 되었다. 왕조 건립 후 조선은 유교 이념을 신성시하고 교조화하였다. 또한 집약 농업적 생산양식과 국가적 통치체제를 발전시키기 위하여 성에 따른 분업을 최대한 활용하여 부계혈통 중심의 조직화와 남녀유별의 관습을 통해 남성 지배적인 체제를 구축했다.[1] 이로써 조선 시대는 성리학을 통치 이데올로기로

1) 김문자, 「규방가사에 나타난 조선시대의 부부관계와 아내의 태도」, 연세대학교 석사학위논문, 2001, p.4.

삼으면서 남성과 양반이 주도하게 된 시대를 시작했다.

이성계와 신진 사대부들은 혼란한 사회 기강을 바로 잡고 민심을 회유할 필요성을 느끼고 유교를 통치이념으로 정치적 기반을 튼튼히 정립하기 위해 일련의 조치를 취하였다. 유교 통치이념을 정신적 지주로 삼고, 거기에 맞춰서 정치 · 문화 · 사회 등 국가의 모든 체제를 구성하였으며 기존의 질서를 청산함과 동시에 새로운 통치 국면을 마련했다.[2] 또한 성리학적 윤리규범을 조선시대 사회생활의 유지를 위한 기본 골격으로 마련하고 백성들의 생활 지도이념으로 정착시켰다. 즉 상하귀천에 따른 신분질서 유지와 관혼상제에서 유교의 윤리를 따르는 것을 골자로 하였다.[3] 개인의 가치관과 행위, 남성과 양반, 사회조직과 친족제도, 국가제도가 예외 없이 성리학을 주요근간으로 형성되기 시작하였다.

공자의 정명사상正名思想에서 비롯한 성리학은 조선의 정신적 이념으로 자리를 잡아가면서 사회 신분제 질서를 유지하기 위한 명분론을 형성하게 되었다. 이 명분론에서는 상하 · 존비 · 귀천을 정하고 각자의 차별을 당연시 하였다. 이에 따라 신분 차별은 지주 · 전호 관계뿐만 아니라 군신 · 부자 · 부부 관계 등에 모두 적용되었으며 곧 하나의 사회 윤리를 형성하기 시작하였다. 이러한 사회 윤리는 이理는 하나이지만 동시에 각각으로 나뉘어 차별성을 지닌다는 이일분수론理一分殊論에 의해 강화되었다.[4]

성리학적 사회 윤리에서 가장 기본이 되는 규범은 삼강오륜이다. 이는 군신 · 부자 · 부부 · 장유長幼 · 붕우朋友의 관계를 규정한 것이다. 오륜은 어

---

2) 한국역사연구회, 『한국사강의』, 한울, 1989, pp.52~53.

3) 이배용, 『한국 역사 속의 여성들』, 어진이, 2005, pp.24~25.

4) 손흥철, 「栗谷 理一分殊論의 內包와 外延」, 『栗谷學 硏究 통권』 29, 율곡학회, 2014, pp.51~80 참조. 理一分殊論은 리일(理一)과 분수(分殊)의 형이상학적 관계를 해명하는 논리이다. 이는 현상의 다양성과 그 다양성의 원인을 분석하는 논리이자 도덕적 최고가치인 인(仁)을 실천하는 논리이다.

떤 시기나 어떤 상황에도 변하지 않는 천리天理로 인정되었고 삼강은 군신·부자·부부의 관계를 상하 조종主從관계로 강조하였다. 따라서 삼강오륜은 현실적으로 가부장적 종법질서로 구현되어 사족중심의 사회를 유지하는데 기여하였다.[5] 중종 때 등장한 조광조 등 사림파들은 유교적 이상정치를 실현하기 위하여 철인정치哲人政治를 행할 것을 주장하였으며 수신교화서인 『소학』, 『삼강행실도』뿐만 아니라 『이륜행실도二倫行實圖』, 『경민편警民篇』, 『동몽선습』 등 서적을 편찬하여 사회의 교화에 힘썼다. 또한 충신, 효자, 열녀에 대해서는 표창하고, 잡세를 경감해 주어 충·효·열 등 봉건적 덕목을 장려하는 것으로 주자가례朱子家禮를 철저히 실천하였다. 이에 따라 사회에서의 제사·상속·양자 등의 관습이 친가親家와 장자長子 중심으로 서서히 바뀌었다.[6]

성리학에 의한 이념의 재구성은 여성에게도 그대로 적용되고 통제가 강화되었다. 통제의 원리는 한마디로 유교적 가부장제였다. 부계 확대가족에서 아버지가 가장의 지위를 점유하는 것을 가부장이라고 하며 가부장제는 가장이 강력한 권한을 가지고 가족성원을 지배·통솔하고 가족을 운영하는 것을 가리킨다. 또한 가부장제는 남성이 여성에 대한 지배를 뜻한다.[7] 조선의 친족제와 상속제가 17세기를 지나면서 가부장적 친족제와 장자를 우대하는 상속제로 바뀌었으니 조선 전기만 해도 여성의 경제적 지위는 후기보다 높았으리라 짐작된다. 곧 16세기는 가부장제 요소들이 확립된 단서들이 보인 시기이다. 17세기 중엽에 이르러 한국 가부장제의 역사적 성격이 이루어질 여러 요소들이 확립된 것이다.[8]

---

5) 변태섭, 『한국사통론』, 삼영사, 1987, pp.24~25.
6) 김항수, 「조선 전기의 성리학」, 『한국사』 8, 한길사, 1994, pp.11~21.
7) 김문자, 「규방가사에 나타난 조선시대의 부부관계와 아내의 태도」, 연세대학교 석사학위논문, 2001, p.13.
8) 신정연, 「朝鮮後期 閨房文化에서 治産活動의 展開過程」, 성균관대학교 석사학위논

가부장제가 지배체계로 확립하면서 가족 내에서 최고의 결정권을 행사하게 되었다. 이러한 지배 체계는 남성 간의 위계질서와 여성에 대한 남성 우위의 위계질서로 설명될 수 있다. 가부장제에 의해 남녀 간의 역할 구분인 성차별이 초래되었다. 이러한 차별을 강화하는 과정에서 여성은 남성 중심의 위계체제 유지에 순응적인 역할과 입장으로 되었다. 이외에도 사회 계층과 제도화한 국가 조직의 대두는 여성 종속의 심화에 중요한 계기가 되었다. 사회에서 결혼 역시 권력 관계의 매개체와 여성 통제에서 하나의 수단으로 되었다.

한국 전통 사회의 기본 단위는 개인이 아니라 가족, 즉 가부장제 가족이었다. 또한 유교적 계급관념은 가족관계에도 적용되고 있어서 가장권家長權이나 존장권尊長權이 가장 중요하게 되었다.[9] 선대先代 가장의 장남이 가족의 대표자인 동시에 조상으로부터 인계받은 집을 계승할 권리자이기도 하다. 때문에 아들을 둔다는 것은 조상들에 대한 의무이며 조상들에게 제례를 끊이지 않고 지낸다는 것은 이 같은 연면성連綿性을 이어나가는 구체적 행위로 간주되었다.[10] 가족 구성원들은 각자의 신분과 연령에 따른 역할을 해야 하며 가장의 지위와 결정에 수응하여 행동하고 복종해야 했다.

유교적 가부장제는 남성과 여성의 성차별을 합리화하고 남성이 여성의 우위에 있는 존재임을 역설한다. 또한 남녀유별로 여자를 사회로부터 격리시켜야 가정의 균형이 이루어진다고 인식하였다. 이에 따라 가부장제 사회가 요구하는 바람직한 여성상은 크게 두 가지로 정리할 수 있다.

우선은 올바른 정조관을 지닌 여성상이다. 조선 사회에서는 정절 이데

문, 2014, pp.16~22.

9) 김문자, 「규방가사에 나타난 조선시대의 부부관계와 아내의 태도」, 연세대학교 석사학위논문, 2001, p.15.

10) 김문자, 「규방가사에 나타난 조선시대의 부부관계와 아내의 태도」, 연세대학교 석사학위논문, 2001, p.16.

올로기를 중심으로 여성에 대한 통제를 실시했다.[11] 여성의 정절은 고대 사회로부터 으뜸가는 미덕으로 인정되어 왔지만, 조선시대에 와서는 성종 16년(1485) 『경국대전』에 편입시켜 법규화하기에 이르렀다. 여성의 정절은 가정과 가문 전체의 명예 · 유지 · 평화에 영향을 끼칠 정도로 중시되었다. 조선은 또한 철저한 남녀 내외법을 장려했으며 이러한 사회의 규범에 따라 여성의 바깥출입이나 사회활동은 제한되었다. 세종 16년(1434)에는 여성에게 정절의 덕을 교화시키고자 고금의 정녀貞女 · 열녀의 행적을 골라 『삼강행실도』를 편찬하였다. 이는 한 집안의 혈통적 순결성을 강조한 점이자 여성이 남성에 의한 성적 종속성을 의미한다.

여성이 남성에게 종속되는 존재 의식은 성리학에서 기초한 것이다. 여성에 대한 성적 지배를 강요하는 가부장제는 남성 자신이 먼저 윤리적 존재가 되어야 한다는 면에서 성리학의 담론과 충돌된다. 남성이 먼저 성적 욕망을 통제하거나 절제하는 존재가 아니라 여성이 남성의 성적 종속성을 윤리의 이름으로 요구를 한 것이다. 그리고 남성이 아내가 아닌 다른 여성과 성관계를 맺는 것에 대해 아내가 간섭할 때 이를 '투기'라고 명명하여 가부장제를 해치는 비윤리적 행위로 규정했다. 가부장제는 이러한 모순을 합리화하고 제도화하면서 남성과 양반의 성적 욕망을 여성에게 일관적으로 강요하고 관철하려 한 것이다. 여성에 대해서는 성적 종속성을 '절節' 혹은 '열烈'이라는 윤리로 요구하며 정조관을 부가시켰다. 이런 이데올로기는 사회화 과정 속에서 철저하게 주입되어 서민 여성들보다 양반 여성에게 더욱 절대적인 윤리로 간주되고 강화되었다. 이러한 정절관념으로 조선 사회에서 이혼은 매우 엄격하게 다스려 졌으며 칠거지악을 이유로 남성에 의한 일방적인 이혼은 또한 허가되었다.

11) 이옥경, 「조선시대 정절 이데올로기의 형성기반과 정착방식에 관한 연구」, 이화여자대학교 석사학위논문, 1985, p.24.

그 다음은 효친하는 며느리, 경순인종敬順忍從하는 아내, 시가의 친척과 화목하게 지내는 가문 구성원으로서의 현모양처의 여성상이다. 가정에서의 역할을 수행하기 위한 부덕·부도婦道의 실천과 실시인 것이다. 도덕수양의 제1원리는 효이며 효를 실행하는 것을 부덕의 으뜸으로 했다. 가정에서 효를 완벽하게 수행해야 나라에 대한 충으로 연결되어 효자·효녀가 충신·열녀가 된다고 여겼다. 따라서 사회는 여성을 위한 교육에서 결혼 전의 부모에게 했던 효의 연장으로 시부모에게 효도하게 하였다. 곧 여성들은 시집에 정성을 다하고 시집 가문의 '귀신'이 될 때까지 희생하며 부덕을 갖추도록 교육을 받았다. 이외에도 순종을 가장 큰 미덕으로 보았고 남편에게 무조건 공경하고 예의를 잃지 않을 것을 강조했다. 즉 여자가 '경순인종'해야 가정 내 인원들과 화목하게 지내고 온 가문이 화평하게 된다고 인정하였다.

이상에서 살펴본 것처럼 여성은 남자와 동등한 인격체임에도 불구하고 독자적인 삶과 인격은 무시되고 불합리한 법도와 규범에 얽매여 남성에게 일방적인 복종과 함께 제약적이고 순응적인 삶을 살아야 했다. 이외에도 조선시대 여성에 대한 통제와 요구는 순종과 의존성을 의미하는 삼종지도三從之道_从父·从夫·从子와 사행孝·悌·忠·信으로 요약되는 데 이 역시 조선사회에서 여성의 예속적인 지위를 표시한 규범이다.

2.1.2 이념 및 정서적 배경

교훈가사와 각종 교훈서들의 존재는 계녀가류 규방가사의 이념적인 배경으로 작용한다. 이 부분에서는 계녀가류 규방가사의 이념적 배경이자 토대인 교훈가사와 여러 교훈서의 출간을 연계시켜 보고 계녀가류 규방가사의 정서적 기반을 검토한다.

교훈가사와 교훈서들의 유통은 조선 중기에서 후기까지 오랜 시기에 걸쳐 지속되었다. 그 가운데 특별히 활기를 띤 시기와 규방가사의 형성 및 융성시기가 겹칠 수 있다는 추정을 해볼 수 있다. 18세기 중반 이후에 나타나기 시작한 교훈가사들은 가문결속의 움직임을 보여주는 창작의도와 향유관습에서 계녀가류 규방가사에 직접적인 배경을 제공했다고 할 수 있다. 교훈가사[12]란 말 그대로 앞으로의 행동이나 생활에 지침이 될 만한 가르침을 주 내용으로 담고 있는 가사를 의미한다. 다시 말해 독자에게 철학적 · 종교적 진리나 도덕적 식견을 가르치려는 의도로 이루어지는 것을 의미한다. 유교를 통치이념으로 삼은 조선사회는 안정된 사회질서를 위하여 백성들에게 접근하기 쉬운 가사를 교화에 이용하였다. 이런 원인으로 조선시기에 도덕과 교훈을 주제로 한 가사가 많이 산출되었고 나아가 대중성과 개방성을 확보하면서, 가사는 백성교화의 적절한 도구가 되었다. 가사문학에서 교훈가사의 형성을 18세기로 추정하고 있는 것은 당대 향촌사족들의 지위몰락이라는 위기상황 아래 봉건적 이데올로기의 강화로 가문결속을 이어보려는 의도에서 찾아 볼 수 있다. 즉 가사라는 장르를 통해서 교훈적인 의미를 강화하고 전달하는 것은 사회의 문란에 대응하려는 의미지향이 드러난다.

조선 후기 교훈가사에 대해서는 그 담당층인 향촌사족이 처한 역사적 상황의 고찰과 함께 살펴본다. 교훈가사의 주된 담당층은 향촌사족이다. 이들은 조선 후기라는 특수한 역사적 상황 아래에서 이전 시대의 향촌사족과는 조금 다른 계층이었다. 대표적인 인물로는 교훈가사의 작가들인 정치업과 배이도, 이상계, 김상직, 위백규 등이다. 이들은 모두 신분적으로

12) 박연호, 『교훈가사 연구』, 도서출판 다운샘, 2003, pp.23~25. 교훈가사의 하위개념에 대해서 박연호는 유교윤리에 기반한 교훈가사 작품을 삼강오륜, 효, 권농, 권학, 계녀 등 항목별로 나누었고 규방가사에 대해서는 계녀가류를 제외하면 교훈이라는 주제가 부수적인 요소로 기능하고 있다고 보았다.

사대부지만 중앙의 관료가 아니라 지방에 거주하면서 궁핍한 생활을 영위할 수밖에 없었던 몰락 사족 층이다. 조선 후기 향촌의 변화는 사족 내의 분화에 따른 향촌 사족의 정치적 소외와 중간계층의 성장에 따른 신분적 위기라는 두 가지 측면에서 파악될 수 있다.[13)]

16 · 17세기에 향촌 사족의 촌락지배는 확고한 것으로 보인다. 유향소와 향안을 위시하여 향약, 동계, 동약, 서원 등은 사족의 향촌지배를 위한 것이며 이러한 기반 아래 경제력을 바탕으로 한 사족들은 향촌의 강력한 지배세력으로 자리를 굳히고 있었다. 그러나 임병양란 이후 중앙정부에서 이념적 해이와 재정적인 어려움을 극복하려는 의도로 지방제도에 대해 개편을 하면서 중앙에서의 향촌지배를 강화하게 되었다. 18 · 19세기에 이르면서 국가의 이러한 개편에 따라 향촌에서의 사족들은 해체의 위기를 겪었다. 그들은 향권을 잃어가고 정치적으로 소외되는 현실에 직면하게 되었다. 18세기 중반이후 신분제의 변동도 사족들에게 정치적 소외와 함께 신분적 위기감을 가져다주는 요인이다. 사족들은 관직에 오르기가 점점 어려워지는 상황을 겪으면서 경제적 몰락으로 곤궁한 삶을 살아갈 수밖에 없었다. 동시에 새롭게 양반의 신분으로 편입해 들어오는 중간계층이 사족들에게 커다란 위협으로 대두되었다. 사족으로서의 입지와 자신들의 기득권을 지키고 신분적, 경제적 몰락이라는 위기상황을 극복하기 위해 몰락사족들이 취한 것은 자기 보전책이다. 그것이 바로 가문 중심의 결속과 철저한 보수적 윤리의식으로 스스로를 무장하는 방식이었다. 이러한 역사적 상황 아래에서 교훈가사와 가문결속을 지향하는 가사들이 창작되었다.

교훈가사 작품들은 삼강과 오륜을 작품의 주제로 내세우고 있다. 조선 후기 교훈가사는 독자에게 교훈적인 내용을 전달하려는 의도와 가문의 후

---

13) 안선영, 「계녀가사의 구성양상과 서술특성-남성·여성 화자의 차이를 중심으로」, 성균관대학교 석사학위논문, 2005, p.18.

손들을 대상으로 가르치고 이끌기 위한 목적으로 형성된 것이다. 그리고 부분적으로는 자신의 처지에 대한 한탄, 권학과 함께 올바른 삶의 자세를 교훈하는 의지를 보여주기도 했다. 때문에 18 · 19세기에 교훈가사가 활발하게 창작되고 향유된 것은 가사의 향유자였던 향촌사족들이 역사적인 상황의 위기를 극복하기 위해 봉건적 이데올로기의 강화로 지위몰락을 막아보려는 시도인 것이다.

가사라는 시가장르를 교훈적 메시지의 전달을 위한 수단으로 이용했다는 것은 사회기강이 그만큼 문란해진 현상의 반증이다. 특별히 가문결속을 지향하는 가사들이 창작된 것은 향촌사회에 닥친 위기상황을 해결하려는 사족들의 의지를 반영한 것이다. 붕괴되어가는 봉건질서를 회복하기 위하여 교훈의 내용을 나열하면서 그 당위성을 설명하기 위해서 향촌사족들에게는 형식이 개방적인 장르인 가사가 적합하였던 것이다.

향촌에서의 지위를 보존하고 몰락을 극복하기 위하여 향촌사족들은 가문결속의 움직임을 가문중심의 가족제도에 의지하려 했다. 이러한 극복의 책임과 당위성이 가정 내에서 여성에게 돌려지고 요구되기 시작했다. 향촌 사족들이 자신의 양반신분을 유지할 수 있는 것이 곧 여성의 역할이 크게 요구된 가족제도였던 것이다. 신분제도의 붕괴와 더불어 경제적 몰락 등으로 여성들의 역할이 중요시되었고, 여성들이 가문의 결속을 위해 가정 내에서 어떻게 구체적인 유교적 행동들을 해야 하는 가를 계녀가류 규방가사의 문학 형식으로 요구하고 내면화하게 되였던 것이다. 가문지향적인 교훈가사 작품의 창작시기가 18세기 중엽보다 더 거슬러 올라갈 수 없다는 점에서 계녀가류 규방가사의 형성시기를 추적할 수 있다. 그리고 계녀가류 규방가사 형성의 배경과 동인으로 작용하는 사대부들의 가문 지향적인 가사 창작이 18세기 중엽이후에야 활발해진 것도 계녀가류 규방가사 형성 및 융성시기가 18세기 중엽임을 보여주는 증거라 할 수 있다. 이렇게 교훈가사는 계녀가류 규방가사의 형성에 직접적인 배경으로 자리매김하고 있다. 박연호의 관점대로 조선 후기 교훈가사는 사회구성원 전체를 교훈대상으로 삼음으로써 가사문학의 수용 층을 확대시키는 데 결정적 기여를 하면서 이념적 구속력이 약한 부녀자에 대한 교화를 통하여 여성을 가사문학의 중요한 수용 층으로 편입시켰다. 조선후기에 규방가사가 본격적으로 창작된 계기가 계녀가류에 있었다는 것은 가사의 교훈성이 규방가사 성행에 핵심적 동인으로 작용하였기 때문이다.[14)]

이어서 계녀가류 규방가사에 이념적 토대를 제공한 각 교훈서들이 간행되고 유통된 실태를 살펴보고자 한다.

여러 교훈서들은 여성들을 직접 대상으로 하여 편찬된 것은 아니지만 여성을 위한 교재가 없는 상황에 비추어 교육의 역할을 수행하였다. 그 내용은 여성에 대한 지배와 통제를 정당화하는 성리학적 명분론과 수신덕목에 바탕을 두고 있었다.

조선시대에는 여성들이 학문을 닦는 것은 부도에 어긋나는 일로 보았고 여성들에게 교육의 기회를 제공하지 않았지만, 국가나 문중에서 교훈서를 만들었다. 여러 가지 교훈서들에서 기본적으로 여성에게 요구하는 것은 현모양처 인간상을 목표로 하는 올바른 몸가짐, 마음가짐과 부덕 · 부언婦言 · 부용婦容 · 부공婦功 등이었다. 혼인하기 전의 딸에게는 부모의 자녀생육에 대한 보답으로 당연한 효행을 교육했다. 따라서 부모의 봉양은 그 유지까지 받드는 것을 효의 범주로 삼아 이에 순응할 것을 강조하고 있다. 더 나아가 형제간과 친척간의 바람직한 관계를 유지하는 것 역시 효의 범주 안에서 설명되고 있다. 여성들의 교육에 토대를 제공한 교훈서들은 일상생활의 규범을 구체적으로 지시하고 있으며 부녀들의 시가생활에 초점

---

14) 박연호, 『교훈가사 연구』, 도서출판 다운샘, 2003, p.279.

을 두고 있다는 점에서 공통적이었다.[15)]

교훈서는 국가적인 차원에서뿐만 아니라 개인적인 차원에서도 편찬되었다. 조선 시대 교훈서들의 창작시간을 볼 때 전기는 조선 건국부터 16세기말까지, 후기는 실학이 출현되는 17세기부터 조선왕조를 마감하는 1910년까지로 나눌 수 있다.[16)] 국가주도 교훈서들은 조선시대 전반에 걸쳐 지속적으로 간행되며 주교재가 된 반면 개인저술의 교훈서는 17세기 중엽으로부터 간행되기 시작하여 18, 19세기에 집중적으로 일반 학자들의 개인적 소견이나 경험을 바탕으로 여성에게 알맞은 내용을 담아내기도 했다. 이러한 창작주체의 변화는 내용의 변화와 차이를 수반하고 있으며, 교훈서가 많이 필요하게 된 시대상황을 보여준다. 후기로 가면서 가문의식이 강조되고 문중을 중심으로 한 유교적 가부장제가 강화되는 가운데 남성들은 자신들이 요구하는 이상적인 여성을 만들기 위한 각종 「계녀서」들은 저술하기도 하였다. 이러한 서적들은 윤리의식과 여자로서의 몸가짐을 다루고 있어 양반 여성들이 스스로 필사본들을 만들어 가문의 계녀서로 활용했다. 이런 계녀서가 지향하는 여성관과 목표는 법적규제보다 예禮로 의식화시켜 여성 스스로가 그것을 지키도록 했다. 계녀서는 부녀자의 심성강화의 목표를 혼전의 효녀, 혼인 후의 현모양처의 육성에 두었다.[17)]

먼저 국가주도의 교훈서를 보기로 한다.

국가주도의 교훈서는 세종 14년의 『삼강행실도』가 시초이지만 엄밀한 의미에서의 여성 교훈서는 아니다. 이 책은 일반 백성들을 유교윤리로 교

15) 안선영, 「계녀가사의 구성양상과 서술특성-남성·여성 화자의 차이를 중심으로」, 성균관대학교 석사학위논문, 2005, p.21~25.
16) 최배영·이길표, 「조선시대 문헌에 나타난 가정경제 생활관」, 『한국 가정관리 학회지』 28, 한국가정관리학회, 1995, pp.215~216.
17) 한숙희, 「〈규합총서〉에 나타난 집안 교육에 대한 연구」, 부산대학교 석사학위논문, 2014, p.13.

화시키려는 목적에서 지은 것이다. 상대적으로 일반적이고 관념적인 교훈을 목적으로 했고 그 속의 한 부분에서 정절 이데올로기를 강조하고 있기 때문에 계녀가류 규방가사의 간접적인 배경으로 볼 수 있다.

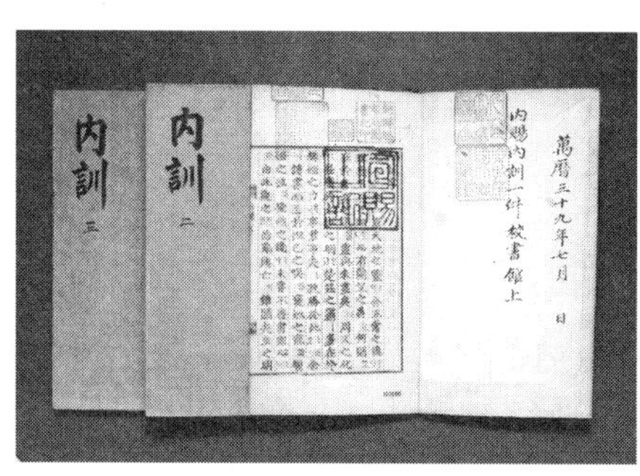

『내훈』

소혜왕후의 『내훈』은 한국 최초의 여성 교훈서로서 성종조 이후 인조 조까지 계속적으로 간행되어 여성교화의 목적을 수행했다. 『내훈』의 주된 독자층은 궁중과 중앙의 양반층의 여인으로 추정할 수 있다. 왜냐 하면 『조선왕조실록』에서 『내훈』에 대한 기록은 중종 이후 간혹 나타나지만 전국에 반포하였다는 등의 내용은 나타나지 않았기 때문이다.18) 이런 점에서 『내훈』은 일반 백성을 위해 널리 유포시키지는 않았고19) 상류층에서만 유통되었으며 그 독자층 또한 계녀가류 규방가사의 담당 층과 거리가 있었으므로 계녀가류 규방가사의 직접적인 배경이라고 보기 어렵지만 여성교육의 작용을 수행했다고 봐야 할 것이다.

조선 영조 13년(1737)에 중국에서 만들어진 『여계女誡』, 『여논어女論語』, 『내훈』, 『여범』 등 4책을 한글로 토를 달고 해석하여 주활자로 찍어낸 『여사

---

18) 안선영, 「계녀가사의 구성양상과 서술특성-남성·여성 화자의 차이를 중심으로」, 성균관대학교 석사학위논문, 2005, p.22.

19) 권영철, 『규방가사 연구』, 이우출판사, 1980, p.203. 권영철은 경북 예천군에서 채집한 〈닉 훈〉에 대해서 언급하고 있다. 이 책은 이름만 같을 뿐 소혜왕후의 『내훈』과는 다르며 부분적으로 유사한 내용들이 섞여있는 정도이며 과거 20년간 영남지방 일대를 수십차 돌아다녀 보았지만 이런 『내훈』에 가까운 것을 얻어 보기는 처음 (…) 그러므로 소혜왕후의 『내훈』이 계녀가사를 발생시킨 영남지방에 크게 영향을 준 것 같지는 않다고 밝혔다.

서女四書』는 중국의 봉건제 사회제도를 배경으로 하여 부덕을 논한 것이다. 이 책에서는 재가 · 투기 · 오락을 여자가 가장 삼가야 할 것으로 금지하고 있다.

『효경』도 계녀가류 규방가사에 이념적 토대를 제공했다고 볼 수 있다. 『효경』과 규방가사간의 수수관계를 논하고자 하는 것은 효사상의 원론적 표현이 『효경』에서 기인된 것이기 때문이다.[20] "효는 덕행의 근본이고 교화가 이로 말미암아 나오는 바이다",[21] "효는 어버이를 섬기는 데서 시작하여 임금을 섬기는 데로 나아가고 입신으로써 끝난다."[22] 등 『효경』의 언급은 효의 중요성과 실천의 범위를 잘 보여준다. 『효경』에서의 '시양지효侍養之孝'는 효에 대한 가르침을 다음과 같이 제시하고 있다.

> 어버이를 섬기는 데 사랑과 공경을 극진히 하면 그 덕이 백성에게 알려져 사해에 본보기가 될 것이다.[23]

> 천지 중에서 태어난 본질 중에서 사람이 제일 귀하고 사람의 행실덕목에는 효보다 큰 것이 없다.[24]

이러한 『효경』의 가르침은 계녀가류 규방가사에 충실히 수용되었으며 다음과 같은 작품을 낳기에 이른다.

---

20) 조선영, 「계녀가류 가사와 〈효경〉」, 『국어국문학』 124, 국어국문학회, 1999, pp.124~126.
21) 『효경대의』, 전통문화연구회, 1996, 經1章 p.26의 "孝德之本也 敎之所由生" 참조.
22) 『효경대의』, 전통문화연구회, 1996, 經1章 p.28의 "孝始於事親 中於事君 終於立身" 참조.
23) 『효경대의』, 전통문화연구회, 1996, 經1章 p.28의 "愛敬盡於事親而德敎加於百姓刑於四海" 참조.
24) 『효경대의』, 전통문화연구회, 1996, 傳5章 p.66의 "天地之性 人爲貴 人之行 莫大於孝" 참조.

첫째는	효성이라	시집간	삼일만에
정쥬에	들어가서	쟁반을	접히지여
(…)			
음식을	드리거든	시부모님	하신말삼
새매들이	지은음식	국에	맛당하다
하시며	그아니	좋을소냐	밤들어
잠을자고	일찍이	일어나서	시부모께
문안하고	재방으로	들어가서	부대부대
헛단말고	길삼으로	힘을서라	춘절이라
일점해서	비백불란	우리부모	명주옷을
입어시고	하절에	반포짜고	등절에
면포짜서	버선을	정히지어	동짓달
동지이에	시부모님께	드리면	그아니
좋을손야[25]			

위와 같이 계녀가류 규방가사의 많은 작품에서는 모두 공통적으로 사구고事舅姑의 항목으로 시부모에 대한 효를 강조하고 있다. 효의 내용과 방법이 다양하지만 모두 공경을 기초로 하고 있으며 그 실제적 행위로는 봉양이 중심이 된다. 조선 시대의 통치이념은 충과 효의 덕목을 강조하는 유교이념이며 이는 가부장제 위계질서에서 빼놓을 수 없는 덕목이다. 여성에 대한 교훈 전달을 목적으로 지어진 계녀가류 규방가사는 바로 효에 대한 주장과 실천을 이야기하고 있는 것이다.

주자학에서 매우 중요한 위치를 차지하고 있는 『소학』은 조선에 들어와 유교 교화를 위한 주요한 교재로 적극 활용되었을 뿐만 아니라, 여성 교훈서로서도 매우 중요한 역할을 하였다. 조선에서 『소학』이 여성이 반드시 읽어야 할 중요한 책으로 지목되고 있는 것을 보면 이 점을 알 수 있다.

---

25) 권영철, 〈훈민가〉, 『규방가사』 I, 한국정신문화원, 1979, pp.49~50.

더욱 중요한 사실은 계녀서들이 『소학』에서 제시된 유교적 여성관을 그대로 따르고 있다는 사실이다. 『소학』에서의 여성 관련 내용은 주로 부자유친과 부부유별[26]의 내용 속에 포함되어 있다. 이것은 자연스럽게 효와 부부윤리 중심으로 여성관이 다루어졌음을 의미한다. 『소학』에서의 남녀유별의 원리는 연령에 따라 남녀 간에 상이한 교육이 행해지고, 일상 속에서도 철저히 적용된다. 또한 여성의 삶은 혼인을 통해 남편 가족의 일원이 되는 데서부터 시작되며, 남녀유별의 원리에 따라 남편을 충실히 따르는 것은 물론, 시집 가족에 대해 자신을 낮추고 여성의 직분에 충실할 것을 요구하고 있다.[27]

> 『안씨가훈』에 말하기를, 부인은 집안에서 음식공궤[飮食供饋]를 주관하는 직책을 담당하며 오직 술·밥·의복의 예도만 일삼아야 하며, 나라의 정치에 관여하거나 집안일을 주관하지 말아야 한다. 총명하고 재지가 있으며 식견[識見]이 고금[古今]에 통달한 여인이라도 남편을 보좌[補佐]하여 부족한 점을 보충할 것을 권유할 뿐이다. 암탉이 새벽에 우는 것처럼 여자가 자기의 직분 밖의 일을 관여하여 화난[禍難]을 초래하는 일이 없어야 할 것이니라.[28]

위에서 강조하고 있는 여성의 직분은 음식마련과 같은 내조에 두어야 하며 직분 밖의 일에 참여하면 화를 초래한다고 인정을 하고 있다. 이것은 아래의 계녀가류 규방가사 작품에서도 여실히 반영되고 있다.

---

26) 『小學 · 孝經』, 保景文化社, 1997, pp.43~46.

27) 김언순, 「조선시대 여훈서에 나타난 여성의 정체성 연구」, 한국학중앙연구원 석사학위논문, 2005, pp.126~127.

28) 〈廣明倫〉, 「嘉言」, 『小學 · 孝經』, 保景文化社, 1997, p.105의 "顔氏家訓曰 婦主中饋 唯事酒食衣服之禮 耳國不可使預政 家不可使幹蠱 如有聰明才智識達古今 正當輔佐君子 勸其不足必無牝鷄晨鳴以致禍也" 참조.

여자의 타인복은 유슌하기 쥬ᄌᆞᆼ이라
말소리와 대답하물 나즉나즉 가라치며
열살 되온후며 나다니게 마르소서
여ᄉᆞ을 ᄇᆡ을진이 범ᄇᆡᆨᄉᆞ랄 갓ᄀᆡ알아
정하기 쥬ᄌᆞᆼ이요 축피케 하지마소
음식감지 맛ᄀᆡ함은 규문ᄋᆡ 웃듬이요
방직직임 잘하옴은 여자ᄋᆡ 덕행이요
요조하고 명민함은 여자의 태도로다[29]

이 밖에 여성의 외출에 대하여 지켜야 할 항목들도 있다. 밤에 다닐 때나 길을 갈 때에도 "여자는 문을 나갈 때에 반드시 얼굴을 가려야 하고, 밤에 다닐 때에는 횃불을 사용하여야 하는 데 횃불이 없으면 나가기를 삼가야 할 것이다."[30]라고 부덕을 지킬 것을 요구하고 있다. 이 부분 역시 계녀가류 규방가사 작품에서 "문을나면 낫출막고 밤길의 초불발켜"[31]로 반영되고 있다.

『소학』의 교육관에서 또 하나의 중점이 바로 태교에 관한 것이다. 한 사람이 사회의 구성원으로 그 역할을 올바르게 수행하기 위해서는 태교라는 인간교육을 가정 안에서의 첫 시작으로 보고 있다. 태아도 하나의 생명체로서 모태 내에서 어머니의 행위와 마음가짐을 느낄 수 있기 때문에 태교는 인성교육의 전제로 결코 소홀히 할 수 없는 인간교육의 첫 단계라는 것이다. 한 사람이 어머니로부터 받은 가치관, 생활태도 등이 사회에서의 행실과 입지에 큰 영향을 미치기 때문에 잉태 순간부터 어머니의 올바른 자세가 선행되어야 한다고 강조하면서 태교의 방법까지 제시하고 있다.

---

29) 권영철, 〈규문전회록〉, 『규방가사』 I, 한국정신문화원, 1979, p.66.

30) 「明倫」, 『小學 · 孝經』, 保景文化社, 1997, p.46의 "女子出門 必擁蔽其面 夜行以燭 無燭則止" 참조.

31) 권영철, 〈규방정훈〉, 『규방가사』 I, 한국정신문화원, 1979, p.54.

『소학』에서는 아래와 같이 인정하고 있다.

> 「列女傳」에 말하길, 옛날에 부인이 아이를 잉태했을 적에 잠잘 때에는 옆으로 눕지 않고, 앉을 때에도 모로 앉지 않으며, 설 때에도 한쪽 발로 서지 않았다. 부정한 음식을 먹지 않고, 고기를 바르지 않게 썬 것을 먹지 않으며, 자리가 바르지 않거든 앉지 않으며, 눈으로는 부정한 색을 보지 않으며, 귀로는 부정한 소리를 듣지 않는다. 밤이면 악사[樂師]인 봉사로 하여금 시를 외우며 바른 일을 말하게 하였다. 이와 같이 극진하면 낳은 아이는 필연코 용모가 단정하고, 재주가 뛰어남이 보통 사람을 넘을 것이다.[32)]

임신의 초기는 감화 받는 시기이므로 어머니의 자고 앉고 서고 먹고 하는 모든 행동이 관건이며, 지혜롭고 어리석고 어질고 불초한 성품의 근저가 된다는 것이다. 이러한 태교는 고대 중국의 주나라 문왕의 어머니 태임에게서부터 유래한 것이다.

> 태임은 평소 성품이 단정하고 한결 같으며 성실하고 엄숙하여 오직 덕스러운 행동만을 하였다. 그녀가 문왕을 잉태하여서는 눈으로 사나운 빛을 보지 않으며 귀로는 음란한 소리를 듣지 않으며, 입으로는 오만한 말을 내지 않았다. 그리하여 문왕을 낳았는데 총명하고 사물에 통달하여 하나를 가르치면 백을 알아 마침내 주나라의 제일 높은 왕이 되었다는 것이다.[33)]

이러한 전고는 계녀가류 규방가사에서 그대로 인용되고 있다.

---

32) 「立敎」, 『小學 · 孝經』, 保景文化社, 1997, p.70의 "列女傳曰 古者 婦人妊子 寢不側坐不邊立不蹕. 不食邪味 割不正不食 席不正不坐 目不視邪色 耳不聽淫聲 夜則令瞽誦詩道正事 如此則生子形容端正 才過人矣" 참조.

33) 「立敎」, 『小學 · 孝經』, 保景文化社, 1997, p.70의 "太任之性 端一誠莊 惟德之行 及其娠文王目 不視惡色 耳不聽淫聲 口不出傲言 生文王而 明聖 太任敎之以一而識百卒爲周宗" 참조.

야ᄒᆡ야 드러봐라 ᄯᅩ한말 이르리라
자식미리 가라치기 됴난한 듯 ᄒᆞ다마난
슈ᄐᆡ를 하거덜랑 음셩을 듯지말고
난ᄉᆡᆨ을 보지말고 쎠근음식 먹지말고
기울게 셔지말고 기울게 눕지말고
십삭을 이리ᄒᆞ여 ᄀᆡ자을 나흐시면
얼고리 영쥰ᄒᆞ고 품명이 출등ᄒᆞ졔
문왕의 어마님이 문왕을 나흐실제
이갓치 ᄒᆞ겨시니 어리그리 착ᄒᆞ신고[34)]

위와 같이 볼 때 계녀가류 규방가사가 『소학』으로부터 많은 영향을 입고 있음이 보여 진다.

그 다음 개인저술의 교훈서를 살피고자 한다.

국가주도가 아닌 개인 저술의 교훈서들의 활발한 유포는 여성교육에 대한 관심의 증가, 실행과 맞물려 나타났다. 이런 교훈서들은 『우암 계녀서』(17세기 중반경), 『동몽선습』, 『퇴계언행녹』, 『훈자첩訓子帖』, 『명심보감』, 『규중요람』, 『병곡선생 내정편屛谷先生 內政篇』(1716~1723년간으로 추정), 『사소절』「부의婦儀」 편(18세기 후반경), 『태교신기(태교新記)』(18세기말 지음, 1801년 언해), 『여자초학女子初學』(1997), 『계녀어』, 『규범閨範』, 『ᄂᆡ훈녀계서』, 『여자계형편女子戒行篇』 등이 있다.

『우암 계녀서』는 명칭 그대로 여성 · 부녀 · 가부家婦에 대한 경계 · 교육 · 교화 · 훈화訓話 등 일반적인 여성의 수신덕목을 서술한 것이다. 우암이 장녀가 출가할 즈음에 다정하고 극진하고 자상한 심정에서 간곡히 타이르고 교도教導한 규실閨室교훈서라고 할 수 있다. 이 속에는 20개의 항목에 걸쳐 수신 · 제가齊家 · 윤리倫理 · 예절禮節 · 가사家事 · 처신處身 · 처세處世 등

---

34) 권영철, 〈훈시가〉, 『규방가사』 I, 한국정신문화원, 1979, p.23.

백행百行 · 범절凡節에 대한 규범이 담겨 있다. 또한 부녀자가 갖추어야 할 부모 · 남편 · 시부모 · 형제와 친척 · 자식 등 덕목 외에도 제사를 받드는 일에서부터 일상생활에 필요한 일까지 자세히 정리하였다.[35)]

『우암 계녀서』 중 한 부분을 보면 시부모 공양에 대한 강조를 아래와 같이 하고 있다.

> 싀부모와 지아비 혹 그릇 아르시고 ᄭᅮ즁ᄒᆞ시거든 잔말ᄒᆞ여 어지러이 발명말고 잠잠 잇다가 오린 후의 죵용이 그러치아닌연고로 ᄒᆞ거나 죵시 아니 살와도 아라실 날이 자연 잇스니 부ᄃᆡ 당ᄒᆞ여 불사이 발명말고[36)]

「우암 계녀서」

위의 가르침은 계녀가류 규방가사 작품에서도 비슷한 형태로 나타나고 있다.

부모님	ᄭᅮ즁커든	업드려	감슈ᄒᆞ고
아모리	밧비ᄒᆞ면	발명을	밧비마라
발명을	밧비ᄒᆞ면	도분만	나ᄂᆞ니라
안싁을	보아가며	노기가	풀리거든
조용히	나아안자	ᄎᆞ례로	발명하여
부모님네	우스시고	용서를	ᄒᆞ시리라[37)]

35) 이을환, 「〈戒女書〉의 言語戒訓 硏究-一般意味論 · 傳達理論의 照明을 겸하여」, 『아시아 여성 연구』 29, 숙명여자대학교 아시아여성연구소, 1990, p.2.
36) 송시열, 『계녀서』, 정음사, 1986, pp.201~2.
37) 권영철, 〈계여가〉, 『규방가사』 I, 한국정신문화원, 1979, p.15.

『우암 계녀서』는 매우 독창적인 면도 있지만 소혜왕후의 『내훈』, 이퇴계李退溪의 『규중요람』 등 교훈서를 많이 참고한 것으로 추정되며 밀장본秘藏本이나 필사본으로 널리 세상에 알려져 후세 여성에 대한 모범 교훈서가 되었다. 이외에도 중국의 『주자가훈』과도 관련이 있는 것으로 추정되고 있다.[38)]

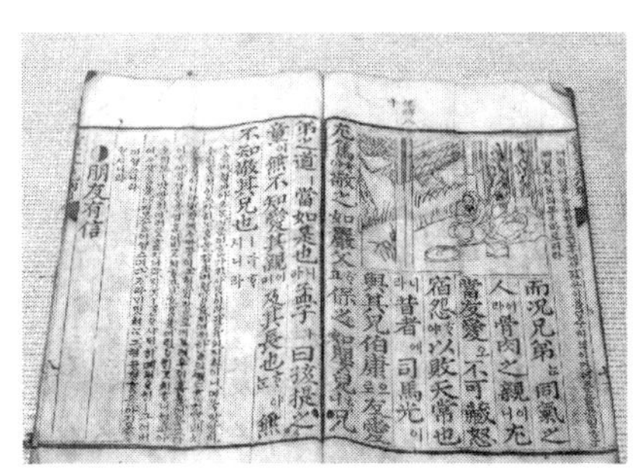
『동몽선습』

『동몽선습』은 조선 중종 박세무(1487~1554)가 지은 책으로 천자문을 마친 아이들이 『소학』을 배우기 전에 공부하는 교과서로 널리 쓰였던 책이다. 권영철은 이 저서를 부녀자 교훈서는 아니지만 전형 계녀가의 전거典據가 될 만한 것이라고 보고 있다.[39)] 『동몽선습』은 초학자의 입문서入門書로서 '효'의 사상을 그 바탕으로 하여 저술한 것인데, 총론과 서문 중에서의 "천지간 만물 중에서 유독 인간이 제일 귀하도다 사람이 귀한 까닭은 오륜이 있기 때문이다."[40)]라는 대목이 계녀가류 규방가사에 많이 인용되고 있다.

『퇴계언행녹』은 이조 명종기의 명유名儒 퇴계의 언행녹인데 6권3책으로 되어있다.[41)] 권영철은 영남지방에서 퇴계가 규방가사에 대한 영향은 거의

38) 이을환, 「〈戒女書〉의 言語戒訓 硏究-一般意味論 · 傳達理論의 照明을 겸하여」, 『아시아 여성연구』 29, 숙명여자대학교 아시아여성연구소, 1990, p.8.

39) 권영철, 「閨房歌辭 硏究」 三, 『曉大 論文集』, 1975, p.23.

40) 박세무 · 이이, 『동몽선습 · 격몽요결』, 동양고전연구회, 나무의 꿈, 2011, p.30. "天地間 萬物之衆 唯人 最貴 所貴乎人者 以其有五倫也"

41) 권영철, 「閨房歌辭 硏究」 三, 『曉大 論文集』, 1975, p.24.

절대적인 군림이라고 보았다. 또한 퇴계의 가르침이 주자이념을 그대로 답습한 것이라고 인정하며, 「주자가훈」이 계녀가류 규방가사의 성립에 대본이 될 수 있듯이 퇴계의 가르침도 그 전거가 된다고 주장했다.[42)]

이 외에도 선조 조의 우복愚伏 정경서鄭經書(1563~1633)의 『훈자첩訓子帖』과 『계녀서』가 있다. 전자는 남아의 초학初學을 위하여 저술하였고, 후자는 부녀자의 교훈을 목적으로 하여 쓴 것이다. 그 발문과 계녀가류 규방가사의 서문이 직결된다는 관점에서 전적典籍의 역할을 담당하고 있다.[43)]

조선 시대의 『명심보감』은 전대全代에 걸쳐서 각 가정마다 『소학』과 더불어 비치備置되고 애송되었다. 비록 전문적인 부녀자 교훈서는 아니었으나 총 21개 항목에서 '부녀편'을 비롯한 수개편數個篇은 역시 계녀가류 규방가사에 영향을 준 전거의 하나로 볼 수 있다.[44)]

『규중요람』과 『사소절』은 역시 남성이 쓴 계녀서로 사대부가 부녀로서의 윤리 도덕을 비롯하여 언어, 행동, 동기와 친척간의 화목 등 일상생활의 범절이 잘 나타나 있다.

『규중요람』이나 『병곡선생 내정편』을 교훈서에 포함시킨 것은 내용과 구성의 유사함 때문만이 아니라 일상생활의 규범과 부녀들의 시가 생활에 초점을 두고 있기 때문이다.

위와 같은 교훈서들을 범주화하기 위해서라도 '계녀서'의 개념을 설정할 필요가 있다. 계녀서는 작자 미상으로 일반 가정에서 부녀자를 교육하기 위하여 쓰여 지고 필사된 것으로 필사하거나 여러 대에 걸쳐 전승되기도 하면서 이용된 국문 책이다. 따라서 집안의 여자들을 가르치기 위하여 부모나 조부모가 짓거나 필사하여 전해주는 책들을 계녀서의 범주에 포함시

42) 권영철, 「閨房歌辭 硏究」 三, 『曉大 論文集』, 1975, p.25.
43) 권영철, 「閨房歌辭 硏究」 三, 『曉大 論文集』, 1975, p.24.
44) 권영철, 「閨房歌辭 硏究」 三, 『曉大 論文集』, 1975, p.26.

킬 수 있다. 물론 이런 책들이 모두 '계녀서'라는 제목으로 되어 있는 것은 아니고 가장 이른 시기에 지어진 『우암 계녀서』가 뒤이어 나온 책들의 내용, 구성, 전승 방법 등에서 전범적인 모습을 보이므로 '계녀서'라는 이름으로 통칭한 것이다.[45] 계녀서는 개인의 저술이면서 각 가정으로 범위가 좁혀져 있고 실생활에 관련된 교훈내용을 구체적인 행실규범으로 서술하고 있다. 특히 시가생활에 대한 교훈이 중심을 이루고 있다는 점에서 여성에 대한 가부장적 이데올로기의 통제가 강화된 산물인 동시에 여성들이 행실을 닦아가면서 이를 통해 현명한 생활을 누리고자 한 점도 간과해서는 안 된다. 여러 계녀서들에서 빠지지 않고 등장하고 있는 덕목들을 정리해 보면 실생활에 고착된 교훈의 강조, 가족과 가문결속의 윤리강화라는 두 가지 측면에 집중되고 있음을 알 수 있다. 『우암 계녀서』를 포함한 계녀서들에서 빠지지 않고 등장하는 덕목들은 사구고, 사군자事君子, 교자녀教子女 등의 가족윤리와 의복, 음식 등 구체적인 생활과제의 덕목들이다.[46]

계녀서들은 산문기록의 형식으로 19세기까지 지속되면서 시대적 상황과 맞물려 유통되었다. 그러다가 교육적 효율을 높이기 위한 형식적 목적에 대응하여 여성들에 의해 읊어지고 필사하여 전승되기 시작하면서 가사문학인 계녀가류 규방가사로 형식을 바꾸게 되었다. 즉 계녀가류 규방가사는 여성들에게 익숙한 규방가사 형식으로 광범위한 계녀서들을 가사화하면서 여성들이 일상생활에 필요한 규범들을 쉽게 익히고 실천하도록 주지시키는 것을 목적으로 형성된 것이다.

계녀가류 규방가사는 계녀서의 내용을 그대로 옮기거나 단지 산문에서 가사로의 단순한 장르전환을 통해서 창작된 것이 아니고 그 이상의 문학적

---

45) 안선영, 「계녀가사의 구성양상과 서술특성-남성·여성 화자의 차이를 중심으로」, 성균관대학교 석사학위논문, 2005, p.23.

46) 성병희, 「조선시대 계녀서 연구」 (1), 『안동문화총서』 1. 1986, p.25.

장치를 마련하여 교훈을 전달한다. 이는 문학 장르의 형식면에서 볼 때 산문이 보여준 교훈 전달의 한계를 운문으로 된 가사문학으로의 전환을 통하여 극복한 것으로 볼 수 있다. 계녀서가 규방가사로 가사화하여 전승된 것은 규방가사를 이미 향유하고 있는 부녀자들에게 익숙한 문학 장르라는 이유 외에도 가사 장르의 속성이 일상생활의 행실규범을 구체적이고 상세하게 지시하는 데 아주 적합했기 때문이다. 그리고 내용면에서 볼 때 계녀서는 비교적 관념적인 전달로 교훈을 전달하고 있는 반면에 계녀가류 규방가사는 규범이 더 세분화되고 실생활을 토대로 하여 구체적인 일상사 그리고 개인의 서정토로가 추가되어 있다는 다른 점도 보이고 있다.

이어서 계녀가류 규방가사의 정서적 기반을 살펴보고자 한다.

우선 계녀가류 규방가사는 교훈가사이지만 건조한 가르침의 내용만 담고 있는 것은 아니다. 조규익은 간절한 감정을 숨기고 현실적 가르침만을 표면화 시킬 수밖에 없는 상황이 바로 계녀가류 규방가사의 창작국면이라고 보았다.[47] 계녀가류 규방가사에서 담론하고 있는 교훈은 남성의 입신양명이 아니고 '친정을 떠나 시집에서의 생존을 위한 가르침'이며 여성이 숙지하여야 할 도덕규범과 행동양식이다. 초기의 계녀가류 규방가사 작품에서 작자와 독자의 관계는 부모와 딸이라는 것이 명확하게 밝혀져 있다. 때문에 계녀가류 규방가사의 정서적 기반은 유교적 이데올로기의 강조만이 아니라 부모와 딸이라는 혈육적인 인간정서의 발현으로도 봐야 할 것이다. 즉 계녀가류 규방가사에는 딸을 시집으로 떠나보내면서 따르는 친정 부모의 막무가내와 애달픔이 깔려있는 것이다.

① 너의 　　　써난지가 　　　거연 　　　일삭이라

47) 조규익, 「교훈의 장르론적 의미와 교훈가사」, 『한국고시가문화연구』 23, 한국고시가문학회, 2009. pp.347~349.

무심　아비오나　아조야　이즐손야
저족의　ᄉᆞ방으로　알둔곳을　두남누어
문박을　나서보면　그곳으로　눈이가고
본심곳　도라오면　네ᄉᆡᆼ각이　나난구나
(…)
부지부락　급거중에　시ᄃᆡᆨ문전　들어가서
십목소시　좌와중ᄋᆡ　응당실수　만으리라
머리단ᄌᆞᆼ　비여곱기　손서러　어리ᄒᆞ며
출입기거　몸조심을　ᄌᆞ심ᄒᆞ기　어려워라
씌와야　이러난즘　날ᄉᆡ난줄　어이알며
유명이　타난무섬　날저무면　어이ᄒᆞᆯ고
여공ᄇᆡᆨᄉᆞ　볼ᄌᆞ심은　ᄒᆞᆫ가지도　못능ᄒᆞ니[48]

② 촉하燭下의　심심키로　잠든너ᄅᆞᆯ　어루만져
멋멋번　탄식歎息이며　눈물이　가리오니
슈일간數日間　네가가면　형용形容과　네 ᄌᆞ최가
눈의 암암暗暗　귀의 경경
션물실과膳物實果　ᄉᆡ로나니　너ᄅᆞᆯ불너　먹일 듯
명시가절明時佳節　도라오면　너를불너　즐길 듯[49]

③ 천분만분　당부한다　여자의　일평ᄉᆡᆼ의
어려운일　네아는야　어렵고　두려운일
시집사리　우ᄋᆡ　쓰닷시　어ᄃᆡ잇나
(…)
부ᄃᆡ부ᄃᆡ　조심ᄒᆡ라　ᄂᆡ말부ᄃᆡ　잇지마라[50]

---

48) 권영철, 〈여아 ᄉᆞᆯ펴라〉, 『규방가사』 Ⅰ, 정신문화연구원, 1979, pp.80~81.
49) 신지연 · 최혜진 · 강연임, 『개화기 가사 자료집』 4, 보고사, 2011, p.328.
50) 林基中, 〈녀자힝신가(1125)〉, 『역대가사문학전집』 22, 東西文化院, 1987, p.435.

①에서는 시집보낸 딸의 모습이 눈앞에서 어른거릴 정도로 그리워하는 아버지의 아쉬운 감정, 그리고 행실을 숙지하지 못해 시집살이 고생을 겪고 있을 딸을 걱정하는 복잡한 심사, ②에서는 시집갈 딸을 어루만지며 눈물 훔치는 어머니의 애틋한 심정, ③에서는 여자의 평생에서 제일 어려운 것이 시집살이라고 걱정하는 부모의 심사를 보여준다. 이 외에 다른 많은 작품에서도 "아ᄒᆡ야 드러봐라"라고 시작하여 작품의 마지막 결말까지 "아ᄒᆡ야 드러봐라 ᄯᅩ ᄒᆞᆫ말 이르리라"를 반복하고 "그밧계 경계ᄒᆞᆯ말 무수히 있다만은 정신이 아득ᄒᆞ여 이만ᄒᆞ여 긋치노라"[51]라는 말로 딸이 시집살이에서 지켜야 할 행실규범을 빠짐없이 전달하면서 아쉬운 심정으로 작품을 마무리 짓고 있다.

이러한 계녀가류 규방가사가 필사의 과정에서 개입되는 심정적 차원의 몰입과 필사자의 충동적인 또는 의도적인 정서의 표출로 이해할 수 있다.[52] 친정부모는 시부모의 지배권으로 들어가는 딸에게 현실적인 칠거지악이나 삼종지도를 따라야 함을 가르치면서 새 가정의 일원으로 순리롭게 편입되기를 바라는 간절함과 애틋함을 숨기기 어려웠을 것이다. 때문에 교훈가사의 한 갈래인 계녀가류 규방가사는 순종, 겸손, 인내 등 건조한 가르침의 내용만 담고 있는 것이 아니라 혈육지정의 분리에 따른 고통, 원망, 탄식 등 인간적 감정이 수반된 가사장르라고 보아야 할 것이다.

계녀가류 규방가사는 또한 양반가문의 체통과 명예를 유지해 나갈 사대부 층의 바람이 숨겨져 있다. 계녀가류 규방가사가 언제 형성되었는지 명확하게 알 수는 없지만 텍스트의 생산 연대와 또 현존 작품 중 가장 오래된 것으로 보이는 원전을 토대로 추정할 경우, 18세기 중엽 곧 조선 영·

---

51) 권영철, 〈계녀가〉, 『규방가사』 Ⅰ, 정신문화연구원, 1979, p.7.
52) 최규수, 『규방가사의 '글하기' 전략과 소통의 수사학』, 명지대학교 출판부, 2014, p.40.

정조시대일 가능성이 크다. 또한 작자 층의 환경적 조건에서 형성의 계기를 찾는다면 주류 담당 층은 영남지방의 사대부 부녀 층이다. 이들은 영·정조 시대에 정치적으로 몰락한 남인계의 가문에서 성장하고 역시 같은 계통으로 출가해서 몰락한 가문을 일으켜야 할 소임을 짊어진 계층이었다. 학문적으로는 글을 읽고 경제적으로 농사를 지어야 하면서도 여전히 양반계층으로서의 신분유지가 필요한 현실은 양반 여성들에게 현실인식의 과제를 제기하였고 양반다운 언행이 무엇보다 강력하게 요구되었다. 권력이나 경제적으로 쇠퇴한 가문일지라도 여성들이 효성과 내조, 자녀교육 등 가정에서의 소임을 충실히 수행하면 가문의 궐기가 얼마든지 가능하다는 인식 아래 여성들은 행실규범과 자기수양을 끊임없이 연마해야 했다. 계녀가류 규방가사는 교훈서를 가사화한 것으로 유교적 이데올로기와 가부장적 위계질서를 수호하기 위한 것이다. 또한 여성들이 사대부가의 체통을 유지해야 할 가문의식과 현실적인 삶을 개척해야 할 주체의식이 내포되어 있다.

① 우리문중 볼ᄌᆞᆨ시면 ᄃᆡ구입향 언ᄌᆡ런고
광정공의 ᄌᆞᆼᄒᆞ오신 음덕으로
ᄆᆡᆼᄉᆞᆫ공이 계술ᄒᆞᄉᆞ 팔공산ᄒᆞ 명기ᄌᆞᆸ아
문호ᄇᆡ치 괴글ᄒᆞ니
수동파이 종파되고 ᄌᆞᄂᆡ집이 종ᄐᆡᆨ이라
오ᄇᆡᆨ여연 젼슈ᄒᆞ니 방두지부귀요 낙양지번화하다
ᄃᆡᄃᆡ로 션비ᄒᆞ읍 은덕불ᄉᆞ ᄒᆞ여시니
고관ᄃᆡ쟉 업셔시ᄂᆞ 효자츙신 문ᄌᆞᆼ명필
계계승승 유명ᄒᆞ니 두와공이 ᄌᆞᆼ흥이요
쥬셔공의 명망이라 혼부범졀 조흘시고
집집마다 ᄌᆞ고로 만흔쌋님
간곳마다 유명ᄒᆞ니 산운ᄒᆞ회 초밧치며

ᄂᆡ압소호	예안이며	샹쥬션산	법풍이며
돌밧셔원	양동이라[53]		

② 우리선조	용헌선생	개국초	공신으로
숭녹대부	좌의정이	문희공의	현손이요
문헌공의	증손이오	행촌선생	손자씨고
평재선생	자제시고	쳔졍의	지하말삼
황염재상	일너스니	풍도가	거룩하고
심덕인후하다	자제	칠형제오	싸님은
뉵형제라	내외손	번셩하야[54]	
(…)			
너의싀댁	겸암선생의	외손셔시고	참봉공의
사외시고	안견사공	매부로다.	

①은 친정집과 사돈집의 문벌에 대해 서술하고 있다. 친정집 가문의 내력을 따져보면 '대구'라는 곳에 입향入鄕한 지가 언제이고 '광정공'이라는 문벌의 영예로 '팔공산'이라는 명기名基를 잡아 문호를 빛냈다는 자부심을 내비치고 있다. 또한 딸이 시집갈 사돈집은 오백여년의 종가집이라 자리 잡은 곳이 방두房杜[55]의 부유함과 낙양[56]같은 번화를 갖고 있으며 효자충신이 배출輩出된 유명한 가문이라고 자랑을 아끼지 않고 있다. ②에서도 딸에게 전하는 가사에 친정집의 영예로운 내력과 시집의 당당한 문벌에

53) 권영철, 〈신힝가〉, 『규방가사』 Ⅰ, 정신문화연구원, 1979, p.40.
54) 이정옥, 〈뉴실경계사〉, 『내방가사의 향유자 연구』, 박이정, 1999, p.263.
55) 중국 당나라 때의 이름난 재상인 房玄齡과 杜如晦를 아울러 이르는 말. 방현령(578~648)은 중국 당나라의 정치가, 건국 공신으로서 재상이 되었으며, 『진서』의 편찬에도 관여하였다. 두여회도 중국 당나라의 정치가(585~630)로 방현령과 함께 태종을 섬겼으며, 당의 법률과 인사제도를 정비하여 '貞觀의 治'를 구축하였다.
56) 중국 하남(河南)성의 직할시로, 한·위 및 수·당시대의 국도(國都)였던 낙양성 유적이 있는 유명한 도시.

대해 서술하고 있다. 이처럼 계녀가류 규방가사에는 양반 가문의 자부심과 체면의식을 명백하게 드러내고 있다. 계녀가류 규방가사를 지어 자식에게 넘겨준다는 것은 교훈 전달이 목적이기도 하고 또한 자기 가문의 체통, 훌륭한 문벌과 사돈을 맺게 된 자긍, 양반집 규수의 당당한 품위를 잃어버리지 않고 아랫세대에 물려주려는 의식이 작용하고 있는 것이다. 이런 가문의식을 토대로 여성들은 혼인을 한 후 안주인으로서의 자리를 개척하고 굳혀나가야 할 현실을 직시해야 했다. 따라서 이데올로기적 질서의 유지와 가문을 영위해 나가는 데 중요한 역할을 담당해야 했던 여성들의 자부감과 삶의 애환哀歡 등이 계녀가류 규방가사의 주조를 이루게 된 것이다.

이처럼 시집살이의 고난을 직접적으로 겪어온 어머니의 걱정, 출가외인이 될 수밖에 없는 딸을 낯선 시집으로 보내야 하는 부모의 아쉬움과 아픔, 친정 가문의 명예와 체통의 유지, 친정과 시집이라는 두 가문의 연결고리의 담당, 집안 살림을 영위해 나가야 하는 여성의 역할의식, 안주인의 자리를 굳혀야 하는 생존의식 등이 계녀가류 규방가사의 정서적 토대를 이룬 것이다. 때문에 계녀가류 규방가사는 가부장제 시대 여성의 생활이상과 인생이념을 집대성한 것이라고 할 수 있다.

2.2 계녀가류 규방가사의 장르 내적 위치

이 부분에서는 계녀가류 규방가사와 양반가사, 교훈가사간의 연관성을 살펴보고자 한다.

먼저 규방가사와 양반가사와의 연관성을 보기로 한다. 규방가사는 영조 이후의 4 · 4조 형식을 길게 엮어 나가는 양반가사의 음수율, 음보격의 형식과 거의 비슷하다. 그 외에 표기문자를 따져보면 양반가사는 국문과 한

문을 혼용하면서 한자를 즐겨 쓰는 데 비해 규방가사는 한문투가 존재하긴 하지만 대부분 국문으로 표기되어 있다. 양반가사의 명칭과 제목은 '가사歌辭 · 별곡別曲 · 곡曲 · 사詞 · 가歌'[57] 등으로 다양하다. 규방가사의 명칭은 '가ᄉᆞ' 또는 '두루마리', 제목은 '○○○가' 혹은 '○○○가라'[58]로 되어 있으며 접미사 '가'나 '라'를 많이 붙인다.

또한 양반가사의 많은 작품들의 서두구序頭句에는 전형과 발문이 없는데 비해, 규방가사의 서두에는 "어와셰상 ᄉᆞ람들라 이내말솜 드러보소[59]", "어와 동유들아 이ᄂᆡ말솜 드러보소"[60], "오홉다 여자들아 이내 말솜 드어봐라"[61], "어와 세상 사람들아 우리노림 구경하소"[62]와 같은 발문이 배치되어 있다. 양반가사가 남성의 사회적 이념, 개인적 이상과 신념의 세계를 담고 있는 데에 비해 규방가사의 이런 발문은 여성들이 생활적인 내용을 소화하고 공감하기에 유리하다. 또한 이런 발문은 여성들이 서로 주고받고 베끼고 낭독하는 규방가사의 전승방식의 전형적인 체현으로 봐야 할 것이다. 그 밖에 발문은 또 민요적인 특성을 다소 띠고 있다. 이는 영남지방 양반 부녀자들이 영남지방의 민요에 상당한 교양을 가지고 있었지만 양반 사대부가의 체면 때문에 서민 중심의 민요를 의식적으로 버리거나

57) 예를 들면 〈한양가〉, 〈연행가〉, 〈일동장유가〉, 〈상춘곡〉, 〈상사별곡〉, 〈태평사〉, 〈누항사〉 등이다.

58) 예를 들면 〈부여교훈가〉, 〈회인가〉, 〈복선화음가〉, 〈훈시가〉, 〈계여가〉, 〈행실교훈기라〉, 〈경계사라〉, 〈여아슬펴라〉 등이다.

59) 신지연 · 최혜진 · 강연임, 〈貴女歌〉, 『개화기 가사 자료집』 4, 보고사, 2011, p.276. 이외에도 〈이별가〉(신지연 · 최혜진 · 강연임, 『개화기 가사 자료집』 4, 보고사, 2011, p.348) 등이 있음.

60) 신지연 · 최혜진 · 강연임, 〈船遊歌〉, 『개화기 가사 자료집』 4, 보고사, 2011, p.450.

61) 신지연 · 최혜진 · 강연임, 〈女子自歎歌〉, 『개화기 가사 자료집』 4, 보고사, 2011, p.308.

62) 신지연 · 최혜진 · 강연임, 〈귀소슐회가〉, 『개화기 가사 자료집』 4, 보고사, 2011, p.360.

일부 포함하면서도 사랑방 문학인 가사문학을 지향한 것으로 볼 수 있다.

많은 규방가사 작품들의 결말에 아래와 같은 형식의 결사가 붙어 있다.

① 을사원룅　일지하노라　명심하라　각성하라
아해들아[63]

② 어와　여자들은　범연히　듯지말고
고귀히　명심하여　옛말삼　ᄎᆡᆨ취하여
지상ᄋᆡ　기록하여　규문ᄋᆡ　부치노라[64]

③ 말은비록　무식하나　진정으로　기록하니
그리알아　눌너보소[65]

④ 그나마　다시상양　젼기로　바라노라[66]

⑤ 여러분ᄂᆡ　득택으로　다만　이것으로
슷치나이다

신사년 정월 이일[67]

⑥ 강촌노인　졸부ᄌᆡ셔　증ᄒᆞ노라[68]

⑦ 그밧계　경계ᄒᆞᆯ말　무수히　잇다만은
정신이　아득ᄒᆞ여　이만ᄒᆞ여　긋치노라[69]

---

63) 권영철, 〈경계사라〉, 『규방가사』 Ⅰ, 정신문화연구원, 1979, p.79.
64) 권영철, 〈규문전회록〉, 『규방가사』 Ⅰ, 정신문화연구원, 1979, p.71.
65) 권영철, 〈회인가〉, 『규방가사』 Ⅰ, 한국정신문화원, 1979, p.64.
66) 권영철, 〈규방정훈〉, 『규방가사』 Ⅰ, 한국정신문화연구원, 1979, p.55.
67) 권영철, 〈행실교훈ᄀᆡ라〉, 『규방가사』 Ⅰ, 한국정신문화원, 1979, p.48.
68) 권영철, 〈신ᄒᆡᆼ가〉, 『규방가사』 Ⅰ, 한국정신문화원, 1979, p.41.
69) 권영철, 〈계여가〉, 『규방가사』 Ⅰ, 한국정신문화원, 1979, p.20.

위의 작품의 결말 부분에서 작자는 자신의 글에 대한 겸손, 그리고 자식에 대한 애정을 드러내며 끝을 맺는다. 결사에서의 이런 어조는 교훈의 언술과 확대의 전형으로 작품 전반에 교훈성과 정서성의 가미로 볼 수 있다. 이런 형식의 결사는 계녀가류 규방가사가 양반가사와 구별되는 또 하나의 특징이다.

예로부터 가사문학은 남성중심의 문학이었다. 가사는 고려 말부터 이념 전달을 위해 창작되었는데 조선 초기에 양반사대부들이 담당 층으로 등장하면서 유가의 오륜을 대표하는 미의식과 세계관을 담게 되었다. 강호의 여유와 경지를 노래한 강호가사, 유배가사, 연군의 감정을 노래한 연군가사, 종교가사 등이 가사의 주류로 되었고 조선 후기에 와서 양반사대부의 여성들이 창작과 향유에 참여하였다. 남성가사를 전범으로 그 방계나 지류라고 볼 수 있는 규방가사는 조선 시대 후기 영남지방을 중심으로 여성들이 주된 담당 층과 향유 층으로 대두한 것이다. 영남지방의 사대부 층에서 부상한 여성들을 지배양식인 남성가사를 모방하면서 규방가사의 창작 주체로 그 지방의 양반의식을 이어 나갔다. 여성작자들이 자기들의 목소리로 계녀가류 규방가사를 창작, 내면화하고 융성시켰기 때문에 특정한 신분집단의 공동체 의식을 보여주었다고 할 수 있다.

남성주류 사회에서 학문과의 접맥이 어려운 여성이 일개 문학 장르의 담당 층으로 부상되었다는 것은 중요한 의의를 갖는다. 계녀가류 규방가사가 양반가사의 모방에서 기인되었고 가부장제 위계질서와 규범행실의 전달을 위해 산출된 문학 장르이며 주류문학이 아닌 주변문학으로 존재한 것은 사실이다. 하지만 차별적인 성으로 고정화되었음에도 불구하고 행실규범의 수신을 통하여 바람직한 삶을 영위해 나가려는 여성의 주체적인 목소리를 대변한 가사장르라는 것으로도 인정해야 할 것이다.

이어서 모두 교훈적 주제를 전달하고 있는 계녀가류 규방가사와 교훈가사와의 연관성을 추정해본다. 앞에서 교훈가사가 계녀가류 규방가사의 형성에 직접적인 배경을 제공했다는 점에서 이미 논의가 있었기 때문에 여기에서는 작품 풍격 면에서의 연관성을 보기로 한다.

교훈성은 고전문학에서의 시기나 갈래를 막론하고 대개의 작품들이 갖고 있는 특징이다.[70] 교훈은 교술의 논리적 전제이자 그 자체를 구성하는 요소이기도 하다. 고전문학 갈래 중 교훈의 실질을 가장 잘 살필 수 있는 것이 가사인데, 유용한 교훈 담론의 장르이며 강한 이념지향의 시대에 형성되었다는 점에서 매우 강한 목적성을 보여준다.[71]

교훈은 '가르치고 깨우치는 것'이다. 깨우침도 가르침의 한 방법이라면 교훈은 말 그대로 '가르침'이다. 가사가 독자나 청자를 상정한 언술 혹은 담론이라면 가사에는 독자 혹은 청자에게 무언가를 전술하려는 작자의 욕망이 선행한다.[72] 규방가사의 한 갈래인 계녀가류 규방가사는 최초에는 딸과 어머니라는 화자와 청자 간 교훈의 전달과 소통으로 진술방식이 진행되고 있으며, 청자에게 행실규범의 내용을 전달하는 독특한 면모를 드러낸다. 이는 18세기 이후의 교훈가사에서 흔히 볼 수 있는 특징으로서 서정적 자아의 정서나 정감을 주조로 표현하는 화전가류나 탄식가류 규방가사와 전혀 다른 모습이다. '아희야'라는 부름을 먼저 등장시키며 작품을 읽거나 듣는 사람들에게 주의를 환기시키고 교훈하고자 하는 내용을 명확하게 전달하고 있다. 이런 형식은 교훈가사에서 흔히 볼 수 있는 것이며 계녀가류 규방가사가 교훈가사의 형상화 방식에서 영향을 받았음을 의미한다. 추상적이고 관념적인 교훈을 제시하는 것이 아니라 일상생활에서의

70) 박연호, 『교훈가사 연구』, 도서출판 다운샘, 2003, p.11.
71) 조규익, 「교훈의 장르론적 의미와 교훈가사」, 『한국고시가문학연구』 23, 한국고시가문학회, 2009, pp.324~327.
72) 조규익, 「교훈의 장르론적 의미와 교훈가사」, 『한국고시가문학연구』 23, 한국고시가문학회, 2009, p.347.

행실규범을 제시 · 설명하면서 교술의 목적을 강화하는 표현양식은 조선 후기 교훈가사에서 빈번하게 보이는 모습이다.[73]

교훈가사는 계녀가류 규방가사의 형성에 있어서 모범적 선례로 작용했다. 무엇보다 창작의 의도와 내용적인 측면에서 볼 때 가문결속의 움직임과 가부장적 질서의 유지라는 의미지향이 지적된 것이다. 여류문학인 규방가사에 대해서 조규익은 문예미학을 넘어선 성리학적 교훈의 교조성이 두드러지고 가사가 지닌 복합 장르적 성격을 사상捨象시켰을 뿐만 아니라 교훈이나 교술의 측면을 부각시켰다고 했다. 나아가 계녀가류 규방가사에서 교훈가사의 일반적인 진술방식인 '설명+촉구(심리적 일치)'[74]의 도식적 구조에 포함된다는 점에서 모범적인 교훈가사이며 체현되고 있는 '교훈'이란 '친정을 떠나 살아갈 길에 대한 가르침'으로 얼마간의 서정적 성격이 문맥 속에 잠재되어 있다[75]고 하면서 계녀가류 규방가사가 교훈가사 중의 한 부류라는 점과 양자사이의 연관성을 밝히고 있다.

남성가사의 지배적 양식을 모방하고 교훈가사의 이념적 속성을 내면화하는 단계를 거친 계녀가류 규방가사는 여성의 문학공간을 창출해나가면서 '여성적 말하기'에 주목을 하며 여성서사의 구현물로 자리를 굳혀나간 것이다. 동시에 낭독과 필사라는 독특한 전승방식과 향유방식의 맥을 이어가는 계녀가류 규방가사는 고정된 내용과 형식을 벗어나 활발한 변이를 생성하게 되는데 이 또한 남성가사, 교훈가사와 구별되는 점이기도 하다.

---

73) 박연호, 『교훈가사 장르론』, 도서출판 다운샘, 2003, p.34.

74) 박연호, 『교훈가사 장르론』, 도서출판 다운샘, 2003, p.40.

75) 조규익, 「교훈의 장르론적 의미와 교훈가사」, 『한국고시가문학연구』 23, 한국고시가문학회, 2009, pp.347~349.

제3장

계녀가류 규방가사의 주제의식과 변이양상

3.1 계녀가류 규방가사의 분류 및 주제의식

규방가사 연구에서 기초자료 텍스트 정리가 하나의 난점이다. 가사 장르는 다른 장르에 비해 분량이 방대하고 그 존재양식 또한 다양하다. 뿐만 아니라 서책의 형식 대신 두루마리 형태로 전해져 왔으며 작품의 작자를 밝히지 않은 경우가 대다수이다. 또한 보고 베끼고 낭독하는 계녀가류 규방가사의 전승방식이 무수한 이본을 양산시킨다는 점이 자료 정리의 어려움을 더한다. 이런 원인으로 계녀가류 규방가사 이본의 실상이 고려된 편집이 이루어지지 못하고 일부 자료집이 출간되었지만 전반적인 양상을 연구하기에는 어려운 상황이었다.

이 부분의 논의는 규방가사의 자료적 실상에 대한 관심을 필두로 출발한다. 최규수가 계녀가류 규방가사의 '텍스트 상황'은 포괄적으로 '작품 창작을 둘러싼 모든 정보'를 일컫는 말이며 이에 대한 이해는 당대적 가치관과 미학을 이해하기 위한 중요한 경로라고 인정한 바 있듯이[1] 본 연구는 새로

1) 최규수, 『규방가사의 '글하기' 전략과 소통의 수사학』, 명지대학교 출판부, 2014, p.29.

어머니가 신행 가는 딸을 간곡히 타이르는 장면

운 자료의 발굴도 중요하지만 기왕에 소개된 작품들을 보다 면밀히 주목하여 작품 이해의 기본 틀을 공고히 다지는 것이 필요하다는 문제의식을 토대로 한다.[2] 이런 이유로 본 연구는 계녀가류 규방가사의 방대한 자료들을 감안하면서, 현재 가사집이나 논문집에 실린 텍스트들을 재분류하여 연구·분석의 텍스트로 삼아 계녀가류 규방가사의 정의와 범주를 새롭게 설정하고자 한다.

신행 가는 교자와 일행

계녀가류 규방가사에 대한 기존의 정의는 '혼인'이라는 특수한 상황에 한정되어 교훈을 전달하는 것, 즉 신행을 전후하여 친정 부모가 시가에서 지켜야 할 규범을 딸에게 전달하는 장르라고 인정했다. 본 연구에서는 '계녀가류 규방가사'라는 용어를 '여성에게 일상행실의 규범과 덕목은 물론 남녀의 역할분담 그리고 사회적 의미까지 깨우치려는 규방가사'라는 정의로 범주화한다.

계녀가류 규방가사의 분류에 대해서 여러 가지 관점들과 견해들이 존재하며 연구자마다 다소간의 차이점을 보이고 있다.[3] 기존 연구들은 계녀가

2) 최규수, 「〈사친가〉의 자료적 실상과 특징적 면모」, 『한국고전연구통권』 25, 한국고전연구학회, 2012, p.150.

류 규방가사 작품들이 수많은 이본들을 지니고 있음을 인정하고 있지만 전형적인 작품들만을 대상으로 논의했다. 분류의 폭을 넓히지 못했고, 구조적 특징이나 문화적 특징에 대해서도 진일보의 조명이 이루어지지 못한 것은 자료접근에 대한 방법론적 한계와 범주의 폭을 넓히지 못한 데 원인이 있다고 본다.[4] 이 부분에서는 조선 후기로부터 근대까지의 계녀가류 규방가사의 모습을 통시적으로 살펴보고자 한다.

이미 출판된 자료집, 필사본 자료집, 그리고 논문에 덧붙여 소개된 67편의 작품이 본 논문의 분석 대상이다. 계녀가류 규방가사는 '신행'이라는 사건의 시간적 한계로부터 벗어나 봉건사회 여성이 일생동안 지키고 준수해야 할 덕목들을 교훈하고 경계하는 데 초점을 두어야 하며, 또한 사회적 배경이 변화함에 따라 현재까지도 계속 창작되고 있으며, 그 문학적 특징을 유지하여 왔다는 점도 감안해야 한다. 계녀가류 규방가사는 여성에 대한 가르침과 깨우침을 주목적으로 하는 장르이다. 그 훈계의 표현방식과 훈계의 내용을 보면, 전통적인 현모양처가 되기를 강조하거나 그 반대로 부정적인 여성상에 대한 비판을 빌어 교훈의 의미를 강조하는 작품들도

---

3) 최규수, 『규방가사의 '글하기' 전략과 소통의 수사학』, 명지대학교 출판부, 2014, p.29.

4) 나정순, 「규방가사의 본질과 경계」, 『한국고전여성 문학연구』 16, 한국고전여성문학회, 2008, p.90. "고전의 당대성과 현재성이라는 측면에서 볼 때 규방가사는 당대성과 현재성이라는 양가적 문제를 함께 지니고 있는 특이한 문학 장르라는 점에서 지금까지 우리들이 논의해 온 조선조의 가부장제와 여성문제는 규방가사 연구에서 한 주류를 이루는 것이기는 하지만 그것이 전부는 아니다. 그리고 규방가사의 경우, 18세기로 그 시작을 잡아 개화기 윤희순의 〈의병가〉까지 창작된 것을 감안하여 보더라도 어림잡아 200년이 훨씬 넘는 역사를 지니고 있다. 우리가 익히 알고 있는 규방가사의 전통이 개화기 이후에도 활발하게 지속되고 있는 점 그리고 지금까지 창작되고 있는 측면에서 볼 때 수백년 역사성이라는 성격을 함의하고 있다는 점에서 그 비중을 측량하기 어렵다. 또한 현대의 규방가사로는 은촌 조애영 이후 고단 정임순, 소정 이휘 등 제씨의 작품으로 우리가 익히 알고 있는 것만 해도 수를 헤아릴 수 없을 만큼 많다."

있고 부의 축적에 성공하여 가문 부흥을 이룬 여성을 부각한 작품이 있는가 하면, 또 근대개화사상의 물결아래 여성의 근대교육을 권한 작품들도 있다. 본 논문은 이런 작품들의 훈계 내용과 표현방식에 따라 '신행교훈류', '행실교훈류', '복선화음류', '신교육계몽류' 등 네 개 범주로 나누었는데, 각각 21편 · 22편 · 5편 · 19편이다.[5)]

3.1.1 신행교훈류

'신행교훈류'에는 신행이거나 이미 출가한 딸에게 부녀의 도리와 행실을 잘 하도록 훈계하는 내용과 구성을 취한 21편의 작품들이 속한다. 이 유형의 작품들은 교훈내용과 작품구조면에서 작자가 자신의 체험을 바탕으로 행실규범을 전달하면서 '시집살이'에 중심을 두고 여성의 사명감을 키워주고 바람직한 현모양처의 양성에 목적을 둔 교육과 동시에 딸의 출가에 직면한 이별과 위로, 애틋한 감정개입 등이 반영되어 있다는 점에서 기타

5) 권영철, 「규방가사」 Ⅰ, 한국정신문화연구원, 1979; 金聖培 · 朴魯春 · 李相寶 · 丁益燮, 『注解歌辭文學全集』, 集文堂, 1961; 林基中, 『歷代歌辭文學全集』 1-30, 東西文化院, 1987; 최태호, 『校注內房歌辭』, 螢雪出版社, 1980; 이정옥, 『내방가사의 향유자 연구』, 도서출판 박이정, 1999; 고정옥, 『가사집』 2, 한국문화사, 1996; 신지연 · 최혜진 · 강연임, 『개화기 가사 자료집』 4, 보고사, 2011; 이정옥, 『영남내방가사』 2, 국학자료원, 2003; 나정순 등, 『규방가사의 작품세계와 미학』, 도서 출판역락, 2001; 韓碩洙, 「〈신행가〉외 五篇-資料紹介 및 解題」, 『개신어문연구』 8, 개신어문학회, 1991. 현재 남아 있는 계녀가류 규방가사 자료들의 생산 및 수용시기를 확정할 수 없고 '조선 후기'라는 시간 범위 안에 포괄시킬 수밖에 없는 상황을 감안하여 본 논문은 여러 작품의 내용과 주제, 기존연구에 토대하여 그 대략적인 산출시기를 추정하여 분류하였다. 권영철의 "계녀가란 시집가는 딸에게 시집살이의 방법을 교훈하여 써준 규방가사이며 일반 규방가사에 先行되며 전 규방가사의 原流的 존재"라는 견해(권영철, 『규방가사』 I, 한국학중앙연구원, 1979, p.7)도 다소 참고했다. '신행교훈류'는 여성의 기본행실로서의 13개 항목에 대해 최대한 보류하고 유지했지만 '행실교훈류'는 이에 비해 약화를 보이고 있다. 또한 동일하거나 유사한 작품들이 여러 자료집에 중복되어 실려 있는 상황은 그중의 한편만 선택하여 분류한 범주에 넣고 기타의 것은 각주로 출처만 밝혔다.

유형과 구별된다. 즉 이 유형의 작품들은 화자의 개인체험, 혈육 이별의 감정, 시집에서의 지위 확립이라는 세 가지 목적이 명확하게 드러난다는 것이 특징적이다.

[표 3-1] '신행교훈류'

번호	작품제목	작품내용	작품출처	비고
①	誡女歌(權本)	'"아ᄒᆡ야 들어봐라 ᄂᆡ일은 신ᄒᆡᆼ이라'라는 서사-사구고-사군자-목친척睦親戚-봉제사-접빈객接賓客-태교(맹자의 어머니, 문왕의 어머니 등 규범인물을 예로 들었음)-육아-어노비-치산-출입-항심恒心-결사' 등으로 이어지는 13개 항목의 내용.	규 I(pp.7~13)[6]	전형성이 가장 두드러진 유형
②	계여가	'"아ᄒᆡ야 들어봐라 ᄂᆡ일은 신ᄒᆡᆼ이라'라는 서사-사구고(송나라의 진효부, 당나라의 노효부 등 규범적 인물을 예를 들었음)-사군자-목친척-봉제사-접빈객-태교-육아-어노비-치산-출입-항심-결사' 등 13개 항목의 내용.	규 I(pp.14~20)[7]	
③	훈시가	'서사-사구고-사군자-목친척-봉제사-접빈객-태교-육아-어노비-치산-출입-항심-결사' 등 13개 항목의 내용, 농사철에 득인심을 해야 한다는 교훈이 추가되었음.	규 I(pp.21~26)	
④	여자 ᄒᆡᆼ신가 (1125)	'서두-시집가는 딸자식에 대한 교훈-제사-손님접대-자식교양-부정행실-군자의 도리-여자의 효행, 병환에 시달리는 시부모에게 사람 고기를 대접한 곽씨 부인의 효행'을 내용에 추가했음.	歷代22 (pp.434~451)[8]	13개 항목 중 일부를 확장 · 강조한 유형
⑤	戒女歌	'오남매 중 딸 하나를 애지중지 키우게 됐음-사돈집과 사위를 소개-혼인하게 된 과정-시집에서의 효도-친척동기와 지내는 방법-봉제사 · 접빈객 · 어노비 · 치산' 등 항목을 순박하고 직설적이며 생활적인 언어로 구사한 내용.	註解歌辭文學全集 (pp.474~479)[9]	과년한 딸의 출가를 앞두고 생생한 훈계를 보여준 유형
⑥	신ᄒᆡᆼ가	'결혼 날의 분위기-결혼장면-딸의 예쁜 모습-신랑의 늠름한 자태-딸을 시집보내는 섭섭한 마음-일상행실 속의 행실교훈-봉제사 접빈객의 덕목-전고 인용-사돈집 자랑, 교훈' 등의 내용. 시집에 대한 자랑이 많은 편폭을 차지함.	규 I(pp.37~41)	교훈 전달의 축소와 감정 토로 확대의 유형

번호	작품 제목	작품내용	작품출처	비고
⑦	홍씨 부인 계녀사	'결혼 장면-신랑의 풍채-사고구 · 목친척 · 어노비-효도의 중요성-딸에 대한 애정과 행복하고 바람직한 시집살이를 위한 간곡한 부탁-눈물짓는 어머니의 형상' 등을 내용으로 함. *1896년의 작품.[10]	개화기가사자료집[11] (pp.325~328)[12]	
⑧	송별 이교스	'딸 혼례식 날의 경물묘사-딸을 애지중지 기른 노고-여공방직 등 행실교육에 대한 회상-시집가는 딸을 배웅-딸에 대한 그리움-사돈집 칭찬-자식이 잘 지내기를 바라는 마음' 등을 표현한 내용. *1901년의 작품.	개화기가사자료집[13] (pp.344~347)	
⑨	행실 교훈 기라	'부녀행실의 중요성-부모에 대한 효성-제사와 접빈객의 강조-부정적인 행실인용-불쌍한 사람과 노복에 대한 배려-부부유별-행실이 나쁜 여성들의 예를 통한 권선징악 교훈-이웃 간의 화목-조왕씨, 목란 등 규범적 인물들의 고사-흥망성쇠와 여성의 역할' 등을 표현한 내용.	규 I(pp.42~48)[14]	여성이 가정의 흥망성쇠를 결정함을 강조한 유형
⑩	회인가	'삼강오륜의 중요성-효성-부부화합 강조-봉제사 · 접빈객 등 강조-부정적 행실-부모의 애틋한 마음-남성의 부정적 행실도 서술하고 있음-남성에 대한 교훈과 당부도 들어있음-자녀교육-행실의 중요성' 등을 강조한 내용.	규 I(pp.56~64)	부정적 행실이 두드러진 유형
⑪	여아 슬펴라	'출가한 지 일삭 된 딸에 대한 아버지의 그리움-시집에서 딸이 실수를 범할까 걱정하는 마음-다행히 후한 시댁을 만났음-시댁 견문 이어받아 열심히 배워가기를 바라는 심정-동물도 효도할 줄 알거니 사람은 효도에 더 입력해야 한다고 강조-내외간의 화목-접빈객 · 동기친목 · 사군자 강조-의복과 음식 만드는 법-그리움과 애틋한 감정' 등을 강조한 내용.	규 I(pp.80~86)[15]	남성작
⑫	권실 보아라	'애지중지 딸을 키운 과정-사위자랑-딸을 곁에 두지 못하는 아쉬움-딸을 그리워하는 모친의 거동-반석 같은 사돈집 자랑-천리타향의 이별 감정-동기간의 화목 권고-접빈객-가정의 화순강조-공방에 혼자 앉아 딸을 그리는 모습' 등의 내용.	규 I(pp.87~91)	남성작
⑬	餞別歌	'남매의 이별-누이에 대한 칭찬-남매간의 정분-행실경계(효성, 치산)-시댁에서의 도리-열심히 하면 좋은 평가를 받을 수 있다는 격려-애틋한 이별-누이를 보내는 마음속의 아쉬움' 등을 서술한 내용. *1896년의 작품.	개화기가사자료집[16] (pp.316~324)	남성작

번호	작품 제목	작품내용	작품출처	비고
⑭	貴女歌	'원하던 딸의 출생-딸자식의 자라는 모습-여공방직과 행실을 가르침-사위 선정-혼사 준비-신부의 예쁜 모습-결혼 장면-딸과의 이별-사구고 · 내외분별 · 접빈객 · 어노비 등 교훈 전달-딸의 좋은 팔자' 등을 강조한 내용.	교주내방가사 (pp.84~110)	
⑮	貴女歌	'원하던 딸의 출생-딸을 키우는 여러 가지의 재미-행실규범을 갖춘 딸자식에 대한 자랑'을 강조한 내용. *1884년의 작품.	개화기가사자료집[17] (pp.276~278)	딸의 혼인에 대한 희열을 강조한 유형
⑯	죠손 별셔가	'금옥 같은 손녀의 성장-자기 가문 자랑-『소학』을 예로 들면서 접빈객, 봉제사, 사구고 등 행실 교훈을 가르침-결혼 장면과 신부의 모습-떠나는 손녀의 앞날을 축복' 등의 내용.	개화기가사 자료집[18] (pp.431~439)	
⑰	여자 유힝가	'여자로 태어난 서러움-어릴 때부터 침선 방직을 익혀온 경력-15세가 되어 출가를 앞두고 배우는 사구고, 접빈객, 옷차림 등의 행실-출가한 뒤의 몸가짐에 대한 어머니의 경계-시댁에서의 풍족한 생활-이듬해의 친정집 나들이-즐거운 심정 토로-행실을 바르게 하면 복을 받는다고 교훈' 등을 서술한 내용.	교주내방가사 (pp.231~242)[19]	새색시의 1인칭 서술의 유형
⑱	閨中 行實歌	'인간은 금수와 다름-봉제사 · 접빈객-노비들을 선대善對-부부유별-사군자' 등을 강조한 내용.	註解歌辭文學全集 (pp.481~483)	
⑲	여아 의훈 기셔 (1250)	'이미 결혼한 딸을 애틋하게 그리는 심정-여자 행실의 필요성-사구고 · 접빈객 등 여러 가지 규범에 대한 경계' 등을 강조한 내용.	역대25 (pp.583~586)	이미 결혼한 딸을 타이르는 유형
⑳	뉴실 경계사	'친정집의 영예로운 내력-사돈집의 당당한 문벌-딸자식에 대한 사랑-봉제사 · 접빈객 · 사구고-부부화합의 행실-시부媤父와 시동생을 돌봐야 하는 딸의 처지-첫 아이를 잃은 딸의 안타까움을 위로-딸에 대한 그리움' 등을 강조한 내용.	내방가사의 향유자연구 (pp.262~267)	
㉑	女子 自歎歌	'여자로 태어난 섭섭함-효도, 동기간의 우의, 어진 행실-춘삼월 동류들과의 놀음-봉제사, 접빈객의 행실-어머니의 시집살이 교훈 회상-규범적 인물들의 고사와 모범적 행실-부모님을 하직하고 신행 가는 슬픔-고달픈 시집살이-친정부모에 대한 그리움-친정어머니의 편지를 가지고 찾아온 오라버니와 면회-어머니의 편지에 담은 교훈-친정에서 나와 시집살이를 해야 하는 여성의 신세-여성의 행실규범에 대한 반발' 등을 강조한 내용. *1893년의 작품.	개화기 가사자료집[20] (pp.308~315)	탄식과 계녀의 결합형

위의 표에서 행실규범의 가장 전형적인 특징을 보이는 작품은 ①~③이다. 작품 ①를 대표적으로 본다.

아히야 드러봐라 닉일은 신힝이라

6) 이외에도 〈계여가〉(『校註內房歌辭』, pp.7~20)는 작품 ①과 지극히 유사한 작품이다.

7) 〈계여가〉(『내방가사의 향유자 연구』, pp.256~261. 이 작품의 다른 점이라면 여러 작품을 대교하여 교합한 작품으로 표기법도 현대적인 표기법에 따랐으며 방언형을 살려야 할 곳은 각주를 달고 어려운 어휘에는 한자도 병기했다는 것이다), 〈복선화음젼(1173)〉(『歷代歌辭文學全集』 24, pp.81~94. 서두에 "사랑본듸 어인간깃 착한쳔셩 일반이라 안이하며 무릐되며 힝실업난 사람잇나 자포자기 하지말고 이칙보고 힝실하여 밈사의 츌등하며 쳔만그을 밧굴소야"라고 착한 인간이 될려면 행실을 준수해야 한다는 의미로 10행의 분량이 추가되었다.), 〈계녀가라(279)〉 (『歷代歌辭文學全集』 6, pp.420~430)은 작품 ②과 제목은 다르지만 내용은 동일하다.

8) 〈여자힝신가(1126)〉(『歷代歌辭文學全集』 22, pp.452~480)는 작품 ④와 동일한 작품이다.

9) 〈계녀가〉(『가사집』 Ⅱ, pp.614~632)는 작품 ⑤과 동일한 작품이다.

10) 계녀가류의 대부분 작품들은 모두 연대가 밝혀져 있지 않다. 『개화기 가사 자료집』 4(보고사, 2011)에 수록된 일부 작품만이 연대가 밝혀져 있다.

11) 원전은 〈홍씨부인계녀사〉, 입력대본은 林基中의 "한국역대가사문학집성" DB, www.krpia.co.kr.

12) 〈홍씨부인계녀사〉(『규방가사의 작품세계와 미학』, pp.305~308)는 작품 ⑦과 동일한 작품이다.

13) 원전은 「내방가사 자료」(한국어문학연구회, 『한국문화연구원논총』 15권, 1970)

14) 〈행실교훈기라〉(『개화기 가사 자료집』, pp.249~256), 〈규즁교훈가라(1103)〉(『歷代歌辭文學全集』 22, pp.21~33), 〈규중교훈가라(1104)〉(『歷代歌辭文學全集』 22, pp.34~46)는 작품 ⑨과 동일하다.

15) 〈여아슬펴라〉(『개화기 가사 자료집』 4, pp.331~338)는 작품 ⑪와 동일한 작품이다.

16) 원전은 필사본 「전별가」, 입력대본은 『옛노래, 옛사람들의 내면풍경-신발굴 가사 자료집』(임형택, 소명출판, 2005)

17) 원전은 「내방가사 자료」(한국어문학연구회, 『한국문화연구원논총』 15권, 1970)

18) 원전은 필사본 〈죠손별서가〉, 『歌曲十四種가곡십사종』(영남대 소장)

19) 〈신행가〉(한석주,「〈신행가〉외 五篇-資料紹介 및 解題」, 『개신어문연구』 8, 개신어문학회, 1991, p.4.)는 작품 ⑰과 결론이 좀 다를 뿐 거의 유사한 작품이다.

20) 원전은 『규방가사』(권영철, 효성여대출판부, 1985), 입력대본은 林基中, "한국역대가사문학집성" DB, www.krpia.co.kr.

친졍을 하직ᄒᆞ고 싀가로 드러가니
네ᄆᆞ음 엇더ᄒᆞ랴 ᄂᆡ심ᄉᆞ 갈발업다
우마에 짐을실고 금반을 구지ᄆᆡ야
부모쎄 써날적에 경계ᄒᆞᆯ말 하고만타[21)]

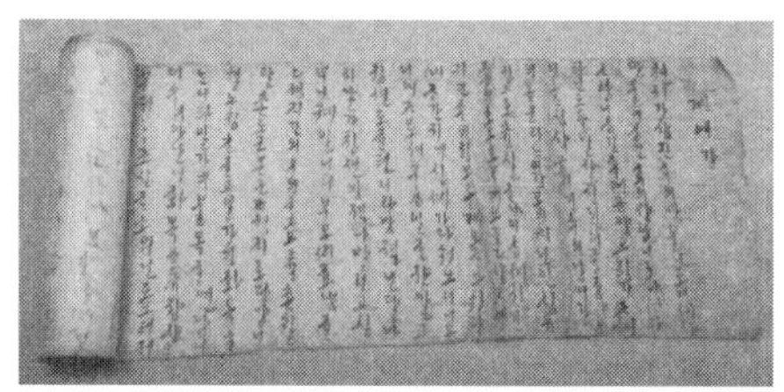

「계여가」(담양 가사문학관)

서두에서 "아ᄒᆡ야 드러봐라 ᄂᆡ일은 신행이라"라는 말로 서두를 떼고 딸자식의 결혼 장면에 대한 묘사가 시작되며 "아ᄒᆡ야 드러봐라 또ᄒᆞᆫ 말 이르리라"라는 공식 어구를 중심으로 서사 · 사구고 · 사군자 · 목친척 · 봉제사 · 접빈객 · 태교 · 육아 · 어노비 · 치산 · 출입 · 항심 · 결사라는 질서정연한 13개 항목들을 교훈하면서 섭섭한 감정을 곁들이고 있다. 또한 교훈의 의미를 강화하기 위해 맹자의 어머니, 문왕의 어머니 등 규범적 인물들을 예로 들었다.

작품 ②는 ①에 약간의 내용을 추가한 것이다. 서두에서 역시 "아ᄒᆡ야 드러봐라 ᄂᆡ일은 신행이라"라는 말로 시작하여 13개 항목을 다 구비하고 있으며 사구고 부분에서 작품 ①에서 나타나지 않은 송나라의 진효부, 당나라의 노효부 등 규범적 인물을 예를 든 것 외의 나머지 부분은 거의 동일하다.

작품 ③의 경우 신행을 묘사하는 서사는 없지만 '시가로 처믈갈제'라는 말이 있는 걸 봐서 역시 딸의 결혼을 위해 지은 가사임이 분명하다. 그 내용을 보면 '사구고 · 사군자 · 목친척 · 봉제사 · 접빈객 · 태교 · 육아 · 어

21) 권영철, 〈계녀가〉, 『규방가사』 Ⅰ, 한국정신문화원, 1979, p.14.

노비 · 치산 · 출입 · 항심 · 결사' 등의 항목을 구비한 점에서 전형적인 계녀가와 내용이 비슷하다. 농사철에 득인심을 해야 한다는 교훈이 추가되어 있는 데 일 년간의 식량을 마련하는 시기에 이웃 간의 화목도모가 중요함을 강조하고 있다. 이 유형들이 비슷한 전형성을 보이는 원인은 『내훈』, 『규중요람』, 『우암 계녀서』 등 각종 교훈서들을 바탕으로 창작되었기 때문이다.

작품 ④는 작품 ①의 13개 항목 중 일부를 확장하거나 강조한 형태의 작품 유형이다. 서두가 좀 다르긴 하지만 역시 시집가는 딸자식을 대상으로 교훈하고 있으며 봉제사, 접빈객, 자식교양, 부정행실, 사군자 등 내용이 부분적으로 보존되어 있다. 특징적이라면, 병환에 시달리는 시부모를 위해 사람고기를 대접한 곽씨 부인의 효행을 긴 편폭에 걸쳐 열거함으로서 여자에게는 효행이 제일 중요함을 서술했다. 이는 13개 항목 중 사구고의 항목을 특별히 강조한 것이다.

위의 작품들은 모두 전형적인 특성을 가지고 있으며 계녀가의 초기 형태라고 볼 수 있다. 그 뒤의 작품들은 전형적인 형식에서 벗어나 13개 항목 중 일부 내용의 탈락과 축약 외에 다른 내용이 추가되었거나 시적 자아의 목소리의 추가, 생활적 정서와 서정토로의 개입 등 변이의 모습을 보이고 있다.

작품 ⑤부터는 전형적인 계녀가의 형식에서 벗어나 다른 내용이 추가되었거나 삭제된 것들로서 생활적이고 생생한 훈계를 보여주고 있다. 작품 ⑤부터 작품 ⑩까지는 감정토로의 비중이 많아진 것이 특징적이다. 작품 ⑤는 신행의 정경이 서술되지 않았지만 과년한 딸의 혼기를 앞두고 서두에 "아해야 들어바라 내 本來 疏漏하야 凡事에 等閑하고 子女之情 바이없어 五男妹 너하나를 十七年 生長토록 一言半辭 教訓없이 恣行自在 길렀으니 見聞이 바이없어 一無可觀 되었으니 年去長成 하였으매 모작이 求婚하니 蔚山山城 嚴氏宅에 吉緣이 거리런가"[22]라고 오남매 중에서 딸 하나를 애지중지 키우게 된 사정을 토로하고 있다. 뒤이어 사돈집과 사위를 소개하며 혼인하게 된 과정을 이야기하고 고사를 들어가면서 사구고, 봉제사, 접빈객, 어노비, 치산항목 등을 훈계하고 있는 데 전형 계녀가류가 지닌 육아나 출입의 항목은 빠져있다. 그리고 작품의 언어구사가 순박하고 직설적이며 추상적인 경계가 아닌 생생한 훈계를 보여주었다.

작품 ⑥부터 ⑧은 교훈전달의 축소와 감정토로 확대의 유형으로 설정했다. 작품 ⑥은 제목 그대로 "신미년 십월지망 은구시듹 신힝이라 텬기는 청명하고 풍일이 온화ᄒᆞ야 단풍엽 불거잇고 국화꼿 남만ᄒᆞ야 조화옹 단청필노 좌우산쳔 길여잇고 욱일옹옹 기려기ᄂᆞᆫ 샹텬의 놋피날아 압길을 지도ᄒᆞ니 혼일이 기이ᄒᆞ고"[23]라는 말로 결혼 날의 자연경물과 결혼장면, 딸의 어여쁜 모습 등을 서술했다. 그리고 전체 작품에서 신랑의 멋진 모습과 친정 부모의 섭섭함을 읊고 있는 부분이 절대적인 비중을 차지하고 있다. 봉제사, 접빈객의 덕목, 전고인용, 행실교훈 등의 부분은 적은 분량을 보이며 사돈집에 대한 자랑으로 이별의 고통을 완화시키려는 작자의 노력도 보인다. 작품 ⑦은 첫머리에 신행 가는 정경을 서술하면서 행실 교훈은 아주 적은 분량을 차지하며, 어머니가 딸자식에 대한 걱정과 애틋한 마음, 바람직한 시집살이 강조 등 서정적인 감정토로가 주

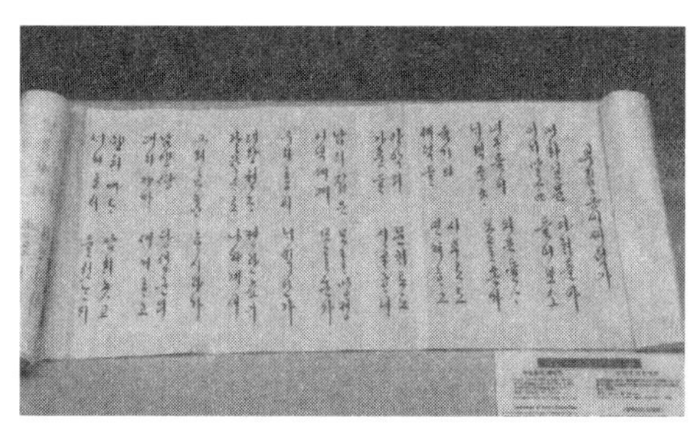

「부림홍씨세덕가」

22) 金聖培 · 朴魯春 · 李相寶 · 丁益燮, 『주해 가사문학전집』, 集文堂, 1961, p.444.
23) 권영철, 〈신힝가〉, 『규방가사』 Ⅰ, 한국정신문화원, 1979, p.37.

조를 이루고 있다. 작품 ⑧ 역시 시집가는 딸과 이별하며 시집살이의 행실을 가르치고 있는 데 행실덕목에 관한 비중은 많이 축소되었고 신행 가는 날 경물묘사가 서두에서 많은 비중을 차지하고 있는 것이 특징적이다.

작품 ⑨는 가문의 흥망성쇠가 부녀에게 달렸음을 특별히 강조한 작품이다. 작품의 서두에는 없지만 작품 속에 "천상월노 매진연분 절발부부 되엿스니"[24]라고 결혼에 대한 언급이 들어있다. 작품에서 사구고, 봉제사와 접빈객에 대한 설명은 적은 분량을 차지했고, 부정적인 여성형상과 규범적인 여성형상의 대비가 대부분의 분량을 차지했으며, 결말 부분에 "남에집 흥망성쇠 부녀에게 잇나리라 이글을 달송하고 쎈밧지 안이하면 이적에 비할소냐 금수와 갓트니라"[25]고 부녀행실의 중요성을 강조하고 있다.

〈회인가〉(박순호 소장)

작품 ⑩은 "미거한 너를보내 염려를 놓을소냐"[26]고 하여 결혼의 의미를 드러내고 있다. 그리고 여성과 남성 모두를 경계의 대상으로 설정하여 많은 분량의 부정적 행실과 악한 행실을 예로 들어 교훈의 의미를 강조하고 있는 점이 특징적이다.

작품 ⑪~⑬은 작자가 아버지 혹은 남동생으로 되어 있으며 행실덕목의 강조보다도 이별과 그리움의 애틋함이 더 강하게 표현되고 있다. 남성이 지은 작품들의 경우 가정 안에서 실행되어야 할 행실덕목에 대한 체

24) 권영철, 〈행실교훈기라〉, 『규방가사』 Ⅰ, 한국정신문화원, 1979, p.44.
25) 권영철, 〈행실교훈기라〉, 『규방가사』 Ⅰ, 한국정신문화원, 1979, p.48.
26) 권영철, 〈회인가〉, 『규방가사』 Ⅰ, 한국정신문화원, 1979, p.61.

험이 여성들보다 상대적으로 적었기 때문에 감정토로의 비중이 더 많은 것으로 보인다. 작품 ⑪은 딸을 출가 보낸 지 일 년 만에 아버지가 어머니를 대신하여 시집살이의 덕목을 교훈하고 있다. 딸의 성장기에 행실을 제대로 가르치지 못하여 어려움을 겪고 있음을 마음 아프게 여기는 감정적 술회와 애틋한 정서적 발로가 특징적이다. 작품 ⑫는 아버지가 딸을 시집 보내고 나서의 애틋한 심정, 사구고 항목, 이웃이나 가문의 화목 유지에 치중한 설명 외에 사돈집의 인품과 견문에 대한 인정과 자랑이 주된 분량을 차지하고 있다. 작품 ⑬은 남동생이 시집가게 될 누이와의 이별을 슬퍼하면서 시집에서 지켜야 할 행실을 글로 적은 것이다. "셥셥하다 ᄉᆞ오삭의 즌별이 되단말가 드러보소 드러보쇼 우리 누이 드러보쇼"[27]라고 서두를 떼고 남매간의 혈육지정("보고시분 이ᄂᆡ마음 간신이 참고참어 납월염이일의 비로소 만나볼데 반갑기도 무궁ᄒᆞ고 깃부기도 할양읍데 십팔세 우리누이 슬금ᄒᆞ고 슌슉ᄒᆞ다 노경지인 아니여든 엇지져리 슌슉한고")[28], 누이에 대한 격려("금검ᄒᆞ고 츨츨ᄒᆞ니 봉ᄉᆞ졉빈 걱정할가 ᄌᆡ조가 비범키로 침션방젹 능통이요 안목이 고명키로 음식등졀 맛갓도다"[29]) 등과 함께 그 긍정적 결과("남편의게 칭찬이오 ᄉᆡ부모의 ᄉᆞ랑이라")[30]에 대해 교훈을 덧붙이면서 전달하고 있다.

작품⑭~⑯은 딸이 태어나서부터 시집갈 때까지 금옥 같이 키우는 과정과 즐거움을 서술하면서 구체적인 계녀항목은 많이 축소되고 이별의 괴로

---

27) 신지연 · 최혜진 · 강연임 엮음, 〈餞別歌〉, 『개화기 가사 자료집』 4, 보고사, 2011, p.320.
28) 신지연 · 최혜진 · 강연임 엮음, 〈餞別歌〉, 『개화기 가사 자료집』 4, 보고사, 2011, p.319.
29) 신지연 · 최혜진 · 강연임 엮음, 〈餞別歌〉, 『개화기 가사 자료집』 4, 보고사, 2011, p.318.
30) 신지연 · 최혜진 · 강연임 엮음, 〈餞別歌〉, 『개화기 가사 자료집』 4, 보고사, 2011, p.321.

움보다도 좋은 가문에 시집가는 희열을 더 치중하여 보여준 작품들이다. 작품 ⑭는 〈귀녀가〉라는 작품 이름 그대로 원하던 딸을 애지중지 키우며 가르치는 과정을 상세하게 서술하면서 좋은 가문에 시집가게 되니, 귀한 복을 타고 났다고 자랑하고 있다. 작품 ⑮의 제목은 ⑭와 동일하고, 원하던 딸아이를 애지중지 키운다는 점에서 비슷한 내용을 보이지만 아주 짧은 분량으로 봐서는 뒷부분이 유실된 것으로 짐작된다. 작품 ⑯은 할머니가 시집가는 손녀에게 갖춰야 하는 소양과 예의범절에 대해 『소학』을 예로 들어 자세히 가르치고 있는 작품으로서 구체적인 계녀항목은 축소되고 손녀의 성장과정과 결혼 장면에 대한 서술이 더 많은 편폭을 차지하고 있다.

작품 ⑰는 어머니나 할머니가 작자로 되어 있는 것이 아니라 시집 간지 일 년 되는 여성이 작자라는 점이 특징적이다. 작품은 화자의 일인칭 수법으로 혼인하는 광경과 심리상태, 친정어머니가 눈물을 씻어주며 간곡히 부탁하는 장면, 결혼한 뒤에 친정집에 대한 그리움으로 일 년 만에 시집 부모의 배동 하에 친정집 나들이를 가는 희열을 상세하게 서술하고 했다. 작품의 결말 부분에 "시집사리 원망마라 남의자식 되어나서 직분ᄃᆡ로 힝하면는 무삼원망 이설손냐"[31]라고 여성으로서의 직분대로 행실을 잘 하면 바람직한 시집살이를 할 수 있다고 인정하고 있다.

작품 ⑱~⑳은 이미 출가한 딸에게 가르치고 경계한다는 의미가 문맥에 명백하게 드러나는 작품들이다. 작품 ⑱에서는 이미 결혼해서 짧은 시집살이를 경험한 딸자식을 타이르는 어조로 교훈하고 있다. 작품 ⑲는 이미 결혼한 딸을 "여아야 드러봐라 십팔세을 아무견문업시 슬하애 자라나서 적문애 드려간이 한달가고 두달가셔 세월리 바귀여셔 사사히 출등치 못한 너을 어는셰 이즐소냐 낫어면 방중애 빗이잇고 밤이면 몽즁애 상봉하고

31) 최태호, 〈여자유힝가〉, 『교주 내방가사』, 螢雪出版社, 1980, p.242.

불면하다"[32]라고 애틋하게 그리면서 교훈을 전달하고 있다. 작품 ⑳은 서두에 친정집과 사돈집의 영예로운 내력과 당당한 문벌에 대해 서술하고 봉제사 · 접빈객 · 사구고를 강조하고 있다. 그리고 음식 만드는 솜씨, 의복을 단정히 할 것을 간단히 경계하고 첫아이를 잃은 슬픔을 위로하면서 작품을 맺고 있다. 세 작품이 이미 결혼한 딸을 상대로 한 것으로 봐서 청자에게 직접 건네준 것이 아니라 간접적으로 전달한 것임이 분명하다. 시집살이를 겪고 있는 딸자식을 사랑의 감정으로 위로하고 경계하고 타이르고 있는 가서家書의 형태로 교훈을 전달한 것이다.

작품 ㉑의 경우 여성의 유아시절부터의 경력과 함께 교훈을 전달하고 있는 데, 311쪽에 신행이라는 장면이 서술되어 있다. 〈여자자탄가女子自歎歌〉라는 제목과 함께 결말에서도 "규범이 원수"라고 탄식에 가까운 결말을 짓고 있지만, 내용상 봐서는 봉제사와 규범적 인물의 행실 등을 예로 행실 덕목을 강조하고 있다. 이 점으로 봐서 이 작품은 탄식가류와 계녀가류라는 두 가지 형식의 결합 유형으로 볼 수 있다.

3.1.2 행실교훈류

'행실교훈류'는 작품 안에 결혼이라는 요소가 포함되어 있지 않고 여성들이 규방생활권 안에서 행해져야 할 삼강오륜의 부녀윤리를 적은 작품들로 범주화했다. 이 유형의 작품들은 청자를 딸자식이 아닌 '여성들', '부여', '세상사람들'로 설정했고 심지어 '남성'들로 설정하는 경우도 있다. '신행교훈류'가 여성이 결혼한 뒤 시집에서의 사구고, 접빈객 등 행실의 구체적 실천을 교훈하고 있는 데에 반해 '행실교훈류'는 삼강오륜의 기본사상을 지킬 필요성과 인간수신을 가르치는 데 치중했다.

---

32) 林基中, 〈여아의훈기셔〉, 『歷代歌辭文學全集』 25, 東西文化院, 1987, p.242.

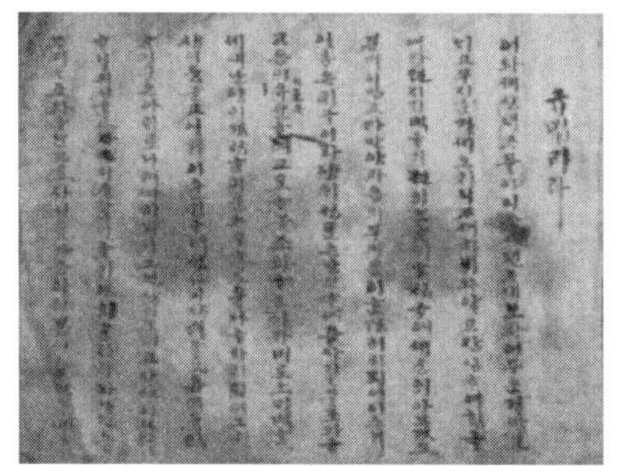

〈규범가라〉

'행실교훈류' 다수 작품들의 형식을 보면 서두에 "천지가 개벽 후에 유물유측 되엿서라", "삼강이 무엇인고 오륜이 무엇인지" 등 주자가훈을 바탕으로 삼강오륜이라는 전통 윤리의식을 강조하려는 의도가 엿보인다. 여성들에게 유교적 윤리에 충실한 삶을 권장하기 위한 것이었다. 또한 '신행교훈류'에 자주 등장하는 "아희야 들어봐라"라는 쓰임 대신 비교적 자유로운 형식으로 행실을 가르치고 있다. 아래의 도표는 이 유형의 작품을 범주화 한 것이다.

[표 3-2] '행실교훈류'

번호	작품 제목	작품내용	작품 출처	비고
①	훈민가	'남녀의 차이-여자행동의 어려움-효도와 정성-가장을 섬기고, 제사 올리는 도리-손님접대-부정적 행실을 본받지 말라'는 내용 강조.	규 I (pp.49~52)	전형적인 계녀가의 형식을 다소 보류한 유형
②	규방 정훈	'여성의 임무는 『내측』과 『열여전』을 읽는 것-여성은 어렸을 때부터 행실 배우기에 힘써야 한다는 것-부모 효도-가장 섬기기-부정적 행실-행실을 잘 해야 가문의 영광을 보존할 수 있는' 등의 내용을 강조.[33)	규 I (pp.53~55)	
③	규문 전회록	'건곤이 조판한 뒤 만물 중에서의 영물靈物인 인간의 거룩함을 강조-인간은 삼강오륜을 지켜야 함을 제기-『열녀전』, 『내측편內側篇』, 『가언편佳言篇』, 『선행편善行篇』을 보고 여성의 도리를 깨우칠 것-방직 · 음식법은 여자의 필수적인 것임을 인정-지아비를 하늘같이 받들 것-사구고 · 접빈객 · 임신 · 육아 · 어노비 · 치산을 잘할 것을 훈계-사군자항에 대해서 여러 전고를 인용하여 특별히 강조' 하는 내용.	규 I (pp.65~71)	
④	규범	'인간은 삼강오륜으로 인하여 금수와 다름-태임, 태사의 행	역대7	

번호	작품 제목	작품내용	작품 출처	비고
	(331)	실을 서술하고 『열녀전』과 『효행녹』을 자주 읽어 행실을 닦아야 함-봉제사 · 접빈객을 잘 해야 가문의 영예를 이어갈 수 있음'을 강조하는 내용.	(pp.360~365)	
⑤	경계 사라	'천지간 만물 중에서 삼강오륜을 알고 있는 사람이 제일 귀중함-남녀는 모두 부모님의 몸에서 태어났다는 것-부모님의 교육을 받으며 삼강오륜을 깨우쳐야 할 필요성-삼강오륜에 근거한 효도와 공경을 강조-청자를 남녀 아해로 설정하여 부모의 은덕을 산과 바다에 비유-수신의 중요성 제기-남녀 동권을 제기-여자로 태어난 것이 분하고 그 원통함을 긴 편폭으로 서술-결말에서 여자의 행실을 다시 한 번 강조'하는 내용.	규 I (pp.72~79)	남녀 동권을 제기한 유형
⑥	부여 교훈가	'시집살이의 어려움-봉제사-부덕을 강조하는 고사 인용-시군자-남편의 입신양명을 도울 것-부정행실 서술-형제간 불화 피하기-부부간의 화순과 안빈낙도安貧樂道 강조-삼종지도 강조-남을 비난하고 남의 물건 탐내는 행위 삼가-붕유유신朋友有信 강조-봉제사에서의 주의점을 강조'하는 내용.	규 I (pp.92~97)	착한 행실과 악한 행실의 대비 유형
⑦	여행녹 (390)	'청자를 일반 여인으로 설정-행동거지 조심할 것-출입할 때 유의사항-치산-남편 시중-언어 행동, 의복 단장에 유의-유아 시기의 교육이 중요함을 강조-318쪽부터 부정적 행실을 서술-여자들은 먼저 며느리가 되고 후에 시어머니가 되기 때문에 아랫사람을 아낄 것을 강조-인간 신분의 윤회' 등을 강조하는 내용.	역대7 (pp.309~321)	인간신분의 순환을 강조한 유형
⑧	警婦錄	"『계몽편』의 '유천유지有天有地'와 '오행유행五行有行'을 제기-인간이 제일가는 영물이며 오륜을 구비했기 때문에 금수와 다르다고 서술-인간 수신을 강조-부자유친, 붕우유신 등을 강조-삼강오륜을 준수하고 지키는 것은 남녀에게는 같은 도리라는 것-『내외편內外篇』을 익히기-여성의 삼종지도-부정적 행실은 어렸을 때부터 행실을 게을리 했기 때문이라는 것-패가망신을 면하려면 몸가짐을 바르게 할 것-남의 시비를 논하지 말 것-출입 자제하기-유순한 부덕 유지-어진 심성 유지-침선방직에 힘쓸 것-시집살이에서의 사구고-'어떤 여인'의 추한 행실-지아비 섬기기-부화부순夫和婦順의 강조-친척 동기간 화목유지-투기금지-자식 잘 가르치기-봉제사-어노비" 등을 강조하는 내용.	교주내방가사 (pp.22~44)	여성이 일생동안 지켜야 할 행실을 강조한 유형
⑨	女孫 訓辭	'5, 6세부터 글자 익히기-방 청소하기-자기 이름자 쓰기-음식 만들고 상차리기-길쌈과 의복 짓기-어른들에게 공손히 하기-	개화기 가사자료집[34]	어린 여아의

번호	작품 제목	작품내용	작품 출처	비고
		거짓말 금지-행위 바르게 하기-슬퍼도 눈물 금하기-어른이 취침한 후 잠자리에 들기' 등을 훈계한 내용. *1887년의 작품.	(pp.279~283)	교육을 강조한 유형
⑩	婦人箴 (576)	'여성이 삼종지의三從之義를 지켜야 할 필요성-침선방직 잘하기-봉제사, 접빈객 잘하기-말 잘하고 아는 체를 잘하면 불화를 일으키게 됨-남녀내외男女內外를 분간하기-남편이 무도無道해도 자기도리 지키기-남편이 버리면 시부모에게 의지-부모 자식이 없으면 봉제사에 힘쓰기-가여운 여자의 시집살이 한탄-시집살이 고생이 많아도 체념을 해야 함-가결郤決이란 여자의 갸륵한 행실을 인용' 등의 내용.	역대11[35] (pp.570~575)	여성의 행실이 천자를 감동시켰다는 유형
⑪	戒兒歌	'딸이 잘 커주기를 바라는 마음-출가한 뒤 어른들을 공경할 것-닭을 잡을 때 잔털 조심할 것-시아버지 상 차릴 때 처마에 머리 부딪칠 것을 조심-밥 지을 때 조심-시동생의 언어에 조심'하라는 내용으로 된 아주 짧은 가사.	주해가사문학전집(pp.480~481)	서민층의 경향을 보여 준 작품 유형
⑫	婦人訓民歌	"청자를 '저기 가는 저 여인'으로 설정-삼종지도와 부위부강夫爲婦綱-자식교양-'마을 도난 저 여인'의 부정적 행실-여자의 출입 불가-의복차림을 주의할 것-시비장단 논하는 것을 삼가할 것" 등의 내용.	규방가사의 작품세계와 미학(pp.293~294)[36]	
⑬	능주 구씨 「警子錄」	'삼강오륜과 부창부수夫唱婦隨를 제기-최씨 집에 출가-시부와 남편이 선후로 별세-시모와 어린 자식 데리고 생계 유지-자식이 출세함-어려운 지난날을 회고하며 덕을 쌓아갈 것을 경계'하는 내용. 화자는 능주 구씨.	내방가사의향유자연구 (pp.268~271)	자손들의 처세를 강조한 유형
⑭	계여가 (1080)	'문왕 어미와 맹자 어미에 대한 긍정-『내측편』과 『열녀전』의 본을 받아 효도가 으뜸이라고 하면서 서두부터 결론까지 효행에 대해' 강조한 내용.	역대21 (pp.259~287)	효행을 권장한 유형
⑮	효성가라	인간이 지극한 효성을 행하면 제가 치국할 수 있음을 강조한 내용.	영남내방가사2(pp.21~26)	
⑯	권효가	'천지간 만물 중에 삼강오륜을 지킬 줄 아는 사람이 으뜸임을 강조-군신유의有義 · 부부유별 · 붕우유신을 강조-오륜 중에서 효도가 으뜸임-부모의 보살핌을 회고-금수들도 효도할 줄 안다는 것-양지효養之孝가 으뜸임-부모 앞에서 공손할 것-효도는 백행의 근본임을 강조-여성이 출가한 뒤 효밖에 없음-가정의 효도는 부인에게 달렸음-태임, 태사의 효도지행孝道之行을 강조-인간의 흥망성쇠는 모두 효도에 달려있음' 등을 강조한 내용.	규 I (pp.585~587)	

번호	작품 제목	작품내용	작품 출처	비고
⑰	봉은가	'부모의 은혜 갚을 것을 호소-인간은 유아로부터 성인이 될 때까지 부모의 보살핌을 떠날 수 없음-부모에 대한 효성이 가정 화목의 근본'임을 강조하는 내용.	규 I (pp.588~589)	
⑱	효감가라	'태극이 혼합하고 건곤이 개벽하니 만물과 인간이 생겨났음-효심이 지극하면 치국평천하治國平天下도 가능하다는 것-문왕, 송효종, 영고숙, 노릭ᄌᆞ, 왕부 등을 예로 들어 효행할 것을 권고-누구나 효성이 극진하면 이와 같은 훌륭한 사람이 된다'고 강조하는 등의 내용.	규 I (pp.590~592)	
⑲	어머니	'어머니의 십삭 태교-어머니가 육아 과정에서 겪는 노고-자식 교육에 힘쓰는 어머니의 행위-착한 일을 많이 하여 어머니를 즐겁게 해드리는 것이 효도의 도리'라는 등의 내용.	규 I (pp.593~595)	
⑳	庸婦歌	'저 부인이 시집간 지 석 달 만에 시집 흉을 봄-시집 식구들과의 불화-시집살이가 싫어져 도망가고 들 구경 등 각종 그릇된 행위-시부모, 남편과 다툼질을 일삼음-화장을 반나절이나 일삼는 행위-빼덕어미의 갖은 그릇된 행위-이간질, 음담패설을 일삼는 행위-아들딸의 생활도 불목-무식한 창생들에게 경계할 것을 교훈'하는 등의 내용.	註解歌辭文學全集 (pp.442~443)	용부가류[37]
㉑	나부가 (316)	'날짐승, 인군人君, 농부, 사당 등의 직분-사대부인의 직분-주인공의 게으르고 부정적인 행실-신농씨 부인, 문왕 후비 등 고금 현부賢婦들의 행실 열거-금세부인이 시집올 때는 일등 현부였으나, 날이 가면서 치장에만 공들이고 치산을 열심히 하지 않았음-행실을 게을리 했기 때문에 아주 용속한 여인으로 되고 말았음-현철부인 되기를 권고하고 호소'하는 내용.	역대7권 (pp.82~90)	나부가류[38]
㉒	나부가 (362)	뒷부분이 없음. 내용은 동일	역대 7권(p.91)	

33) 작품 ②와 동일하며, 작품으로는『개화기 가사 자료집』4(pp.446~449)의 〈규방정훈〉이 있다.

34) 원전은 필사본『省齋集』, 입력대본은「女孫訓辭考」(정재호,『한국가사문학론』, 집문당, 1982.)

35) 〈婦人箴(577)〉(『歷代歌辭文學全集』 11, pp.576~582), 〈婦人篇(578)〉(『歷代歌辭文學全集』 1, pp.583~587), 〈부인함 (579)〉(『歷代歌辭文學全集』 11, pp.588~591)은 작품 ⑩과 내용상 동일한 작품들이다.

36) 이상보의「〈김대비 훈민가〉연구」(『한국고시가의 연구』, 螢雪出版社, 1975)에서 수록.

37) 이외에도 〈용부가(813)〉(『歷代歌辭文學全集』 15, pp.477~478), 〈庸婦篇(814)〉(『歷

작품 ①~④는 전형적인 계녀가의 형식을 다소 보유하고 있는 작품들이다.

작품 ①은 서두에서 "천지가 개벽후에 사람에 생겻도다 남녀를 분간하니 부부간 이섯도다 부자유친 하흔후에 군신유의 하엿세라"[39]라고 행실의 필요성을 먼저 강조했다. 그리고 전형 계녀가에 나타난 효도의 도리, 제사, 손님 접대에 관한 행실 등을 열거하고 마지막에 부정적인 행실을 본받지 말라는 형식으로 결말을 맺고 있다. 작품 ②에서는 여자의 행실은 어렸을 적부터 배워야 한다고 서술하며 사구고, 사군자에 대해 간단히 열거하고 뒷부분에서 부정적 행실에 대한 서술로 행실규범의 필요성을 강조하고 있다. 작품 ③은 "건곤이 조판한 후 만물이 품성한대 명오나한 초목이요 무지한 금수로다 거룩할사 우리사람 규중에 회령이라 승직의 참예하고 요행으로 풍부하니"[40]라는 말로 인간으로 태어나면 반드시 삼강오륜을 지켜야 하고 『열녀전』, 『내측편』, 『가언편』, 『선행편』 등을 읽어 여자의 행실과 태도를 단정히 할 것을 경계하고 있다. 그리고 사구고, 접빈객, 임신과 육아, 어노비, 치산을 언급하면서도 사군자항에 대해서 많은 분량으로 강조를 하고 있다. 작품 ④는 긴 편폭으로 인간이 지켜야 할 삼강오륜, 부부유별과 부창부수夫唱婦隨에 대해 서술하고 『열녀전』과 『효행녹』을 자주 읽는 것으로 행실을 닦아야 하며 봉제사, 접빈객을 잘 해야 가문의 영예를 이어갈 수 있다고 인정하고 있다. '신행교훈류'의 일부 형식을 보유하고 있지만 작품 ①, ③, ④의 서두에 천지 사이에 태어난 인간은 삼강오륜을 갖춰야

代歌辭文學全集』 15, pp.479~483), 〈용부편(815)〉(『歷代歌辭文學全集』 15, pp.484~487), 〈慵婦篇(816)〉(『歷代歌辭文學全集』 15, pp.488~493), 〈용부편(817)〉(『歷代歌辭文學全集』 15, pp.494~496), 〈용부젼(818)〉(『歷代歌辭文學全集』 15, pp.497~501)이 있는데 내용상 동일하다.

38) 이 외에도 〈나부가〉(『개화기 가사 자료집』 4, pp.397~403)가 있는 데 작품 ㉑과 동일하다.

39) 권영철, 〈훈민가〉, 『규방가사』 Ⅰ, 한국정신문화원, 1979, p.49.

40) 권영철, 〈규문전회록〉, 『규방가사』 Ⅰ, 한국정신문화원, 1979, p.65.

한다고 할 것을 제기했는데, 이는 '아해야 들어바라'라고 하면서 진술한 혈육 감정을 표출한 '신행교훈류'와는 달리 전통 윤리의식을 강조하는 데서 구별된다. 이러한 특징은 이후의 작품에서도 드러나고 있다.

작품 ⑤는 청자를 '남녀 아해'로 설정하고 삼강오륜을 지켜야 할 필요성을 설명하였는데 여자로 태어난 분하고 원통한 감정을 긴 편폭으로 서술함과 동시에 "남자녀자 동건이라 무엇을 지탄하랴 행신범백 잘하면은 남자만 못할손야 선도자가 되여보자 모범인물 되여보새[41]"라고 남녀동권과 함께 '선도사' 혹은 '모범인물'이 되어 보자고 했을 뿐만 아니라 결론 부분에 각성할 것을 권고한 점이 특징적이다.

작품 ⑥은 악한 행실과 착한 행실을 대비한 것이 특징적이다. 시집살이 덕목을 가르치는데 사군자, 봉제사, 사구고 등 항목을 언급하고 있지만 그 분량이 적고 삼종지도와 칠거지악을 지킬 것을 교훈하고 있다.

〈부여행신젼〉(박순호 소장)

작품 ⑦은 청자를 일반 여인으로 설정하여 언어 구사 면에서 '-지 마라'의 쓰임이 많이 보인다. 여성의 행실은 어릴 때부터 키워져야 한다고 제기했으며 어느 여자든지 먼저 며느리가 되고 후에 시어머니가 되기 때문에 똑같은 처지의 사람을 이해하고 아랫사람을 아낄 것을 강조한 점이 특징적이다.

작품 ⑧은 서두에 『계몽편』의 '유천유지'와 '오행유행'을 제기하면서 삼

---

41) 권영철, 〈경계사라〉, 『규방가사』 Ⅰ, 한국정신문화원, 1979, p.77.

강오륜은 인간의 제일가는 도리이며 이에 근거하여 일반 부녀자를 대상으로 훈계와 교육을 전달하는 훈민적인 가사이다. 전체 가사는 2음보 1구의 수신서와 같은 형식으로 출가 전에는 『내측편』에 따라 행위 · 언어 · 의복차림 · 출입 · 심성 등 행실을 차례로 닦을 것을 강조하였고, 출가 뒤에는 사구고 · 사군자 · 투기금지 · 자식교육 등의 도리를 읊었다. 이 작품은 규범이 여성의 일생을 동반한다고 강조한 것이 특징적이다.

작품 ⑨를 보면 어린 여자아이들이 어려서부터 가정에서 배우고 익혀야 할 행실규범에 대해서 차례로 열거하고 있다. 여자들은 한평생 가문만을 위하여야 하며 정서표현을 금하고 근엄한 도덕행실과 자기수신을 유지할 것을 어린 여손한테 전달하고 있다는 것이 특이하다.

작품 ⑩의 경우 여자는 가엽고 팔자가 기박하니 시부모를 잘 봉양해야 하고 남편이 버리거든 시부모에게 의지해야 하며 고생이 많아도 체념해야 한다고 강조했다. 이어서 결말 부분에 가결이란 여자의 이런 바람직한 행위가 천자에게 알려져 온 가문이 부귀공명을 이룩했다고 서술했다.

작품 ⑪과 작품 ⑫는 편폭이 아주 짧고 언어구사가 자유로워 서민층의 성향이 두드러진다. 작품 ⑪은 아주 짧은 노래인데 교훈의 전달보다도 어린 딸을 품에 안고 귀여워서 입을 맞추며 자기의 시집살이 경험을 흥얼거리는 민요의 형식으로 되어 있다. "꽁우달을 잡거들랑 잔머리를 조심하고 시아바지 상질노면 처매꼬리 조심하고 도리도리 수박탕깨 밥담기를 조심하고"[42]라는 언어구사를 보면 글공부를 별로 하지 않은 서민계층의 작자로 추측된다. 작품 ⑫ 역시 편폭이 짧은 가사로서 청자를 '저기 가는 저 여인'으로 정하고 여성에게 삼종지의를 지키며 부부는 천지와 같으므로 가장에게 복종하고 시부모에게 공경하는 외에도 금투기禁妬忌 등을 훈계하고

42) 金聖配 · 朴魯春 · 李相寶 · 丁益燮, 『주해 가사문학전집』, 集文堂, 1961, p.481.

있다. 그리고 이러한 덕목을 무시하고 못된 행실을 자행하는 '마을 도난저 여인'의 사례를 예시하면서 그것을 절대로 본받지 말라고 당부하고 있다. 청자와 작품 속의 여성을 아무 '여인'으로 지정했다는 것은 양반가사의 엄숙함을 탈리하여 서민계층의 풍격을 어느 정도 이어받았음을 보여준다.

작품 ⑬은 능주 구씨가 시아버지와 남편이 차례로 죽고 시어머니와 가난한 생활을 유지하면서 자식을 키워낸 자신의 경력을 서술하면서 자손들의 처세를 훈계하고자 지은 가사이다.

작품 ⑭부터 ⑲까지는 주로 효행을 권장하는 작품들이다. 대표적인 것만 해석하려고 한다. 작품 ⑯은 부녀자들에게 효도를 권장하는 작품으로, 만물 중에 사람이 으뜸인 것은 삼강오륜을 지키고 있기 때문이고 까마귀, 호랑이, 수달 같은 동물들도 효도를 아는데 인간은 더욱 효를 첫째가는 수양으로 간주해야 한다고 인정하며 "양지효가 읏듬이라 엇지ᄒᆞ야 양지ᄒᆞᆯ고 부모뜻을 순케ᄒᆞ야 안 ᄉᆡᆨ을 화케ᄒᆞ고 말숨을 낫게ᄒᆞ야 부모님 안전ᄋᆡ서"[43]라고 양지효가 백행의 근본임을 강조했다. 그리고 가정안의 가장과 동서同婿의 효도뿐 만 아니라 인간의 흥망성쇠까지도 여자에게 달렸다고 강조했다. 작품 ⑰ 역시 효행을 권장하는 작품으로 형제간 우애있게 지내는 것이 작은 일이지만 효도의 시작을 실행하는 것이라고 했다. '잊지ᄆᆞ시 잊지ᄆᆞ시 부모은혜 잊지ᄆᆞ시

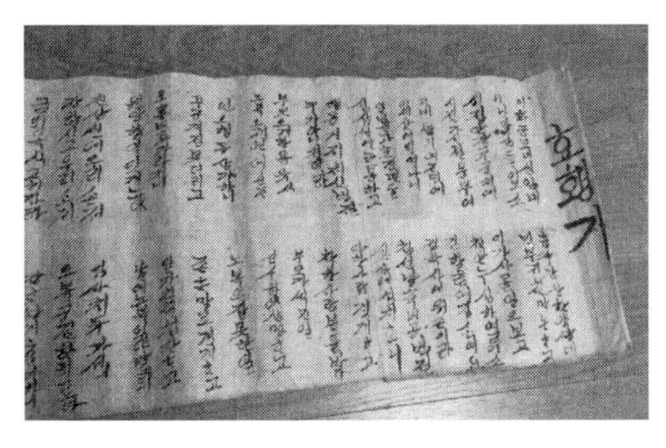

〈효행가〉(박순호 소장)

43) 권영철, 〈권효가〉, 『규방가사』 Ⅰ, 한국정신문화원, 1979, p.586.

가파보식 가파보식 부모은히 가파보식 (…) 안고서고 가고올쩍 이마음 노치마소 (…) 이노릐 하는동무 명심불망 하옵시다'[44]에서 보여 지듯이 효도는 부모님의 은공에 보답하는 것이니 잊지 말아야 한다고 했으며 그 형식이 민요에 다소 가까운 형식을 갖추고 있다. 작품 ⑱은 "극이 혼합ᄒᆞ야 건곤이 ᄀᆡ벽ᄒᆞ고 음양오힝 균졍ᄒᆞ와 창싱만물 싱기셔라 관ᄃᆡᄒᆞᆫ 텬디간 유인이 최령ᄒᆞ니 삼강오륜 안이오면 어이그리 최귀ᄒᆞ랴"[45]라고 인간의 삼강오륜 중에서 효도가 제일가는 조건임을 강조하면서 중국의 역대효자들인 문왕, 송효죵, 영고숙, 노릐ᄌᆞ, 왕부 등 21명의 효행을 본보기로 삼아 긴 편폭으로 경계한 것이 특징적이다. 결말 부분에 "너의 죠셕 부탁 언셔로 번역ᄒᆞ야 옛글 효감 일 약간 셔셔 달나ᄒᆞ기 나의 면식 쳔견으로 불명ᄒᆞ기 기ᄒᆞ니 물외인안 심장ᄒᆞ여 너 혼ᄌᆞ 보난 거시 ᄂᆡ 역시 죠흘덧ᄒᆞ다"[46]라고 집안의 아랫사람들이 부탁해서 지은 것이라고 강조하면서 결말을 맺고 있다. 작품 ⑲에서는 어머니의 은혜는 하늘과 같고 땅과 같다고 하면서 어머니가 담당한 임신, 육아, 교육 등 내용을 자세히 서술한 작품이다.

작품 ⑳~㉒는 일반적인 계녀가류 규방가사가 취한 교훈의 열거와 달리 부정행실의 작품들인데[47] 인륜도덕을 전혀 모르는 어리석고 용속한 여성의 부정적 모습과 유교규범의 파괴를 비판적으로 보여주면서 여성의 바람직한 행실이 무엇인지를 깨닫게 하려는 교훈성을 제시하고 있다. 윤리질서의 회복을 위한 '계誡'의 주제가 계녀가류 규방가사와 일치하는 방향으로

---

44) 권영철, 〈봉은가〉, 『규방가사』 Ⅰ, 한국정신문화원, 1979, pp.588~589.
45) 권영철, 〈효감가라〉, 『규방가사』 Ⅰ, 한국정신문화원, 1979, p.590.
46) 권영철, 〈봉은가〉, 『규방가사』 Ⅰ, 한국정신문화원, 1979, p.592.
47) 앞에서 논의된 '신행교훈류'나 '행실교훈류'의 주제는 유교적 덕목을 수행하는 여성의 바람직한 태도와 행실을 제시하는 것이 대부분인데, 일부 작품에서는 부정적 행실도 제시하고 있다. 이런 부정적 행실을 등장시킨 것은 우수한 행실과 덕목을 가지고 있는 여성들의 규범적인 행실을 뒷받침하는 작자의 의도인 것이다.

나타나 있기 때문에 본 연구에서는 이를 계녀가류 규방가사의 범주에 넣어서 논의한 것이다.

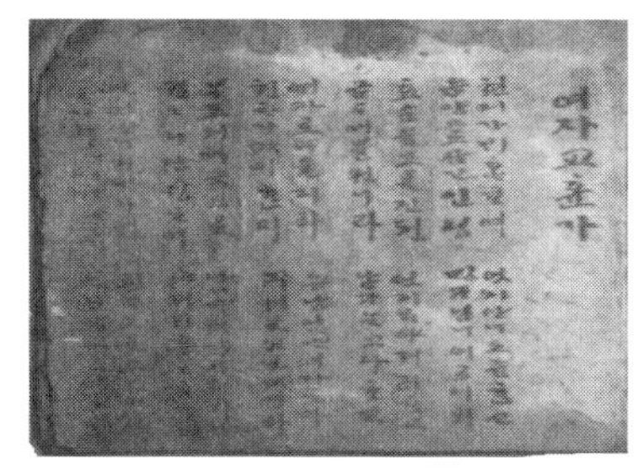

〈여자교훈가〉

‘용부가류’는 제목에 나타난 것처럼 전반부는 시집 흉을 일삼고 화장으로 반나절을 보내며 남편에게 말대꾸를 하는 ‘저 부인’, 후반부는 게으르고 음담패설을 일삼으며 각종 악행을 저지르는 ‘뺑덕어미’라는 두 용부의 행적을 묘사하고 이를 경계한 작품이다.

‘나부가류’는 천지만물 중에서 각자 직분의 준수, 사대부 부인의 직분이라는 규범적 표현, 금세부인이라는 부정적 형상화, 현철부인이 되기를 권고하고 호소하는 등의 내용으로 이루어진 유형이다. 작품에서 ‘나부’는 게으르고 나태하며 온갖 부정적 행실을 보이는 문제적 인물인 금세부인이다.

작품 ㉑을 예로 들어 보면 서두에서 “어외셰상 나부더라 이니말ᄉᆞᆷ 들어보소 ᄐᆡ극음양 ᄇᆡ판후의 만물군ᄉᆡᆼ 삼겨ᄂᆞ이 무지ᄒᆞᆫ 날짐ᄉᆡᆼ도 날곳ᄉᆡ면 운동ᄒᆞ고 준준ᄒᆞᆫ 긔ᄂᆞᆫ벌에 겨울양작 작만커든 허물며 귀ᄒᆞᆫ인ᄉᆡᆼ 인의예지 품부ᄒᆞ여 ᄉᆞ지ᄇᆡᆨ체 구비ᄒᆞ고 져ᄒᆞᆯ직분 바릴손가[48]”라고 무지한 날짐승과 길벌레도 각자 직분을 지키는데 하물며 인간이 자신의 직분을 버리면 되겠느냐고 묻고 있다. 그리고 7~8세부터 제사재계, 방직과 의복 짓기 등을 배우고 봉제사 · 접빈객 · 사군자 등 행실을 닦아야 할 사대부가 여성의 직분과 함께 직녀 · 조상녀條桑女 · 봉상녀縫裳女 등의 고사를 서술한다. 그리고 “가소롭다 금셰부인”[49]이라고 하면서 게으르고 질서 잃은 살림살이, 무당굿 구경을 즐기고 남편과의 금슬도 좋지 못하며 실망하는 시부모와도 갈

48) 林基中, 〈나부가(361)〉, 『역대가사문학전집』 8, 東西文化院, 1987, p.82.
49) 林基中, 〈나부가(361)〉, 『역대가사문학전집』 8, 東西文化院, 1987, p.86.

등을 빗어내는 등 금세부인의 부정적 행실에 대한 비판이 시작된다. 금세부인은 여성들이 어렸을 때부터 익혀야 할 행실덕목을 익히지 않아서 힘든 시집살이를 감당하기 어렵게 되었고 마지막에 온갖 부정적인 행실을 보여주는 나부로 전락하게 된 것이다. 이 작품은 먼저 행실규범의 항목을 조목조목 늘어놓으면서 그 중요성을 강조하고 그 다음에 부정적인 여성의 예시로 규범의 파괴를 보여주었다는 면에서 전통적 교훈의 방식 아닌 개성적인 방식을 취하고 있다는 점이 독특하다.

이 유형의 작품에서 '익명의 '저 부인'과 '금세부인'은 양반층 부녀이고 뺑덕어미는 서민층 여성임을 밝혀 놓았는데, 양반이나 서민에 관계없이 여성이 그릇된 행동을 하면 패가망신의 운명을 면하기 어렵다는 것을 명시하고 있다. '용부가류'와 '나부가류'의 결말 부분 또한 유사하다.

무식헌　　창ᄉᆡᆼ드라　　져거동을　　ᄌᆞ세보고
그른닐을　　아랏거든　　곳칠깃ᄌᆞ　　힘을 쓰소
오른말을　　드럿거든　　힝허기를　　위엽헐지씨다[50]

어와세상　　나부더라　　이ᄂᆡ말ᄉᆞᆷ　　적어시니
부ᄃᆡ부ᄃᆡ　　경계ᄒᆞ여　　현쳘부인　　되어려라[51]

두 작품의 결말에서는 '무식한 창생'과 '나부' 혹은 '용부'들을 대상으로 행실 닦기에 힘을 쓰고 경계하여 현철부인이 될 것을 강조하고 있다. 부녀자의 악행과 그로 인한 가문이나 가정의 경제적 몰락을 결과로 제시하여 권계하는 방식이 19세기 교훈가사의 일반적인 특징인 것처럼[52] 이 유형의

50) 林基中, 〈庸婦歌(814)〉, 『역대가사문학전집』 15, 東西文化院, 1987, p.478.
51) 林基中, 〈나부가(361)〉, 『역대가사문학전집』 7, 東西文化院, 1987, p.82.
52) 박연호, 『가사문학장르론』, 도서출판 다운샘, 2003, p.283.

작품들은 계녀가류 규방가사에서도 중요한 위치를 자리매김하고 있는 것이다.

이처럼 '행실교훈류'는 특정인이 아닌 일반 부녀자들이 지켜야 할 도리를 서술한 것으로 유교적인 부덕이나 예의규범, 효행에 주목한 작품들이다. '신행교훈류'에서 보여지는 인간감정의 서정적 토로가 개입되어 있지 않기 때문에 다소 교조적인 특징이 드러난다. '행실교훈류'에서 얘기하는 덕목들은 규방문화권 안에서 『주자가훈』이나 『소학』 등 교훈서들에 반영된 인간수신의 내용을 규중행실의 덕목으로 확대한 점이 두드러진다. 때문에 '행실교훈류'는 당대 사회에서 여성의 교양적 행실과 인간수신의 도리를 교훈함과 동시에 여성의 생활과 결합된 채 한평생을 동반하는 공동체 담론의 역할을 맡고 있었던 것으로 봐야 할 것이다. '신행교훈류'가 출가한 여성들이 시집에서의 역할을 훌륭하게 실행하는 '현모양처'로 양성할 목적으로 여성과 친정의 혈육지정을 이어주는 편지글이라면 '행실교훈류'는 당시의 '이상적 여성 만들기'를 위해 창작된 교과서이며 일상적인 독서물로 봐야 할 것이다.

3.1.3 복선화음류

'복선화음류'는 제목 그대로 '착한 사람에게는 복이 내려지고 못되고 그릇된 사람한테는 화가 온다'는 유형의 교훈가사인데 다양한 이본을 가지고 있지만 기본내용은 유사하다. 그 내용은 명문가정에서 태어난 이씨 부인이 가난한 시집에서 피나는 노력으로 가문을 일으킨 일생과 패가망신한 괴똥어미의 일생과 대비시켜 경계하는 행실 대비형이자 치산 강조형의 가사작품이다. 또한 기구하게 살아온 화자의 체험적인 일대기를 자전적 술회로 딸에게 대물림을 하는 내용으로 '여성의 일대기형' 규방가사로 볼 수도 있다.

이 유형은 전형적인 계녀가의 사구고, 사군자, 어노비, 치산 등 13개 항목 중에서 '치산'의 부분을 확장시켜 이에 초점을 두고 딸을 훈계했다는 것이 특징적이다. '신행교훈류'나 '행실교훈류'가 논리적인 설득으로 이루어진 데에 비하여, '복선화음류'는 구체적인 사례들을 열거하면서 '복福-선善'과 화'禍-음淫'의 주제를 보다 실감나게 전달하고 있다.

[표 3-3] '복선화음류'

번호	작품 제목	작품내용	작품 출처	비고
①	복선화음가	'이씨 부인이 부유한 명문에서 출생하고 금지옥엽같이 자라남-문벌은 좋으나 가난한 양반집에 출가-고된 시집살이를 하면서 부지런히 일을 해 치부에 성공하여 가문을 일으켜 세움-남편이 급제하고 부귀공명을 누리게 됨-괴똥 어미의 예-부유한 집에 시집왔음-그릇된 행실을 일삼음-패가망신하게 되었음-이씨 부인이 딸에게 자신을 본받고 괴똥어미를 경계할 것을 훈계'하는 등의 내용.	규 I (pp.27~36)[53]	규범적 행실과 부정적 행실의 대비 유형
②	명부인가 (1156)	작품 ①과 유사하면서 결론 부분에 작은 차이를 보이고 있음	역대23 (pp.287~300)[54]	
③	김씨계녀ᄉᆞ (358)	위의 작품 ②와 유사하면서 결론 부분을 "가도의 흥망셩쇠 녀ᄌᆞ의게 잇ᄂᆞᆫ이라"라고 맺고 있음.	역대8 (pp.1~31)	
④	효부가 (1907)	작품의 첫머리에 "효부의 노릐ᄒᆞᆫ거시라"라는 말로 세부적인 차이를 보이고 있으나 내용은 상사하며, 부정적 인물로는 일똥 어미로 설정.	개화기가사 자료집[55](pp. 379~396)	
⑤	복선화음가	『규방가사』 I 에 수록된 〈복선화음가〉와 경대본 「계녀ᄉᆞ」를 참고하여 일부 오류를 수정하여 소개된 가사, 기본내용은 동일.	내방가사의향유자연구 (pp.271~287)	

53) 이외에도 〈복선화음가〉(『교주 내방가사』, pp.45~69), 〈복선화음곡(555)〉(『歷代歌辭文學全集』 11, pp.362~381), 〈부인셩힝녹(575)〉(『歷代歷代歌辭文學全集』 11, pp.556~569)은 작품 ①과 동일하다.

54) 〈복선화음녹(1172)〉(『歷代歌辭文學全集』 24, pp.51~79), 〈효부가(1060)〉(『歷代歌

작품 ①을 예로 삼아 본다면 “어와세상 사람들아 이ᄂᆡ말삼 들어보소”라고 서두를 떼고 있지만 청자는 일반 여자나 세상 사람이 아니고 ‘딸’로 한정되어 있다.

다수의 계녀가류 규방가사 작품들이 관념적이고 논리적인 교훈으로 이루어진 데에 비하여, ‘복선화음류’의 서술 상 특성을 보면 화자의 체험담을 열거하면서 착한 사람에게는 복이 오고 못된 사람에게는 화가 온다는 주제를 실감나게 전달하고 있다. 명문에서 태어나 고이 길러졌지만 가난한 집에 시집가서 고된 노동을 거쳐 부귀영화를 누리게 된 이씨 부인의 성공담, 처음에는 부유했지만 그릇된 행실로 패가망신한 괴ᄯᅩᆼ어미의 일생, 두 사람의 생애를 대비하여 출가하는 딸을 경계하는 등 세 부분이 순차적으로 연결되어 있다. 그 중에서 이씨 부인이 부지런히 노동하여 부를 축적한 과정이 중심내용이다.

비단치마	입던허리	힝자치마	둘너입고
운혜당혜	신든발ᄋᆡ	셕ᄉᆡᆨ집신	졸여신고
단장안ᄒᆡ	무근치마	갈고ᄆᆡ고	ᄀᆡ간하여
외가지를	굴기길너	성시ᄋᆡ	팔아오고
ᄲᅩᆼ을ᄯᅡ	누ᄋᆡ쳐서	오ᄉᆡᆨ당ᄉᆞ	고은실을
유황갓튼	큰비틀ᄋᆡ	필필이	싸닐적ᄋᆡ
쌍원앙	공작이며	기린봉황	범나ᄇᆡ라
문ᄎᆡ도	찰난하고	슈법도	기이하다
오희월녀	고은실은	슈놋키로	다진하고
호상ᄋᆡ	돈천냥은	비단값이	부족ᄒᆞ다
ᄉᆡ이ᄉᆡ이	틈을타셔	칠십노인	슈의짓고
청사복건	고은의복	녹의홍샹	쳐녀치장

辭文學全集』 20, pp.573~607)는 작품 ②와 동일하다.

55) 원전은 필사본 『효부가』.

어린아ᄒᆡ　　ᄉᆡᆨ옷이며　　ᄃᆡ신입난　　조복이라
저녁ᄋᆡ　　켜는불노　　ᄉᆡ벽조반　　얼러짓니
알알이　　헤여먹고　　준준이　　모아보니
양이모여　　관이되고　　관이모여　　빅이로다
울을뜻고　　담을치고　　집을짓고　　기와이고
압들에　　조흔전답　　만흘시고　　안밧마구
노ᄉᆡ나귀　　씨를ᄎᆞ자　　우난소ᄅᆡ[56]

위의 작품에서 여성 주인공은 밭을 가꾸어 남새를 팔고 누에치기와 길쌈을 하며 규중에서 훈련한 바느질 솜씨로 고운 의복도 지어 팔아 재물을 모은다. 또한 양식도 아껴먹고 모아두니 그 수량이 대단하고 새 집을 짓고 좋은 전답을 장만하며 짐승 양축을 잘하여 번식시켰다고 서술했다.[57]

'복선화음류'는 앞의 계녀가류 규방가사들과 매우 다른 교양의식을 나타내고 있다. 즉 전통 사회의 지배 이데올로기가 여전히 작동하는 한편 치산의 문제가 여성들이 갖추어야 할 새로운 덕목으로 부각되고 있다. 작품에는 경제축적과 재산관리에서 실질적이고 계획적이며 구체적인 방법까지 제시되고 있다. 사대부가의 품위를 갖출 것을 요구하는 유교적 도덕의 강조보다도 집안의 흥성을 이룩하려면 여성이 직접 경제활동에 참여하여 재물을 쌓아야 한다고 인정하는 이 작품에는 실학정신이 들어온 이후 조선시대 말엽 자본주의적 물질철학의 사회의식이 그대로 반영된 것이다. 더 나아가 근대화의 교양의식이 자리 잡게 되면서, 단순한 현모양처의 여성

56) 최태호, 〈복선화음가〉, 『교주 내방가사』, 螢雪出版社, 1980, p.56.
57) 다른 계녀가류 규방가사에서 치산조목이 있다 해도 얼마 되지 않지만 이 작품은 거의 40행 넘게 큰 비중을 두고 있다. 다수의 계녀가류 규방가사 작품들은 勤勵와 절검의 덕목으로 군음식금지, 몸치레의 의복치레금지, 헌옷 기워 입기, 잡음식도 버리지 말 것과 집안 청소, 器皿 간수를 잘하여 그릇이 깨지지 않게 해야 한다는 것 등으로 되어 있는 게 일반적이다.

상을 뛰어넘어 생산경제 활동에 참여하고 가문의 새로운 영솔자라는 여성상의 확립에 대한 작자계층의 욕망을 표출하기도 했다. 이씨 부인은 명문에서 태어났지만 괴똥어미는 그 호칭으로 보아 서민층 부녀임이 추측된다. 사대부가 규방여인들이 주요 작자 층으로 되어 있는 계녀가류 규방가사에 서민층의 여성상이 등장한다는 것은 조선 후기 사대부 가사와 서민문학의 접맥을 추정해 볼 수도 있다.

3.1.4 신교육계몽류

'신교육계몽류'는 작품의 내용에 근거하여 주로 근대의 기원이자 출발점인 개화기부터 창작된 작품들로 선정했다. 이 유형의 작품들이 전통적인 계녀의 항목과 다른 차원의 교육을 담론하고 있는 것은 개화기라는 시대배경으로 인한 것이다. '신행교훈류'와 '행실교훈류'는 여성이 규방이라는 공간에서의 행위규범의 제한, 전통규범에 대한 수호와 전승을 권고하고 훈계했다. '신교육계몽류'는 이와는 달리 세계정세의 급격한 변화와 근대의식의 대두아래 여성의 학교교육, 신여성 되기, 남녀 동등의식, 민족의식의 각성과 구국 등과 같은 근대 개화사상과 여성의식에 대한 새로운 차원의 담론을 주장하고 담아낸 것이다. 이는 계녀가류 규방가사의 작자가 규방 밖의 공간을 엿보기 시작했다는 것을 표명한다. 안방주인의 자리를 지켜야 했던 여성이 사회정세에 주목하기 시작하면서 사회에서 자신의 위치를 새롭게 고민하기 시작했다는 것을 알 수 있다. 이 유형의 언어구사를 보면 호소형이 주된 표현으로 되고 있다. 아래 선정된 작품들을 보기로 한다.

[표 3-4] '신교육계몽류'

번호	작품 제목	작품내용	작품 출처	비고
①	권독가	"세월이 무정하니 유년 시기부터 공부할 것 권고-명희문, 소진, 진평, 동중서, 이태백, 동소남 등 문인들의 예를 들어 독서할 것을 권고-'저 사람'이라는 부정적 행실을 예로 들었음-세월은 유수와 같으니 학문수덕을 게을리 하지 말라는 권고" 등의 내용.	규 I (pp.611~613)	독서와 학문 수양을 권고한 유형
②	ᄉᆞ국 가ᄉᆞ	'조선 420년의 역사를 서술-경술년부터 왜놈에 빼앗긴 조선역사의 원통함을 토로-한일합방 후 왜놈이 독립운동을 탄압하는 정경-동포들이 청국, 러시아, 영국, 미국으로 피난 감-기미년이후의 만주사변-2차 대전 때 영국, 미국이 한편, 일본, 독일이 한편임-일본이 장기전에 대응하기 위해 조선을 약탈한 것-노인과 아이들의 헐벗은 장면-곡식 공출과 지원병 강제모집-가족들의 생사이별-여인들을 끌어감-일본군 항복-광복을 맞는 광경-6.25전쟁의 참상-우리글을 숭상하고 세계강국이 될 것을 호소'하는 등의 내용.	규 I (pp.614~622)	역사서사시의 풍격을 드러낸 유형
③	경세가	'서양의 역사를 보면서 조선역사를 돌이켜 봄-하관조약, 한일합방 등 민족의 치욕과 동포의 원통한 처지-민족자유와 민주정치에 대한 지향-서양의 정치와 형세에 주목할 것을 권고-양반의 교만함에 대한 지적-낡은 것을 버리고 새로운 것을 추구할 것-규중의 징역살이를 하루빨리 퇴치하고 글을 배워 쓸모있는 책을 읽어야 함을 강조-영국, 애급, 토이기 등 서양의 정치형세를 열거하면서 개명을 반대하면 멸망한다고 인정-완고분자들이 하루빨리 깨달을 것을 권고-청년들이 교육을 받게 할 것-물질문명과 실학에 힘을 쓸 것-민족을 단결하고 백성교화에 힘쓸 것-이 세상의 부인들도 남자와 다름없기 때문에 교육받고 태중 교육과 자식 교육에 힘쓸 것-단결과 독립' 등을 강조하는 내용.	규 I (pp.623~631)	
④	동뉴 상봉가	'만물 중에서 인간이 신령한 존재-교육이 없으면 금수와 같음-삼강오륜을 지키고 착한 행실을 권고-규중 일에 전념하다보니 한담할 시간도 없는 신세를 한탄-가련하고 억울한 신세에 대한 하소연-학교에서 교육받는 여학생을 부러워함-『열녀편』과 『내측편』을 배울 것을 권고-태임, 태사의 언행을 본받고 봉제사, 접빈객을 잘할 것-오륜같은 무서운 규범때문에 자주 만날 기회조차 가지기 어렵다고 한탄'하는 등의 내용.	규 I (pp.632~636)	새 시대와 낡은 시대 사이에 처한 여성들의 가치의식의 변화와

번호	작품 제목	작품내용	작품 출처	비고
⑤	부인 경유사	"친정교육이 중요함을 인정-삼강오륜의 중요성-오륜이 없으면 나라도 있을 수 없음-나라의 흥망성쇠도 부인에게 달렸음-부인회를 통해 견문을 넓힐 것을 제기-고범古範을 반대하고 신식을 해보자고 권유함-절약을 제창하고 악습을 버릴 것-부녀행실의 중요성-태교를 견지하고 부정적 행실을 삼갈 것- '며느리', '딸'을 경계하기 위해 가사를 지었음"을 강조하는 내용.	규 I (pp.637~640)	모순적인 심정을 보여준 유형
⑥	採桑歌謳	'양천 학교의 설립과 함께 해외 풍기를 받아 여자들의 직무참여를 호소-지리역사와 같은 여자교육의 실시-규중에 있다가 자유권을 획득하면 남자들과 동등하게 됨-게으르고 새 사상을 마다하는 가여운 원녀怨女를 묘사-금의옥식錦衣玉食하는 귀가녀貴家女의 부귀도 오래가지 못함-남의 재물을 노리는 무녀巫女를 비판-바깥세상을 모르는 산중처녀의 가여움-손님 영접에 세월 보내는 청루여인의 삶에 대한 한탄' 등을 강조하는 내용. *1908년의 작품.	개화기가사 자료집[58] (pp.408~409)	여성이 교육을 통해 각성할 것을 제창, 동시에 나라 형세를 언급했다는 것이 특징적임.
⑦	평양익국녀학도의 학도가	'자녀 양육과 규중살림에 전념하느라 공부의 기회가 없어 교육을 받지 못했음-자유 권리의 중임이 어깨 위에 놓여 있음-금 같은 시간을 낭비 말고 공부에 힘써야 함-남자만 교육받고 여자가 소외받는 시대가 지나갔으니 남녀가 합력하여 학문에 몰두해야 함-새 정신을 분발하고 남녀 동등한 상등국을 건설할 것을 호소'하는 등의 내용. *1906년의 작품.	개화기가사 자료집[59] (pp.369~370)	
⑧	運動歌	'여자교육이 보급되어 문명을 선도하고 학문에 힘써 자의자식自衣自食할 것-여자들이 운동으로 건강한 신체를 유지할 것-여자들의 신체가 강건해야 나라의 강성도 가능하다는 것' 등을 강조한 내용. *1907년의 작품.	개화기가사 자료집[60] (pp.376~377)	
⑨	勸學歌	'군의신충君義臣忠, 부화부순夫和婦順, 장자유경長慈幼敬, 붕우유신 등 삼강오륜의 도리를 설명-오륜 중에 효도가 으뜸-여자들도 교육을 받아야 예의염치를 안다는 것-권학가로 여성들을 교육하여 대한제국의 만세를 유지하자고 호소' 하는 내용. *1907-1910년의 작품,	개화기가사 자료집[61] (pp.440~441)	
⑩	修身歌	'자기 수신에 힘써야 제가치국이 가능함-부모에 대한 효도가 가장 중요한 수신임을 강조-학문을 배우고 운동, 위생, 음식, 의복 차림에 힘쓸 것을 권고'하는 등의 내용. *1907-1910년의 작품.	개화기가사 자료집[62] (pp.442~443)	
⑪	行進歌	'여자들이 행진을 통해 신체를 강건히 하고 있음-운동을 안 하면 기계가 녹이 난 것과 같음-분출문외不出門外하면 우물 안의	개화기가사 자료집[63]	

번호	작품 제목	작품내용	작품 출처	비고
		개구리와 같음-새 정신을 받아들이고 키워야 함-천하대본天下大本인 농사도 교육 없이는 안 된다는 것-행진을 통하여 지덕체를 잘 갖추어 애국에 힘을 기울여야 함-대한제국 만세를 호소'하는 등의 내용. *1907-1910년의 작품.	(pp.444~445)	
⑫	時事短言	'오다가 서로 만나 하는 얘기를 들어봄-무당한테 돈을 준다는 사실을 알았음-가장이 번 돈을 다 굿하는 데 허비했음을 알게 됨-이런 풍속은 무식함에서 나온 것이라는 것-귀신을 멀리하고, 미신 믿는 풍속을 개량할 것을 호소'하는 내용. *1903년의 작품.	개화기가사 자료집[64] (pp.358~359)	
⑬	大討淫婦	'문명시대의 부녀들이 점점 더 방탕해진다고 인정-자녀교육과 가정 관리를 뒷전으로 화려한 옷차림으로 출입하는 여성을 비판-음란행위가 짐승보다 더 한 여성을 비판-정당한 방법으로 개가할 것이 아니라 비밀리에 사내랑 정을 통하는 여성을 비판-청원 영업하는 여성을 비판-음탕한 연극시설에서 남자랑 정을 통하는 여성을 비판-공연장의 광대들과 눈길을 주고받는 여성을 비판-이런 여성들을 방치하면 자녀까지 망치고 나라기풍까지 더럽힌다고 인정'하는 내용. *1908년의 작품.	개화기가사 자료집[65] (pp.414~415)	부정적 행실의 여성들을 비판한 유형
⑭	賣淫女야	'한양성 내에 수많은 매음녀가 있다고 서두를 시작-부모의 몸에서 태어났지만 매음녀가 된 가련한 처지-짐승보다도 더 음란하다고 비판-어깨춤과 흥타령에 빠진 매음녀의 형상-남자에게 온갖 음란한 자태를 짓는 여성을 비판-젊음이 사라지고 나면 더욱 비참해질 처지를 동정-회개할 것을 권고'하는 등의 내용. *1909년의 작품.	개화기가사 자료집[66] (pp.416~417)	
⑮	美人情態	'방탕한 여자들이 사내를 영접하는 장면-사내의 총애寵愛를 독차지하려고 애 쓰는 여자의 추태-사내의 경박지설輕薄之說에 마음 다잡지 못하는 여성의 수심愁心-여자가 방탕하여 가운흥왕家運興旺을 잇기 어려운 걱정' 등의 내용. *1909년의 작품.	개화기가사 자료집[67] (pp.418~419)	
⑯	艶頂壹針	'아름다운 누각에 몸을 담고 있는 기생도 국민의 一分子라 애국심을 가져야 함-애국기생 논개를 본받을 것-열녀 춘향의 절개를 본받을 것-월향의 충렬을 본받을 것-재주가 출중한 황진이를 본받을 것-창기 중에서도 충렬과 절개를 갖춘 이가 있으니 본받으면 국민의 의무는 물론 춘추에 이름을 남길 수도 있다'는 등의 내용. *1909년의 작품.	개화기가사 자료집[68] (pp.420~421)	
⑰	女界悖風	'대한의 여자계女子界에 못된 여성들이 많음을 통탄-매음녀들이 양복차림으로 연극장을 드나드는 추태를 비판-패설로 가	개화기가사 자료집[69]	

번호	작품 제목	작품내용	작품 출처	비고
		정규범을 문란하게 하는 완고한 여성을 비판-남편을 박대하는 여성을 비판-외국인과 결혼하고 외국인 행세를 하는 여성을 비판'하는 등의 내용. *1909년의 작품.	(pp.422~424)	
⑱	冥府女裁判所	'계월향, 논개, 춘향 등이 재판소를 만들어 못된 여성들을 재판할 것을 서술-잘못을 저지른 남편을 죽인 여성을 비판-화려한 옷차림으로 서방질하는 방탕한 여인을 비판-매음업에 종사하는 일본여자들을 비판-이런 못된 행실과 반대로 신문을 애독하고 신학문을 공부하는 여성은 긍정적임을 칭찬'하는 등의 내용. *1910년의 작품.	개화기가사 자료집[70] (pp.427~428)	
⑲	花月情態	'매음업에 몸을 담은 여성을 비판-이상한 옷차림을 한 여성을 비판-연극장에 출입하며 사내와 놀아나는 여성비판-부자 집의 애첩이 되어 도박을 일삼다가 패가망신한 여성을 비판'하는 등의 내용. *1910년의 작품.	개화기가사 자료집[71] (pp.429~430)	

58) 원전은 『대한매일신보』, 1908년 7월 1일.
59) 원전은 『제국신문』, 1906년 7월9일.
60) 원전은 『만세보』, 1907년 5월26일, 입력대본은 『한국개화기문학연구총서』 4(국학자료원, 1994)
61) 원전은 『烈歌集』, 입력대본은 『옛노래, 옛사람들의 내면풍경-신발굴 가사자료집』 (임형택, 소명출판, 2005)
62) 원전은 『烈歌集』, 입력대본은 『옛노래, 옛사람들의 내면풍경-신발굴 가사자료집』 (임형택, 소명출판, 2005)
63) 원전은 『烈歌集』, 입력대본은 『옛노래, 옛사람들의 내면풍경-신발굴 가사자료집』 (임형택, 소명출판, 2005)
64) 원전은 『뎨국신문』, 1903년 2월26일, 입력대본은 『한국개화기문학연구총서』 2(국학자료원, 1994)
65) 원전은 『대한매일신보』1908년 12월 29일.
66) 원전은 『대한매일신보』1909년 3월 31일.
67) 원전은 『대한매일신보』1908년 6월 29일.
68) 원전은 『대한매일신보』1909년 8월3일.
69) 원전은 『대한매일신보』1909년 8월17일.
70) 원전은 『대한매일신보』1910년 3월3일.
71) 원전은 『대한매일신보』1910년 7월27일.

작품 ①에서는 청자를 여성인지 남성인지를 밝히지 않은 채 '너'라고 설정했으나 여성의 교육을 권고하고 있다.

차차소자	경수하야	권독가를	경개하라
명심불망	잇지말고	시시때때	생각하라
무정세월	가련하다	유수같이	가나니라
청춘불습	시서하면	샹략두번	어이할고
十五지학	배운글을	느자우	이을때라
어릴때	실시하야	경세경념	하올진대
三四십	잠관되야	후회막급	되난이라
(…)			
가번호독	진평이는	한조개국	공신으로
그도또한	문장되고		
가사많은	이태백은	시중천자	되야있고
은거행위	동소남은	주야경독	하야거든
아니배워	되올손가	문장부귀	하자해도
아니일러	안되그든[72]		

이 작품에서는 세월이 무정하니 유년시기부터 공부할 것을 권고하며, 진평, 이태백, 동소남과 같은 인물을 본받아 독서와 학문수양에 힘쓸 것을 강조하고 있다.

작품 ②~③은 사회 형세와 역사사건을 배경으로 역사서사시의 풍격을 다분히 풍기는 작품들인데, 민주주의와 나라독립을 지향하고 견문을 넓힘과 동시에 서양을 본받을 것을 권고하고 있다. 작품 ②의 경우 청자를 '친구'로 설정하여 경술년으로부터 6.25전쟁까지의 세계정세를 배경으로 동포들이 그동안 겪은 원통함과 함께 일제 억압으로부터 벗어난 해방의 기

72) 권영철, 〈권독가〉, 『규방가사』 Ⅰ, 한국정신문화원, 1979, pp.611~612.

뿜, 동족상간의 6.25전쟁 등을 서술하고 있다.

> 여보시오　　친구임ᄂᆡ　　이ᄂᆡ말ᄉᆞᆷ　　드러보소
> 이가사　　드러보면　　가통하고　　애석ᄒᆞ지
> 우리조션　　지ᄂᆡᆫᄉᆞ적　　ᄉᆞ쳔　　이ᄇᆡᆨ년이라
> 단군이후　　대한가지　　반만년　　가전역ᄉᆞ
> (…)
> 동방ᄋᆡ국　　우리조션　　외놈머노을　　베푸리니
> 죽도ᄉᆞ도　　못ᄒᆞ고셔　　그놈들ᄋᆡ　　종이되여
> ᄉᆞᆷ쳔만　　우리동포　　예법ᄌᆞᄎᆞ　　간되업다
> 삼쳔리　　금수강산　　일홍조ᄎᆞ　　업셔진다.
> (…)
> 오ᄌᆞ낙셔　　듀셔업고　　ᄎᆞ래도　　션휴업소
> 지금부터　　힝할일은　　일본ᄉᆡᆨ치　　이져부고
> 우리예법　　슌중ᄒᆞ고　　우리글을　　슝ᄉᆞᆼ하고
> 무식ᄌᆞ를　　업시하고　　영국방면　　힘을셔셔
> 서양나라　　쎈을바다　　세계각국　　되어보ᄉᆡ
> 쓸말은　　무궁하나　　무식하여　　못지깃소[73]

위의 작품 ②에서는 반만년의 역사를 가진 조선이 왜놈한테 점령된 현 시점에서 우리글과 예법을 숭상하고 서구의 풍물을 본받아 세계 강국이 되어보자는 바람을 드러내고 있다. 작품 ③에서는 민족의 치욕과 동포의 처지를 개변하려면 서양을 본받아 민족자유와 민주정치를 실현하고 독립운동의 선구자가 되어 개화된 나라를 만들 것을 제기했다. 작품은 "어와초야 완고들아 이네말삼 들어보소"[74]고 청자를 '완고분자'로 설정했다가 "세

73) 권영철, 〈ᄉᆞ국가ᄉᆞ〉, 『규방가사』 Ⅰ, 한국정신문화원, 1979, pp.614~622.
74) 권영철, 〈경세가〉, 『규방가사』 Ⅰ, 한국정신문화원, 1979, p.625.

상에 부인들네 이네말삼 들어보소"[75]라고 여성을 청자로 다시 설정하여 여성 교화의 중요함을 아래와 같이 제기하고 있다.

가련하오 가련하오 부인신세 가련하오
선경현전 조흔책과 정치학 이화학을
눈이있어 못바낸니 소경이 안일른가
육데주 오데양에 오색인종 경쟁사읍
귀가있어 못들은이 귀머거리 분명하며
문명한 신풍긔를 입이있어 말못한이
벙어리가 분명하다
이목구비 성큰만은 무단이 병신이라
이천만 우리동포 부인이 일천만에
일천만 병신된이 망국지초 이안인가
개명못해 망한나라[76]

위의 작품에서 여성들은 눈을 가지고도 진보적인 책을 읽지 못하니 귀머거리, 벙어리 신세와 같고 동포들이 각성하지 못했기 때문에 망국을 초래하게 됐다는 우국우민의 감정과 함께 여성들이 규중의 속박에서 벗어나 견문을 확충하여야만 민족단결과 독립이 가능하다는 점을 서술하고 있다. 작품은 "불러보세 불너보세 동입만식 불러보세 독입기을 놉이들고 인지이 불러보세"[77]라는 음악적 율조가 강한 어조로 결말을 맺고 있다.

작품 ④와 ⑤에서는 개화기 시대라는 사회적 배경을 보여주면서 새 시대와 낡은 시대 사이에 처한 여성들의 가치의식의 변화를 보여준다. 새것을 받아들이고 싶은 심정과 함께 전통적인 행실덕목과 삼강오륜을 지켜야

75) 권영철, 〈경세가〉, 『규방가사』 Ⅰ, 한국정신문화원, 1979, p.630.
76) 권영철, 〈경세가〉, 『규방가사』 Ⅰ, 한국정신문화원, 1979, p.626.
77) 권영철, 〈경세가〉, 『규방가사』 Ⅰ, 한국정신문화원, 1979, p.631.

하는 여성의 모순적인 심정이 드러난다. 작품 ④는 “동뉴님ᄂᆡ 들어보소”라고 청자를 처지가 같은 여성으로 설정하고 여성들이 모인 자리에서 남자와 다를 것이 없는데도 억압받아야 하는 억울한 처지와 심정을 토로하고 있다.

노망인가 가관일쇠 신학시ᄃᆡ 녀학ᄉᆡᆼ은
낭머리 곱기쌧고
ᄆᆡᆸ시잇ᄂᆞᆫ ᄎᆡᆨ보달이 시간마촤 학교가셔
일어션어 지리ᄉᆞᆫ슐 ᄎᆡᄅᆡᄎᆡᄅᆡ ᄇᆡ온후의
녀중박ᄉᆞ 학ᄉᆞ되야 ᄀᆡ명발달 하거니와
우리ᄂᆞᆫ ᄌᆡ조업셔 학식이 전혀업고
이세월ᄋᆡ 넛기나셔 ᄒᆞᆫ번운동 못ᄒᆡ보고[78]

위의 인용에서 화자는 학교 다니는 여학생에 대해 부러움을 표시한다. 자기들은 학교 다니는 처지가 못 되기 때문에 『열녀전』 등을 잘 배워 몸가짐을 바르게 하고 동류끼리 서로 격려하고 우애 있게 보내자고 하는 동시에 결말 부분에 “변치마ᄉᆡ 변치마ᄉᆡ 우리정분 변치마ᄉᆡ 붕우오륜 무셥도다”[79]라고 하면서 자주 만나지 못하는 처지를 다시 한번 강조하면서 서술하고 있다. 작품 ⑤는 시대가 바뀌면서 무너진 생활윤리를 한탄하고, 새로운 생활윤리를 계몽하고자 창작된 작품이다. 서두에서 작자는 모여 있는 부인들에게 60년을 살아오면서 겪은 견문과 선악에 대한 자기의 생각을 들어보라고 한다. 그 다음에는 고사를 인용하여 삼강오륜의 근원을 설명하고 가정과 나라의 흥망성쇠마저도 여성의 처신에 달려 있으니 부인회 참여를 제기한다. 이어서 부인이 지켜야 할 남녀유별, 제사, 태

78) 권영철, 〈동뉴상봉가〉, 『규방가사』 Ⅰ, 한국정신문화원, 1979, p.635.
79) 권영철, 〈동뉴상봉가〉, 『규방가사』 Ⅰ, 한국정신문화원, 1979, p.636.

교와 자녀교육, 절약 등에 대해 부정적 행실을 들어가면서 권고하고 있다. 마지막에 자기의 '며느리', '딸'을 경계하기 위하여 가사를 지었다고 하면서 결말을 맺고 있다. 작품에서 '고범을 반대하고 신식을 행해보자', '자유행동', '부인회' 같은 단어들이 등장한 것으로 보아 개화기 시대라는 창작시기와 함께 행동자유, 언어자유 등을 제창하는 새 의식과 삼강오륜을 지킬 것을 권고하는 구의식의 충돌이 드러난다. '신교육계몽류'에서 담론하는 교육은 유교적인 삼강오륜과 삼종지의에 근거한 여자유행女子有行의 교육이 아니라 학교교육을 말한다. 즉 남녀동등의 전제아래 여성도 교육에 편입되어 서구에서 수용한 '신교육'의 수혜자가 되는 것을 의미한다. 이 유형의 작품에서는 여성교육의 필요성을 역설하면서 '학교 교육'이라는 제도를 통해 여성의 교육은 필수적이고 여성을 학교라는 제도 안으로 '편입'시키려는 것은 '구습'의 타파를 실천하는 일임을 강조하고 있다. 이렇게 여성의 '신교육'을 담론하기 시작했다는 것은 여성들의 의식 변화에 매우 의미 있는 전환점으로 보아야 할 것이다. 학교교육에 대한 언급은 뒤의 작품에서도 나타나고 있다.

작품 ⑥~⑫은 여성이 교육을 통해 각성할 것을 제창하며 동시에 '대한제국'이라는 나라 형세를 언급했다는 것이 특징적이다. 작품 ⑥은 "이 時代시대가 어ᄂᆞ 쌔뇨"라는 말을 반복하면서 새 시대가 열리고 있음을 강조하고 있다.

이 時代시대가　어ᄂᆞ 쌔뇨
女子教育여자교육　實施실시ᄒᆞ니　地誌歷史지지력사　能通능통이라
幾百年기백년을　禁錮금고타가　活潑精神활발정신　培養배양ᄒᆞ니
盈箱繭영상견　絲織出사직출ᄒᆞ니　繡我裳衣수아상의　新鮮신선이라
이 時代시대가　어ᄂᆞ 쌔뇨
深深紅閨심심홍규　藏身장신하야　酒食是議주식시의　從事종사타가

自由權자유권을　挽回만회ᄒᆞ니　大丈夫대장부와　同等동등이라
新學問신학문만　ᄇᆞᆯ展전ᄒᆞ면　何事하사라도　不爲불위ᄒᆞᆯᄭᆞ
이 時代시대가　어ᄂᆞ ᄯᆡ뇨[80]

이 작품에서는 새 시대가 열리고 여성들도 남자들과 똑같이 교육받을 권리를 향유할 수 있다는 주장을 내세웠다. 이 외에도 작품은 남녀평등, 신학문 배우기, 학교 교육 등 해외 풍기를 따라 배울 것을 호소하는 동시에 원녀 · 귀가녀 · 무녀 · 사촌처녀山村處女 · 청루여인靑樓女人 등 여자들의 삶이 가엽다고 인정하면서 새로운 사상을 배울 것을 호소했다. 작품 ⑦에서는 "학도야 학도야 ᄋᆡ국학교 학도들아"[81]라고 청자를 '학도'로 설정하고 있으며, 남녀 차이가 없는 평등한 자유권을 행사하고 동등한 교육을 받을 수 있는 상등국이 되자고 호소한다. 작품 ⑧은 여자교육의 보급과 함께 건강한 신체를 보존해야 대한제국의 강성도 가능하다고 호소하고 있다.

우리들은　教育교육 바다　文明先導문명선도　되여보세
同胞中동포중에　女子여자들도　國家分子국가분자　되여나셔
忠君愛國충군애국　ᄒᆞ량이면 學問학문　업시　엇지ᄒᆞ리
依賴心의뢰심을　다 버리고　自衣自食자의자식　힘써보세
學問학문ᄒᆞ여　實業發達運動실업발달운동　ᄒᆞ여　身體康健신체강건
競爭時代경쟁시대　ᄉᆡᆼ게나셔　身體自强신체자강　第一제일이라
앞셜 女子여자　누구 잇나　一等賞일등상은　ᄂᆡ것일셰[82]

80) 신지연 · 최혜진 · 강연임, 〈採桑歌謠〉, 『개화기 가사 자료집』 4, 보고사, 2011, p.408.
81) 신지연 · 최혜진 · 강연임, 〈평양 ᄋᆡ국녀학도의 학도가〉, 『개화기 가사 자료집』 4, 보고사, 2011, p.369.
82) 신지연 · 최혜진 · 강연임, 〈運動歌〉, 『개화기 가사 자료집』 4, 보고사, 2011, p.376.

이 작품에서는 여성들에게 문명의 표상인 '운동'과 '체육'을 권장하고 있다. 여자들도 사회적 변화에 부응하여 국가분자國家分子의 새로운 일원으로 되어 남성과 '동등'하게 충군애국忠君愛國의 책임감을 가져야 하며 운동을 통하여 몸을 강건하게 해야 함을 강조한다. 여성의 국민적 권리를 인정하고 당당한 '인간노릇'을 해야 한다는 것이 가사 내용의 핵심이며, 그러기 위해서 여자들에게 '교육'이 필요하다고 인정하고 있다. 작품 ⑨는 여자들이 교육을 받아야 부모에 대한 효도의 도리를 알 수 있고 대한제국에도 충성할 수 있음을 호소하고 있으며, 작품 ⑩ 역시 여성들이 자기수신에 힘을 쓰고 교육을 받는 동시에 효도와 운동, 위생 등에 전념할 것을 호소하고 있다. 작품 ⑪은 여자들이 운동을 통하여 신체를 강건히 하고 새 정신을 키우며 문명사상을 받아들여야 한다고 권고했다. 작품 ⑫는 여자들에게 미신 믿는 풍속을 개량하여 문명부강을 이룩하기를 권유하고 있다.

작품 ⑬~⑲까지는 주로 방탕한 여성과 매음녀들의 추태 및 음란행위를 비판하는 내용이 주류를 이룬다. 행실이 방탕한 이들의 행위는 근대화 의식의 영향으로 전통 정절관념의 해체로 볼 수 있다. 작품 ⑬은 '大討淫婦'라는 제목 그대로 "네 아ᄂᆞ냐" 등 어구의 반복과 반문을 사용하여 음탕한 부인들과 매음녀들의 행실을 열거하면서 근대화 물결의 충격 아래 사회기풍의 변화와 정절관념의 개변을 보여주고 있다. 작품 ⑭는 "賣淫女매음녀야", "可憐가련ᄒᆞ다 네 身勢신세야"라는 어구의 반복과 함께 매음녀의 갖은 추태와 음란행위를 고발하며 하루빨리 회개하여 사람답게 살 것을 권고하고 있다. 작품 ⑮는 번화한 화류거리에서 방탕한 미인들의 추태와 행위를 비판하여 요조숙녀가 될 것을 훈계하고 있다. 작품 ⑯은 논개나 춘향이와 같은 애국심과 개성이 있는 기생을 예로 들면서 기생도 국민의 一分子이기때문에 "그 精魂정혼이 生存생존ᄒᆞᆫ듯 너의들도 本본을 밧고"[83]라는 반복구로 본받을 것을 권고하고 있다.

작품 ⑰은 대한의 여자계에 못된 여성들이 많음을 통탄하며 매음녀, 완고한 여성 등을 "可痛가통터라"는 반복구로 비판하고 있다. 작품 ⑱은 재판소를 만들어 못된 여성들을 "卽刻內즉각내로 捉待착대ᄒᆞ라"라는 반복구로 재판에 맡길 것을 서술하며 신문을 애독하고 신학문을 공부하는 각성된 여성을 칭찬하고 있다. 작품 ⑲는 매음업에 몸을 담은 여성, 연극장에 출입하며 사내와 놀아나는 여성 등을 예로 들어 행실이 좋지 못한 여성을 "爾是誰家女이시수가녀오"라는 반복구로 비판하고 있다. 이 유형의 작품을 보면 주로 부정적인 행실을 열거하는 방식을 취하고 있으며, 그 언어구사가 직설적이고 단도입적이며 반복구가 많이 출현하고 있다.

'신교육계몽류'가 기타 유형과 구별되는 내용적 핵심은 근대 개화기를 시대적 배경으로 '새 여성'의 교육과 양성에 근거를 둔 교훈과 경계라 할 수 있다. 이 유형의 작품들이 교훈하고자 하는 것은 삼강오륜을 강조하는 당대사회가 아닌 근대화의 도입과 전략, 나라정세의 흔들림에 동반된 구국의식과 민족의식의 각성이라고 볼 수 있다. 또한 여기서 담론하는 여성교육은 기존의 교육방식과 대조된다. '신행교훈류'와 '행실교훈류'에서 담론하고 있는 여성교육은 규방이라는 안방 공간에서 실행되는 작자의 실천경험에 근거한 행실교육과 윤리교육이다. '신교육계몽류'에서의 교육담론은 기존처럼 남성만을 위해 준비된 공식적 교육기관의 '학교 교육'은 아니지만 남녀 평등론에 근거한 지식교육인 것이다. 비록 지식교육의 구체적 실행에 대해서 명확한 방도를 제시하지는 못했지만 교육받을 권리를 제기했다는 것이 바로 '신교육계몽류'에서 표출된 여성 근대의식의 핵심이라고 할 수 있다.

---

83) 신지연 · 최혜진 · 강연임, 〈艶頂壹針〉, 『개화기 가사 자료집』 4, 보고사, 2011, p.420.

3.2 계녀가류 규방가사 텍스트의 변이양상

문학작품의 변이와 확대는 우선 시대의 변모와 갈라놓을 수 없다. 문학사에서 18세기에서 19세기 중엽까지는 조선 후기 내지 중세에서 근대로의 이행기라고 일컬어지는데 규방가사가 양반 여성들에 의해 널리 일반화 되어 전성기를 이루는 시기이다.[84] 이 시기는 교술시와 서정시의 공존이 그대로 유지되면서 소설의 등장과 더불어 산문형식의 서사문학이 커다란 비중을 차지하게 되는 시기이기도 하다.[85] 규방가사 역시 시대발전과 변모를 같이하면서 남성가사를 모방하고 내면화시킨 단계에서 출발했지만 그 창작과 전승을 거치면서 작품내용과 인물형상, 언어구사와 구성상에서 많은 변이를 가져왔다. 전형적인 계녀가류 규방가사는 작자가 청자에게 관념적으로 교훈의 행실을 전달하기만 하는 독특한 면모를 드러낸다. 그러다가 후기로 갈수록 전형성으로부터 이탈하여 변이를 겪은 것으로 보인다.[86] 계녀가류 규방가사는 화자가 청자에게 관념적으로 교훈의 행실을 전달하는 전형적인 작품풍격으로부터 작자의 관점과 욕망, 사회의식의 반영, 다른 장르와의 접촉 양상 등을 다양하게 수용하고 드러내고 있다. 앞에서 계녀가류 규방가사에 대한 범주설정과 유형분류를 진행하고 그 주제의식에 대한 검토 중에서 각 유형이 보여주는 공통점과 차이점 역시 변이양상의 일종 반영이라고 볼 수 있다. 이 부분에서는 화자 및 작품 주인공

---

84) 조동일, 「개화 · 구국기의 애국시가」, 『한국 근대 문학사론』 (임형택, 최원식 편), 한길사, 1982, pp.38~40. (조동일의 문학사 시대구분 관점에 의하면 중세적인 문학과 근대적인 문학이 공존하는 이 시기를 1860년 〈용담유사〉가 이루어진 시기를 기점으로 다시 제1기와 제2기, 즉 제1 기는 '조선후기', 제2기는 '개화기'로 나뉘었다.)

85) 조동일, 「개화 · 구국기의 애국시가」, 『한국 근대 문학사론』 (임형택, 최원식 편), p.38 참조.

86) 서영숙, 『한국 여성가사 연구』, 국학자료원, 1996, p.366.

의 일체화와 분리 · 여성상 · 서술양상 · 청자 설정에 나타난 변이와 확대에 대해 검토하려고 한다.

3.2.1 작자·화자·작품 주인공의 일체화와 분리

계녀가류 규방가사 작품의 전달형식을 보면 서술을 맡은 화자가 있고 서술을 듣는 청자가 존재한다. 화자나 청자가 존재하지 않는다면 가사의 교훈전달은 성립할 수도 전달될 수도 없다. 화자는 단순히 서술이 성립하기 위한 요건만이 아니고 서술의 양상과 본질을 결정하는 데 직접적인 영향력을 행사하기도 한다. 즉 화자나 화자의 서술방식이 계녀가류 규방가사의 심미성을 좌우한다. 계녀가류 규방가사에서 화자는 딸자식을 떠나보내는 어머니나 아버지 혹은 특정한 여성이고 청자는 '아희', '세상 사람들', '남녀'들로 설정된다. 그런 점에서 화자는 계녀가류 규방가사에서 교훈전달의 필수적인 역할을 담당한다.

화자는 실제적 체험의 범위 안에 자리 잡을 수도 있고 실제적 체험의 범위 밖에 자리 잡을 수도 있다. 또한 화자는 자기의 경력을 직접 서술할 수도 있고, 자기와 관련된 것만 서술할 수도 있으며, 단지 관찰하고 보고하는 입장만으로 머물면서 서술을 진행해 나갈 수도 있다. 즉 화자는 주인공과 일체화될 수도 있고 완전 분리될 수도 있다.

'신행교훈류'에서는 화자가 주로 부모로 되어 있으며 극소수의 작품에서 할머니, 남동생으로 되어 있다. 이들은 행위규범의 경험자와 실천자로서 자신이 겪은 바를 청자에게 가르치고 서술하고 있다. 즉 화자의 실제적 경험에 기반을 둔 교훈적 서술이 작품의 기본적인 틀을 유지한다. 화자는 자신의 경험을 서술하고 있기 때문에 작품 속에서의 행위실시의 주체는 화자 자신일 가능성이 많은 것이다. 이때 화자와 작품 속 주인공은 일체화를 이루고 있는 것으로 볼 수 있다. 화자가 시집간 여자 본인으로 되어 있는 경우(〈여자유힝가〉[87]) 역시 화자와 작품 속 주인공의 일체화로 볼 수 있다. 화자가 아버지나 혹은 남동생으로 되어있는 경우(〈여아슬펴라〉[88], 〈전별가餞別歌〉[89])는 남성은 규범행실의 직접적인 주체가 아니라는 이유로 화자와 주인공은 일체화가 아닌 분리로 봐야 할 것이다.

'복선화음류'에서 주인공은 먼저 1인칭의 수법으로 자신의 일생을 이야기하고 그 다음 자신의 시선과 목소리로 괴똥어미의 삶을 이야기한다. 선·악을 대표하는 두 인물을 등장시키고 자신을 선을 대변하는 주인공과 일체화 시킬 때에는 실제체험의 범위 안에 자리 잡고 있으며 화자는 주인공과 동일한 시점에 처해 있는 것이다. 그리고 화자는 또 하나의 주인공인 괴똥 어미에 대해서는 관찰자 시점을 유지하면서 작중상황을 바라보고 있다. 자신은 선의 대변자로, 괴똥 어미는 악의 대변자로 설정하여 두 인물의 대립을 강조하고 있는 것이다. 화자가 이씨 부인이라는 주인공과의 일체화, 괴똥어미라는 주인공과의 분리와 대립은 '복선화음류'의 특이한 점이다.

'행실교훈류'나 '신교육계몽류'는 화자와 주인공의 분리와 일체화가 명백하게 드러나 있지 않다. '행실교훈류'의 '나부가류'나 '용부가류' 같은 경우 화자와 주인공은 분리가 된다. 화자는 실제 체험의 범위 밖에 자리 잡고 주인공과 분리되어 단순히 서술자 혹은 관찰자의 시점에서[90] 자기와는 전혀 상관이 없는 '저 부인'이나 '뺑덕어미', '나부'와 같은 여성의 행실을 비판하며 교훈을 전달하고 있다.

---

87) 최태호, 〈여자유힝가〉, 『교주 내방가사』, 螢雪出版社, 1980, pp.231~242.
88) 권영철, 〈여아슬펴라〉, 『규방가사』 Ⅰ, 한국정신문화원, 1979, pp.80~86.
89) 신지연·최혜진·강연임, 〈餞別歌〉, 『개화기 가사 자료집』 4, 보고사, 2011, pp.316~324.
90) 서영숙, 『한국여성가사 연구』, 국학자료원, 1996, p.369.

3.2.2 여성상의 변이

교훈가사의 인물이 어떤 경로를 통해 창출되었으며 형상화의 기법이 어떻게 발전되어 가는 가를 살펴보는 것은 고전시가에 나타나는 다양한 인물들의 탄생과 서사의 지향을 알아보는 데 필요하다.[91] 고전문학 속의 여성상은 그 실제적인 양상과 상관없이 수동적이고 비주체적인 것이 대부분이다. 가부장제 사회에서 여성들은 사회 · 문화적으로 남성에 종속된 존재이며 부덕의 함양과 함께 현모양처라는 수신 윤리를 구비해야 했다. 초기 계녀가류 규방가사 작품에서는 '순종과 덕성'이라는 태도와 몸가짐을 갖춘 당대 사회의 특정 여성상이 부각되어 이것이 곧 전통사회 여성들의 정체성 대변이라고 여겨왔다. 하지만 후기로 갈수록 계녀가류 규방가사의 작품에서의 여성상은 단일한 것이 아닌 다양한 존재로 변이하고 있다. 이 부분에서는 현모양처와 유교윤리의 이상적 여성상, 부정적 여성상, 사회경제 참여의 여성상, 개화기 시대 여성상 등 부분으로 나누어 조명해 보려고 한다.

'신행교훈류'의 많은 작품들은 신행 가는 딸에게 행실에 관한 규범을 전달하면서 "문밧계 사관할졔 셰슈을 일즉ᄒᆞ고 문밧계서 절을ᄒᆞ고 갓가이 나와안자 방이나 덥ᄉᆞ온가 잠이나 편하신가 살들이 무릅적에 저근듯 안잣다가"[92] 등 사구고, 접빈객, 봉제사를 포함한 바람직한 시집살이에 교훈의 중심을 두었기 때문에 현모양처형 여성상의 양성이 궁극적인 목적이라고 할 수 있다. 이 외에도 이 유형에서는 자기의 직접적 체험을 예로 들면서 여러 가지 행실덕목을 조목조목 훈계하면서 자식사랑을 절실하게 표현하는 부모의 형상이 (할머니나 아버지도 있지만 주로는 어머니)이 보여 진다.

---

91) 박연호, 『교훈가사 연구』, 도서출판 다운샘, 2003, p.213.
92) 권영철, 〈계여가〉, 『규방가사』 Ⅰ, 한국정신문화원, 1979, p.14.

① 아해야 들어봐라 내本來 疏忽하야
凡事에 等閑하고 子女之情 바이없어
五男妹 너하나를 十七年 生長토록
一言半辭 教訓없이 恣行自在 길렀으니
見聞이 바이없어 一無可觀 되었으니
年去長成 하였으매 모작이 求婚하니
(…)
내염에 생각하니 좋은중에 걱정이라
너비록 未學하나 資質이 芳姿하니
教訓이나 하여볼가 오날날 하난 말이
너희듣기 꿈같으나 人性이 本善하니
깨쳐나면 되나니라 故事에 실린말삼
歷歷히 있건마는 張煌하야 다못하고[93]

② 문밧긔 보ᄂᆡᆯ적의 경계ᄒᆞᆯ말 하고만타[94]
(…)
옛글의 이른말과 세ᄉᆞ의 당ᄒᆞᆫ일을
ᄃᆡ강을 긔록ᄒᆞ여 가ᄉᆞ지어 경계ᄒᆞ니
이거설 잇지말고 시시로 ᄂᆡ여보면
힝신과 쳐ᄉᆞᄒᆞᆯᄃᆡ 유익ᄒᆞ미 잇스리라[95]

③ 너의 ᄯᅥ난지가 거연 일삭이라
무심 아비오나 아조야 이즐손야
저족의 ᄉᆞ방으로 알둔곳을 두남누어
문박을 나서보면 그곳으로 눈이가고

93) 金聖培 · 朴魯春 · 李相寶 · 丁益燮, 〈戒女歌〉, 『주해 가사문학전집』, 集文堂, 1961, pp.474~475.
94) 권영철, 〈權本 誡女歌〉, 『규방가사』 Ⅰ, 한국정신문화원, 1979, p.7.
95) 권영철, 〈權本 誡女歌〉, 『규방가사』 Ⅰ, 한국정신문화원, 1979, p.13.

본심곳 도라오면 네ᄉᆡᆼ각이 나난구나
아비의 탄솔함이 옛ᄉᆞ람의 마암이라
호박한 이세ᄉᆞᆼ의 옛ᄉᆞ람이 어이사리
무죄ᄒᆞᆫ 너이들이 ᄯᅡ라고ᄉᆡᆼ ᄃᆡ단말가
너ᄋᆡ남ᄆᆡ 넷ᄉᆞ람의 너가ᄌᆡ일 종말이라
종말ᄌᆞ식 사랑ᄒᆞᆷ은 ᄉᆞ람의 ᄉᆞᆼ정이라[96]

④ ᄐᆡ평년월 복덕촌의 귀동녀가 나단말가
평ᄉᆡᆼ길흉 의논하니 ᄉᆡᆼ기복덕 조흘씨고
아기보소 아기보소 우리소ᄅᆡ 쇠옥이라
밥셰그릇 국셰그릇 정결이 지여놋코
목욕ᄌᆡ계 ᄒᆞᆫ온후의 삼신당게 비난말이
쳡의팔ᄌᆞ 긔박ᄒᆞ와 초산의 단ᄉᆞᆫ이라
일졈혈육 다시업고 다만독녀 ᄲᅮᆫ이오니
열소경의 한막ᄃᆡ로 금옥갓치 길너ᄂᆡ여
슈복 겸젼ᄒᆞ고 영귀를 누리오면
부모소망 그아니 깃불손가
팔ᄌᆞ조흔 져ᄉᆞ람들 ᄉᆡᆼ녀ᄒᆞ엿다 조롱마소
인간만ᄉᆞ를 임의로 할양이면
나도발셔 아들나하 ᄌᆞ미를 보앗깃소
긔특할ᄉᆞ ᄂᆡᄯᅡᆯ이야 어엿불ᄉᆞ ᄂᆡᄯᅡᆯ이야[97]

①에서는 교훈 한마디 없이 딸을 귀엽게 키웠는데 시집갈 때가 되자 후회스러운 마음이 들어 오늘 일언반구라도 교훈해 보려는 부모의 심정, ②에서는 시가로 들어가는 딸에게 옛글의 말과 자기가 당한 일들을 가사로

96) 신지연 · 최혜진 · 강연임, 〈여아 ᄉᆞᆯ펴라〉, 『개화기 가사 자료집』 4, 보고사, 2011, p.331.
97) 최태호, 〈귀녀가〉, 『교주 내방가사』, 螢雪出版社, 1980, pp.84~85.

지어 보내며 수시로 내어보아 행실에 도움이 되기를 바라는 심정, ③에서는 떠난 지 일삭이 된 딸을 못내 그리워하는 아버지의 심정, ④인 〈귀녀가〉에서는 밥 세 그릇, 국 세 그릇 차려놓고 목욕재계를 거쳐 얻은 딸이기에 '기특할사 내딸이야 어여쁠사 내딸이야'하면서 금옥같이 길러낸 딸에 대한 애정 외에도 어머니가 자기 딸에 대해 '팔자 좋은 귀녀'라는 칭송을 아끼지 않고 있다.[98] 위의 작품들에서는 모두 하나같이 딸에게 절절한 사랑을 품은 부모라는 인물상을 보여주고 있다.

'행실교훈류'에서는 주로 삼강오륜의 수신윤리를 지키고 그것을 일생동안 충실히 실행하는 이상적 여성상이 보여 진다.

마암승품	화순하여	일동일정	조용하소
몸가지기	지중하여	만〃경망	굿지마라
안짐〃〃	보아하되	구억으로	살펴안소
어른출입	하올적의	들적날적	기거하소
거름거리	완〃행보	하온들사	무삼일이
못쫒츨가	이말씀도	조심하며	시비간의
참섭하면[99]			

위의 작품에서는 여성들이 출입할 때 조용해야 하며 앉을 때에도 구석에 살펴 앉아야 하는 등에 치중하여 설명을 하고 있는 데 정숙하고 올바른 행동거지를 갖춘 이상적인 여성상이 어떤 것인지를 보여주고 있다.

이밖에 계녀가류 규방가사에서는 부정적 여성상도 등장하는데 이는 이상적 여성상과의 대비로 교훈을 강화하기 위한 것이다. '행실교훈류' 중의

98) 최규수, 「계녀가류 규방가사에서 〈貴女歌〉의 특징적 면모와 '귀녀(貴女)'의 의미」, 『한국시가 연구』 26, 한국 시가학회, 2009, p.356.
99) 최태호, 〈警婦錄〉, 『교주 내방가사』, 螢雪出版社, 1980, pp.29~30.

'나부가류'와 '용부가류'에서 '나부'와 '용부'는 전통 규범에 순응하지 않고 온갖 부정적 행위를 보이는 문제적 인물의 여성상이다. 그들의 행위 자체가 거의 동일하게 극히 과장적이고 탐욕스럽고 험담을 즐긴다.

① 여기저기　사설이요　구석구석　모함이라
시집살이　못하겠네　간숫병을　기우리며
치마쓰고　내닫기와　보찜싸고　도망질에
오락가락　못견디어　僧들이나　따라갈가
(…)
시부모가　警戒하면　말한마디　지지않고
남편이　걱정하면　뒤받아　맞넉수요[100]

② 치마폭의　아ᄒᆡ좋은　여기져기　발여잇고
방구어의　헌누덕이　모닥모닥　싸여시니
마구갓　방ᄭᅩ라지　ᄂᆡ암ᄉᆡ도　괴약ᄒᆞ다
이웃집의　초상나면　ᄒᆡ롭다고　일아니ᄒᆞ고
압집의　뫼틀소ᄅᆡ　염병의　가마귀라
가겨　ᄒᆞᄂᆞᆫ말이　져러ᄒᆞ면　부ᄌᆞ되ᄂᆞ
제팔ᄌᆞ　조와시면　오ᄂᆞᆫ복이　어ᄃᆡ갈가
남의집　제ᄉᆞ음식　누은ᄌᆞ리　바다먹고
귀경ᄒᆞᆯ것　잇다ᄒᆞ면　남먼져　우질기고[101]

①에서는 시집살이에 견디다 못해 "간수병을 기울이고 보짐싸고 도망가려는" 여성형상, ②에서는 양반집 여성이지만 아이의 대소변에서 집안의 일상까지 관리를 제대로 못하는 여성상이 보여 진다. 규범적인 여성상과

---

100) 金聖培·朴魯春·李相寶·丁益燮, 〈용부가〉, 『주해 가사문학전집』, 集文堂, 1961, p.442.

101) 林基中, 〈나부가(361)〉, 『역대가사문학전집』 8, 東西文化院, 1987, p.89.

는 반대이면서 이를 뒷받침하기 위해 설정된 것이라 할 수 있는 이런 부정적인 여성상에 대해서 두 가지 견해로 나누어 볼 수 있다. 하나는 양반이지만 경제적으로는 가난과 노동에서 벗어나기 어렵고 신분적으로도 불안하게 살아야 했던 비극적 운명의 사족여성으로 봐야 하는 것이다. 다른 하나는 엄격한 행실교훈이라는 굴레를 벗어난 인간정서 발현의 소유자로 보는 것이다. 즉 여성 행실의 규범화를 목적으로 하면서도 비규범적 영역에 대한 접촉을 통하여 인간정서의 자유로운 발현을 모색해 보고자 하는 작자의 대리적 실현 의식이 드러난 경우로 볼 수 있는 것이다. 18, 19세기 시대배경과 연결시켜 부정적 여성상의 등장 원인을 살펴보면 사실적 경험문학으로서의 계녀가류 규방가사가 새로 대두한 서사문학과의 접촉 속에서 일어난 변이이기도 하다. 계녀가류 규방가사는 서사문학과의 접촉을 통하여 단일하고 평면적인 인물형상의 부각이 아닌 소설적인 서술방법을 수용했다. 즉 일정한 과장과 허구를 적용하여 인간적 개성이 풍부한 인물형상의 전형화수법을 수용한 것이다.

이상적인 현모양처 형 여성상은 평면적 성격을 지니고 있는 것이 보통이다. '신행교훈류'나 '행실교훈류'에서의 규범적인 여성형상들은 서술구조에서 행실규범의 행위자行爲者 역할을 수행할 뿐, 대체적으로 보면 성격의 평면성을 벗어나지 못한다. 여기서 평면성이라는 말은 인물의 성격이 일관성을 지닌 채 변화를 드러내지 않고 시종일관 단일한 모습으로 존재하는 것을 뜻한다. 작품 속에서의 여성상은 자신에게 부여된 성격을 고정적으로 지켜나가며 인간적 주체의 확립 근거가 되는 복합성을 충족시키지 못하고 있다. 〈나부가〉나 〈용부가〉 작품 속의 여성형상은 상황의 변화에 따라 다양한 성격과 행동의 변화를 보이며 보다 입체적인 인물로 등장한다. '신행교훈류'나 '행실교훈류'의 많은 작품 속에서도 부정적인 여성의 행실을 빌어 교훈을 강화하고 있는 부분이 많이 나타나고 있으며 다만 그 분량에서 다소 차이를 보이고 있을 뿐이다. 이렇게 보면 계녀가류 규방가사에서의 여성상은 규범과 탈 규범이란 가치영역 안에서 획분劃分이 이루어지고 있음을 발견할 수 있다. 즉 규범적 인물과 탈규범적 인물을 표상하는 전형적 인물들은 어떤 특정 부류의 인간이나 계층의 보편적인 성격을 대표하는 인간 존재들로서 공시적 보편성을 지니고 있다. 계녀가류 규방가사 속의 여성인물은 등장하는 순간부터 이 두 가지 가치영역 가운데의 하나를 차지한다. 규범을 대변하는 인물은 끝까지 규범적 가치영역을 지키고 그것을 대변하며 탈 규범으로 표상된 인물은 결코 그 행실을 개변하거나 규범적인 인물로 전환되지 못한 채 끝까지 부정적인 전형인물로 공식화되고 만다. 이렇게 계녀가류 규방가사에 등장한 여성인물들에게는 이미 선험적으로 부여된 생의 좌표가 존재하는 셈이다.

그런 결과로 작품 속에서는 수동적이고 희생적이며 부조리한 상황에서도 고생을 참고 견디는 여성형상이 이상적이고 모범적이며 긍정적인 모습으로 그려지게 된 것이다. 반대로 인간적인 욕망과 정서를 숨기지 않는 모습을 보이는 여성 형상들은 비규범적이고 부정적인 존재로 그려진다. 이렇게 계녀가류 규방가사 속의 여성형상은 극과 극의 양상을 보임으로써 현실 속의 다양한 여성들의 모습을 제대로 반영하지 못하게 된 것이 제약성이라고 할 수 있다. 이런 상황은 가부장제 사회에서 여성성을 드러내는 것이 극히 제한된 범위에서만 허용되어 왔기 때문에 나타난 현상으로 볼 수 있다. 또한 여성의 삶이 남성과 가부장제의 가치 관념의 시각에서 해석되고 그에 맞게 취사선택된 결과라고 할 수 있다. 즉 여성의 복합적인 인간적 정서와는 상관없이 남성중심주의 시각에서 여성의 가치와 역할이 미리 정해지게 되면서 남성주체의 필요에 따라 여성형상도 제한된 범위 내에서만 변화의 가능성을 갖게 된 것이다.

'복선화음류'에서는 가정의 경제를 담당하며 생활력이 강한 여성상이 이상형으로 제시되고 있다.102) 생산 활동과 경제치부의 과정을 거쳐 몰락해 가는 양반가문을 일으켜 세운 주인공 '이씨 부인'은 새로운 주체성을 가진 여성상으로 변이한 것이다.

① 덮덮이　　제여먹고　　양을뫼와　　관이되고
ᄃᆞᆯᄃᆞᆯ이　　못혀ᄂᆡ여　　관을뫼와　　ᄇᆡᆨ이로다
압들의　　논을사고　　우을터러　　담을ᄊᆞᆨ고
뒷들의　　밧슐사며　　ᄊᆡᄅᆞᆯ거더　　기와이며
가마솟시　　죽죽이요
안밧즁문　　스슬문의　　슈쳥ᄒᆞᆫ임　　ᄊᆞᆼᄊᆞᆼ이라
노ᄉᆡ나구　　버려셧고　　돈무지　　오천앙은
시집온　　십년만의　　효용소치　　유치ᄒᆞ고
가산이　　십만이라103)

② 비단치마　　입던허리　　힝자치마　　둘너입고
운혜당혜　　신든발이　　셕ᄉᆡ집신　　졸여신고
단장안ᄒᆡ　　무근치마　　갈고ᄆᆡ고　　ᄀᆡ간하여104)
(…)
자구월　　초파일ᄋᆡ　　국화쥬를　　한잔먹고
안석ᄋᆡ　　의지하여　　츈관을　　분부하여
다리치　　드러누워　　옥단어미　　ᄎᆡᆨ보이고
담ᄇᆡᆨᄃᆡ　　가로물고　　고요히　　듯노라니
호련이　　잠이들어105)

---

102) 박연호, 『가려 뽑은 가사』, 현암사, 2015, p.234.
103) 林基中, 〈복션화음녹(1172)〉, 『역대가사문학전집』 24, 東西文化院, 1987, p.60.
104) 최태호, 〈복선화음가〉, 『교주 내방가사』, 螢雪出版社, 1980, p.56.
105) 최태호, 〈복선화음가〉, 『교주 내방가사』, 螢雪出版社, 1980, p.60.

①에서 주인공 이씨 부인은 가난한 시집을 일으키기 위해 행주치마 둘러 입고 짚신 신고 밭을 매는 등 치산에 전념하여 십년 만에 상당한 물질 축적을 이루었으며, ②에서는 이씨 부인이 경제생산과 자본축적에 성공해서 부유한 생활을 하고 있는 서술이다. 여기에서 당대에서 순종과 규범 행실을 지켜야 했던 여성상과는 전혀 다른 현실적 요구에 대응한 치부형 여성상을 그려내고 있다는 점에서 특별하다.

반대로 작품에서 양반사대부 남성은 글 읽기에만 몰두하고 가정의 경제 축적에는 전혀 관심이 없으며 무능하고 나약한 존재로 표현되고 있다. 이는 조선 후기의 사회적 상황을 보여주기도 한다. 조선 후기에 이르러 향촌 사족들은 벼슬 나갈 길이 끊기고 경제적으로도 궁핍한 생활을 해야 했다. 따라서 향촌 사족의 여성들한테는 가정의 생계를 이어나가는 것이 시급한 문제로 대두되었고 향촌 사족들은 경제적 기반이 필요한 학업에 전념하기[106] 위해 여성이 치산에 참여할 것을 요구하였다. 작품 속의 이씨 부인은 어머니나 아내라는 신분 밖에도 가족의 생계를 책임질 여성가장의 담당으로 발탁하게 된다.

가정의 경제적 유지의 임무가 여성에게 돌려지면서, 안방에서 가사 일만 도맡았던 여성은 사회의 경제활동까지 참여해야 할 새로운 생활과제에 대면하게 된다.

외가지를　　굴기길너　　성시ᄋᆡ　　팔아오고
뽕을ᄡᅡ　　누ᄋᆡ쳐서　　오ᄉᆡᆨ당ᄉᆞ　　고은실을
유황갓튼　　큰비틀ᄋᆡ　　필필이　　싸ᄂᆡᆯ적ᄋᆡ
쌍원앙　　공작이며　　기린봉황　　범나ᄇᆡ라

106) 조자현, 「誡女歌에 나타난 조선후기 양반여성들의 감정구조-〈福善禍淫歌〉를 중심으로」, 『국제어문』 46, 국제어문학회, 2009, p.431.

문ᄎᆡ도	찰난하고	슈법도	기이하다
오희월여	고은실은	슈놋키로	다진하고
호상ᄋᆡ	돈천냥은	비단갑시	부족ᄒᆞ다
ᄉᆡ이ᄉᆡ이	틈을타셔	칠십노인	슈의짓고
청사복건	고은의복	녹의홍상	쳐녀치장
어린아희	ᄉᆡ옷이며	ᄃᆡ신입난	조복이라[107]

위의 작품은 뽕을 따서 누에치고 옷을 지어 내다 파는 경제교환 행위를 서술하는 부분이다. 그 당시 사회에서 두문불출杜門不出해야 했던 여성이 시장에 가서 물건을 팔고 사는 경제교환에 참여하는 것은 여성의 사회참여를 제시하고 있는 것이다. 가부장적 유교질서 하에서 주변적이고 소외적인 존재였던 여성이 행실덕목의 담론을 벗어난 경제치부라는 새로운 가정적 담당과 사회참여에 나서면서 가문 생활의 적극적인 주체로 부상되어 가고 있는 것이다. 나아가 가정 경영자와 생계 경영자로서 남성과 여성의 역할을 동시에 담당하는 새로운 여성상으로 대두한다.

대다수 사족 여성들은 규범적인 행실규범의 유지를 가문존속과 영위의 필수적인 요건으로 생각하고 있다. 이씨 부인이 가문회복의 제일 조건으로 경제부상의 필요를 인식하고 실천적 행동에 투신한 것은 "하인을 급히 불너 이웃집ᄋᆡ 보닛쓰니 도라와 하난말이 전ᄋᆡ순쌀 아니갑고 염치없이 쏘왓나냐 두말말고 밧비가라"[108]고 한 것처럼 궁핍 할 때 당했던 천대와 멸시가 원인임을 작품에서 보여 지고 있다. "사사이 생각ᄒᆞ니 업난거시 한이로다 분한심사 다시먹고 곰곰ᄉᆡᆼ각 다시하니 김장자 이부자난 근본적 부자련가 슈족이 다셩하고 이목구비 온젼하니 ᄂᆡ힘써 ᄂᆡ먹으면 그무엇을 부러하리"[109]라고 멸시에서 벗어나려면 가난에서 먼저 벗어나야 함을 느

---

107) 최태호, 〈복선화음가〉, 『교주 내방가사』, 螢雪出版社, 1980, pp.56~57.
108) 최태호, 〈복선화음가〉, 『교주 내방가사』, 螢雪出版社, 1980, p.52.

낀 이씨 부인이 치산에 나선 것이다. 이는 양반이라는 계층적 신분보다도 또한 당시 사회 경제력이 인간관계의 중요한 기준으로 부상했음을 알 수 있다.[110] 이씨 부인의 경제적 내조에 힘입어 실현된 남편의 과거급제는 또한 경제적 성장에 따른 가문적인 신분상승으로 볼 수 있다.

이 작품은 또 여성상의 새로운 계층분화로도 연결시켜 볼 수 있다. 명색은 양반이지만 사회경제적 처지는 평민과 다름없는 몰락사족 여성이 농업과 상공업의 종사에 직접 종사하면서 자본경제 축적에 힘썼다는 것은 특별한 의미가 있다. 전통적인 규범행실 덕목의 하나인 절약과 검소를 견지해오던 안방주인이라는 신분에서 분리되어 나오는 사대부 여성의 새로운 계층분화로 볼 수도 있는 것이다.

변화하는 시대사조에 따라 그 시대가 요구하는 인간상도 새로워진다. '신교육계몽류'에서는 여성교육의 중요성에 대한 고취와 함께 남자와 동등하게 교육받는 신시대의 여성상을 지향하고 있다.

① 노망인가	가관일쇠	신학시ᄃᆡ	여학ᄉᆡᆼ은
냥머리	곱기쎗소	밉시잇ᄂᆞᆫ	ᄎᆡᆨ보달이
시간마좌	학교가셔	일어션어	지리ᄉᆞᆫ슐
치ᄅᆡ치ᄅᆡ	ᄇᆡ온후의	녀중박ᄉᆞ	학ᄉᆞ되야[111]

② 우리비록	女子[여자]라도	國民目的[국민목적]	一般[일반]이라
求忠臣於孝門[구충신어효문]	ᄒᆞ니	孝親[효친]ᄒᆞᆫ후	忠君[충군]ᄒᆞ식
孝悌忠信[효제충신]	禮義廉恥[예의염치]	敎育中[교육중]에	다 잇ᄂᆞ니
어하 우리	學徒[학도]들아	專心致志[전심치지]	工夫공부ᄒᆞ식
모범모범적의	우리 女塾[여숙]	養貞[양정]이란	일홈 뜻소

109) 최태호, 〈복선화음가〉, 『교주 내방가사』, 螢雪出版社, 1980, p.55.
110) 박연호, 『교훈가사연구』, 도서출판 다운샘, 2003, p.88 참조.
111) 권영철, 〈동뉴 상봉가〉, 『규방가사』 Ⅰ, 한국정신문화원, 1979, p.635.

여러 父兄부형 贊成찬성으로 女子教育여자교육 發達발달 일식112)

①에서는 책보를 메고 시간 맞춰 학교 가는 여학생을 부러워하며 자기도 학문을 공부하여 여중박사로 되겠다는 동경, ②에서는 女塾의 일을 돕기를 청구하면서 여자교육을 발전시키겠다는 다짐을 호소하고 있다. 이 작품들에서는 새로운 근대사상을 접하고 남성과 같은 교육을 받아보려고 갈구하는 여성상이 보여 진다. 서구 근대화의 물결에 떠밀려 개화기를 맞아 자유론과 평등론을 접하게 되면서 그에 바탕을 둔 양성평등 사상이 대두한다. 개화사상을 받아들인 일부 여성들이 남성과 동등한 교육과 권리를 행사하며 주체성을 띤 인간으로 자립할 것을 갈망하기 시작했다. 근대는 여성들에게 환상을 가져 다 주었지만 신여성들이 새로운 교육을 받았다고 해서 남성과의 동등한 권리로 사회진출에 나선다는 것은 그 당시에는 실현하기가 어려웠다. 하지만 이것은 가부장제에 순응해왔던 여성의식의 새로운 도전임이 틀림없었다. ①에서는 학교 다니는 여학생을 부러워하면서 그럴 처지가 못되니 "어와우리 동뉴님닉 우리도 사람이라 사람일역 ᄒᆞ여보식 부모님계 바든몸을 아모쪼록 줄길와셔 어진부녀 되어보닉 어진힝동 ᄒᆞᄌᆞ셔라 동뉴셔로 경계ᄒᆞ야 녈져전 닉측편을 알들살들 빅와셔라 아황녀황 틱임틱ᄉᆞ 언어행동 굽이굽이 법을밧고"113)라고 열녀전이나 보자고 하고 있다. 여기에서는 고수해온 윤리규범의식과 새 가치관 사이에서 이중적 혼란과 내면적 모순을 겪고 있는 여성상이 보여 진다.

근대 여성의식의 대두는 역시 조선 후기 사회여건과 갈라놓을 수 없다.

---

112) 신지연 · 최혜진 · 강연임, 〈勸學歌〉, 『개화기 가사 자료집』 4, 보고사, 2011, pp.440~441.

113) 권영철, 〈동뉴 상봉가〉, 『규방가사』 Ⅰ, 한국정신문화원, 1979, pp.635~636.

가정경제의 주요담당자로 된 여성들은 집안에서의 지위와 발언권이 향상되면서 인간의 주체성과 자각을 형성하기 시작한 것이다. 이러한 의식의 향상이 그 후로 가면서 남성과 대등한 교육의 기회와 권리를 바라는 근대 여성의식으로 이어졌으리라 생각된다.

이와 같이 계녀가류 규방가사는 순종과 예속만 가르치는 장르라고 볼 수 없으며 그 속에 담긴 여성상 역시 전형적인 작품과 제한된 맥락에서만 이해할 수는 없다. 어떠한 여성상이든 모두 작자의 이면적인 욕망이 반영되고 깃들어 있는 것이다. '신행교훈류'과 '행실교훈류'에서는 계녀항목을 잘 지키고 자기수신을 바르게 하여 현처양모와 가문의 바람직한 안주인이 되고자 하는 욕망이 함축되어 있다. '신행교훈류'에서 딸자식이 바람직한 결혼생활을 해나가기를 바라는 부모의 소원, 사무친 그리움과 절절한 자식사랑은 더 말할 것도 없다. '복선화음류'에서는 "김장자 이부자난 근본적 부자련가 슈족이 다셩하고 이목구비 온젼하니 닉힘써 닉먹으면 그무엇을 부려하리"[114]라고 가정경제의 주요 담당자로서 삶의 고난에 패배하지 않으려는 강인한 의지의 소유자이면서 유능한 여성상을 담론하고 있다. '행실교훈류'에서의 '나부가류'나 '용부가류'는 부정적인 여성형상이 전부의 분량으로 등장하면서 교훈의 의미를 강화하고 있다. 소위 정숙과 순종을 일생의 주지로 지켜온 사대부 여성작자가 담대하게 인간의 본질적인 정서와 욕구를 대변한 여성상을 만들어 냈다는 것에 감탄하지 않을 수 없다. '신교육계몽류'에서 근대개화의 물결 속에 남성과의 동등한 교육의 권리를 향유해 보려는 여성의 욕망이 보여 진다. 그리고 더 나아가서는 "조국강산 돌아보니 통곡할일 더욱많다 하관조약 몇해젼고 국흔이 미건하야 을사조약 체결하니"[115]라고 식민지 사회현실에 대한 여성의 통탄과 우국우민의

114) 최태호, 〈복선화음가〉, 『교주 내방가사』, 螢雪出版社, 1980, p.55.
115) 권영철, 〈경세가〉, 『규방가사』 Ⅰ, 한국정신문화원, 1979, p.623.

감정을 드러내고 있다. 이와 같이 어느 부류의 여성상을 막론하고 모두 당대 여성들의 주체성과 삶의 태도를 보여주고 있다.

3.2.3 서술양상의 변이

문학작품은 영원히 하나의 형식과 전범으로 고정되지 않고, 창작자나 향유자의 생활욕망을 적절히 수용하고 드러내면서 변화한다. 가사는 창작, 향유, 전승되는 과정에서 작품내용을 부단히 자기화하는 동시에 작자, 전승자, 향유자, 독자의 요구, 상호 대화와 융합이라는 작품의 형식적 특성을 구현하면서 전승된다. 교훈은 행실덕목이 완벽한 인간을 양성하고자 하는데 이런 목적을 완벽하게 실현하고자 하는 데 있어서 가장 두드러진 특성 중의 하나가 바로 서술양상이다.[116] 이 부분에서는 계녀가류 규방가사의 각 유형에 걸쳐 변화되고 있는 서술양상과 그 특징에 대해 알아본다.

(1) 서정과 서사

'신행교훈류'는 부모가 신행 가는 딸에게 사구고, 접빈객, 봉제사 등 규범전달을 하고 있기에 교훈의 서술과 서정의 토로가 공존한다. '행실교훈류'에서의 다수 작품들은 일반 부녀 윤리와 수신을 전달하고 있기 때문에 간혹 "서럽고 원통하다 여자된몸 더욱설따"[117]라는 정서의 표출이 나타나기는 하지만 전반적으로는 비교적 단순한 교훈 전달의 형식으로 전개되고 있다.

'행실교훈류'에서의 '나부가류', '용부가류'와 '복선화음류'는 부정행실과 치산과정을 서사적인 형식으로 구체적으로 서술하고 있다. 이를 18세기부

---

116) 박혜숙, 「여성 자기 서사체의 인식」, 『여성문학연구』 8, 한국여성문학학회. 2002, p.17.

117) 권영철, 〈경계사라〉, 『규방가사』 Ⅰ, 한국정신문화원, 1979, p.76.

터 19세기 중엽까지 서사문학의 등장과 연결해 볼 수 있다. 이 시기는 산문형식의 서사문학이 커다란 비중을 차지하는 시기이기도 하며 서정적 · 교술적 경향을 강하게 드러내는 가사와 함께 서사적인 작품들이 대거 나타나는 시기이기도 하다.118) 규방가사도 역시 이와 비슷한 추이를 보이면서 다양하게 변모 · 융성하게 되는데, '복선화음류'나 '나부가류', '용부가류'의 유형은 서사민요 · 판소리 · 소설 등과의 접촉에서 그 서사적 성격이 변화를 일으킨 것으로 볼 수 있다.

'복선화음류'의 작품은 여성 주인공이 자신의 경력을 이야기하는 형식으로 딸에 대한 교훈을 초점화하고 현실화시키고 있다. 번다한 덕목과 행실의 나열보다는 현실적인 교훈이라는 주제에 실제적이고 현실적으로 접근하고 있다는 것이 특징적이며 경제치부에 성공한 '여성 일생의 서사'라는 성격을 강하게 드러내고 있다. '신행교훈류'에서 보여주는 서정성이 약화되고 '복선화음류'에 와서 서사성이 가미되었다는 것은 당시 서사문학의 영향을 간과할 수 없다. 계녀가류 규방가사 역시 조선 후기 기타 가사장르와 비슷한 발전 경로를 보이며 교술이나 전술 등 특정한 장르의 자장 안에서 양식적 차원의 극대화에 머문 것이 아니라 서정장르, 주제장르 등 장르적 차원의 분화로까지 나아간 것이다.119)

(2) 수사법의 사용

계녀가류 규방가사는 여성에게 교훈을 전달하는 장르이기 때문에 전반 작품들을 보면 기본적으로 "이 세상에 나온남녀 이가사를 읽어보라"120),

---

118) 조동일, 「개화 · 구국기의 애국시가」, 『한국 근대 문학사론』(임형택, 최원식 편), 한길사, 1982, p.38.

119) 박연호, 『가사문학 장르론』, 도서출판 다운샘, 2003, p.266.

120) 권영철, 〈경계사라〉, 『규방가사』 Ⅰ, 한국정신문화원, 1979, p.72.

"일시일각 노지말고 부지런히 일삼으소"121), "남어비난 하난ᄉᆞ람 갓가이도 ᄒᆞ지마라"122), "학도야 학도야 ᄋᆡ국학교 학도들아 녯일을 ᄉᆡᆼ각ᄒᆞ고 ᄂᆡ두를 ᄉᆞᆲ혀보세"123) 등 청자의 주의를 불러일으키는 돈호법頓呼法, 교훈을 표현하는 명령법과 권고법, 반복법 등을 사용하고 있다. 이 외에도 규범적 행실과 부정적 행실을 서술하는 부분에서 열거법도 많이 사용되고 있다.

'신행교훈류'와 '행실교훈류'는 계녀항목을 순차적으로 나열하는 열거법을 사용했다는 데서 공통점을 보이면서도 차이점도 존재한다. '신행교훈류'는 대체로 내용이 비슷하고 형식을 중시하였다. 사대부가의 부녀자가 지켜야 할 규범을 『소학』, 『주자가훈』 등에 입각해서 내용적으로 연결되거나 비슷한 어구를 여러 개 늘어놓는 열거의 방법으로 교훈을 직설적으로 제시한 작품들이 다수이다. 그리고 한문 투어가 많고 진솔한 감정표출이 자제되고 전아典雅하고 통일된 음절수로 전통윤리의식을 표현하려고 한 것이 특징적이다.

건곤이 초판ᄒᆞ고 일월이 광명하야
사람이 ᄉᆡᆼ겨시니 만물즁ᄋᆡ 실녕ᄒᆞ다
인황시 분ᄌᆞᆼ후ᄋᆡ 복희시 법을 지어
ᄌᆞᆼ가시집 마련ᄒᆞ니 인간ᄋᆡ ᄃᆞ경이라
남혼녀취 예절노셔 륙녜랄 가츄오고
오륜이 온졀하니 만고ᄌᆞ황 제일이라
(…)
우리문호 ᄉᆡᆼ식이요 구시ᄐᆡᆨ의 영화로ᄉᆡᆨ124)

---

121) 권영철, 〈규문전회록〉, 『규방가사』 Ⅰ, 한국정신문화원, 1979, p.65.
122) 권영철, 〈부여교훈가〉, 『규방가사』 Ⅰ, 한국정신문화원, 1979, p.97.
123) 신지연 · 최혜진 · 강연임, 〈평양 ᄋᆡ국녀학도의 학도가〉, 『개화기 가사 자료집』 4, 보고사, 2011, p.369.
124) 권영철, 〈신힝가〉, 『규방가사』 Ⅰ, 한국정신문화원, 1979, p.37.

위의 작품을 보면 전통적인 양반사대부가의 의식이 잘 드러난 전형적인 작품임을 알 수 있다. 이것 외에는 "그밧게 경계ᄒᆞᆯ말 무수히 잇다만은 정신이 아득ᄒᆞ여 이만ᄒᆞ여 긋치노라"[125]고 하는 부모님의 애틋한 심정을 나타내는 영탄법도 많이 쓰이고 있다.

'행실교훈류'는 여성이 삼강오륜을 지키면서 여성의 수신을 경계하는 것이 주목적이기 때문에 삼강오륜을 직접 인용한 인용법이 많이 나타난다. 또한 '신행교훈류'의 계녀 항목을 완벽하게 구현한 것이 아닌 일반 윤리규범을 전달하고 있기 때문에 언어구사가 한층 자유롭다. 미사려구나 관념어로 수식하려 하지 않고 자유로이 표현하려는 모습을 보이고 있다.

오륜중ᄋᆡ	ᄒᆞ난일은	효제충신	ᄂᆡ가지라
이ᄂᆡ가지	일중ᄋᆡ도	효도가	웃듬이라
(…)			
무지ᄒᆞᆫ	가마귀도	졔어미	반포ᄒᆞ고
지악ᄒᆞᆫ	호랑이도	제어미	효양ᄒᆞ고
불빛ᄋᆡ	수달치도	졔조ᄉᆞᆼ	졔지ᄂᆡ니
ᄒᆞ물면	ᄉᆞ람이야	효도ᄒᆞᆯ줄	모랄손야
(…)			
남ᄌᆞ의	몸이ᄃᆡ면	할일이	만큰이와
인간ᄋᆡ	여ᄌᆞ몸은	규중ᄋᆡ	ᄌᆞ양ᄒᆞ야
(…)			
인간의	흥망성ᄉᆡ	부인효의	달러쏘다
팔십	노인이	말ᄉᆞᆷ	우둔타
ᄒᆞ지말고	ᄎᆞ호ᄎᆞ호	ᄌᆡ부들아	부ᄃᆡ부ᄃᆡ
효도ᄒᆞ라[126]			

125) 권영철, 〈계여가〉, 『규방가사』 Ⅰ, 한국정신문화원, 1979, p.20.
126) 권영철, 〈권효가〉, 『규방가사』 Ⅰ, 한국정신문화원, 1979, pp.585~587.

위의 작품은 효행에 대해 교훈하고 있는 데 수달 · 까마귀 · 호랑이도 효도를 안다고 강조했다. 남자로 태어나지 못하고 여자로 태어난 것을 한탄하면서 효도밖에 또 있는가 하는 반문법으로 감정을 드러내고 있으며, 팔십 먹은 노인의 말이라고 비웃지 말고 효행을 권하는 생활적인 언어로 끝을 맺는다.

'용부가류'나 '나부가류'는 교훈을 전달하는 데 있어서 주인공의 거침없는 욕망 발산, 상식을 벗어난 파격적인 행위를 생동감 있는 언어로 열거하고 있다.

남편모양	볼작시면	삽살개	뒷다리요
자식거동	볼작시면	털벗은	솔개미라
엿장사야	떡장사야	아이핑게	다 부르고
물레앞에	선하품과	씨아앞에	기지개라
이집저집	이간질과	淫談悖說	일삼는다
(…)			
姦夫달고	달아나기[127]		

이외에도 시부모는 물론 시누이, 맏동서 심지어는 남녀 노복에 이르기까지 흉을 보고 헐뜯는 장면, 점치기와 치장으로 소일을 하는 것, 불공으로 무당소경 푸닥거리로 위업을 한다는 것 등의 대목을 열거하고 있다. 전체적으로 과장되고 속된 표현과 함께 직설적이고 사실적인 묘사, 생생한 실감의 토속 미에다가 풍자, 해학의 수법까지 사용하고 있다. 유교적 부녀윤리의 함양에 대한 가르침을 받아온 사대부가의 여성작으로, 교화의 자료로 삼고자 '계도誡導'의 목소리는 담겨져 있으면서 서민적인 담론을 기

127) 金聖培 · 朴魯春 · 李相寶 · 丁益燮, 〈庸婦歌〉, 『주해 가사문학전집』, 集文堂, 1961, p.443.

반으로 향유한 부분이 엿보인다. 그리고 재미스러운 '역설'의 서술기법도 일정한 정도로 들어있는 것 봐서 사족 층이 여항적인 담론에 대해서도 어느 정도 익숙해 있다는 것을 추측할 수 있다. 이 유형은 풍자적 비판을 가하여 교훈을 전달하고 있으며 양반사회의 쇠퇴를 반영하고 새로운 시대에 대응할 방안을 찾지 못하는 시대의 문제를 인물의 희화화라는 전략을 통하여 제기하고 있다.[128)]

〈나부가류〉나 〈용부가류〉와 같은 작품들은 그 후의 규방가사에도 영향을 준 것이 분명하다. 문학의 일개 장르가 시대 발전의 영향 하에 새로운 유형이 산출되는 과정은 가사 발전사 내부에서 일어나는 자생적인 형상이라고 볼 수 있다. 변화하는 사회의 모순에 대한 인식이 강화되면서 강화된 현실 비판이 현실 비판 가사를 낳게 되는 것이다.[129)] '신교육계몽류'의 부정적 행실을 다룬 작품들을 보면 공식적인 언론지인 「대한매일신보」를 통해 발표된 작품인데도 불구하고 '화냥년 · 음부 · 매음녀 · 음탕' 등과 같은 상당히 직설적인 언어를 사용하고 있다. 이는 '나부가류'나 '용부가류'와 같은 비판적 가사의 주제에 뒤이어 개화기에 창작된 〈大討淫婦〉나 〈賣淫女야〉 같은 작품을 낳게 되면서 '신교육계몽류'의 주제로 이어진 것이라고 볼 수 있다.

'복선화음류'는 제목부터 대비와 대조의 수법으로 '복선형福善型 인물'과 '화음형禍淫型 인물'을 설정하고 여성의 일대기를 중심내용으로 계녀교훈을 펼친 유형이다.[130)] 이 유형에서 치산의 과정을 점층법으로 서술하고 있다.

---

128) 조규익 외, 『한국문학개론』, 새문사, 2015, p.171.

129) 조규익 외, 『한국문학개론』, 새문사, 2015, p.172.

130) 김석회, 「복선화음가 이본의 계열 상과 그 여성사적 의미」, 『한국시가연구』 18, 한국시가연구회, p.300; 김병국 외 『조선후기 시가와 여성』, 월인, 2005, pp. 289~290.

알알이　　혜여먹고　　준준이　　모아보지
양이모여　　관이되고　　관이모여　　ᄇᆡᆨ이로다
울을뜻고　　담을치고　　집을짓고　　기와이고
압들에　　조흔전답　　만흘시고　　납밧마구
노ᄉᆡ나귀　　ᄶᅵ를ᄎᆞ자　　우난소ᄅᆡ[131]

위의 작품에서는 내용의 비중이나 강도를 점차 높이거나 넓혀 그 뜻을 강조하는 표현 기법으로서의 점층법으로 주인공이 알찬 노력으로 재산을 모아가는 과정을 서술하고 있는 데 이는 교훈전달의 설득력을 높이는 작용을 한다. 이 외에도 '복선화음류'에서는 대화적 진술방식이 나타난다는 것이 특징적이라고 할 수 있다.

ᄇᆡᄒᆡᆼ왓든　　오라버님　　날을보고　　하난말삼
가세가　　이러하니　　할일업다　　도로가자
차마혼자　　못가깃다　　어여ᄲᅮᆫ　　우리누ᄋᆡ
이고ᄉᆡᆼ을　　엇지하리　　두말말고　　도로가자
오라버임　　하난말삼　　이말이　　왼말이요
삼종지도　　즁한법과　　여자유ᄒᆡᆼ　　일것스니
부모형ᄌᆡ　　머러스라　　ᄒᆡᆼᄆᆡ예흔　　하올적ᄋᆡ
ᄌᆡ물을　　의논하미　　옛적부터　　천한도요[132]

위의 작품에서는 같이 친정집으로 돌아가기를 설복하는 오라버니와 그것을 거절하는 주인공의 대화를 서술한 부분이다. 계녀가류 규방가사의 일반 작품들이 단순한 독백적 진술의 서술방식으로 교훈을 전달하고 있지만 '복선화음류'는 두 인물간이 대화하고 있는 대화적 진술방식을 사용하

---

131) 최태호, 〈福善禍淫歌〉, 『교주 내방가사』, 螢雪出版社, 1980, p.57.
132) 최태호, 〈福善禍淫歌〉, 『교주 내방가사』, 螢雪出版社, 1980, pp.49~51.

고 있다. 대화적 진술방식의 사용은 교훈전달로 인한 단조로움을 피하기 어려운 계녀가류 규방가사의 작품에 서사적인 요소와 함께 생활적인 분위기를 가미하고 생동감을 부여했다. 이 또한 인물의 대화가 삽입된 서사문학의 모습도 보여 진다.

'신교육계몽류'의 서술양상을 보면 중세국어와 근대국어의 혼합사용이 빈번하게 나타나고 '토위기', '인도' 등의 외래어 사용, 정치적인 용어도 허다하다.

돌궐이 강성하야 지과삼류 하얏으나
인민이 단체안되 열국이 논아뿌고
면전국의 왕국으로 독립사상 전메함에
영국에 멸해지고 토위기가 강국으로
전재정치 하다가서 외국의 잠식하고
인도국의 강데하야 인종이 삼억만에
노예성질 직히다가 영국관할 되어있고
안남국도 불소하다
지방의 오천리에 예이지국 자처하고
수구불면 하다가서 법국에 망해지고
아미리에 홍인종은 지식의 흑암타가
조돈민족 식민지라 자년의 없어지고
아푸리카 흑인종이 민지가 미개한이
만국의 논아있고 애급국의 묘약으로
멸국신법 모러다가 영국의 식민지요
화란국의 강국으로[133]

위의 작품은 돌궐과 인도가 영국에 의해 전복되고 안남국 또한 예의지

133) 권영철, 〈경세가〉, 『규방가사』 Ⅰ, 한국정신문화원, 1979, pp.626~627.

국이라고 자처하다가 다른 나라에 의해 멸망의 길을 걷게 된 것 등 변화 많은 세계정세에 대한 민감성을 보이면서 민족이 각성하고 개화된 나라를 만들 것을 서술하고 있다. 이는 계녀가류 규방가사의 작자들이 당시 형세에 민감하여 외래어를 사용한 것이라고 볼 수 있다.

문학작품은 작자와 시대적 요구의 산물이다. 계녀가류 규방가사에서의 서술방식 변이는 작가의식과 사회의식의 변화로 인기된 것이다. 이는 엄숙하고 정중한 교훈전달의 수단으로서의 '교훈행실 쓰기'와 '행실이념 전달'이 관념적 관점에서 현실적인 관점으로 이행하고 있으며 계녀가류 규방가사가 단순한 교훈전달의 매체를 뛰어 넘어 현실화되고 생활화된 문학적 독서물로 변이하고 있음을 보여준다.

문학작품에서 서술의 변이는 또한 장르의 변이를 추동할 수도 있다. 최초의 계녀가류 규방가사가 각종 교훈서를 바탕으로 지어졌기 때문에 전형적인 구성형식에 따라 시집살이의 행실을 열거하는 서술양상을 보였다. 그 뒤로 가면서 점차 전형적 틀이 약해지고 개인적 언술과 관점이 첨가되거나 전형적인 여성상이 등장하며, 심지어 서사적인 구조가 첨가되기도 하면서 다양한 인간의 성정도 읊고 있는 것이다.

3.2.4 청자의 변이와 확대

가사 문학에서 청자는 교훈전달을 듣고 수용하는 개체이다. 최초의 계녀가류 규방가사에서는 청자를 '아히'라고 설정했다. "아히야 드러바라"라는 돈호법의 장치는 작품을 읽거나 듣는 사람의 주의를 환기시킨다. 또한 새로운 항목의 내용이 시작될 때마다 반복되는데 이는 정확한 내용전달을 위해 설정한 것이라고 볼 수 있다.

'신행교훈류'의 제일 전형적인 작품([표 3-1]'신행교훈류' 중의 작품①~③)의 서두에서는 "아히야 드러봐라 ᄂᆡ일은 신행이라"라는 말로 서두를 떼면서 내용이 시작된다. 이는 시집가는 딸에게 준다는 작품 창작의 목적을 명확히 드러내고 있다. 하지만 이 유형 속의 다른 일부 작품들을 보면 문맥에서는 딸의 결혼이라는 시간성을 드러내고 있지만 '아히'라는 돈호법은 사용되지 않고 있다. 이는 '신행교훈류'가 발전 과정에서 전형적인 형식의 갖춤에서 조금씩 탈리되고 있으며 형식적인 청자의 강조보다 내용적인 면에 치중점이 돌려지고 있음을 알 수 있다.

'행실교훈류'의 다수 작품들은 "어와 세상 사람들아", "어와 세상 여자들아", "어와 세상부녀들아" 등으로 시작되면서 청자를 '딸'이라는 범위에서 탈리된 것으로 보인다.

이세상에	나온남녀	이가사를	읽어보라
무슨가사	지엇난고	남녀으계	훈계사라
차홉다	남녀아해	이가사를	자세삷혀
명심불망	굿기직혀	이대로	실행하라[134]

위의 작품은 '남녀'를 모두 청자에 넣어 교육의 대상에 포함시키고 있다.

'나부가류'와 '용부가류'는 작품에서 "어와세상 나부더라 이니말솜 들어보소"라고 하는가 하면 특별한 호칭을 하지 않다가 청자를 '일반사람'들 혹은 '창생蒼生'으로 설정하기도 했다.

① 어와세상	나부더라	이니말솜	들어보소
틱국음양	빅판후의	만물군싱	삼겨ᄂᆞ니
무지ᄒᆞᆫ	날짐싱도	날곳시면	운동ᄒᆞ고
준준ᄒᆞᆫ	긔ᄂᆞᆫ벌에	겨울양	작만커든
허물며	귀ᄒᆞᆫ인셩	인의예지	품부ᄒᆞ여[135]

134) 권영철, 〈경계사라〉, 『규방가사』 Ⅰ, 한국정신문화원, 1979, p.72.

② 無識한　　　蒼生들아　　　　저거동을　　　자세 보고
　그른일을　　알았거든[136)]

①에서는 '세상 나부'로, ②에서는 작품의 결말부분에 '無識한 蒼生'들로 설정하여 경세훈민警世訓民을 목적으로 하고 있다. 최규수는 이러한 호칭변이가 이루어지는 것은 개별체험을 공유하려는 의지의 발산이 가능해지는 것과 같은 맥락이라고 인정하고 있다.[137)]

'복선화음류'는 작품의 결말 부분에 "딸아딸아 아기딸아 부듸우지마라 갓쓱한 어미심ᄉᆞ 더구나 심굳난다 명년삼월 화창시이 너를다시 다려오마"[138)]라고 하여 '신행교훈류' 가사의 특징을 띠면서도 작품의 첫 구절에서는 "어화셰상 ᄉᆞ람드라 이ᄂᆡ말ᄉᆞᆷ 드러보소"[139)]라고 하면서 청자를 일반 사람들로 설정을 하고 있다.

'신교육계몽류'의 다수 작품들은 청자를 일반 여자 혹은 일반 사람, 친구로 설정하고 있는 데 그 쓰임이 다양하고 자유롭다.

① 여보시오　　친구임ᄂᆡ　　　　이ᄂᆡ말ᄉᆞᆷ　　　드러보소[140)]

② 어와우리　　동뉴님ᄂᆡ　　　　우리도　　　　사람이라[141)]
　(…)
　동뉴들아　　붕우오륜　　　　무셥도다[142)]

---

135) 林基中, 〈나부가(361)〉, 『역대가사문학전집』 8, 東西文化院, 1987, p.82.
136) 金聖培·朴魯春·李相寶·丁益燮, 〈庸婦歌〉, 『주해 가사문학전집』, p.441.
137) 최규수, 『규방가사의 '글하기' 전략과 소통의 수사학』, 명지대학교 출판부, 2014, p.137.
138) 林基中, 〈명부인가(1156)〉, 『역대가사문학전집』 23, 東西文化院, 1987, p.299.
139) 林基中, 〈명부인가(1156)〉, 『역대가사문학전집』 23, 東西文化院, 1987, p.287.
140) 권영철, 〈ᄉᆞ국가ᄉᆞ〉, 『규방가사』 Ⅰ, 한국정신문화원, 1979, p.614.
141) 권영철, 〈동뉴 상봉가〉, 『규방가사』 Ⅰ, 한국정신문화원, 1979, p.635.

③ 회당의　　　모힌부인　　　내의한말　　　드러보소[143]

①에서는 청자를 '친구'로, ②에서는 청자를 여성 '동류'로, ③에서는 '모인 부인'으로 설정했다.

그리고 이 유형의 부정적인 여성인물을 비판한 유형에서는 청자를 '방탕한 부인', '매음녀', '기생' 등으로 설정하고 있다.

① 賣淫女[매음녀]로　　　聲名[성명]ᄒᆞ야　　　請願營業[청원영업]　　　ᄒᆞᄂᆞᆫ 것은
齒輩[무치배]의　　　例事[예사]이ᄂᆞ　　　마마이니　　　痘神[두신]이니
某某別室自稱[모모별실자칭]ᄒᆞ고　　　賣淫熱[매음열]에　　　밋쳐나니
打殺無惜[타살무석]　　　네 아ᄂᆞ냐[144]

② 賣淫女[매음녀]야　　　賣淫女[매음녀]야　　　돈견豚犬 ᄀᆞᆺ흔　　　動畜[동축]들도[145]

③ 愛國心[애국심]이　　　다를소냐　　　倡家史[창가사]를　　　略述[약술]ᄒᆞ야
너의 昏夢[혼몽]　　　ᄭᆡ우노라
(…)
如介于石[여개우석]　　　뎌 論介[논개]가　　　그 精魂[정혼]이　　　生存[생존]ᄒᆞᆫ 듯
너의들도　　　本[본]을 밧고
(…)
如花如月[여화여월]　　　뎌 月香[월향]이　　　그 精魂[정혼]이　　　生存[생존]ᄒᆞᆫ 듯
너의들도　　　本[본]을 밧고[146]

---

142) 권영철, 〈동뉴 상봉가〉, 『규방가사』 Ⅰ, 한국정신문화원, 1979, p.636.
143) 권영철, 〈부인 경유사〉, 『규방가사』 Ⅰ, 한국정신문화원, 1979, p.637.
144) 신지연 · 최혜진 · 강연임, 〈大討淫婦〉, 『개화기 가사 자료집』 4, 보고사, 2011, p.415.
145) 신지연 · 최혜진 · 강연임, 〈賣淫女야〉, 『개화기 가사 자료집』 4, 보고사, 2011, p.416.

①과 ②에서는 청자를 '매음녀賣淫女'로 직접 설정했고 ③에서는 청자에 대한 호칭이 직접 드러나지는 않지만 문맥을 따져보면 역시 기생과 매음녀 등 음탕한 여성들을 청자로 설정하고 있다.

이상에서 보다시피 최초의 계녀가류 규방가사 작품은 시집가는 딸을 위해 만들어 진 것이지만 변이를 경과하면서 일반 여성과 부인, 행실이 부정적인 여성들, 심지어는 남성을 포함한 세상 사람까지 청자로 설정하여 교훈의 메시지를 전하고 있다. 이는 계녀가류 규방가사의 교훈대상이 규방여성이라는 개인적 대상에서 남성을 포함한 사회적 대상으로 변이 · 확대되고 있으며 여성의 관심사가 규방이라는 공간을 넘어서면서 바깥세상으로 확대되고 있음을 보여준다. 계녀가류 규방가사의 여성작자들은 사회적 소외를 겪고 있기는 하지만, 사대부가의 집안에서 가문의 영위와 안방 주인의 역할 담당으로의 자부심과 우월감을 보존하고 유지하고 있었을 것이다. 따라서 여성가사라는 장르와 계녀라는 교훈방식을 통해 이런 자부심과 우월감을 과시해보려는 의도도 어느 정도 담겨있을 것이다. 그리고 앞에서도 얘기한 바와 같이 이러한 변이특징은 계녀가류 규방가사가 '계녀'라는 전문적인 교훈서를 넘어서 점차 일반적인 교양적 독서물의 형태로 이행되어 가고 있음을 고려해야 할 것이다. 하지만 이것은 결코 계녀가류 규방가사가 규방가사라는 개념을 탈피한 것은 아니고 계녀가류 규방가사는 여전히 여성중심의 교육 장르라는 점을 감안하여야 한다.

---

146) 신지연 · 최혜진 · 강연임, 〈艶頂壹針〉, 『개화기 가사 자료집』 4, 보고사, 2011, pp.420~421.

제4장

계녀가류 규방가사의 시·공간적 성격

규방가사는 여성 '교술'의 장르로서 여성은 자신의 일상적 체험을 기록하고 향유하고 그것을 다른 사람에게 전승하거나 공유한다. 여성 정서의 '있는 그대로'를 진솔하게 드러내고 있는 규방가사는 규방이라는 공간 속에서 산출되고 여성 일생의 삶을 담고 있다는 점에서 특별한 문학적 가치와 의미를 갖는다. 봉건시대의 여성은 태어나서부터 죽을 때까지의 시간을 규방이라는 공간 속에서 규범을 배우고 실천하며 생활하기 때문에 그들에게 있어서 규방은 일생동안 벗어날 수 없는 공간이었다.

작자는 생활적으로나 정서적으로 상당한 유대관계를 가지고 있는 현실공간을 작품의 무대로 담고 있는 경우가 흔하기 때문에 현실공간은 곧 문학적 공간으로 정확히 치환될 수 있다. 문학작품은 공간과 시간과의 관계를 전제로 하여 성립되고 창작되며 시간, 공간의 구조는 단순한 이미지가 아니라 작가의식의 지향성, 상상력의 구조와 밀접한 연관을 가지고 있다.[1] 시간은 반드시 공간을 동반하고 공간은 시간과의 밀접한 상관성 아래 현실적인 것이 되고 살아 움직이는 실체가 된다. 문학작품은 인간의 삶을 그려내는 작업이다. 인간의 삶은 얼마간의 장소가 필요하고 삶 자체가 하나의 과정이자 시간적인 경과이기 때문에 인간의 삶을 그려내는 문

1) 나카노 하지무 지음 최재석 옮김, 『공간과 인간』, 도서출판 국제, 1999, p.22.

학작품은 시·공간적인 특징을 기반으로 한다. 계녀가류 규방가사에서 작자의 본질적인 시간의식의 구조적 특성은 공간성을 중심으로 파악될 수도 있다. 시공간 자체를 무시하는 예술작품이 없듯이 어떤 예술품이나 반드시 시공간성이 작품 안에 침전되어 있어야 비로소 작품으로서 어떤 구실을 하게 된다.

이 부분에서는 계녀가류 규방가사가 보여주는 시간의식의 흐름과 함께 주된 창작과 향유 현장인 규방의 공간적 양상을 살펴보면서 이런 양상 속에서 교훈이 어떻게 실현되었는지 작가의식이 어떻게 표현되었는지를 찾아보고자 한다.

4.1 시간적 성격

계녀가류 규방가사는 규방 여성들이 창작하고 베끼는 과정에서 작자의 의식과 정서를 구현하고 전승한다. 이 중에서 갖추고 있는 하나의 특징과 질서가 바로 시간적인 흐름과 이행이다. 문학작품에 있어서 시간의 이행은 단순한 이미지 표현이 아니라 작가의식의 지향성, 상상력의 구조와 밀접한 관련을 갖는다.

시간성을 논하는 과정에서 주로 쓰이는 용어는 시간·시간성·시간의식이다. 시간은 우리가 알고 있는 일상적 시간과 초월적 시간, 순환적 시간 등 문학적 주체가 인식하는 주관적 시간으로 구분된다. 시간은 '과거-현재-미래'라는 구체적인 양상으로 나타나는데, 시간성을 기초와 전제로 하여 성립되며 그 논리적 구조가 획득된다. 시에서의 시간도 역시 시에서 드러나는 '과거-현재-미래'의 양상을 말한다. 시간성은 시간의 성격, 시간의 의미, 시간의 본질적인 구조 등으로 구분될 수 있다. 시간성은 그것을 대하는 작자의 인식 태도와 결부되어 작자가 시간을 어떠한 방식으로 인식하고 대하는가에 따라 그 성격을 드러내는 데, 이때 시간의식이 구체화 된다고 할 수 있다. 시간의식이란 시간성에 대한 의식, 또는 시간성을 대하는 인식의 양상이라고 할 수 있다. 시에 있어서 시간의식은 시간성을 대하는 방식, 시간 자체에 대한 시적 의도와 시간성을 주관적으로 파악하는 작가의식[2])을 총체적으로 일컫는다.[3])

모든 세계는 사물도 도구도 아닌 '시간성' 내에서 존재한다.[4]) 또한, 시간성에 관해서 인간은 현존재現存在로서의 존재, 즉 실존이지만 이 실존은 기투企投에 의해 자기의 가능성을 개척하면서도 이미 일정한 세계 안에 던져져 있는 존재이다. 결국, 현존재로서의 실존은 미래와 직면해 있는 동시에 과거를 짊어지고 있으며, 그것은 '과거-현재-미래'의 통일로써 이루어진다. 이러한 시간성이 현존재를 구성하며 시간은 이러한 실존에 내재적인 것으로 해석을 한다.[5]) 시간은 또 지속성을 갖고 있다. '지속'의 과거와 현재가 합치되는 시간, 미래지향적인 의미가 내포된 시간으로 과거, 미래를 철저하게 결합시키므로 현재는 과거의 현상에 불과하고 미래와의 연관 속에서만 의미를 가진다고 했다.[6])

문학은 항구성(역사성, 시간성)을 특징으로 한다.[7]) 시간은 실존의 토대이며 존재에 대해 근원적인 질서를 부여하는 구조로 작용한다.[8]) 또한, 시간은 인간이 살아가는 물리적이며 근원적인 조건에 해당하지만, 느끼고

---

2) 본고에서 말하고자 하는 시간의식이란 계녀가류 규방가사에 나타난 시간과 시간성의 특징을 통해 드러나는 작가의식에 드러난 시간의식의 흐름을 말한다.
3) 이승훈, 『文學과 時間』, 이우출판사, 1983, p.12.
4) 마르틴 하이데거, 이규호 역, 『존재와 시간』(Sein und Zeit, 1927), 청산문화사, 1974, p.539.
5) 마르틴 하이데거, 이규호 역, 『존재와 시간』(Sein und Zeit, 1927), 청산문화사, 1974, p.539, p.546.
6) H.베르그송, 이문호 역, 「시간과 자유」(1889), 대양서적, 1971, p.160.
7) 오세영, 「문학에 있어서 시간의 문제」, 『한국문학』, 1976, p.23.
8) 이승훈, 『文學과 時間』, 이우출판사, 1983, p.10.

인식하기에 따라 다르게 경험되는 삶의 조건이기도 하다.[9] 시간의 틀은 인간의식 작용의 반영으로 문학작품에서도 중요한 구성원리가 되며 작가의식의 지향성을 보여준다.[10]

계녀가류 규방가사 '신행교훈류'와 '복선화음류' 작품들의 의식흐름을 보면 현재의 시각에서 출발해 과거로 거슬러 올라갔다가 다시 현재로 되돌아오고 미래를 지향하는 것으로 구성되어 있다. 작자는 먼저 신행의 정경을 묘사하고 연소한 나이로 미지未知의 시집으로 떠나는 딸에 대한 가장의 자정을 드러낸다. 그 다음은 역대 효부효녀들의 고사를 인용하면서 자신이 겪은 시집살이의 경험에 근거한 규범행실의 당위성 강조, 딸의 미래에 대한 격려 등을 '현재 인식(직관)-과거 회상(기억)-미래 기대(희망)'의 시간적 양상으로 드러내고 있다. 그 시간적 흐름이 '현재-과거-미래'로 결합되어 전체 작품의 맥락구조를 이루면서 순환적인 효과를 이루고 있다.

규방가사의 시간성에 관한 연구가 극히 미비한 실정에 비추어 이 부분에서는 계녀가류 규방가사가 작자의 의식흐름을 통해 지속적인 시간성을 드러내고 있다고 보면서 그 표현구조의 근간을 찾아보고자 한다. 동시에 '과거-현재-미래'라는 시간의 지속 안에서 교훈담론이 어떻게 나타나고 있는지, 이런 서술방식이 갖는 기능과 의미가 어떠한지, 여성의 인생담론이 어떠한지 등을 살펴보려고 한다.

4.1.1 과거시간으로의 회귀욕망

권영철은 전형적인 계녀가를 지을 때 그 계기는 시집가는 딸을 경계하

---

9) 송지언, 「'어제런 듯하여라' 시조와 시간 경험 교육」, 『고전문학과 교육』 24, 한국고전문학교육학회, 2012, p.4.

10) 정끝별, 「정지용 시의 상상력 연구-시간과 공간을 중심으로」, 이화여자대학교 석사학위논문, 1988, p.18.

기 위한 것이었고, 그 내용은 결사에서 보는 바와 같이 "옛글의 이른 말과 세ᄉᆞ의 당ᄒᆞᆫ일"[11]을 가사로 지어 경계하는 말에서 "싀ᄉᆞ의 당ᄒᆞᆫ일"을 작자(주로 모친)의 경험담으로 볼 수 있다고 했다.[12] 여기서 "싀ᄉᆞ의 당ᄒᆞᆫ일"은 화자가 겪은 시집살이 체험이라고 볼 수 있는데, 작자는 현재의 시각에서 출발해 과거로 거슬러 올라가면서 그 경험을 교훈의 내용으로 전달하고 있다. 계녀가류 규방가사가 손녀나 딸에게 시집살이에 대한 화자의 실제체험[13]과 결부시켜 표현한다는 특징으로 봐서도 과거에 경험했던 자기경험이 주된 부분을 이루고 있으며, 그에 따라 과거는 경험적인 시간대임을 알 수 있다.

(1) 과거시간으로의 회귀

회귀란 예전의 곳이나 기억으로 되돌아간다는 의미로 직접적인 체험이라는 점에서 사실성을 보증 받고 이런 과정 속에서 인간은 본인의 의도에 따라 지나간 삶을 이해하며 자신의 시간적 존재를 느끼고 확인한다.[14] 계녀가류 규방가사에 나타나는 과거에 대한 회귀와 지향은 딸이 시집가는 현재시간에 대한 부정과 불안, 미래에 대한 막연함과 확신의 교차 등에서 기인되며, 현재에서 과거로 회귀하는 역방향의 시간 양상을 보여준다.

계녀가류 규방가사 중에서 과거지향 의식이 가장 뚜렷한 것은 '복선화음류'라고 할 수 있다. '복선화음류'는 이씨 부인이 신행 가는 딸에게 자신의 기구한 일대기를 자세하게 적어준 유형으로 주인공이 과거에 대한 회고와 재현을 보여준다. 이 작품은 시집의 빈곤한 경제상황을 배경으로 헌

---

11) 권영철, 〈계여가〉, 『규방가사』 Ⅰ, 한국정신문화원, 1979, p.20.
12) 권영철, 「閨房歌辭 硏究」 三, 『曉大 論文集』, 1975, p.73.
13) 권영철, 「閨房歌辭 硏究」 三, 『曉大 論文集』, 1975, p.13.
14) 마르틴 하이데거, 김재철 옮김, 『존재와 시간』, 도서출판, 2013, p.107.

신적인 노동과 치산을 통해 시집의 경제적 위기를 극복하고, 남편의 입신양명을 도우며, 자녀를 잘 교육하는 것으로 가문에 기여한 여성의 삶을 서술하고 있다. 아래의 작품에서 화자는 딸의 신행을 전후하여 자신의 행복하고 안락한 유년 시절과 치부에 전념한 과거의 경력을 자전적 술회의 방식으로 보여주고 있다.

① 소학효경　열녀전을　십여ᄉᆡᄋᆡ　에와ᄂᆡ고
처신범절　행동거지　십사세ᄋᆡ　통달ᄒᆞ니
누가아니　칭찬ᄒᆞ랴
악ᄒᆞᆫ힝실　경계ᄒᆞ고　착한사람　쎈을바다
일동일정　션히ᄒᆞ니　남녀노소　하난말이
천상적강　이소저난　부기공명　누리리라
그얼골　그ᄐᆡ도난　천만고ᄋᆡ　처음이라
이러하기　층찬받고　금육으로　귀히길너
십오세가　겨우 되니　녀ᄌᆞ유힝　법을조차
강호로　츌가ᄒᆞ니
(…)
비단치마　입던허리　힝자치마　둘러입고
운혜당혜　신든발이　셕ᄉᆡ집신　졸여신고
단장안ᄒᆡ　무근치마　갈고ᄆᆡ고　ᄀᆡ간하여
(…)
자구월　초파일ᄋᆡ　국화쥬를　한잔먹고
안석ᄋᆡ　의지하여　춘관을　분부하여
다리치　드러누워　옥단어미　ᄎᆡᆨ보이고
담ᄇᆡᄃᆡ　가로물고　고요히　듯노라니
호련이　잠이들어[15]

15) 최태호, 〈복선화음가〉, 『교주 내방가사』, 螢雪出版社, 1980, pp.45~60.

② 뎞뎞이　졔여먹고　양을뫼와　관이되고
ᄃᆞᆯᄃᆞᆯ이　못혀ᄂᆡ여　관을뫼와　ᄇᆡᆨ이로다
압들의　논을사고　우을터러　담을ᄊᆞ고
뒷들의　밧슐사며　씨ᄅᆞᆯ거더　기와이며
가마솟시　쥭쥭이요
안밧즁문　스슬문의　슈청ᄒᆞᆫ임　쌍쌍이라
노ᄉᆡ나구　버려셧고　돈무지　오천앙은
시집온　십년만의　효용소치　유치ᄒᆞ고
가산이　십만이라[16)]

①은 주인공이 어렸을 때부터 『소학』과 『열녀전』을 외우며 금지옥엽으로 자랐지만, 시집에서의 생활은 극히 가난하여 행주치마 둘러 입고 짚신을 신은 채로 농사일에 전념하고 치산에 힘써 드디어 거대한 경제적 부를 축적했음을 서술하고 ②에서는 전답을 사서 장만하는 구체적 행위를 통해 십년 만에 십만이나 되는 가산을 모은 것에 대해 서술하였다. 작자는 딸과 이별하는 상황 하에서 시집살이에 직면해야 하는 여성(자기와 딸을 포함)의 운명을 한탄하면서 자식에 대한 걱정을 드러내는 동시에 치산 성공의 자랑과 자부심을 표현하고 있다. 전체 텍스트의 서술구조를 보면, 현재의 시간적 양상 속에 과거의 기억을 삽입하였는데, 회고적인 부분이 작품 전체에서 절대적인 분량을 차지한다. 현실의 시각에서 교훈을 전달하는 동시에 주관적 시간의식의 회귀 양상을 보여주는 이런 서술구조는 '복선화음류'의 전형적인 특징이라 할 수 있다.

딸을 시집보내는 현재의 불안과 회피의식으로 화자는 과거시간대로 회귀를 찾게 된다. 화자는 현재의 시간대로부터 역행하여 과거의 시간으로 진입하는 내면의식을 보여준다. 다분히 퇴행[17)]적인 성격을 지니고 있는

16) 林基中, 〈복션화음녹(1172)〉, 『역대가사문학전집』 24, 東西文化院, 1987, p.60.

이런 시간적 역전과 회귀는 현재 상황을 극복하고 대응하는 화자의 시도라 볼 수 있으며, 이는 현재상황에 대한 거부의 기제에서 출발한 것이다. 미래에 대한 확신과 현재에 대한 신념이 부족하고 현실상황에 대한 거부감으로 인해 화자는 다른 세계, 또는 다른 면모를 찾아 나서게 되는데 '복선화음류'에서는 바로 과거로의 회귀로 나타난다. 과거의 시간과 공간은 현재의 자아가 돌아갈 수 있는 정신적인 귀속지歸屬地이기 때문이다. 이런 과거 지향적 성향은 현실의 가혹함 앞에서 자신을 지켜보려는 수단으로 해석될 수도 있다. 하지만 과거의 세계란 여전히 현재시간을 토대로 하는 것이기 때문에 현재에서 벗어난다는 것은 불가능하다.

과거로의 회귀의식은 현실거부를 위한 시도이기도 하지만, 또한 작자의 '자아긍정'과 '욕망실현'의 발로이기도 하다. 명문가정에서 고이 자란 '복선화음류'의 화자는 출가하여 보니 시집도 역시 명문이기는 하지만 더없이 빈곤한지라, 피나는 노력으로 가산치부에 힘쓴 경험을 읊고 있다. 화자는 번다한 행실의 나열보다는 실제적이고 현실적인 경제적 축적과 치산을 위주로 자신이 이룩한 경험과 자부심을 딸이 이어받기를 간절히 바란다. 또 다른 일면으로는 치산의 성공은 화자가 앞날에 대한 소망이기도 하다. 즉, 작품에 내재된 회귀는 현재와 미래를 향한 극복과 초월이라고도 볼 수 있으며, 과거는 필경 과거인 만큼 작자는 자신의 현실을 직시하면서 딸의

---

17) 프로이트의 정신분석학에는 '방어기제(defense mechanism)'라는 것이 있는데 감당하기 어려운 현실로부터 정신을 보호하기 위해 자신도 모르게 일어나는 무의식적 방어 작용을 일컫는 말이다. 퇴행이라는 것도 그중 하나인데 현재의 상태에서 현실의 충격을 극복하려는 의욕을 포기하고 과거의 상태로 돌아가려는 무의식 작용을 일컫는다. 또한 '개인이 생물학적으로 결정된 성숙 단계의 도전을 감당할 수 없을 때, 보다 미성숙한 정신 기능의 단계로 되돌아가거나 본능적 조직의 이전 단계로 후퇴하는 것으로서, 이는 정상적인 발달 과정 안에서 발생하는 것'으로도 이해할 수 있는데, 본고에서는 심리적인 병리현상이 아닌 것으로 취급한다. (퇴행, 한국 문학평론가협회, 『문학비평용어사전』, 국학자료원, 2006, p.30)

앞날에 대한 기대를 걸어본다. 딸과 자신을 동일시하면서 딸자식도 시집에서 새로운 가정적 지위를 확립하고, 어려운 현실의 시간들을 극복해 나갈 수 있기를 바라는 어머니의 '기대지향'이 여실히 표현된다. 이런 면에서 과거회귀는 단순한 현실 도피가 아니라, 현실에 대한 적극적인 대면과 극복이라는 의식형태의 다른 한 일면을 보여주고 있는 것이다.

(2) 역사적 시간의 회고

계녀가류 규방가사의 많은 작품들에서는 "고금부녀 ᄎᆞᆨᄒᆞᆫ덕ᄒᆡᆼ ᄃᆡ강ᄌᆞᆷ간 말ᄒᆞᆫ튼니 깁히듯고 쌘보ᄋᆞ라"[18]와 같이 역대 효부효녀들의 전고를 인용했는데 그 목적은 교훈성을 강화하기 위한 것이다. 교훈성의 강화라는 현실과 사실성의 구조에서 역사성은 존재 구성의 틀로써 드러날 수 있다.[19] 작자는 역사인물의 행실을 빌어 지나간 여성들의 삶을 이해하고, 그때의 역사적 시간을 문학작품 속에서 재현한다. '역사적'이라는 말은 사건이나 인물의 시간적 존재를 의미하며[20] 역사적 시간은 선구적先驅的 결의성決意性-Vorlaufen de Entsc hlossenheit)으로서의 근원성, 낡은 자기를 벗어난 탈자성(脫自性-Ekstasen)과 속마음의 외화 현상인 개시성(開示性-Erschlossenheit)을 지닌 시간이다. 따라서 과거는 유래, 현재는 순간, 미래는 기대인 것이다.[21] 역사의 한 지점과 역사 인물들의 시간을 작품 속에서 생생하게 재현하고 감지하는 이러한 문학적 표현은 계녀가류 규방가사의 작자가 이상적인 여성상을 추구하려는 가치 관념을 보여준다. 동시에 이상적인 여성상을 현실적이고 실제적인 자기와 감각적으로나마 동일화해 보려는 문

18) 권영철, 〈신힝가〉, 『규방가사』 Ⅰ, 한국정신문화원, 1979, p.40.
19) 마르틴 하이데거, 김재철 옮김, 『존재와 시간』, 도서출판, 2013, p.105.
20) 마르틴 하이데거, 김재철 옮김, 『존재와 시간』, 도서출판, 2013, p.107.
21) 마르틴 하이데거, 김재철 옮김, 『존재와 시간』, 도서출판, 2013, p.235.

학적 상상력을 보여주고 있다.

① 문왕의　　어마님은　　문왕을　　ᄇᆡ엿실ᄶᅥᆨ
이갓치　　ᄒᆞ엿스니　　쎈바듬직　　ᄒᆞᆫ거시라
(…)
ᄆᆡᆼ자의　　어마님도　　ᄆᆡᆼ자를　　길으실제
가ᄀᆡ를　　세번옴겨　　학궁겻ᄒᆡ　　사라실제[22)]

② 당나라　　노효부난　　도적이　　밤에드니
ᄉᆡᆨ모를　　ᄊᆞ여안고　　도피를　　안이ᄒᆞ뇌
(…)
문왕의　　어마임아　　문왕을　　ᄇᆡ와실제
이갓치　　ᄒᆞ엿슨이　　범바듬직　　ᄒᆞᄂᆞᆫ이라
(…)
ᄆᆡᆼ자의　　어마임도　　ᄆᆡᆼ자를　　ᄀᆡ르실제
이사를　　세번ᄒᆞ여　　학구겻ᄒᆡ　　사르시고[23)]

③ 문왕의　　어마님이　　문왕을　　나흐실제
이갓치　　ᄒᆞ겨시니　　어이그리　　착ᄒᆞ신고
(…)
ᄆᆡᆼ자의　　어마님이　　ᄆᆡᆼ자럴　　기르실제
자거ᄒᆞ여　　셰번옴겨　　학궁겻ᄒᆡ　　사르실제[24)]

④ 정슉ᄒᆞ신　　아황녀명　　현철ᄒᆞ신　　ᄐᆡ임태ᄉᆞ
구고봉양　　극진ᄒᆞ고　　군ᄌᆞ시위　　공경ᄒᆞ야[25)]

---

22) 권영철, 〈誡女歌〉, 『규방가사』 Ⅰ, 한국정신문화원, 1979, p.11.
23) 권영철, 〈계여가〉, 『규방가사』 Ⅰ, 한국정신문화원, 1979, pp.15~19.
24) 권영철, 〈훈시가〉, 『규방가사』 Ⅰ, 한국정신문화원, 1979, pp.23~24.
25) 권영철, 〈신ᄒᆡᆼ가〉, 『규방가사』 Ⅰ, 한국정신문화원, 1979, p.40.

⑤ 한나라 조왕씨는 방년이 십칠세라
그부친 물에빠져 신체를 못차자서
저물가에 칠주야를 통곡하며 다니드니
만경창파 깁흔물에 몸을씌여 달여드러[26)]

⑥ 단일하신 ᄐᆡ임씨난 문왕성인 나ᄒᆞ신이
후ᄉᆡᆨᄋᆡ 유전하되 퇴교라 층찬하고
지속하신 ᄆᆡᆼ씨모난 두번세번 집을옴겨[27)]

이 작품들에서 화자는 행실규범의 전범으로 손색이 없는 조왕씨, 태임, 태사 등 여성들의 고사(내용이 비슷함)를 빌어[28)] 감동을 경험하고 있는 동시에 이런 과거의 여성상들을 통하여 현재의 여성이나 자신에게 동일성을 부여하려고 한다. 작자의 내면의식에는 과거의 시간 안에 현실의 바람을 투영하고 있으면서 과거 여성들의 가치실현을 동경하고 있다. 역사의 한 지점과 역사의 순간적인 시간을 작품 속에서 생생하게 감지하는 이러한 문학적 표현은 봉건시대 여성들이 추구하는 이상적인 여성상에 체현된 가치관념을 감각적이고 현실적인 실재로 전환하려는 의지를 보여주고 있다. 여기에서 표현된 역사적 시간의식은 작자의 현재지향 의식이 과거로 거슬러 올라가며 역류된 것이지 결코 과거로부터 직선적으로 흘러오면서 표출된 것은 아니다.

계녀가류 규방가사 작품 속에서 역사적 인물의 일화가 오랜 세월에도 잊혀 지지 않고 현재까지 전해지고 있는 것은 시간의식의 강력한 지속양상을 보여주며, 역사적 시간이 현재화되고 있음을 표현한다. 이런 일화가

26) 권영철, 〈행실교훈ᄀᆡ라〉, 『규방가사』 Ⅰ, 한국정신문화원, 1979, p.47.
27) 권영철, 〈규문전회록〉, 『규방가사』 Ⅰ, 한국정신문화원, 1979, pp.68~69.
28) 조왕 · 목란 · 기왕 · 맹관 · 태임 · 잠부인 등 역대의 효부와 어진 부인들의 행실을 긴 편폭으로 열거했다.

문학작품을 통하여 과거로부터 현재까지 긴 시간의 경과에도 불구하고 그 맥락을 이어왔다는 것은 여성들의 규범강조는 만고불변의 진리와 함께 현재는 늘 과거와 같고, 미래도 그럴 것이라는 교훈의 의미를 부여하고 있다. 과거와 현재는 서로 융합하여 독특한 시간 · 공간의 이미지를 만들어 내면서 과거의 효부효녀들이 행동하고 살았던 역사적 시간을 '거룩하고 성스러운 시간'으로 인정하고 있다. 속절없이 흘러가는 시간에서 벗어날 수 없는 인간은 누구나 늘 과거로의 회귀와 시간의 초월을 꿈꾸게 된다. 작품에서 작자가 지나가 버린 역사적 시간을 회고하여 표현하는 것은 멈추지 않는 시간에 대한 인간의 두려움과 보편적인 욕망을 투영한 것이다. 또한 작자는 자신이 처한 현실(딸의 신행)과 일상적인 시간을 부정하고 불안한 정서를 과거에 기인하면서 역사적 시간의 영원성으로 도피하려는 자세도 보여주고 있다. 그 외에도 역사적 시간 속에 살았던 여성들의 원형적 삶과 화자의 과거 자아를 회고하면서 그 다음 세대가 새로운 시간의 질서를 재창출하기를 바라는 낭만주의적[29] 성향도 보인다.

과거회귀에도 미래지향이 있다. 기억은 개인적 삶의 체험이 인간 의식의 흐름 속으로 정돈되는 것을 의미한다. 회상 속에는 결정되지 않은 근원적 미래지향도 포함되어 있듯이 기억은 기대의 지향을 포함하기도 한다.[30] 계녀가류 규방가사에서 보여주는 작자의 경험담이나 구범적 여성상의 일화에서 보여 지는 과거의 역사적 시간은 규방 여성의 '과거지향'적 '생애담론'을 표현하고 있다. 하지만 단순히 지나간 시간으로 처리되어 회고의 대상으로 남는 것이 아니라, 과거의 여성상이 자신의 현재와 미래의 소망적인 존재형태로 영속하기를 바라는 작자의 마음이 투영된 것으로 보

29) 고전주의에 반하여 낭만주의는 정열적 자아의 해방, 자연에 대한 사랑, 명상적 신비주의, 미적 懷古趣味 등을 통하여 상상력의 폭을 넓히는 면이 있다.
30) 에드문트 후설, 이종훈 역, 『시간의식』, 한길사, 1996, p.125.

아야 할 것이다.

4.1.2 현재시간에서의 불안과 극복

'신행교훈류'는 대개 여성의 혼인 전후에 부모가 지어준 것들이다. 당대에서 여성의 혼인은 일생을 좌우하는 가장 중요한 대사라고 할 수 있다. 혼인은 특정 남녀의 영속적인 결합을 공개적으로 인정받는 하나의 사회적인 의식인데, 사회의 기초적 구성단위라 할 수 있는 가족이 바로 혼인을 통하여 형성되는 것이다. 사회가 혼인에 대한 법제적 승인이나 규제를 설치해 두고 있는 것은 혼인이 지니고 있는 사회적 의미가 그만큼 크기 때문이다. 조선시대의 혼인은 '위로는 조상을 받들고 아래로는 후사를 잇기 위한' 거창한 명분을 위한 것이었고, 시집의 가부장적인 질서에 적응해야 함은 물론 시집의 대를 잇는 것이 여성의 제일가는 사명이었다. 유교사회에서 부부가 된다는 것은 무엇을 의미하는가? 유교질서가 지배하는 가정에서 부부는 서로 어떤 윤리나 정신으로 맺어져야 하는가? 유학에서는 부부의 관계가 맺어지는 혼례의 의미를 다음과 같이 설명한다.

> 결혼이라는 것은 장차 두성이 좋게 합하여 위로는 종묘를 섬기고 아래로는 후세를 잇는 것이다.[31]

> 하늘과 땅이 합한 뒤에 만물이 이로부터 일어난다. 무릇 혼례婚禮는 만세萬世의 시작이다. 이성異姓에서 배우자를 취하는 것은 친족으로부터 멀리 있는 사람과 부합附合함으로써 구별을 분명하려는 까닭이다. 남자와 여자가 구별이 생긴 뒤에 부자의 친함이 있고, 부자의 친함이 있은 뒤에 군신 간의 의리가 생기며, 의리가 생긴 뒤에 예禮가 생긴다. 예가 생긴 뒤에 만물이 안정을 취한

31) 『禮記 4』(學民文化社, 2005), p.574의 "昏禮者, 將合二姓之好, 上以事宗廟, 而下以繼後世也" 참조.

다. 구별도 없고 의리가 없으면 금수禽獸의 도리다.[32]

위 문장들의 뜻인즉 자연만물은 모두 천지가 합하여 조화를 이룬 뒤에 생겨나듯이 혼례도 인간의 존재가 면면히 이어지는 그 출발점이 된다는 것이다. 부부가 되는 남녀 간에 구별이 있지 않으면, 부자나 군신간의 의리도 생기지 않기 때문에 혼례는 사회의 도덕과 윤리의 출발점이자 기초이며 인륜의 시작이라는 것이다.[33] 조선시대 규범서인『소학』「명론明倫」[34]과『내훈』「혼례장昏禮章」[35]에서도 남녀 결합인 혼인의 중요성에 대한 언급을 반복하고 있다.

또한 부부의 혼례에는 특별한 예가 필요하다.

> 공경하고 삼가며 무겁고 바르게 한 뒤에 친하게 되는 것이 예의 대체大體이며, 남녀의 구별이 이루어져 부부의 의義가 확립되는 까닭이다. 남녀가 구분이 있어야 부부의 의가 있고 부부의 의가 있어야 부자의 친함이 있게 되고, 부자의 친함이 있어야 군신의 정의正義가 있게 된다. 그러므로 말하기를 혼례가 예의 근본이다'라고 하였다.[36]

---

32) 『小學 · 孝經』「明倫」, 保景文化社, 1997, p.44. "天地合而後萬物興焉. 夫昏禮, 萬世之始也. 取於異姓, 所以附遠厚別也(…)男女有別, 然後父子親. 父子親, 然後義生, 義生然後禮作, 禮作然後萬物安, 無別無義, 禽獸之道也." 참조.

33) 손흥철, 「유학에서 여성의 이해」, 『가톨릭철학 · 제7호 특집 인간과 성』, 한국가톨릭철학회, 2015, p.22.

34) 『小學 · 孝經』「明倫」, 保景文化社, 1997, p.44. "夫婦之別: 男女有別 然後 父子親. 父子親然後 義生 義生然後 禮作 禮作然後 萬物安" 참조.

35) 『內訓』卷一「昏禮章」, 연세대학교 인문과학연구소, 白羊出版社, 1969, p.50. "男女有別 然後 夫婦有義, 夫婦有義以後 父子有親 父子有親而後 君臣有正" 참조.

36) 『禮記 4』(學民文化社, 2005), p.575의 "敬愼重正 而後親之 禮之大體 而所以成男女之別 而立夫婦之義也 男女有別 而後夫婦有義 夫婦有義 而後父子有親 父子有親 而後君臣有正 古曰昏禮者 禮之本也" 참조.

위에서 알 수 있는 바와 같이 유학에서 이상적 인격자로 보는 인간의 역할은 바로 부부의 도리와 의무로부터 시작되고 혼인의 도리와 의무를 다함으로써 세상의 이치를 깨닫게 된다는 것이다.[37] 남녀 혼인의 의의는 도덕윤리의 개념으로 정립되며 가부장제 사회에서 혼인한 여성은 남성을 위한 부덕과 부도의 실행을 평생의 과제로 삼아야 했다. 계녀가류 규방가사에서도 "ᄌᆞᆼ가시집 마련ᄒᆞ니 인간ᄋᆡ ᄃᆡ경이라 남혼녀취 예절노셔 륙녜랄 가츄오고 오륜이 온젼하니 만고ᄌᆞ황 졔일이라"[38], "천상월노 배진연분 절발부부 되엿스니 ᄇᆡᆨ년긔약 하합하와 부부유별 드러보소 요조숙녀 군자호구 금시상에 밋밋칫고"[39]는 말로 혼인의 중요성을 인정하고 있다. 이로보아 계녀가류 규방가사의 많은 작품들이 인생의 새로운 출발점인 신행에 초점을 맞추어 내외법을 바탕으로 행실덕목을 가르치는 교훈담론을 전개하고 있다. '혼인'이라는 현재적 시간양상을 가장 두드러지게 보여주는 것이 '신행교훈류'라고 할 수 있다.

① 아ᄒᆡ야	들어바라	ᄂᆡ일은	신ᄒᆡᆼ이라
네마음	엇더ᄒᆞ므	ᄂᆡ심사	갈발업다
문박에	보ᄂᆡᆯ적애	경계할밀	ᄒᆞ도만타
문박에	절을ᄒᆞ고	갓가이	나아안자[40]

② 아ᄒᆡ야	드러봐라	ᄂᆡ일은	신ᄒᆡᆼ이라
친졍을	하직ᄒᆞ고	시가로	드러가니
네ᄆᆞ음	엇더ᄒᆞ랴	ᄂᆡ심ᄉᆞ	갈발업다

37) 손흥철, 『유학에서 여성의 이해』, 『가톨릭철학 · 제7호 특집 인간과 성』, 한국가톨릭철학회, 2015, p.25.
38) 권영철, 〈신ᄒᆡᆼ가〉, 『규방가사』 Ⅰ, 한국정신문화원, 1979, p.37.
39) 권영철, 〈행실교훈ᄀᆡ라〉, 『규방가사』 Ⅰ, 한국정신문화원, 1979, p.44.
40) 林基中, 〈계녀가라(279)〉, 『역대가사문학전집』 6, 東西文化院, 1987, p.420.

ᄇᆡᆨ마의 짐을실고 금안을 구지ᄆᆡ고
문밧긔 보ᄂᆡᆯ적의 경계ᄒᆞᆯ말 하고만타[41]

③ 아ᄒᆡ야 드러봐라 내일이 신ᄒᆡᆼ이라
친졍을 ᄒᆞ직하고 시가로 드러가니
네마암 어더할고 이심사 갈발업다
우마에 짐을실고 금반을 구지ᄆᆡ야
부모께 써날적에 경계할말 하고만타[42]
(…)
그밧계 경계ᄒᆞᆯ말 무수히 잇다만은
정신이 아득ᄒᆞ여 이만ᄒᆞ여 긋치노라[43]

④ 딸아딸아 고명딸아 괴똥어미 경계ᄒᆞ고
너ᄋᆡ어미 살을바다 세금결시 일은말은
부ᄃᆡ각골 명심하라
딸아딸아 울지말고 부ᄃᆡ부ᄃᆡ 잘가거라
효봉구고 승슌군자 동기우ᄋᆡ 지친화목
깃분소식 듯기오면 명연삼월 화류시ᄋᆡ
모녀상봉 하나니라[44]

⑤ 녹의홍샹 갓촤입고 칠보단ᄌᆞᆼ 쒸며ᄂᆡ니
진초누ᄃᆡ 발근달ᄋᆡ 션녀ᄐᆡ도 완연ᄒᆞ다
사인교 화초가마 구샹주렴 반만것고[45]

⑥ 혼인신부 얌치업서 천날밤의 슈ᄌᆞᆨ일ᄉᆡᆨ

41) 권영철, 〈誡女歌(權本)〉, 『규방가사』 Ⅰ, 한국정신문화원, 1979, p.7.
42) 권영철, 〈계여가〉, 『규방가사』 Ⅰ, 한국정신문화원, 1979, p.14.
43) 권영철, 〈계여가〉, 『규방가사』 Ⅰ, 한국정신문화원, 1979, p.20.
44) 권영철, 〈복선화음가〉, 『규방가사』 Ⅰ, 한국정신문화원, 1979, p.36.
45) 권영철, 〈신ᄒᆡᆼ가〉, 『규방가사』 Ⅰ, 한국정신문화원, 1979, pp.37~38.

제집ᄉᆞ력　ᄉᆡᆼ각업고　부모졸나　ᄌᆞᆯᄌᆞᆯ일다
신힝ᄉᆞᆷ일　일쥬감지　구고심성　아란던가
그러나　네외ᄉᆞ랑　하회갓치　깁퍼더라[46]

⑦ 남은말　수다하나　어이다　가랏치랴
미거한　너를보내　염여를　노을소냐
일후의　너ᄋᆡ소문　ᄂᆡ뜻과　갓기되면
구쳔의　도라가도　여한이　업시로다[47]

⑧ 너의　써난지가　거연　일삭이라
무심　아비오나　아조야　이즐손야
저족의　ᄉᆞ방으로　알둔곳을　두남누워
문박을　나서보면　그곳으로　눈이가고
본심곳　도라오면　네ᄉᆡᆼ각이　나난구나
(…)
너ᄋᆡ남ᄆᆡ　넷ᄉᆞ람의　너가ᄌᆡ일　종말이라
종말ᄌᆞ식　ᄉᆞ랑ᄒᆞᆷ은　ᄉᆞ람의　ᄉᆞᆼ정이라
마암ᄃᆡ로　ᄒᆞᆯ것같으면　ᄌᆞᆯ이피고　ᄌᆞᆯ먹이고
일등교훈　ᄌᆞᆯ갈치며　범절ᄎᆞ려　치울지나
가난이　압을서고　흉연이　뒤을싸라
예절ᄋᆡ　봉ᄉᆞ되고　인ᄉᆞᄋᆡ　숙ᄆᆡᄃᆡ야
만복길여　칠운후ᄋᆡ　당일신ᄒᆡᆼ　보내오니
정신을　ᄎᆞ릴손야　두세가　잇을손야[48]

⑨ 너ᄒᆡ모친　거동봐라
마암슬허　ᄒᆞ는마리　가즉ᄒᆡ도　니러ᄒᆞᆫᄃᆡ

46) 권영철, 〈규방정훈〉, 『규방가사』 Ⅰ, 한국정신문화원, 1979, p.54.
47) 권영철, 〈회인가〉, 『규방가사』 Ⅰ, 한국정신문화원, 1979, p.61.
48) 권영철, 〈여아슬펴라〉, 『규방가사』Ⅰ, 한국정신문화원, 1979, p.80.

멀니가면　어찌살고　실망업시　안진모양
ᄃᆡ칙ᄒᆞ고　담뵈ᄃᆡ랄　손ᄂᆡ들고　외당의
도라나와　뭉뭉ᄒᆞ계　혼ᄌᆞ안ᄌᆞ
세상ᄉᆞ랄　ᄉᆡᆼ각ᄒᆞᆫ니　이ᄂᆡ마암　이를진ᄃᆡ
(…)
밋고밋난　우리사돈　떠나리라　ᄒᆞ지말고
싸님갓치　지도ᄒᆞ여　강보뉴아　어린마암
분슈분ᄌᆞᆨ　쳘업난 것　모라난일　ᄊᆡ우치고[49]

⑩ 즌별이야　즌별이야　우리남ᄆᆡ　즌별이야
(…)
승평시　작별의도　창연지심　잇스련든
하물며　난즁작별　엇지아니　셥셥할가
가련ᄒᆞ다　우리누의　쳐지을　ᄉᆡᆼ각ᄒᆞ니[50]

위의 작품들을 보면, ①에서는 시집가는 딸이 문밖에서 절을 하고 나서려 하자 친정어머니가 가까이 가서 간곡히 부탁하는 광경, ②에서는 백마에 짐을 싣고 행장이 떠나가려 하는 데 친정어머니가 훈계를 하고 있는 것, ③에서는 딸이 시집가는 데 할 말이 많지만 아쉽고 정신이 아득하다는 심정, ④에서는 괴똥어미라는 부정적 인물의 예시와 더불어 우는 딸을 달래며 다음번의 상봉을 기약하고 있는 정경, ⑤에서는 시집가는 딸의 고운 단장, ⑥에서는 신혼의 부부사랑에 대해서, ⑦에서는 부탁할 말이 많지만 딸이 바람직한 생활을 하면 여한이 없다는 마음, ⑧에서는 네 남매 중의 막내딸을 신행 보내고 가난과 흉년 때문에 잘 입히고 먹이지도 못했고 행실마저 잘 가르치지 못했음을 후회하며 그리워하는 아버지의 마음, ⑨에

49) 권영철, 〈권실보아라〉, 『규방가사』Ⅰ, 한국정신문화원, 1979, pp.88~90.
50) 신지연 · 최혜진 · 강연임, 〈餞別歌〉, 『개화기 가사 자료집』 4, 보고사, 2011, p.316.

서는 시집간 딸을 그리는 어머니의 행동과 딸이 시집가는 데 규범을 많이 가르치지 못한 것을 한탄하면서 사돈이 자기 자식을 아껴주고 대해주기를 간절히 바라는 심정, ⑩에서는 남동생이 시집가게 될 누이와의 이별을 슬퍼하는 마음을 각각 토로하고 있다. 위의 작품들에서는 딸의 시집살이 현실을 앞둔 화자의 막무가내와 애달픔이 드러난다. 딸을 성인으로 키워 드디어 출가시켜야 할 시각에 부모로써 느껴지는 것은 희열보다도 상실감이 더 컸을 것이다. 여기에서 여자의 일생에서 출가외인의 정체성에 대한 자각이 '신행-석별'의 과정에서 직접적으로 확인되며[51] 하나같이 신행의 정경과 함께 "부모동기 멀리함은 여ᄌ위 행텃부도다"[52]고 하는 이유로 이별을 해야만 하는 현실과 더불어 혈육을 떠나보내야만 하는 정신적 불안감과 상실감을 드러내고 있다. 그리고 이런 운명에 대한 한탄이 현재라는 시간의식으로 드러난다.

여기에서는 여성의 운명론이 강하게 작동하고 있다. 운명은 인간을 포함한 우주의 일체가 지배를 받는 것이라 생각할 때 지배하는 필연적이고 초인간적인 힘을 가리키는 데, 이를 토대로 생각하는 사고를 '운명론' 혹은 '숙명론'이라고도 한다. 운명론이 가진 특징은 인간이 아무리 벗어나고자 하나 부질없는 것처럼 여성들은 성인이 되면 시집을 가야 하는 것이다. 현재의 시간의식에 기초한 운명론적인 '생애담론'은 '딸'과의 단절감에서 초래되는 '분리불안[53]'의 점층적 특성으로 표현되며 이는 부모가 갖게 되

51) 최규수, 『규방가사의 '글하기' 전략과 소통의 수사학』, 명지대학교 출판부, 2014, p.164

52) 林基中, 〈여아의훈기셔(1250)〉, 『역대가사문학전집』 25, 東西文化院, 1987, p.420.

53) 분리불안이란 대상과 떨어짐으로 인해 생기는 불유쾌한 신체적 · 심리적 상태를 말한다. 프로이트(S.Freud)는 분리불안을 불안의 한 형태로 이해하였으며 외상적 상황에 의해 촉발되며 자연적이고도 합리적인 반응으로 자기보존 기능의 표현이라고 인정하였다.

는 보편적 정서이기도 하다. 개변할 수 없는 거대한 운명 앞에 선 고독의 모습을 보여주며 화자는 불안한 정서의 현재적 시각에 대한 자제와 사위나 사돈집에 대한 자랑을 통해서 자신을 위로하기도 한다.

① 하류촌 김판셔ᄃᆡᆨ 낭ᄌᆞᄒᆞ나 잇ᄉᆞ오ᄃᆡ
삼ᄃᆡ후 독ᄌᆞ로셔 년광은 십오세요
인물은 졀묘ᄒᆞ고 과한이 상승ᄒᆞ고
공부가 착실ᄒᆞ고 가품이 슌후ᄒᆞ니[54]

② 명문세족 효우ᄌᆞᄋᆡ 명망잇고 놉흔문호
슌못ᄋᆞᆫ 구시ᄃᆡᆨ을 앙망ᄒᆞ야 ᄇᆡᆨ니산쳔
먼먼길ᄋᆡ 옥인군ᄌᆞ ᄐᆡᆨ셔ᄒᆞ니
흔흔장부
일등가장 풍ᄎᆡ조흔 두목지요 탄복동샹
왕희지라[55]

③ 후ᄒᆞᆫ시ᄃᆡᆨ 만나가서 알들교훈 받은후에
출등치난 못ᄒᆞᆯ망정 저으앒은 싹난구나
너도마음 다시먹어 시ᄃᆡᆨ견문 쎈을바다[56]

④ 세상니 가취ᄒᆞ니 반셕갓ᄒᆞᆫ 너의시ᄃᆡᆨ
ᄎᆞ돌ᄀᆡ 바람드러 조샹분묘 예나도고
(…)
후덕ᄒᆞ신 안사돈과 인ᄌᆞᄒᆞ신
밧사돈계 억쳔만ᄉᆞ 모라난일 ᄌᆞ로물고

---

54) 최태호, 〈貴女歌〉, 『교주 내방가사』, 螢雪出版社, 1980, pp.89~90.
55) 권영철, 〈신힝가〉, 『규방가사』 Ⅰ, 한국정신문화원, 1979, p.38.
56) 권영철, 〈여아ᄉᆞᆯ펴라〉, 『규방가사』 Ⅰ, 한국정신문화원, 1979, p.81.

(…)
밋고밋난 우리사돈 떠나리라 ᄒᆞ지말고
싸님갓치 지도ᄒᆞ여 강보뉴아 어린마암
분슈분ᄌᆞᆨ 쳘업난것 모라난일 씨우치고
(…)
명운인난 너의시ᄃᆡᆨ 칭칭ᄌᆞ미 ᄉᆞ향ᄒᆞ고
(…)
반석갓ᄒᆞᆫ 너의시ᄃᆡᆨ ᄃᆡ가체족 광풍의
쓰인다시[57]

①과 ②에서는 사윗감의 출중한 인품과 능력에 대한 인정과 칭찬, ③에서는 청자의 형제들이 인심 후한 시댁을 만나 알뜰한 교훈을 받았다는 것, ④에서는 사돈집이 '반석 같고', '명문이면서', '너그럽다'는 등 긍정적인 어조로 칭찬하고 있다. 이는 딸과의 단절감을 완화시키면서 불안정서와 섭섭한 감정에 대한 어느 정도의 절제와 위안의 의도로 볼 수도 있다.

이렇게 계녀가류 규방가사에서의 현재라는 시간은 딸의 행복하고 안정적인 생활을 갈망하는 심리적 위안과 간절한 현실적인 기대가 드러난다. 작자의 의식지향이 과거나 미래로 향하더라도 현재는 항상 그 가운데 위치해 있으며, 과거와 미래 사이를 이어주는 작용을 한다. 작자는 현재의 정서 속에서 과거시간을 재현하면서 미래에 대한 기대를 반영하기도 한다. 여성의 혼인은 인생의 새로운 시작이며 출발점이기도 하다. 신행 가는 현재의 시각부터 여성은 '홀로서기' 노력이 필요한 것이다. 여성의 '홀로서기'는 친정이라는 공간에서 벗어나 시집이라는 생활공간에서 독자적으로 자리매김 해나가는 것을 말한다. 계녀가류 규방가사가 보여주는 현재의 시간의식은 여성으로 태어난 운명론과 '홀로서기'를 시작하는 '생애담론'의

---

57) 권영철, 〈권실보아라〉, 『규방가사』 Ⅰ, 한국정신문화원, 1979, pp.88~91.

양상을 보여준다고 할 수 있다.

4.1.3 미래시간으로의 기대와 지향

교훈이란 앞으로의 행동이나 생활에 지침이 될 만한 것을 가르치는 것을 말한다. 계녀가류 규방가사는 여성에게 시부모와 남편을 섬기는 도리, 동기와 지친간의 도리, 제사 받드는 도리, 손님 맞는 도리, 자식교양의 도리 등으로 교훈에 초점이 맞춰지고 있는데, 이는 유교사회의 여성이 가정 내에서 지켜야 할 행위규범과 덕목이라 할 수 있다. 유교사회의 여성들에게 있어서 훌륭한 행위규범은 바람직한 혼인생활을 유지하고 시집에서의 가정적 지위를 확보할 수 있는 결정적인 요소이다. 화자가 신행이라는 현재의 시간양상에서 규방가사라는 문학적 형식으로 교훈을 전달하는 것은 바로 청자가 자신의 말을 명심하고 가르친 바를 훌륭히 실천하면서 밝은 미래를 시작할 수 있기를 기대하는 것이다. 계녀가류 규방가사의 많은 작품의 결사 부분에서는 행실의 중요성과 필요성을 다시 강조하면서 애틋한 감정술회로 미래에 대한 지향을 보여주면서 결말을 맺고 있다.

① 아ᄒᆡ야 들어바라 ᄯᅩᄒᆞᆫ말 이르리라
ᄉᆡ가의 드러갈제 조심이 만컨마ᄂᆞᆫ
세월이 오ᄅᆡ되면 ᄐᆡ만키 쉬우니라
쳐음에 가진ᄆᆞ음 늘도록 변치마라
옛글의 이른말과 세ᄉᆞ에 당ᄒᆞᆫ일을
ᄃᆡ강을 긔록ᄒᆞ여 가ᄉᆞ지어 경계ᄒᆞ니
이거설 잇지말고 사시로 ᄂᆡ여보면
힝신과 쳐ᄉᆞ홀ᄃᆡ 유익ᄒᆞ미 잇스리라[58]

58) 최태호, 〈誡女歌〉, 『교주 내방가사』, 螢雪出版社, 1980, p.7.

② 세월이 오ᄅᆡ가면 홀망키 쉬우리라
처음가진 네마음을 늘도록 변치말고
하날갓치 착한셩덕 만복지원 싹가ᄂᆡ야
슈부귀 다남ᄌᆞ로 만세유젼 하옵기럴
남산북히 져와갓치 쳔만츅슈 바ᄅᆡ노라[59]

③ 딸아딸아 고명딸아 괴똥어미 경계ᄒᆞ고
너ᄋᆡ어미 살을바다 세금결시 일은말은
부ᄃᆡ각골 명심하라
딸아딸아 울지말고 부ᄃᆡ부ᄃᆡ 잘가거라
효봉구고 승슌군자 동기우ᄋᆡ 지친화목
깃분소식 듯기오면 명연삼월 화류시ᄋᆡ
모녀상봉 하나니라[60]

④ 부모동기 즐겨ᄒᆞ고 일가친척 흠션ᄒᆞ면
우리문호 ᄉᆡᆼᄉᆡᆨ이요 구시ᄃᆡᆨ의 영화로ᄉᆡ
강촌노인 졸부ᄌᆡ셔 증ᄒᆞ노라[61]

⑤ 남에집 홍망성쇠 부녀에게 잇나니라
이글을 달송하고 쎈밧지 안이하면
이적에 비할소야 금수와 갓트니라[62]

⑥ 청정으로 오락가락 부모님께 욕밋치라
아해야 이런사람 부대뽄을 보지마라[63]

---

59) 권영철, 〈훈시가〉, 『규방가사』 Ⅰ, 한국정신문화원, 1979, p.26.
60) 권영철, 〈복선화음가〉, 『규방가사』 Ⅰ, 한국정신문화원, 1979, p.36.
61) 권영철, 〈신ᄒᆡᆼ가〉, 『규방가사』 Ⅰ, 한국정신문화원, 1979, p.41.
62) 권영철, 〈행실교훈ᄀᆡ라〉, 『규방가사』 Ⅰ, 한국정신문화원, 1979, p.48.
63) 권영철, 〈훈민가〉, 『규방가사』 Ⅰ, 한국정신문화원, 1979, p.52.

⑦ 마암이 오소하고 글도ᄯᅩ한 단문지여
말은비록 무식하나 진정으로 기록하니
그리알아 눌너보소[64]

⑧ 어와 여자들은 범연히 듯지말고
고귀히 명심하여 옛말삼 ᄎᆡᆨ취하여
지상ᄋᆡ 기록하여 규문ᄋᆡ 부치노라[65]

⑨ 이가사 보난아해 자자이 명심하여
헛말노 듯지말고 어김업시 실행하라
경계할말 다하자면 청천이 장지라도
오히려 부족이요
해수가 먹물이나 오히려 부족할듯
대강이만 긋치노라 을사원월 일지하노라
명심하라 각성하라 아해들아[66]

⑩ 아비ᄋᆡ 정곡이요 너ᄋᆡ게 기약서라
ᄀᆡᄀᆡ히 ᄉᆞᆯ펴보고 일일이 ᄲᅩᆫ바드면
힝실에도 유익ᄒᆞ고 복록을 누루리라[67]

⑪ 무심ᄒᆞ고 무심ᄒᆞᆫ 너의아비
무심ᄒᆞ고 무정ᄒᆞ나 단분졸필 위로ᄒᆞ고
경ᄀᆡᄒᆞ여 도여가제[68]

⑫ 아가아가 유정아가 시집사리 뭇지마라

64) 권영철, 〈회인가〉, 『규방가사』 Ⅰ, 한국정신문화원, 1979, p.64.
65) 권영철, 〈규문전회록〉, 『규방가사』 Ⅰ, 한국정신문화원, 1979, p.71.
66) 권영철, 〈경계사라〉, 『규방가사』 Ⅰ, 한국정신문화원, 1979, pp.78~79.
67) 권영철, 〈여아ᄉᆞᆯ펴라〉, 『규방가사』 Ⅰ, 한국정신문화원, 1979, p.86.
68) 권영철, 〈권실보아라〉, 『규방가사』 Ⅰ, 한국정신문화원, 1979, p.91.

ᄂᆡ힝실을 올키하면 무산일이 이설손가
어화세상 사람들아 시집사리 원망마라
남의자식 되어나서 직분ᄃᆡ로 힝하면는
무삼원망 이설손냐[69)]

⑬ 이ᄂᆡ말을 잇지말고 부디명심 불망허라
옛ᄂᆞᆯ부터 그른말이 그르남이 업나니라[70)]

①에서는 써준 교훈서를 수시로 보면서 행실을 닦는 데 태만하지 말라는 부모의 당부, ②에서는 착한 성덕으로 행실규범을 지키면 복이 올 것이라는 확신, ③에서는 딸과의 애틋한 작별과 함께 다음번의 만남을 기약, ④에서는 행실을 바르게 하면 우리 가문에 부귀영화가 올 것이라는 것, ⑤에서는 행실을 바르게 하지 않으면 금수와 같다는 경계, ⑥에서는 부모한테 욕이 미치지 않기 위해서는 친정으로 자주 다니지 말라는 경계, ⑦에서는 훌륭한 글은 아니지만 그대로 실행하라는 바람, ⑧에서는 흘려듣지 말고 명심하여 교훈대로 실행할 것을 바라는 마음, ⑨에서는 경계할 말이 많지만 대강 그치며 여성들이 각성할 것을 바라는 의사, ⑩에서는 아버지가 보내는 부탁이니 그대로 실시하면 복을 누리게 될 것이라는 확신, ⑪에서는 무심한 아버지의 마음으로 쓰여 진 글 인만큼 위로하고 경계할 것을 당부하는 의미, ⑫에서는 자기의 직분을 다하고 행실을 바르게 하면 결코 어려운 시집살이가 아니라는 것, ⑬에서는 옛날부터 전해 내려온 말은 그릇함이 없으니 명심하고 행할 것을 간절히 바라는 마음을 각각 보여주고 있다. 이상의 인용문들은 계녀가류 규방가사 작품의 결사 부분으로서 텍스트 전편을 마무리하는 형식으로 되어있다. 화자는 지금까지 당부한 말

69) 최태호, 〈여자유힝가〉, 『교주 내방가사』, 螢雪出版社, 1980, p.242.
70) 林基中, 〈부인셩힝녹(575)〉, 『역대가사문학전집』 11, 東西文化院, 1987, p.568.

들이 소중한 것이니 늘 마음에 새기고 실천하면 앞날에 복이 올 것이라고 거듭 강조하고 있으며 동시에 청자에게 정결한 마음으로 새 생활을 잘 이겨나가기를 바라는 긍정적인 현실의지를 심어주고 있다.

화자는 '시집살이'를 해야 하는 여자의 숙명을 두고 거기에 필요한 예의 범절을 가르치면서 불안한 현재의 시간의식에서 미래의 시간의식으로 '확장'해 가고 있다. 화자는 행실이 바르면 여성의 미래가 필연코 순탄하고 복이 올 것이라고 강조하고 있다. 이것은 바람직한 혼인생활을 동경하는 유교사회 여성들의 보편적인 욕망이기도 하다. 앞에서 논한 현재의 의식 안에서 역사적 시간대의 인물을 불러내는 것 역시 미래를 지향하는 '과거의 새로운 재현'이라고 할 수 있다.

인간은 시간 속에서 살아가는 존재이지만, 또한 시간 밖을 지향하며 동일성의 의지를 극대화할 수 있는 존재이다. 그러므로 지속의 의지가 강렬하면 할수록 인간의 의식은 영원의 세계를 넘보게 되며 영원에 도달하려는 꿈을 갖게 되는 것이다.[71] 계녀가류 규방가사의 작자는 어떤 객관적 진리 위에 교훈을 획일적으로 강설講說하거나 교수敎授하면서 지식 위주의 전달에 그치지 않고, 딸자식의 혼인을 계기로 딸이 지속적이고 영원한 자아실현에 성공하기를 기대하고 있다. 여기서 시간의 영원성은 시간의 질적 성질에 속하는 개념으로 무한한 시간이 아니라 무시간성 혹은 물리적 시간을 넘어서거나 그 시간 밖에서 얻는 경험의 질을 의미한다.[72]

여성의 덕목과 행실은 시집에서 생존을 영위해 가기 위한 기본 요구이면서 또한 친정의 영광을 과시하고 명예를 이어가는 필수 조건이기도 하다. 유교적 삶을 지향하는 사회에서 여성의 자아실현은 역시 가문의 영속성과 밀접한 관련이 있다. 혼인한 여성이 자신에게 주어진 시집살이의 고

71) 나카노 하지무 지음, 최재석 옮김, 『공간과 인간』, 도서출판국제, 1999, p.25.
72) 한스 메이어호프, 이종철 옮김, 『문학과 시간의 만남』, 자유사상사, 1994, p.77.

난을 극복하였을 때, 그 보상으로 돌아오는 것은 부귀영화보다도 시집에서의 지위 확립이다. 유교적 사회에서 개인은 가문의 일원이고, 개인의 가치실현은 곧 가문의 실현을 의미한다. 가문의 일원으로 태어나서 시집을 갔지만, 고난을 극복하고 자아실현을 이룬다는 것은 가문을 영광스럽게 하는 일이었다. 계녀가류 규방가사의 많은 작품들에서는 딸자식의 행실이 친정에 미칠 영향에 대해 언급을 하고 있다. “ᄭᅮ중후의 발명ᄒᆞ면 어룬듯기 수다ᄒᆞ여 친졍부모 무삼일노 ᄯᅡᆯ보ᄂᆡ고 욕멱어리(꾸중을 들은 후에 반박을 하면 친정부모를 욕보이는 짓)”[73], “아름답지 못ᄒᆞᆫ소식 ᄂᆡ귀ᄋᆡ 들인진된 ᄯᅡᆯ못갈친 아비책망 ᄉᆞ돈볼낫 잇깃난야(행실이 바르지 못하면 딸을 잘못 가르친 아비가 사돈 볼 면목이 없다는 의미)”[74], “부모에게 효성하고 가장에개 정열하며 나라에셔 들로시고 그고을에 졍교와셔 효혈비 집을짓고 단청ᄒᆞ니 효혈비라 만고에 유전하면 시가문호 광채라고 친정부모 영화호다”[75], “친정부모 욕먹인다 그거시 할일인가”[76]이라고 하고 있다. 가문이라는 거시적 범주 속의 미시적 개체인 여성의 ‘자기실현’이 남성들의 사회적인 ‘입신양명’[77]과는 다르지만 부모와 가문이 영광스러워지기 때문에 여성의 규범행실이 가문명예의 영속성과도 중요한 관련이 있는 것이다.

가문의 영속성 유지는 봉건사회에서 가정이란 제도가 존속하는 한 영원히 존재하고 이어나가야 할 윤리적 가치관이며, 계녀가류 규방가사가 세세대대로 짊어지고 있는 중대한 교육적 과제이기도 하다. 시간의 영원성이 평정 가운데 회상되는 무시간적 본질들 혹은 시간의 추이로부터 회복

---

73) 권영철, 〈부여교훈가〉, 『규방가사』 Ⅰ, 한국정신문화원, 1979, p.92.
74) 권영철, 〈여아슬펴라〉, 『규방가사』 Ⅰ, 한국정신문화원, 1979, p.86.
75) 권영철, 〈훈민가〉, 『규방가사』 Ⅰ, 한국정신문화원, 1979, p.50.
76) 林基中, 〈녀자힝신가(1125)〉, 『역대가사문학전집』 22, 東西文化院, 1987, p.441.
77) 崔鳳永, 『韓國人의 社會的 性格-一般論理의 構成』, 느티나무, 1994, p.50. 입신양명이란 ‘立身行道 揚名於後世 以顯父母’의 줄임말이다.

된 무시간적 자아를 구현한다.[78] 계녀가류 규방가사에서 여성이 삶의 미래에 대한 전망과 기대, 그리고 그에 따르는 가문의 영속성 추구는 역시 유한한 시간의식이 아닌 영원한 무시간성 혹은 항구적 가능성의 소산인 것이다. 이처럼 계녀가류 규방가사는 미래에 대한 기대 속에서 여성의 삶에 대한 전망과 영원한 '가치실현'의 '생애담론' 그 자체라 할 수 있다.

4.1.4 시간의식의 순환성

시간은 반드시 연속성을 동반한다.[79] 시간은 인간의 심리상태에 따라 그것을 느끼는 길이가 각각 달라지며 이러한 심리상태는 외부의 환경과 내적 감정요인의 복합작용으로 체험된다. 시간의 의미는 또한 객관적인 것이 아니라 주관적인 것이다.[80] 앞에서 이미 논의된바 같이 계녀가류 규방가사는 딸의 혼인이라는 현재시각, 자신의 경험담으로 채워진 과거시간, 그리고 딸의 미래시간의 확장이라는 삼분법적인 시간의식 양상을 보여준다.

계녀가류 규방가사에서는 구체화된 현재의 시간의식에 과거의 역사적 시간을 삽입하기도 하고, 과거의 지속이 현재에까지 이르면서 '딸'의 미래가 '화자'의 과거와 중첩되거나 재현되는 등 '과거-현재-미래'의 시간적 지속이 복합적인 양상으로 형성되면서 역동적인 순환을 보여준다. '지속'은 '과거를 현재 속에서 연장시키는 기억의 연속적 재생'을 의미하며, '과거-현재-미래'가 단절적으로 이어지지 않고 현재의 시점에서 회상되고 예기되어 이어지는, 즉 직관에 의해 파악된 연속적 시간을 의미한다.[81] '어머니'라는 과거의 존재가 '딸'이라는 여성과 시간적으로 분리되어 있는 듯하지만, '딸'

78) 한스 메이어호프, 이종철 옮김, 『문학과 시간의 만남』, 자유사상사, 1994, p.79.
79) 나카노 하지무 지음, 최재석 옮김, 『공간과 인간』, 도서출판국제, 1999, p.22.
80) 朴沆植, 「시의 시간성 연구-심리적 시간을 중심으로」, 『동악어문학』 17, 한국어문학연구, 1983, p.383.
81) 김진성, 『베르그송 硏究』, 문학과 지성사, 1985, p.99.

의 미래는 '어머니'의 과거가 투사된 것으로서 '중복적 순환성'을 갖는다. 이러한 지속과 중복은 시간적 경계를 초월하여 한 세대 또 한 세대 규방 여인의 인생과 역사를 보여주기도 한다.

계녀가류 규방가사의 작자들은 '과거-현재-미래'라는 객관적 시간을 '기억-직관-기대(혹은 지향)'라는 주관적인 의식의 흐름으로 표현했는데, 이들의 전환이나 연계는 서로 다른 차원으로 존재하지 않고 시간의식의 변모 과정 속에서 혼합되는 내면적인 요인들이다. 이들의 연계를 그림으로 표시하면 다음과 같다.

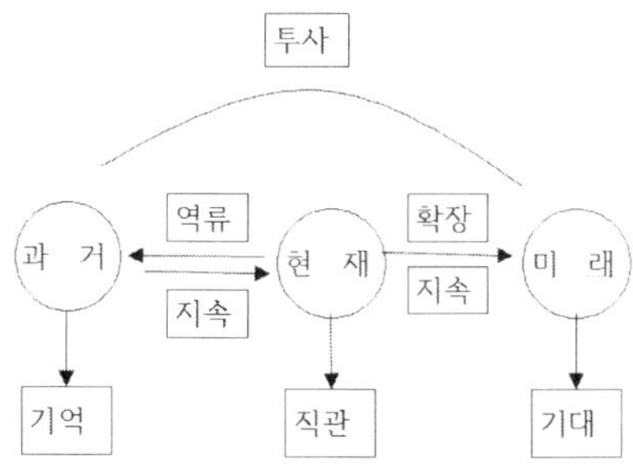

[그림 4-1] '신행교훈류'의 시간의식 흐름양상

과거는 기억이고 미래는 희망이나 기대인데 이러한 과거와 미래를 현실이라는 현재가 이어준다. 계녀가류 규방가사에 내재된 과거의 시간의식은 여성에게 삶의 경험과 토대를 제공하는 발판이고 현재의 혼인이라는 시간양상은 인생의 출발점이다. 또한 미래로의 확장은 여성에게 바람직한 삶의 방향을 제시하는 시간의 지향적 양상이다. 계녀가류 규방가사는 현재라는 시간의 순간에서 과거의 체험과 역사를 되살림으로써 딸자식에게 삶의 방향을 가리켜 주려는 문학 창작물이다. 즉 계녀가류 규방가사는 여성의 교훈 담론일 뿐만 아니라 여성의 삶과 개인의 서사가 함축되어 있다는 면에서 '여성서사'의 생애담론이기도 하다. 작자는 과거 · 현재 · 미래를 하나의 완전한 시간구조 속에 통일하여 그 속에 존재하는 현실성과 당위성을 깨닫는다.[82] 그렇다면 계녀가류 규방가사의 시간의식 속에서 작자들이 찾으려고 하는 것은 무엇일까? 그것은 교훈의 전달뿐만 아니라 여성의 삶을 규명하기 위한 '자기 존재성'이자 '자기 정체성'의 확인과 확장이라고 할 수 있다. 규방의 여성들은 단절되고 소외된 삶을 살면서 끊임없이 '나는 어떤 여자이고(현재), 어디서 왔으며(과거), 어떤 여자가 될 것인가(미래)'라고 질문하면서 시간의 흐름과 연속성에서 그 답을 찾으려 노력했다. 이는 단순히 출가하는 자기 자식을 1차 독자로 상정한 부모와 딸자식간의 교훈과 전달의 소통인 것 같지만, 가부장 제도하의 여성으로 자신의 일생을 해명하고 합리화하려는 목적이 체현되고 있는 것이다. 이는 단지 여성의 개체적인 심리가 아니라 봉건사회 여성들의 집단적 정서에 기초한 자아체험, 존재성의 의미를 추구하는 의식행위라고 볼 수 있는 것이다.

시간이 작자에 의해 어떻게 느껴지고 인식되는지는 문학창작 활동에서 여실하게 체현된다. 이 부분에서는 계녀가류 규방가사의 시간성에서 인식되는 '과거-현재-미래'가 하나의 시간구조로 통일되면서 순환적으로 지속되는 시간의식의 흐름양상에 초점을 맞추었다. 계녀가류 규방가사 '신행교훈류'와 '복선화음류'의 보편적인 서술구조[83]를 보면, 먼저 시집가는 딸자식에게 '아희야 들어봐라'고 하면서 현재적 시간의 양상을 보인다. 현재의 시간 양상은 자식을 떠나보내는 불안의식과 함께 과거로의 회귀와 지향의식을 보여주면서 미래에 대한 기대를 반영하기도 한다. 이어서 자신의 실천경험과 더불어 고사전고를 인용하여 여자들이 지키고 실행해야 할 규범

82) 김준오, 「自我와 時間意識에 關한 詩攷」, 『어문학』 33, 한국어문학회, 1975, p.105.
83) 모든 작품들이 똑같이 이러한 구조로 되어 있는 건 아니지만, '신행교훈류'의 일반적인 서술양상이 이러하다.

들을 조목조목 늘어놓으면서 현재의 위치에서 과거를 회상한다. 과거로의 회귀와 역사적 시간의 재현은 현실의 극복의지와 함께 과거와 현재의 여성상에 동일성을 부여하며 과거의 자아가 현재와 미래의 소망적인 존재형태로 영속하기를 바라는 작자의 마음이 투영된 것이다. 그 다음은 앞으로 규범을 잘 지키면서 바람직한 시집살이를 할 것을 미래 지향식의 결사 부분으로 끝을 맺는다. 이렇게 계녀가류 규방가사는 작자가 지각하고, 회상하고, 상상하는 의식 활동을 통해 그 시간의식의 양상이 '현재-과거-미래'의 서술구조와 순환적 흐름으로 나타난다. 그리고 이런 시간적 이행 속에서 교훈의 담론과 함께 작자를 비롯한 규방 여성들의 '일생의 서사'와 '역사순환'을 보아낼 수 있다. 계녀가류 규방가사의 화자나 작자는 과거로의 회귀의식과 지향을 보여주고 현재를 감수하며 미래를 향해 꿈꾸는 동시에 자신의 존재 이유와 삶의 방향을 필수불가결한 시간의 흐름 속에서 찾아보려고 한다. 이는 일개 여성이 아니라 한 세대 또 한 세대 여성들의 삶의 시간양상과 역사적 순환이기도 하다.

교훈을 목적으로 한 가사이면서 운명론에 다소 함몰된 것과 천편일률적인 면이 보인다는 점에서 아쉽지만, 계녀가류 규방가사는 어떤 의미에서 보면 시간적으로 무한대로 길어지고 확장된 문학양식으로 볼 수 있다.

4.2 공간적 성격

'두루말이', 'ᄀᆞ사', 'ᄀᆞᄉᆞ'로 불리는 규방가사는 규방이라는 여성 생활공간을 중심으로 창작되고 향유된 가사로 조선 후기에 접어들면서 집중적으로 양산되는 모습을 보인다. 규방가사는 조선 전기에 주로 사대부에 의해 창작, 향유된 가사와는 다른 양상을 많이 담고 있는데 이는 그 창작과 향유가 여성들의 생활공간인 '규방'이라는 공간을 중심으로 이루어졌기 때문이다.[84] 규방공간은 여성문학의 삶의 터전이자 문학창작의 터전이었다.

공간은 어떤 영역이나 세계를 이르는 개념인데, 문학공간은 대상지역이 함유하고 있는 다른 장소 자산과 결합해 그 지역의 역사나 문화에 대한 기억을 회상하고 보전하고 재생산하는 동력으로 작용한다.[85] 공간을 구성하고 조직한다는 것은 공간에 어떤 기능을 부여하는 것만이 아니라 생명, 질료와 숨결을 투사하는 일이다. 왜냐 하면 공간은 창조의 공간, 상상력의 공간, 즉 한마디로 말해서 인간적 삶의 공간이기 때문이다.[86]

가부장제 사회의 여성들은 집이라는 주거공간의 중심에 규방 공간을 두고 있다. 집은 몽상을 지켜주고 몽상하는 이를 보호해 주며 인간의 평화로운 꿈을 보장해 준다.[87] 문학 속에서의 공간은 작품 속에 나타나는 구체적 사물과 대상을 통해 드러나고 공간에 대한 의식은 특정대상에 대한 의식으로 대상을 통해 주관적으로 드러난다.[88] 이 대상은 시 속에서 구체화된 적절한 공간적 투사물을 통해서 표출된다. 결국 시의 공간성은 작자의 상상력이 이룩하는 공간표상의 의미로 이해된다.[89]

규방이라는 공간이 여성에게 최소한의 기능체계라면 의식거주의 일상생활기능 외에도 제한적인 출입의 근본기능을 갖는다. 동시에 규방은 여

---

84) 육민수, 「'계녀가'류 규방가사의 담화양상」, 『반교어문연구 통권』 14, 반교어문학회, 2002, p.3.

85) 박덕규, 이은주, 「분단 접경지역 문학공간의 의미-철원 배경의 소설을 중심으로」, 『우리 文學 硏究』 43, 우리 문학회, 2014, p.3.

86) 김화영, 『문학 상상력의 연구』, 문학사상사, 1982, p.255.

87) 나카노 하지무 지음 최재석 옮김, 『공간과 인간』, 도서출판 국제, 1999, p.26.

88) R.Margliola, "An Intro duction", 「phenomenology and Literature」, West Lafaye tte: purdure Univ. press, 1777, p.4.

89) 김화영, 『문학 상상력의 연구』, 문학사상사, 1982, p.247. 왜냐하면 여기에서 문제 삼고 있는 공간은 창조의 공간, 상상력의 공간, 즉 한마디로 말해서 인간적 삶의 공간이기 때문이다. 물리적 공간에 대한 인간적 공간의 차이는 바로 여기에 있는 것이다.

성이 생활의 안정된 구심점을 찾으려는 최소의 근원적인 욕망을 체현하고 실현하는 공간으로서, 생활의 현실적이고 상징적인 중심이기도 하다. 이것이 곧 여성의 생활공간인 안방을 '내방'이라 부르고 그들의 생활감정이 담긴 규방가사를 '내방가사'라고도 일컫는 까닭이다. 규방가사가 바로 규방의 여성적인 생활사를 담은 대표적인 시가이며 규방은 바로 한국적인 삶의 여성성 및 규방가사의 저장고나 출처공간과 같은 곳이기 때문이다.[90]

규방은 여성의 주거형식, 가족 관계, 영역 분할과 위계, 동거하는 혈연집단의 내밀한 삶과 그와 관련된 감정과 갈등의 정서가 내포되는 공간적 상징이면서 또 여성의 생활적 우주와 상응하는 중심이자 여성의 감옥으로 표상되기도 한다.[91] 규방은 남성이 지배하는 바깥 세계와 달리 고립되고 단절된 공간이며 또한 안과 밖의 갈등과 대립을 내포하는 심리적 공간으로서 규방가사라는 여성문학에서 특별한 상징적 의미를 갖는다.

봉건사회에서 여성들은 입신양명이나 출세 등 사회로부터 소외된 존재이고, 구경이나 놀이 등 문화로부터 소외된 존재이며, 친정 가족이나 동류 등 사회 집단으로부터도 소외된 존재였다. 결혼을 하고 나면 친정 동기들과 떨어져야 하고 친구와도 멀어져야 했던 봉건사회 여성은 남편과 관련된 시집과의 친연성만을 강요받게 되고 출가외인이라는 이름 아래 자신의 과거와 단절하는 고통을 겪어야 했다. 이러한 생존 상황 아래 규방은 여성만의 가장 구체적인 공간인 동시에 여성의 생활을 담는 소우주나 그릇과도 같은 역할을 수행했다.

---

90) 李在銑, 「집(家)의 時間性과 空間性-家族史 小說과 집의 空間詩學」, 『人文硏究論集』 20, 西江大學校 人文科學硏究所, 1988, p.20.
91) 李在銑, 「집(家)의 時間性과 空間性-家族史 小說과 집의 空間詩學」, 『人文硏究論集』 20, 西江大學校 人文科學硏究所, 1988, p.1.

규방은 여성의 삶이 영위되는 공간일 뿐만 아니라 또한 삶의 중심이었다. 조선시대, 여성을 위한 학교 교육이 전무하고 규방에만 있던 여성들은 배움의 갈증을 어떻게 해결했을까? 한글의 발명과 교훈서의 보급이 여성들의 지식 습득에 획기적인 영향을 준 것이다. 조선은 초기부터 여성들이 갖추어야 할 덕목을 적은 국문 '교훈서'를 보급하였다. 이런 교훈서들을 통해 규방의 여성들은 더 넓은 학문의 세계, 문학의 세계로 들어가게 되었다. 오늘날과 같이 모든 사람들이 다닐 수 있는 학교가 없던 조선시대에 글을 배울 수 있는 계층은 양반가였으며 여성들이 글을 배울 수 있는 장소는 바로 규방이었다. 또한 양반가 여성들의 가장 큰 직무는 자녀교육이었다. 자녀들에게 기초적인 유교 경전을 가르쳐야 했기 때문에 여성들은 유학에 관한 초보적인 소양을 갖추어야 했다. 사대부가 여성들은 결혼하기 전에 여러 교훈서와 어린이용 한문교과서를 익혀야 했고, 『사기』, 『논어』, 『소학』 등을 공부해야 했다. 어떤 가문에서는 선생을 모셔다가 교육을 하는 경우도 있고 출가하기 전 여자아이들은 남자형제들과 함께 공부할 기회를 갖기도 했다. 가정 형편상 선생을 모실 수 없는 경우는 어머니의 역할이 더 컸다. 규방은 여성에게 있어서 배움의 공간이고 장소이며 삶의 근원적인 자리였다. 또한 반면에 규방은 여성의 폐쇄적 한계나 감금의 감옥이었기 때문에, 이로부터의 정신적 탈출과 문학적 탈출 행위가 여성문학의 중요한 모티브가 되기도 했다. 이 부분에서는 계녀가류 규방가사의 이러한 공간성[92]에 초점을 맞추어보고자 한다.

문학작품에 있어서 공간은 단순한 이미지가 아니라 작가의식의 지향성, 상상력의 구조와 밀접한 연관을 갖는 실체다. 현재까지 학계에서 간접적

---

92) 본 연구에서는 바슐라르(Gaston Bachelard)의 '공간 시학(La poetique de l'espace), 이-푸 투안(Yi-fu tuan)의 '공간과 장소(Space and place)', 나카노 하지무(Nakano-hajimu)의 '공간과 인간(Space and Human)'을 이론적 근거로 적용했다.

으로나마 계녀가류 규방가사의 공간성을 언급한 기존연구들이 극히 제한적이다. 계녀가류 규방가사의 공간성을 논하기 위해서는 시대적 배경이나 성격을 고려할 필요가 있다. 계녀가류 규방가사의 창작과 전승 시기에 관해서 일반적으로 조선 시대라는 논의가 중심이었지만 근대를 경유하여 현재에서도 창작되고 있다는 점에서 개화기 가사중에서 주로 범주화한 '신교육계몽류'까지 범주에 넣어서 논의를 전개하려고 한다.

4.2.1 '바깥·안'의 위계적 질서와 '배움·실천'의 공간

(1) '바깥 · 안'의 위계적 질서

조선 시대 당시에서는 효녀, 효부, 열녀 등을 강요한 '여성의 위계' 즉 남존여비를 유지시키는 명분론[93] 8가지를 작성하였다. 그 중에서 여성들의 외부교제에 대해서는 가장의 허락 하에서만 대외행위와 출입이 가능하고 여자들에게는 오락도 제한, 금지되고 상당한 제약 하에 윷놀이 · 화전놀이를 허락한다고 했다. 이는 여성들의 출입 공간을 제한하고 외부와의 교제를 단절시키며 '밖'과 '안'의 구분을 명확히 하려는 데 있었다. 이런 의식은 한국의 전통적인 주거 공간의 성격이나 분할에서 명확하게 표현된다. 주거양식은 가족 · 사회제도나 질서 · 전통적인 관습 · 사회변화의 지표와 밀접하게 연결되어 있으며, 가옥은 곧 공간의 인간학적인 기능과 일치하고 있기 때문에, 특이한 구조성, 문화성, 사회성을 지니고 있다.[94] 한국의 주거양식에 나타나고 있는 방의 배치나 위상은 서구의 경우처럼 수

93) 鄭吉子, 「규방가사의 사적 전개와 여성의식의 변모」, 숙명여자대학교 박사학위논문, 2002, p.29. 이외의 6가지는 "호적이나 족보상 성명과 경제권 · 상속권 상실, 三從之道와 칠거지악 같은 악법을 적용, 男女七歲不同席, 내외법 등 내외 관념 강요, 여자에게 학문을 가르치기를 꺼림, 여자에게 不更二夫와 再嫁不許 등을 규정했다.

94) 李在銑, 「집(家)의 時間性과 空間性-家族史 小說과 집의 空間詩學」, 『人文硏究論集』 20, 西江大學校 人文科學硏究所, 1988, p.2.

직적인 주거형이 아니고 평지 내지 평면 확산 형태로 이루어졌기 때문에 위계의 계층분화가 분명하게 나타나고 있다. 한국의 주거공간은 '바깥'과 '안'의 공간이 엄격하게 분할된다. 바깥공간인 사랑채는 가족의 혈연적인 상속 관계의 정통성을 잇는 가부장적인 권위의 상징이고 지상의 절대 권력인 부성적 공간 · 장소이면서 외부나 타자와의 접촉이 자유로운 남성 중심의 세계이다. 그리고 소위 규방공간의 표상인 '안방'은 가정의 내적인 생활을 대리하는 여성적 권위의 상징으로서 출산과 호적의 정당성과 재산, 가정 관리의 우선권, 독점권이 부여되어 있는 곳이다. 또한 여성만의 일상생활이 이루어지는 닫힌 사적 공간인 것이다. 이러한 공간에서 산출된 계녀가류 규방가사 작품에서 '밖'과 '안'의 삶의 공간적인 위계 구분이 확실하게 드러난다.

① ᄂᆡ외란 구별ᄒᆞ여 힌난케 마라스라
져구난 금슈로ᄃᆡ 각사기 아니ᄒᆞ고
연지ᄂᆞᆫ 남기로ᄃᆡ 나지면 풀리나니
ᄒᆞ물며 ᄉᆞᄅᆞᆷ이야 분별이 업슬손가
학업을 권면ᄒᆞ여 현져키 ᄒᆞ야서라
ᄂᆡ외란 구별ᄒᆞ여 음난케 마라스라95)

② 음식을 먹더라도 ᄒᆞᆫ반에 먹지말고
의복을 둘지라도 ᄒᆞᆫ홰에 걸지말라
(…)
밧그로 맛튼일을 안에서 간여말고96)

③ 밧그로 맛튼일을 안으로 간여말고

95) 최태호, 〈誡女歌〉, 『교주 내방가사』, 螢雪出版社, 1980, p.7.
96) 권영철, 〈誡女歌(權本)〉, 『규방가사』 Ⅰ, 한국정신문화원, 1979, p.9.

안으로　　만튼일을　　맛그로　　미지마라[97]

①에서는 남성과 여성은 내외분별이 있어야 하고 ②와 ③에서는 '안'과 '밖'의 각자 맡은 일은 서로 관여하지 말아야 한다는 것을 강조하고 있다. 화자는 바깥과 안의 공간을 명확히 규정하면서 유교에서의 '내외유별'을 지키는 것이 부녀자가 평생 지켜야 할 도덕과 행위의 절대적 필요사항임을 강조하고 있다.

① 부부간　　인졍이야　　화순밧긔　　업ᄂᆞᆫ이라[98]

② 부부간을　　쏄작시면　　화순ᄒᆞ기　　심난이라[99]

③ 남자는　　밧게있고　　여자는　　안에잇서
여공에　　매인일을　　난낫치　　빅와ᄂᆡ리[100]

④ 남자는　　밧깨잇고　　부인은　　안에잇서
음식이나　　장만하고　　방직에다　　힘을서라
내할일을　　생각하고　　박째말을　　부대마라[101]

위의 인용문들에서는 바깥 공간과 내부 공간의 분리를 전제로, 여성은 내부공간에서 남성은 바깥 공간에서 각자의 자리를 지켜야 '부부간의 인정이 화순'할 수 있고 남성과 여성의 가정 내 역할과 분담이 명확해진다는 것을 강조하고 있다. '밖'과 '안'은 남성과 여성의 신분과 지위를 표시하기

97) 권영철, 〈훈시가〉, 『규방가사』 Ⅰ, 한국정신문화원, 1979, p.21.
98) 최태호, 〈誡女歌〉, 『교주 내방가사』, 螢雪出版社, 1980, p.12.
99) 권영철, 〈계여가〉, 『규방가사』 Ⅰ, 한국정신문화원, 1979, p.16.
100) 권영철, 〈행실교훈기라〉, 『규방가사』 Ⅰ, 한국정신문화원, 1979, p.42.
101) 권영철, 〈훈민가〉, 『규방가사』 Ⅰ, 한국정신문화원, 1979, p.50.

때문에 '남'과 '여'의 위계이기도 하다. '바깥'과 '안'은 음양의 원리와 공사公私의 원리에 입각한 대칭이며 남성과 여성은 각기 다른 안과 밖이라는 생활공간에서 생활한다. 이 양자로 분할된 공간 사이에 폐쇄적인 장벽이 가로놓여 있지는 않지만, 생활 기능상 그 통행이 매우 제한적인 것이 사실이다. 바깥 사랑채에 거주하는 남성은 바깥 공간과 안채라는 공간을 자유롭게 출입할 수 있지만 여성들에게는 바깥의 공간뿐만 아니라 남성의 사랑채마저도 금지되는 공간이었다. 이처럼 남성이 대표하는 외부공간과 여성이 대표하는 내부공간은 사회적, 문화적 측면에서 엄격히 분할되는데, 아래와 같이 가시적으로 제시할 수 있다.

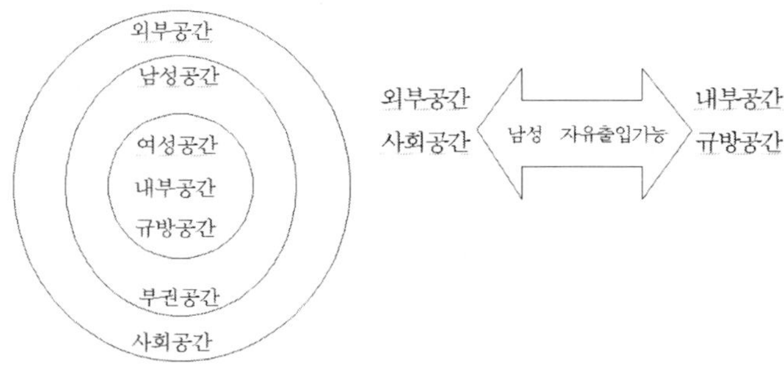

[그림 4-2] 남성 공간과 여성 공간의 분할

이렇게 내외가 분명한 한국의 주거 공간 속에서는 남녀 양성의 대등한 사회적인 평행 내지 애정의 공유 공간 확보는 불가능할 정도로 제한받았다. 때문에 여성들은 안뜰과 안방이란 고정되어 있는 공간에서만 생활이 가능했고 관습이나 사회적인 면에 있어서도 가정 외적인 영역으로 활동공간을 확대시키기가 어려웠다.

(2) '배움 · 실천'의 공간적 성격

봉건사회의 여성들은 일생을 친정집과 시집이라는 두 개의 규방공간에서 지내야 했다. 우선 친정집이라는 생활공간은 여성이 결혼하기 전 삶의 중심이며 부모의 보호와 사랑을 받는 공간이다.[102] 이는 집이란 공간이 인간의 삶에 대해서 가지는 따뜻한 모성적 가치와 보호 기능을 지적하는 말인 것처럼[103] 출가 전의 사대부가 여성은 친정집이라는 공간에서 숨겨지고 보호되면서 자신의 삶을 시작한다.

① 만화방	쵸화원즁의	청풍명월	옥쥬즁의
츈경도	귀경ᄒᆞ고	월식도	귀경ᄒᆞ고
만반진수	열비ᄎᆞ담	원앙금침	홍촉ᄒᆞ의
임맛업셔	못다먹고	칙ᄌᆞ도	귀경ᄒᆞ고[104]

② 전생에	무삼죄로	여자몸이	되어나서
부모형지	이별하고	생면부지	나무집에
이십전에	출가하여	천리만리	타국같이
부모동기	가련하고	부모언덕	생각하니
태산이	부족하고	하해가	여푸도다
십삭을	빼를비러	삼년해를	자라날제
아들딸을	분별없이	수족같이	사랑하내
철분철이	모와내여	철철이	위복단장

---

102) 가스통 바슐라르 저, 박광수 옮김, 『공간의 시학(La poetique de l'espace)』, 동문선, 1957, p.75.(바슐라르는 『공간의 시학(La poetique de l'espace)』에서 집을 '행복한 공간'으로, 볼노프는 '피호성(被護性: Geborgenheit)'의 공간으로 각각 일컬었다.)

103) 李在銑, 「집(家)의 時間性과 空間性-家族史 小說과 집의 空間詩學」, 『人文研究論集』 20, 西江大學校 人文科學研究所, 1988, p.11.

104) 林基中, 〈복션화음녹(1172)〉, 『역대가사문학전집』 24, 東西文化院, 1987, p.52.

곱기하고 추부면 추불시라 더우며
더울시라 마포무명 물명주를 북포
옷을지어 몸간수 정히하고 육칠세
자라날제 비단명주 침자질과 마포
무명지를 모이있게 가르치고[105]

③ ᄐᆡ평년월 복덕촌의 귀동녀가 나단말가
평ᄉᆡᆼ길흉 의논ᄒᆞ니 ᄉᆡᆼ기복덕 조흘씨고
아기보소 아기보소 우리소ᄅᆡ 쇠옥이라
밥세그릇 국세그릇 정결이 지여놋코
목욕ᄌᆡ계 ᄒᆞ온후의 삼신당게 비난말이
쳡의팔ᄌᆞ 긔박ᄒᆞ와 초산의 단ᄉᆞᆫ이라
일졈혈육 다시업고 다만독녀 ᄲᅮᆫ이오니
열소경의 한막ᄃᆡ로 길너ᄂᆡ여 슈복겸전ᄒᆞ고
영귀를 누리오면 부모소망 그아니
깃불손가 팔ᄌᆞ조흔 져ᄉᆞ람들 ᄉᆡᆼ녀ᄒᆞ엿다
조롱마소[106]

④ 우리아바 우리어마 유달하신 심정으로
저으몸 잘ᄃᆡ라고 명도빌고 복도빌제
동방삭으 명을주오 석숭으 복을주오
이렁타시 이르시고 한량업는 공을들려
곱기곱기 기르실제 한칠일 주칠일이
시워시워 잘자른다 애지중지 기르실제
괴로움을 무릅쓰고 영화롭기 생각하사
추진자리 배여내고 마른자리 가라가며

105) 韓碩洙,「〈신행가〉외 五篇-資料紹介 및 解題」,『개신어문연구』8, 개신어문학회, 1991, p.4.
106) 최태호,〈貴女歌〉,『교주 내방가사』, 螢雪出版社, 1980, pp.84~85.

혹이나　배곱흘가　때를맛춰　젓먹이고
더워할가　추워할가　철을따라　옷을입혀
쥐면은　꺼질시라　불면은　날을시라
금지와　옥엽갓치　곱기곱기　기르신다[107]

⑤ 인후하신　나의부모　의지즁지　사랑하와
금지옥엽　자랄적의　무정셰월　훌훌하와
칠팔시　당도한이　여자의　직분으로
침션방적　빅울적의　자의하신　우리어마
몽의한　저의등을　직울로　안치놋고
이것저것　가라칠직　직질리　천박하와 부
모간장　틱은이를　엇지다　말할손가[108]

①, ②, ④에서는 화자가 친정에서의 안일하고 행복한 생활을 기억해 내면서 따뜻한 정서적 위로를 기리는 바람이 깃들어 있고, ③에서는 어머니가 엄격하고 강한 어조가 아닌 자기 술회적 서술로 출가해야 할 딸의 신세를 한탄하면서 모정의 감정적 진술을 펼치고 있다. 그리고 ⑤에서는 화자가 딸을 금지옥엽같이 길러 내면서 행실을 가르치는 부모의 심고를 되새기고 있다.

친정의 공간은 여성들이 사랑받는 '행복'의 공간이면서 부녀행실을 배우고 인생출발의 기반을 다지는 공간이기도 하다. 규방 여성들은 주로 친정 가문 내 어른들의 가르침 밑에서 글과 규범을 배우고 행실을 연습하고 익힌다.

① 오세의　언문빅와　뉵세의　글시쓰니

107) 권영철, 〈경계사라〉, 『규방가사』 Ⅰ, 한국정신문화원, 1979, pp.72~73.
108) 최태호, 〈여자유힝가〉, 『교주 내방가사』, 螢雪出版社, 1980, pp.231~232.

글ᄌᆞᄂᆞᆫ　ᄊᆡ처쓰나　말귀야　알게나냐
네게당ᄒᆞᆫ　쉬운말노　일용ᄒᆡᆼ사　적어ᄂᆡ니
규감소학　읽기젼의　아직몬저　붓처보라
동방이　발가거든　눈씻고　이러ᄂᆞ셔
옷닙고　자리것고　방쓸고　소세하라
옷깃슬　바루염우이고　치마ᄭᆞᆫ을　졸라ᄆᆡ라
각방의　문안ᄒᆞ오듸　소리를　나직이ᄒᆞ라
어룬의　교훈듸로　진심하여　익히거라
언셔한장　부처보고　글시한쥴　의방ᄒᆞ라[109]

② 열살부터　불츌문의　유슌ᄒᆞ믈　덕을삼아
계초명의　관슈ᄒᆞ고　부모임쎄　도회ᄒᆞ니
뭇잡나니　침슈범절　좌조할ᄌᆞ　반츤제구
사마방적　공역이며　쥬ᄉᆞ시예　직분이라
ᄊᆞᆫ드거니　이복제도　ᄇᆡ운거니　제ᄉᆞ차림[110]

③ 녀공女工을　ᄇᆡ화ᄂᆡᆫ니　ᄌᆡ죠도　비범非凡ᄒᆞ다
월하月下의　슈놋키난　항아의　슈법이요
월긔月機의　깁ᄧᆞ기난　직녀織女의　솜씨로다
칠셔뎐七書傳　효경녹孝經錄을　십세十歲의　외와ᄂᆡ니
ᄒᆡᆼ동거지行動擧止　쳐신범졀處身凡節
뉘안니　칭찬稱讚ᄒᆞ리[111]

④ 악한ᄒᆡᆼ실　경계ᄒᆞ고　착한사람　ᄊᆞᆫ을바다
일동일정　션히하니　남녀노소　하난말이

---

109) 신지연 · 최혜진 · 강연임, 〈女孫訓辭〉, 『개화기 가사 자료집』 4, 보고사, 2011, p.279.

110) 권영철, 〈규방정훈〉, 『규방가사』 Ⅰ, 한국정신문화원, 1979, p.53.

111) 林基中, 〈복션화음곡(555)〉, 『역대가사문학전집』 11, 東西文化院, 1987, p.363.

천상적강 이소저난 부기공명 누리리라
그얼골 그ᄐᆡ도난 천만고ᄋᆡ 처음이라
이러하기 층찬받고 금옥으로 귀히길너
십오세가 그ᄋᆡ되니 녀ᄌᆞ유힝 법을조차
강호로 츌가ᄒᆞ니[112]

⑤ 부형업훈 겸하여서 어르고 희롱ᄒᆞ며
ᄭᅮ짓고 계칙하여 여공방젹 빅화ᄂᆡ니[113]

①에서는 5살에 글을 배우고 6살에 쓰기를 배우며 일상 속에서 갖춰야 할 의식주행의 규범을 익혔다는 것을, ②에서는 열 살부터 두문불출하며 침석방직으로부터 제사차림에까지 행실을 배웠다는 것을, ③에서는 화자가 10살 때 이미 『효경』을 외울 수 있었다는 사실과 자신의 여공수법에 대한 자부심을 말하고 있으며 ④에서는 화자가 규중에서의 행실로 뭇사람들의 칭찬이 자자했음을 보여주고 ⑤에서는 어머니가 달래고 꾸짖으면서 여공 행실을 가르쳤다고 서술하고 있다. 여성들은 규방에서 여공과 함께 여러 가지 행실을 배우고 익힌다. 규방 공간은 여성들의 삶의 애환이 가득한 공간이기도 하지만 '친정'은 여성 스스로의 정체성을 형성하고 자의식과 능력을 키우던 공간이기도 했다.

악한일을 하지말고 착한이럴 할지어다
물ᄂᆡ갓치 정한날에 선악뒤로 도라온다
부자라도 자랑마소 갓든하면 넘치나니
(…)

---

112) 권영철, 〈복선화음가〉, 『규방가사』 Ⅰ, 한국정신문화원, 1979, p.27.
113) 신지연 · 최혜진 · 강연임, 〈송별ᄋᆡ교ᄉᆞ〉, 『개화기 가사 자료집』 4, 보고사, 2011, p.345.

자고열여	어진부인	되강일느	기록하니
긔긔이	외와닉고	자자이	달송하와
날마당	독송하고	일염에	잇지말면
헌철하다	층찬하네	옛사람도	양두할싸
일년일도	제사날에	출가외인	책망잇다
급한일을	당하그든	망년되기	몰닉마라
성격조븐	엇든부여	방적맛기	소동치기
가매밧게	천만금도	사람하나	제일이라[114]

작품에서는 시집살이의 규범 외에도 몸가짐이나 마음가짐, 언어, 내외법, 출입, 학문, 성품 등 여성의 일반 수신도 강조되고 있다. 봉건사회에서 여성은 혼인을 바람직한 삶을 살아갈 수 있는 유일한 길로 간직했다. 자신이 태어나고 성장한 집에서 부녀행실을 훌륭하게 배우고 갖추어 혼인한 후 남편 가문의 혈통을 잇고 자기수신을 바르게 하고 가문 내에서 안방주인의 지위를 확보하는 것이 여성의 제일 중요한 목표라고 할 수 있다. 때문에 여성의 규범 배우기는 여성들 스스로의 덕목수신뿐만 아니라 현명한 생활을 누릴 수 있는 보증이기도 하다.

친정의 규방에서 여러 가지 교훈서들을 익히는 것은 여성이 문학기반을 닦아가는 과정이다. 여성들이 접하게 되는 교훈서는 일정한 학문적 기초가 없이는 독해가 불가능한 텍스트이다.

① 이화새상	사람들아	이내말삼	들어보소
천지가	개벽후에	사람이	생겻도다
남녀를	분간하니	부부간	이섯도다
부자유친	하혼후에	군신유의	하엿세라

114) 권영철, 〈행실교훈ㄱ라〉, 『규방가사』 Ⅰ, 한국정신문화원, 1979, p.45~48.

충신불새	이군이요	열어불경	이부절은
천지천지	상경이요	고금지통	이거시다[115]

② 건곤이	초판ᄒᆞ고	일월이	광명하야
사람이	ᄉᆡᆼ겨시니	만물즁의	실녕ᄒᆞ다
인황시	분즁후의	복희시	법을 지어
ᄌᆞ가시집	마련ᄒᆞ니	인간의	ᄃᆡ경人慶이라
남혼녀취	예절노셔	륙녜랄	가츄오고
오륜이	온결하니	만고ᄌᆞ황	제일이라
(…)			
우리문호	ᄉᆡᆼ식이요	구시ᄃᆡᆨ의	영화로ᄉᆡ[116]

①에서는 인간이 예로부터 남녀유별, 부자유친, 충신불사이군忠臣不事二君, 열녀불경이부烈女不敬二夫와 같은 행동양식을, ②에서는 육례를 갖추고 진행하는 남혼여취男婚女娶가 인륜의 근본임을 서술했다. 이 작품들은 주자가훈을 바탕으로 주자주의를 강력하게 표방하고 있으면서 역사인물을 예로 들었는데, 이런 텍스트에 대한 해독은 여성의 일정한 문화지식과 지적능력, 독해력의 요구가 동반되는 일이었다. 여성은 고립적인 규방 환경 속에서 유년시기부터 남성과의 차이를 인식하게 되고 행실규범을 닦으면서 자신의 운명을 개척하기 위해 노력을 해야 했다. "집이란 인간의 최초의 세계"[117]라고 하듯이 규방의 여성들은 친정이라는 주거 공간 속에서 여러 가지 교훈서들을 독해하면서 최초의 문학창작의 기반을 키웠다고 할 수 있다. 공식적인 학문이나 교육의 혜택으로부터 소외된 여성들은 규방이라

115) 권영철, 〈훈민가〉, 『규방가사』 Ⅰ, 한국정신문화원, 1979, p.49.
116) 권영철, 〈신힝가〉, 『규방가사』 Ⅰ, 한국정신문화원, 1979, pp.37~41.
117) 가스통 바슐라르 저, 박광수 옮김, 『공간의 시학(La poetique de l'espace)』, 동문선, 1957, p.77.

는 공간을 중심으로 스스로의 정체성을 형성한다.[118]

인간은 본질적으로 주거 공간 속의 존재(I'etre dans Ia maison)인 것이다. 여성은 인간의 제일 원초적 집이라고 할 수 있는 모성의 자궁으로부터 결별되어 나오고 친정집이라는 공간에서 성장하고 결혼을 하면서 시집이라는 또 다른 하나의 공간으로 이동하기 마련이었다. 친정의 공간이 '피호성'과 배움의 공간이라면 시집의 공간은 남녀가 자식을 낳고 여성이 규범을 진정으로 실천하고 체험하는 현장 공간이었다.

시집가는 일은 친정이라는 공간을 숙명적으로 탈출하고 새로운 체험공간을 구축하는 행위라고 볼 수 있다. "집의 혜택을 깨닫는 것은 단순히 현재에서만은 아니다. 참된 안락이란 필연코 과거를 가지고 있으며 흘러가기 마련이다."[119] 여성은 친정의 공간으로부터 분리되어 나오고 단절되며 시집이라는 체험공간으로 진입하면서 새로운 가족관계에 편입된다. 시집에서 여성은 며느리로서의 직책을 실행하며 이에 따르는 고난의 경력은 친정에서의 행복한 생활과 대비되어 나타난다. 친정 식구들을 떠나 시집에서 새로운 역할을 하기 시작하면서부터 시집이라는 공간은 고난의 경력과 함께 여성의 자부심을 실현하는 이중적인 공간으로 기능하며 이런 공간에서 여성의 인생이 진정으로 시작되는 것이다. 출가한 여자들은 시집에서 헌신적으로 생활하고 평가를 받으면서 자신들의 인생을 설계하고 실천해야 했다. 시집에서의 행실은 여성 후반생의 행복 여부를 결정하게 되고 새로운 가정 내에서 발을 붙일 수 있는 중요한 가늠대가 된 것이다.

① 쳔황씨　　셔방님은　　글밧긔　　무엇알며

---

118) 백순철, 「규방공간에서의 문학창작과 향유」, 『여성문학연구 통권』 14, 한국여성문학학회, 2005, pp.77.

119) 가스통 바슐라르 저, 박광수 옮김, 『공간의 시학(La poetique de I'espace)』, 동문선, 1957, p.80.

년만ᄒᆞ신	시부모님	다만망영	ᄲᅮᆫ이로다
야설구진	싀누이님	업ᄂᆞᆫ모히	무살일고
듯고도	못듯ᄂᆞᆫ쳬	보고도	못보ᄂᆞᆫ체
말못ᄒᆞ난	병어린쳬	노염읍ᄂᆞᆫ	병신인 듯
무죄한	ᄉᆞ즙나니	고ᄀᆡ슉여	잠잠들어
년노ᄒᆞ신	부모마음	힝여혹시	거실릴가[120]

② 알아라	부녀힝실	견문잇기	어려워라
뉘집부녀	효힝잇고	뉘집부녀	열힝 잇어
엇든부넌	유순하고	엇든부넌	흔철한고
천생만물	생긴후에	금수가	안이되고
그중에	사람되미	그안이	희환하리
(…)			
남의집	흥망성쇠	부녀게	잇난이라
싀부모를	효성ᄒᆞ면	힝당사람	층찬이라
어스럽	세벽	문안하고	음식등절
공경하고	낫빗츨	화순하고	지성으로
보양하리	한거름도	조심하고	두거름도
조심하라	귀먹어	삼년이오	벙어리
삼년이라[121]			

①에서는 글밖에 모르는 서방, 연로한 시부모, 심술 많은 시누이를 섬기며 벙어리인 체 병신인체 할 수밖에 없는 가여운 여성의 처지를, ②에서는 새벽부터 문안을 드려야 하고 음식공대를 해야 하며 행동거지마다 조심하면서 귀머거리 삼 년 벙어리 삼 년으로 지내야 하는 생활 상황과 함께 여

120) 林基中, 〈김씨계녀ᄉᆞ(358)〉, 『역대가사문학전집』 8, 東西文化院, 1987, p.6.
121) 신지연 · 최혜진 · 강연임, 〈행실교훈ᄀᆡ라〉, 『개화기 가사 자료집』 4, 보고사, 2011, pp.249~250.

자들의 행실규범은 타인의 공론과 평가에 달려있고 가문의 흥망성쇠도 여성에게 달렸음을 각각 강조하고 있다. 이처럼 작품들에서는 하나같이 시집살이의 고난을 서술하고 있으며 친정 공간으로부터의 단절에 따른 섭섭함과 서러움을 드러내고 있다. 조선 시대 여성들은 가부장제 사회가 빚어내는 삼종지도, 칠거지악, 조혼早婚, 시집살이의 질곡桎梏, 열녀불경일부烈女不敬二夫, 재가불허再嫁不許, 외출제한 등의 속박과 규제 속에서 살아갔다. 봉건사회 여성의 가치실현은 규범을 잘 실행하고 시집에서 처신을 잘 하여 안방 주인의 지위 확보와 함께 가문의 영예를 이어나가는 것이었다. 친정집이 여성의 자의식을 키우는 원초적인 공간이라면 시집은 여자들이 타인의 평가와 비판을 받으며 자부심을 실현하는 실천공간이었다.

시집살이를 하면서 여성들은 가사일의 짧은 여유시간에 부모가 써준 가사를 읽어보면서 고단함과 마음속의 그리움을 달랬을 것이다. 계녀가류 규방가사 작품은 시집과 친정 간의 공간적 격절隔絕와 단절감을 메우는 역할을 해 왔음이 분명하다. 혼인으로 친정 식구들과 이별하고 시집살이를 해야 했던 여성들은 친정집에 대한 정서적 의존감을 버리기 힘들 것이었고 친정 부모가 전해준 규방가사를 "시시로 닉여보며"122), "규곤의칙閨坤儀則 본을ᄇᆞ다 부ᄃᆡ부ᄃᆡ 조심조심"123)하고 "ᄀᆡᄀᆡ히 ᄉᆞᆯ펴보고 일일이 쏜바드면"124)서 작품 속 여성들의 규범과 삶에 공감하는 한편 시집과 친정 간의 공간적 거리감을 해소해 나갔을 것이다. 동시에 작품을 낭독하고 필사하면서 그 구조를 축약·확장하거나 변이시키는 동시에 자신의 체험과 인생관을 담아냈던 것이다. 이런 의미에서 계녀가류 규방가사는 여성의 고된

122) 권영철, 〈誡女歌(權本)〉, 『규방가사』 Ⅰ, 한국정신문화원, 1979, p.13.
123) 신지연·최혜진·강연임, 〈행실교훈ᄀᆡ라〉, 『개화기 가사 자료집』 4, 보고사, 2011, p.328.
124) 권영철, 〈여아ᄉᆞᆯ펴라〉, 『규방가사』 Ⅰ, 한국정신문화원, 1979, p.86.

시집살이라는 토양에 뿌리박고 자라나고 피어난 인간 감정의 꽃으로 봐야 할 것이다.

4.2.2 '역사·현실' 의식의 교차 공간과 집단정서의 공간

(1) '역사 · 현실' 의식의 교차 공간

문학에서 일컫는 공간은 기본적인 표현의 대상이자 매체이기도 하며, 또 작자, 작품, 인물과 독자의 소통이 이루어지는 공간이기도 하다.[125)]

독자는 작품을 읽고 향유하면서 문학의 세계에서 작품 인물과 교감하면서 정서를 공유하기 마련이다. 계녀가류 규방가사는 교훈전달에 있어서 역대 효부효녀들의 사례를 빌어 교훈을 효과적으로 전달하고 있다. 이런 면에서 규방은 역대의 규범적인 여성인물과 현실적인 '화자'가 만나서 소통하는 공간이기도 하다.

한나라	조왕씨는	방년이	십칠세라
그부친	물에빠저	시체를	못차자서
저물가에	칠주야를	통곡하며	다니드니
만경창파	깁흔물에	몸을ᄯᅧ여	달여드러
신체를	건저안고	삼일만에	나와스니
효힝도	장할시고	쏜밧기도	어려워라
진나라	목난이는	방년이	십칠세라
그부친이	종군하야	말리전장	가려하니
노부대신	자청하여	남복을	바과입고
군정군긔	등에지고	삼년변수	사라시ᄃᆡ
동처하면	적군사가	녀잔줄	몰라스니

125) 가스통 바슐라르 저, 박광수 옮김, 『공간의 시학(La poetique de l'espace)』, 동문선, 1957, p.101.

공현도 잇거니와 기절도 장할시고
윗나라 기왕이난 전장에 나갓다가
도적에게 죽웃스니 그 부인 공신 듯고
전망ᄒᆞ든 빅사장에 신체를 차자 안고
애넌한 피눈물로 칠일칠야 통곡하니
원통한 한님처에 성기대가 무너지기
이러한 열힝이야 ᄃᆡᄃᆡ로 잇슬소냐
곽결에처 맹관이는 특힝이 갹록하야
시집온지 삼일 마ᄂᆡ 노긔홍상 버서노코
초포치마 ᄃᆡ비ᄂᆡ로 점심밥을 머리이고
밧매난ᄃᆡ 나아가니 그가장도 공경하여
ᄃᆡ비ᄂᆡ를 상ᄃᆡ하니 부부유별 알음답다[126)]

위의 작품에서는 역대 고사 속의 조왕 씨, 목란, 맹관 등의 규범적인 행실을 인용하고 있다. 대부분의 계녀가류 규방가사에서는 고사를 많이 인용하고 있는데, 그 목적은 교훈성을 강화하면서 청자(현실의 교육대상)가 고사 속의 효녀 효부와 같은 인물로 되기를 바라는 데 있었다. 말하자면 역사 속의 인물이 교육대상인 딸의 본보기가 되고 현실 속의 인물이 역사인물과 동일체가 되기를 바라는 심리를 표출한 것이다.

이푸 투안은 "인간은 자연의 기하학적 패턴들을 분별할 뿐만 아니라 마음속에 추상적 공간을 만든다. 또한 인간은 그들의 느낌, 이미지, 사유를 만질 수 있는 형태로 구체화 하려고 한다고"[127)] 했다. 고사 속 인물과 현실적 독자는 규방이라는 문학 공간 속에서 공존하며 이 공간 속에서 여성은

126) 신지연 · 최혜진 · 강연임, 〈행실교훈ᄀᆡ라〉, 『개화기 가사 자료집』 4, 보고사, 2011, pp.254~255.
127) 이-푸 투안 지음, 구동회 · 심승희 옮김, 『공간과 장소』, 도서출판대윤, 1995, p.36.

역사 속의 효녀효부를 만난다. 고사 속의 현명하고 훌륭한 여성형상은 규방여성이 이르러야 할 인생목표의 대상이고 현실의 고통과 시련을 이겨내며 규방의 '한'과 '외로움'을 달래주고 이겨내는 대상이기도 했다.

공간은 유기체와 환경과의 상호작용의 산물이며 이 상호작용에 있어서는 지각된 우주의 조직화와 활동 그것의 조직화를 따로 분리하기란 불가능하다.[128] 인간과 공간을 분리할 수 없고 공간은 외적인 대상물이 아니며 내적인 체험도 아니며 인간과 공간은 따로따로 끊어서 생각할 수 없는 것"[129]이기 때문이다. 인간의 욕구는 신체적이기도 하지만 또한 정신적인 것이다. 인간이 살아가는 데 절대로 필요한 정신건강의 요소들은 자기존중, 사랑, 타인에 대한 존경 그리고 자신이 수용되고 있는 감정들이다. 계녀가류 규방가사의 작자층은 여성이라는 이유로 사회적 자아실현의 요소들이 거의 주어지지 않은 입장이고 현실적으로 너무나 미약한 존재들이었지만, 사대부가의 여성이라는 자부심은 갖고 있었다. 계녀가류 규방가사가 형상화한 '조왕 씨'나 '맹관' 같은 여성형상은 단순한 작품인물이 아닌 당대 여성들이 추구하던 꿈과 이상, 의식의 실체로 나타난 여성상이며 자아실현의 꿈이 의탁된 여성상이었다. 이렇게 계녀가류 규방가사에는 단순한 교훈 설교뿐 만아니라 완벽하고 유능한 여성을 이상형으로 삼아 발돋움해보려는 이상과 함께 현실에 대한 인식, 극복, 적응을 향해 끊임없이 노력하는 여성들의 생활 감정, 사회관, 인생관 등이 진실하게 반영되어 있다. 규방 공간은 여성의 정신적 자아실현의 공간이고 역사인물의 행적을 기록하는 공간이며 이런 공간의 정서는 여성의 현실 · 역사의식의 결합인 것이다.

---

128) Schulz, 金光鉉 譯, 『實存 · 空間 · 建築』, 産業圖書出版公社, 1985, p.41.
129) M.Heidegger, Bauen Wohnen Denken, Vortrage und Aufsatze, 1954, p.31.

(2) 집단정서의 공간

문학은 보편성(일반성, 공간성)을 특징으로 한다. 인간 정서의 일반적인 특질은 공간을 초월하여 누구나 가지게 된다는 의미에서 공시적 개념이다. 여성들이 한글로 된 규방가사를 읽고 쓰는 것은 대부분 불만족스럽고 아픈 경험의 정서를 기록하기 위해서였다. 규방가사의 작자 층은 신분상으로는 양반이라고 하는 지배집단에 속하면서, 성별 상으로는 여성이라는 소외집단에 속하는 양면성을 지닌다.[130] 때문에 양반가문의 영속을 이어가는 자아의식은 행실규범을 닦아야 할 실천적 행위를 촉구하기도 하고 또 여성으로서의 불행에 대한 항변으로 표현되기도 한다. 규방가사의 작자 층은 사회의 주요 담당자가 아니며 남성 사회에서 소외된 계층으로 자기들만이 지켜야 할 규범행실을 고수할 수밖에 없었기 때문에 집단적인 원망, 체념의 정서와 삶의 주체성을 바라는 자의식을 문학작품에 담게 되었다. 때문에 계녀가류 규방가사에는 "어와녀자 아해들아"[131]라는 식의 말이 많이 출현하고, 그 외에 여자가 된 자기의 신세를 한탄하는 표현들도 많이 나타난다.

① 여ᄌᆞᄂᆞᆫ　죄인이라　부ᄃᆡ부ᄃᆡ　조심허라[132]

② 이와셰상　ᄉᆞ람더라　이니말ᄉᆞᆷ　들어보소
불힝ᄒᆞ고　ᄋᆡ달을ᄉᆞ　이ᄂᆡ몸이　녀ᄌᆞ되여[133]

③ 어화셰상　ᄉᆞ람드라　이ᄂᆡ말ᄉᆞᆷ　드러보소

130) 신은경, 「조선조 여성텍스트에 대한 페미니즘적 조명 시고-내방가사를 중심으로」, 석정 이승욱선생 회갑기념논총, 1991, p.576.
131) 권영철, 〈경계사라〉, 『규방가사』 Ⅰ, 한국정신문화원, 1979, p.72.
132) 林基中, 〈부인셩힝녹(575)〉, 『역대가사문학전집』 11, 東西文化院, 1987, p.568.
133) 林基中, 〈김씨계녀ᄉᆞ(358)〉, 『역대가사문학전집』 8, 東西文化院, 1987, p.1.

블힝ᄒᆞ다 가이업다 이ᄂᆡ몸이 여ᄌᆞ가
되어나니[134)]

④ 부모동기 멀리함은 여ᄌᆞ유행 헛부도다[135)]

⑤ 어와녀자 아해들아 이한말 들어보자
서럽고 원통하다 여자된몸 더욱설따
남날때 낫건만은 남자몸이 못되고서
여자몸이 ᄃᆡ엿난고 분하고도 원통하다
한탄한들 무엇하며 서러운들 엇지하랴[136)]

⑥ 한거름도 조심하고 두거름도 조심하라
귀먹어 삼년이오 벙어리 삼년이라[137)]

⑦ 그중에 여자행동 어렵고 어렵도다
부모형제 멀리하고 가장에게 이탁하야[138)]

⑧ 가련한 여ᄌᆞ들은 규중ᄋᆡ ᄉᆡᆼ장하여
이십ᄉᆡᆨ 거이도록 선경현전 모라근이[139)]

⑨ 삼종지의 마련ᄒᆞ니 가왕을 죳차셔라
남의손의 ᄆᆡ여시니 제임의로 못ᄒᆞᆯ너라 [140)]

---

134) 林基中, 〈명부인가(1156)〉, 『역대가사문학전집』 23, 東西文化院, 1987, p.287.
135) 林基中, 〈여아의흔기셔(1250)〉, 『역대가사문학전집』 25, 東西文化院, 1987, p.584.
136) 권영철, 〈경계사라〉, 『규방가사』 Ⅰ, 한국정신문화원, pp.76~77.
137) 권영철, 〈행실교훈ᄀᆡ라〉, 『규방가사』 Ⅰ, 한국정신문화원, 1979, p.42.
138) 권영철, 〈훈민가〉, 『규방가사』 Ⅰ, 한국정신문화원, 1979, p.49.
139) 권영철, 〈규문전회록〉, 『규방가사』 Ⅰ, 한국정신문화원, 1979, p.66.
140) 林基中, 〈부인잠(576)〉, 『역대가사문학전집』 11, 東西文化院, 1987, p.570.

위의 작품들에서 화자는 '여자'로 태어난 것이 '죄'이고 자기 의지대로 살 수 없기 때문에 '불행'하다는 탄식과 항변을 호소하고 있다. 이런 탄식은 논리적 설명이 아닌 심리적 모순과 감정 호소의 끊임없는 노출로 표현되고 있다. 혼인으로 인한 친정 가족과의 이별, 시집살이의 고통, 남성사회로의 소외 심화, 외부 공간으로부터의 단절, 일상 행위의 통제, 욕망의 억압 등 여성들의 인생에서 공통된 경력들은 비록 개인적인 것이지만 여성이라면 누구나 공감이 가능한 것들이었다. 계녀가류 규방가사는 바로 이런 강한 집단적 공감대를 담아내었던 것이다.

규방가사의 교술적 문필은 일상성의 규범에서 나온 것이다. 남성의 부차적 존재로 남성 지배사회에서 살아가던 여성들은 혼인 전의 규범 익히기로부터 혼인 후 집안의 일상 관리와 시부모 봉양에 전념하는 삶의 괴로움을 감내해야 했다. 이런 생존 질서 속으로 편입되어 규범을 철저하게 지키며 삶을 살아가야 한다는 자아의식을 끊임없이 내면화해야 했고 순응하고 인내하며 살아가는 과정에서 필연적으로 부정적이고 체념적인 세계관을 지니게 된 것이다. 계녀가류 규방가사에서는 여자로 태어난 자기 신세를 한탄하고 자신의 삶과 남성의 삶을 나란히 비교하는 지점에서 조금이나마 차별 없는 대우를 바라는 목소리를 들을 수 있다.

때문에 규방가사는 무조건 자기중심적인 표현이 아니다. '어와세상 사람들아'로 시작되는 양식을 보면, 집단적인 동류의식과 함께 규방가사가 여성 간의 대화와 전달을 통하여 여성 간의 교양 확대를 추구하는 장르임을 알 수 있다. 규방이라는 생존 공간과 창작 공간 속에서 형성된 여성들의 집단적인 의식은 당대의 이데올로기에 순응할 수밖에 없었던 원인으로 읽히며, 상당수의 규방가사들이 불가피하게 천편일률적인 덕목과 가르침에 중점을 두어온 바탕으로 읽히기도 한다.

4.2.3 폐쇄 공간으로부터의 탈출구 모색

작자는 '자기'를 가두던 문학적 공간을 폐쇄적 공간에서 소통의 공간으로 확장한다. 시적 공간 또한 한 가지 형태로 귀착되지 않고 시적 자아의 변신과 유기적 연관을 맺으며 유동적으로 변화할 수 있는 것이다.[141] 이것은 이미 주어진 시간과 공간의 세계를 작자의 생각대로 변모시킨다는 뜻이기도 하지만 동시에 우주의 포착하기 어려운 공간을 바탕으로 예술적 방법을 통해 육체적 · 인간적 의미의 새로운 공간을 재구성함을 뜻하기도 한다.[142] 조선 시대의 여성들은 날 때부터 자신의 가치에 확신을 갖지 못하고 사회로부터 소외되는 운명을 타고났다. 규방 공간의 단절 속에서 살았던 조선 시대 여성들은 공감과 소통의 규방문화를 형성하면서 현실 공간으로부터의 일탈이 가능한 상상공간을 마련하고 그 공간으로의 탈출을 모색하기도 했다. 초기의 계녀가류 규방가사는 서두에서 '딸아딸아 아기딸아 복선화음 화난법이'[143], '아히야 드러봐라 닉일이 신힝이라'[144]는 등의 언술들을 반복했는 데, 이것들은 분명히 청자를 자기 딸로 설정한 표현들이다. 하지만 그 후의 작품들을 보면 '이화새상 사람들아 이내말삼 들어보소'[145], '여보시오 친구임닉 이닉말숨 드러보소[146]' 등으로 청자의 폭이 넓어졌음을 알 수 있다. 청자를 '딸'에 국한시키지 않고 일반 독자들로 확대했다는 것은 그들이 분명 규방 밖의 공간을 엿보면서 바깥세상과의 접촉을 꿈꾸고 있었음을 보여 주는 증거라 할 수 있다.

---

141) 엄경희, 「서정주 시의 자아와 공간 · 시간 연구」, 이화여자대학교 박사학위논문, 1998, p.3.

142) 김화영, 『문학 상상력의 연구』, 문학사상사, 1982, p.255.

143) 권영철, 〈복선화음가〉, 『규방가사』 Ⅰ, 한국정신문화원, 1979, p.36.

144) 권영철, 〈誡女歌〉, 『규방가사』 Ⅰ, 한국정신문화원, 1979, p.7.

145) 권영철, 〈훈민가〉, 『규방가사』 Ⅰ, 한국정신문화원, 1979, p.49.

146) 권영철, 〈ᄉᆞ국가ᄉᆞ〉, 『규방가사』 Ⅰ, 한국정신문화원, 1979, p.614.

옛적에　郤決이ᄂᆞᆫ　형셰가　가난ᄒᆞ여
남편은　김을ᄆᆡ고　안ᄒᆡ는　졈심헐제
草埜에셔　相對ᄒᆞ와　손님과　갓치ᄒᆞ여
禮節을　차리거ᄂᆞᆯ　太守가　지나다가보고
天子게　쥬달ᄒᆞ여　富貴功名　식혓ᄂᆞ니
女人은　젹다ᄒᆞ되　興亡盛衰　달엿ᄂᆞ니[147)]

위의 인용은 예의범절을 잘 지키는 여성의 행동이 태수에게 발견되고 이어서 천자한테 알려져 상을 받고 부귀공명을 이룩했다는 계녀가류 규방가사 〈부인잠婦人箴(576)〉의 결말 부분이다. 여자의 효행과 덕목은 본래 제한된 규방공간에서만 실현이 가능했는데, 여기에서는 바깥세상에 널리 알려져 그 덕에 온 가문의 부귀공명까지 이룩하게 되었음을 자랑하려는 작자의 의도가 분명히 드러난다. 이는 규범행실의 바람직한 결과가 규방공간을 벗어나 그 영향력을 바깥세상에까지 확대해 보려는 작가의식의 발현이라고 볼 수 있다.

'신교육계몽류'의 일부 작품들에서도 규방공간에 머무르지 않고 바깥세상을 접해보려는 작자의 욕망이 여실히 드러나 있다. 규방 속의 사대부 여성들은 가정의 일상 사무를 관리하면서 바깥세상의 남성은 물론 여성들을 접촉할 기회도 많지는 않았을 것이다. 아래의 작품에서는 개화기 시대 규방 밖의 세상과 공간을 소망하고 있는 여성들의 모습이 보여진다.

① 노망인가　가관일쇠　신학시ᄃᆡ　여학ᄉᆡᆼ은
냥머리　곱기쎄소　맵시잇ᄂᆞᆫ　ᄎᆡᆨ보달이
시간마촤　학교가셔　일어션어　지리ᄉᆞᆫ숩
ᄎᆡᄅᆡᄎᆡᄅᆡ　빅온후의　녀중박ᄉᆞ　학ᄉᆞ되야[148)]

147) 林基中, 〈婦人箴(576)〉, 『역대가사문학전집』 11, 東西文化院, 1987, pp.574~575.
148) 권영철, 〈동뉴상봉가〉, 『규방가사』 I, 한국정신문화원, 1979, p.635.

② 濃粧盛服[농장성복] 出入[출입]ᄒᆞᆯ 졔 활ᄀᆡ치고 가ᄂᆞᆫ 擧動
愚痴[우치]ᄒᆞ다 네 ᄉᆡᆼ각은 得意[득의]ᄒᆞᆫ 듯 ᄒᆞ지마ᄂᆞᆫ
傍人唾罵[방인타메] 네 아ᄂᆞ야
(…)
淫婦[음부]들아 聽哉[청재]어다 淫蕩演劇設施[음탕연극설시] ᄒᆞ야
風俗壞亂[풍속괴란] ᄒᆞᄂᆞᆫ 놈은 千斬萬戮歇[천참만륙헐] ᄒᆞ것만[149]

①에서 등장하는 양쪽 머리 곱게 빗고 책보를 메고 학교 다니는 여학생에 대해 작자는 부러움과 함께 자기도 학교에 다니고 싶어 하는 욕구를 표출하고 있다. 여기서 '여학생'은 일개 여성만이 아닌 바깥세상의 인간들도 대변한다는 것을 감안하여야 할 것이다. 규방 안에서 가정 일에만 묻혀 있는 여성은 자기도 '여학생'처럼 바깥세상을 충분히 접할 수 있는 인간적 존재를 갈구한 것이 분명하다. ②는 「대한일보신보」라는 공식적인 언론지를 통해 발표된 작품인데 내용을 보면 사회의 풍기를 문란 시키고 사회기강을 무너뜨리는 여성들에 대한 비판을 보여주고 있다. 임의의 남성들과 교제하면서 밤낮을 가리지 않고 연극장이라는 공연장소를 마음대로 출입할 수 있는 '淫婦'들이 사는 공간은 고유의 윤리와 정절관념이 해체된 공간이다. 인간수신과 규범행실로 일생을 지켜온 규방여성들에게 이러한 공간은 필연코 충격적인 것이라 할 수 있기 때문에 풍속을 문란하게 한 '음부'들에 대한 비판은 직설적이며 무자비한 것이다. 동시에 부정적인 여성의 행실을 비판하고 전통적이고 바른 행실을 가진 여인상을 수호하려는 것으로 교훈의 목적을 이루려는 의도가 드러난다. 나아가 전통과 서구문화가 충돌, 공존하던 시대에 들어서면서 불안과 혼동으로 혼합된 사회기풍 속에서 기존 정절관념의 와해와 새로운 여성가치관의 확산도 보여주고 있다.

---

149) 신지연 · 최혜진 · 강연임, 〈大討淫婦〉, 『개화기 가사 자료집』 4, 보고사, 2011, p.414.

이 유형의 다른 작품에서는 규방에서 탈리하여 집안일에서 벗어나 글을 배워야 하며 새 사상을 받아들여 민족단결을 이룩해야 한다고 호소하고 있다.

남녀유별	할아한들	불춘문외	하란말가
방적직임	뿐이로다	평생사읍	무엇인고
쥬식시의	뿐이로다	평생사업	무었인고
목불시정	하게하야	통고금	못했은이
지식인들	정대하며	규즁에	진역살이
세계유람	못했으니	견문인들	있을손야[150]

이 작품에서는 규중의 일상이 징역살이이니 전통적인 부녀행실을 익히는 것보다 신학문을 받아들여야 하며 세상의 여인들도 남자와 다름없이 교육을 받아야 한다고 호소하고 있다. 이는 여성들이 자신이 생활해 온 규방이라는 익숙한 공간을 떠나 새로운 공간으로 진입하고 접속하려는 욕망을 보여주고 있다. 이런 근대의식을 주장하면서 여성들은 내면의식으로는 필연코 전통적인 가치관과 새 가치관 사이를 넘나들면서 자의식의 혼란을 겪는 동시에 자신의 위치를 모색해 봤을 것이다. 개화기 규방가사에 대한 주목과 고찰은 그 시대 여성들의 이념지향과 근대 의식 변모를 파악해 보는 중요한 작업이면서 계녀가류 규방가사에 대한 새로운 조명이라고 생각한다. 개화의 시대에 처해있으며 규방을 진정으로 탈출하기는 어려웠고 동시에 의식의 진정한 개화는 더욱 실현되기가 어려웠던 당대의 여성들이 새롭게 변화하려고 스스로 꿈꾸고 즐기고 경계하고 교훈하려는 의도가 이 작품들에 잘 드러나 있다.

150) 권영철, 〈경세가〉, 『규방가사』 Ⅰ, 한국정신문화원, 1979, pp.625~626.

여성들은 근대화의 사조 속에서 각성을 하면서 규방이라는 공간의 문을 열고 밖의 공간과 접촉을 하면서 광대한 우주 속에 처한 '자신의 모습'을 발견한다. 동시에 그들이 꿈꾸던 바깥세상은 여성에게는 거역하기 어려운 유혹의 공간이었다. 바깥세상과의 소통이 가능해짐과 동시에 단절된 채 살아온 여성의 내면은 깨어나기 시작했고 규방이라는 공간에서의 탈출은 현실적으로 불가능해도, 규방 공간은 확대되기 시작한 것이다. 물론 공간의 열림과 확대가 작품들 속에서 항상 명확하게 강조된 것은 아니다. 하지만 바깥세상의 공간과 접하게 되면서 여성은 규방 속에서도 삶의 새로운 영위자로 등장할 욕망을 키우기 시작한 것이다.

이상에서는 계녀가류 규방가사의 창작공간과 향유공간인 규방공간을 검토하였다. 규방 공간은 여성에게 의식거주의 일상 생활기능과 문학 창작의 공간이라는 이중성을 갖는다. 내외가 분명한 한국의 주거 공간 속에서 남녀 양성의 공간적인 구분이 명확한 것처럼 계녀가류 규방가사에서도 '밖'과 '안'의 삶의 공간적인 위계 구분이 확실히 드러난다. 친정의 공간이 여성들이 사랑받는 '행복'의 공간이면서 부녀행실을 배우고 인생출발의 기반을 다지며 보호받던 배움의 공간이라면, 시집의 공간은 자식을 낳고 규범을 진정으로 실천하고 체험하는 현장 공간이었다. 계녀가류 규방가사는 역대의 효부효녀들의 사례를 빌어 교훈을 효과적으로 전달하던 매체였으며 규방은 역사인물과 현실적 인물이 만나서 소통하는 공간이었다. 규방가사의 작자 층은 집단적인 원망과 체념의 정서를 작품에 담고, 공감과 소통의 규방문화를 형성함으로써 현실 공간에서 일탈할 수 있는 상상공간을 마련하고 그 공간으로의 탈출을 모색하기도 했다.

인간은 훨씬 옛날부터 공간 속에서 존재하고 지각하고 사고해 왔을 뿐만 아니라 오히려 스스로의 인식구조를 표현하기 위하여 공간을 창조하기도 했다. 이렇게 창조된 것이 일종의 예술적 공간이다. 문학의 공간이 바로 그런 성격의 공간이다. 특별한 부류의 인간들이 예술적 공간을 창조하는 것은 아니다. 누구나 생활하기 위하여 주어진 환경이나 장소를 선택하여 내면을 표현하고자 한다면 그 모두가 예술적 창조 행위의 공간이 될 수 있는 것이다.[151)]

규방공간은 복합성의 특징을 갖고 있다. 다면적인 구조와 배경 속에서 이루어진 계녀가류 규방가사는 한 작품 내에 서정성 · 서사성 · 교훈성 중에서 어느 하나 이상의 요소들이 참여하여 복합적인 양상을 이루고 있다. 또한 구조상으로 단일한 것도 있지만, 거의 대부분은 하나의 텍스트 안에 자탄, 생활의 갈망, 가문의 자랑, 감정의 변화 등을 복합적으로 뒤섞어 작자의 소회를 풀어낸 것이다. 이러한 원인으로 계녀가류 규방가사는 조선시대 후기에 들어와 늘어난 여성 작자와 여성 독자 대중의 지적 · 정서적 욕구를 충족시키는 데 더없이 친근하고 효율적인 장르로 생명력을 이어나가게 된 것이다.

---

151) C.N. 슐쯔, 實存 · 空間 · 建築, 金光鉉 譯, 産業圖書出版公社, 1985, p.22.

제5장

계녀가류 규방가사와 생태 여성주의적 해석의 가능성

계녀가류 규방가사는 여성들을 대상으로 예의범절의 미덕과 공순함을 설파한 매체이므로 가부장제 위계질서의 영향과 예속이 집중적으로 표현된 장르로 인정되어 왔다. 이런 원인으로 계녀가류 규방가사에 대해 가부장제의 위계질서 하에서 유교의 기본이념이 '여성에 대한 억압과 예속'의 장치로 이해하는 견해가 주도적 위치를 차지하게 되었다.

그러나 규범의 전달이라는 측면에서 그 작품세계가 '유교적 부녀윤리'의 함양이라는 주제에 치우쳐 있다고 단정하는 견해와 여성에 대한 억압의 표출이라는 인식은 평면적이고 단편적이기 때문에 시각을 달리하여 다른 측면에서 전환적으로 해석 · 재고할 필요가 있다고 본다. 지금까지 계녀가류 규방가사를 여성 억압적인 측면으로만 해석해 온 기존논의와 시각을 달리하여 양성조화, 인간과 자연의 조화로운 관계를 추구하는 이론이자 운동으로서의 에코페미니즘(ecofeminism)[1)]적 시각으로 재해석해 보고자

1) 마리아 미스 · 반다나 시바, 손덕수 · 이난아 옮김, 『에코페미니즘』, 창작과 비평사, 2000, pp.25~29. 에코페미니즘(ecology과 feminism의 합성어)은 1974년 프랑스 작자 프랑수아즈 도본느에 의하여 처음 쓰여 졌으며, 환경 문제와 여성운동을 포함하는 넓은 의미로 사용되고 있으며 서부 유럽에서 주창된 생태여성학이다.

하는 것도 그 때문이다.[2)]

에코페미니즘은 1970년대 후반에 등장한 생태이론으로 환경운동과 여성해방운동의 사상을 통합하고 자연생태계와 인간을 하나로 보며 생명의 가치, 평등한 삶의 가치를 추구하는 이론체계이다. 동시에 지금까지 남성 중심 · 서구 중심 · 이성 중심의 가치와 삶의 방식이 세상을 지배하면서 황폐화시켰다는 주장을 뒤바꾸기 위해 등장한 실천지침이기도 하다. 그리고 여성과 자연은 동질성을 갖고 있다고 인정하면서 그 원인은 여성억압과 자연위기가 동일한 억압구조에서 비롯되었기 때문이며 이것을 동시에 해결해야 한다는 의식에서 출발한다. 에코페미니즘은 남성이 곧 문명이고, 여성이 곧 자연이라는 관점에서 남성과 인간 문명을 타도 대상이 아닌 공존의 대상으로 인식하고 남성과 여성, 여성과 자연은 처음부터 하나였다고 보는 동시에 이들의 어울림과 균형을 통해 모든 생명체들이 통합될 것을 강조한다. 또한 자연이 인간에 의해 지배당하는 것과 여성이 남성에 의해 지배당하는 것에는 유사점이 존재하며 여성과 자연은 가정과 사회 내에 놓여있는 수동적 · 피억압적 대상으로서의 동질적 의미를 갖는다고 인정한다. 따라서 여성과 환경문제는 그 뿌리가 남성 중심의 억압적인 가부장제 사회구조에 있다는 점에서 출발하여 양성의 조화를 통해 모든 생명체가 공생할 수 있어야 한다고 본다. 이처럼 에코페미니즘의 지향점은 생태학이 궁극적으로 추구하는 목표 · 이념과 같은 맥락에 있는 것이다.[3)] 이러한 에코페미니즘적 사고의 기반 위에서 계녀가류 규방가사를 재해석해 보려는 것이 이 부분의 주된 논지가 될 것이다.

2) 탄식가류 규방가사와 화전가류 규방가사의 에코페미니즘 연구는 후속 과제로 이어질 것이다.

3) 마리아 미스 · 반다나 시바, 손덕수 · 이난아 옮김, 『에코페미니즘』, 창작과 비평사, 2000, pp. 31~39.

이런 시도를 위해 먼저 조선 후기에 형성된 계녀가류 규방가사를 에코페미니즘으로 해석할 가능성과 연관성을 엿보려고 한다. 계녀가류 규방가사 창작의 주된 담당 층이 조선시대 사대부가 여성이기 때문에 성리학[4]의 사고와 자세는 장르적 내면을 형성하는 주된 요소들 가운데 하나다.

우선 계녀가류 규방가사가 토대로 하고 있는 성리학과 에코페미니즘의 자연관이 가지고 있는 유사성에 대해 알아본다. 성리학적 사고와 유교적 인간관을 토대로 삼고 있는 계녀가류 규방가사 중의 많은 작품들은 아래와 같이 서두를 떼고 있다.

① 건곤이 초판ᄒᆞ고 일월이 광명하야
사람이 ᄉᆡᆼ겨시니 만물즁ᄋᆡ 실녕ᄒᆞ다
인황시 분ᄌᆞᆼ후ᄋᆡ 복희시 법을 지어
ᄌᆞᆼ가시집 마련ᄒᆞ니 인간ᄋᆡ ᄃᆞ경이라
남혼녀취 예절노셔 륙네랄 가츄오고
오륜이 온젼하니 만고ᄌᆞ황 제일이라
(…)
우리문호 ᄉᆡᆼᄉᆡᆨ이요 구시ᄃᆡᆨ의 영화로ᄉᆡ[5]

② 천생만물 생긴후에 금수가 안이되고
그중에 사람되미 그안이 희환하리[6]

③ 천지가 ' 개벽후에 유물유측 되엿서라
천부지재 만물중에 무엇이 귀중한고

---

4) 理·氣의 개념, 宇宙의 生成과 構造, 인간 心性의 구조, 사회에서의 인간의 姿勢 등에 관한 새로운 유학사상으로서의 성리학은 太極說·理氣說·心性論·誠敬論 등으로 형성되어 있다.
5) 권영철, 〈신ᄒᆡᆼ가〉, 『규방가사』 Ⅰ, 한국정신문화원, 1979, p.37~41.
6) 권영철, 〈행실교훈ᄀᆡ라〉, 『규방가사』 Ⅰ, 한국정신문화원, 1979, p.42.

일만물중	그가운대	사람이	귀중하다
엇지하여	귀중한고	삼강오륜	잇슴이라
삼강이	무엇이며	오륜이	무엇인지
삼강오륜	알갯는야	자세히	알아두라
아래긔록	하엿슨니	차차보면	알것이라
남녀를	막논하고	저으일신	생겨날제
아바으게	배를타고	어마으게	살을비러
어마복중	십삭만에	이세상에	나왓도다
어마복중	나온후에	세월따라	자라난다[7]

④ 천지계벽	하온후의	음양이	성취하사
동서남북	춘하추동	슈화금목	일월성신
무한한	조화로써	만물이	싱장할제
싱일지	하여시니	유인이	취령하다
사단칠정	정한즁의	삼강오륜	발가시라[8]

⑤ 이화새상	사람들아	이내말삼	들어보소
천지가	개벽후에	사람이	생겻도다
남여를	분간하니	부부간	이섯도다
부자유친	하흔후에	군신유의	하엿세라 [9]

이 작품들을 보면, ①에서는 건곤이 생겨나고 만물이 풍성한 가운데 신령한 존재인 사람이 그 중간에 태어났다고 하고, ②~⑤에서는 '천지'가 '개벽' 후에 '인간'이 생겨났다고 했다. 즉 우주는 하늘, 땅, 그리고 사람의 3요소로 구성되었다고 하는 데, 이것은 천인합일天人合一의 자연관과 유교적

---

7) 권영철, 〈경계사라〉, 『규방가사』 Ⅰ, 한국정신문화원, 1979, p.72.
8) 권영철, 〈회인가〉, 『규방가사』 Ⅰ, 한국정신문화원, 1979, p.56.
9) 권영철, 〈훈민가〉, 『규방가사』 Ⅰ, 한국정신문화원, 1979, p.49.

인간관을 분명하게 드러낸다.

성리학에서는 하늘과 만물 곧 우주의 존재를 인간과의 관계 속에서 이해하며 만물의 영장인 인간은 생물학적으로는 땅의 형상을 구현하고 인격적으로는 하늘의 기품을 이어받은 중간적 존재로서의 위치를 차지하는 또 하나의 소우주라고 본다. 그리고 유학에서는 인간은 만물의 이치가 선천적으로 구비되어 있으므로 자신을 끊임없이 살피고 도덕적으로 다잡아 나가는 동시에 수양을 쌓아가야 한다고 본다. 그리고 수신의 과정 속에서 인간은 천지 그리고 만물과 조화를 이룬다고 본다. 주희朱熹는 "천天이 곧 인간이며 인간이 곧 천이다. 인간이 처음 생겨남에 천에서 얻는다. 이미 이 인간이 생겨나면 천은 또한 인간 속에 있다"[10]고 했다. 이 말의 뜻인즉 자연과 인간은 서로 분리되어 독립적인 개체가 아니라 혼연일체를 이루는 하나라는 것, 즉 천인합일이라는 뜻이다. 천인합일론의 가장 큰 특징은 자연계의 질서를 객관적 인간의 도덕적 원리로 환원하고자 했다는 점이다. 자연계의 질서를 설명하는 존재론과 인간의 가치론을 일치시킨 것[11]이 바로 그 논리다. 이것은 인간 중심주의에 근거하여 자연을 이해하거나 인간의 능동성을 부정하고 자연 중심주의만 인정하는 것이 아니라 우주와 자연, 인간의 총체적 삶과 우주의 운행 원리를 일치시켜 자연과 인간의 상호적 순응을 강조한 것이다.

④의 "천부지재 만물 중에 무엇이 귀중한고 일만물중 그가운대 사람이 귀중하다"는 언술은 성리학의 인간 능동적 사고 그 자체다. '인간'은 '만물' 중의 하나라는 것, 그리고 여기서 '귀중하다는 것'은 하늘과 땅 사이에 태

---

10) 「朱子語類」 卷十七, 『文淵閣四庫全書電子版』, 子部 儒家類의 "天卽人 人卽天 人之始生 得於天也 旣生此人 則天又在人矣" 참조.

11) 손홍철, 「동서양 여성철학의 현장탐구: 任允摯堂의 성리학과 버지니아 울프의 페미니즘」, 『퇴계학과 유교문화』 36, 경북대학교 퇴계연구소, 2005, p.447.

어났기 때문에 인간은 자연의 원리에 순응해야 한다는 의미이고, 인간의 적극적 자율성과 능동성을 발휘하고 수양을 거쳐 자기완성을 실현해야 한다는 의미로 이해할 수 있다. 이렇게 성리학적 자연관은 인간과 만물의 조화를 강조한 것이다. 에코페미니즘은 자연의 존재는 인간중심으로서가 아니라 인간과 자연이 상호작용을 하는 동시에 유기적이고 조화로운 연대와 공존 관계를 맺고 있다는 생태학적 사고를 중심으로 이해한다. 이처럼 성리학과 에코페미니즘은 자연과 인간은 하나라는 관점으로 바라보고 있다는 점에서 모순적이지 않으며 동일한 생태 친화적 기반을 갖고 있다.

두 번째는 남성과 여성에 대한 관점으로 성리학과 에코페미니즘의 연관성을 보려고 한다. 계녀가류 규방가사는 성리학적 인간관을 토대로 하고 있다. 그 창작 층과 향유 층이 대부분 여성이라는 점에서 성리학적 인간관 혹은 에코페미니즘과 관련하여 매우 흥미로운 점을 보아낼 수 있다.

역사 속에서 여성과 남성이 맺고 있는 상호적 관계성과 지평에 대한 규명은 학문적으로도 그 함의가 매우 크다. 억압 받고 종속된 존재로 인정되어 왔던 여성 이미지[12]에 대한 새로운 원론적 규명은 성리학에 관한 논의의 차원을 높인다는 점에서 매우 중요하다.

성리학의 원론적 관점을 보면 남성과 여성의 관계는 근원적으로 평등하다. 성리학의 고전인 『역전易傳』[송宋, 정이程頤]에는 천지와 자연사물 그리고 인간사회의 관계를 아래와 같이 해석했다.

---

12) 유교에서의 여성의 이미지와 위치에 관한 연구는 다음과 같다. 박용옥, 「유교적 여성관의 재조명」, 『한국여성학』 창간호, 한국여성학회, 1985; 이순구 · 소현숙, 「역사 속 여성의 삶」, 『새 여성학강의』, 도서출판 동녘, 2005; 이숙인, 「유교의 새로운 여성이미지는 가능한 가」, 「전통과 현대』 여름호, 전통과 현대사, 2000; 정옥자 · 이순형 · 이숙인 · 함재봉, 「조선 여성은 억압받았는가」, 『전통과 현대』, 전통과 현대사, 2000; 박미해, 「유교적 젠더 정체성의 다층적 구조-〈미암일기〉, 〈묵재일기〉, 〈쇄미록〉, 〈병자일기〉를 중심으로」, 『사회와 역사』 79, 한국사회사학회, 2008.

> 천지天地가 있은 뒤에라야 만물이 있고 만물이 있은 뒤에 남녀가 있고 남녀가 있은 뒤에 부부가 있으며 부부가 있은 뒤에 부자가 있고 부자가 있은 뒤에 군신이 있고 군신이 있은 뒤에 상 · 하가 있고 상하가 있은 뒤에 예의를 두는 바가 있다. 부부의 도는 오래가지 않을 수 없는 것이다. 남녀는 삼강의 근본이고 만사의 첫 시작이다.[13]

위에서 논하고 있는 것은 인간 사이의 관계 즉 남성과 여성의 문제다. 인간과 인간사이가 평등조화의 관계인 것처럼 남성과 여성사이도 평등과 조화의 관계라는 것을 강조하며 남녀 사이의 관계가 인간사회의 모든 관계의 시작임을 말하고 있다. 신분의 상하관계는 남녀가 생겨서부터 존재한 것이 아니라 군신이 있은 뒤에 상하의 관계가 나타난 것이다. 유학은 후세정치 개혁의 사상적 기반이 된 후, 사회 정치적 상황이 추구하는 이데올로기로 인하여 남성과 여성의 역할이 구분된 것이라 할 수 있다. 조규익은 우주론적 세계관에 대해 초창기에서는 중요한 배경 혹은 모티프로 작용하지만 후대로 내려오면서 개체의 경험에 대한 검증이나 객관적 실상을 중시하면서 관념의 차원으로 이동한다고 보았다.[14] 신분의 불평등과 남성중심은 가부장제가 생겨난 뒤에 나타난 것이고 남존여비의 여성 억압적 윤리관은 성리학 본래의 사상이 아니며 시대발전에 따라 변화되어온 결과임을 확인할 수 있는 것이다. 때문에 성리학을 근원적으로 보면 남존여비를 대변하는 차별의 윤리가 아닌 것이다. 인간과 자연간의 관계와 마찬가지로 남녀관계, 부부관계는 자연으로부터 부여받은 평등한 관계이며 인간

13) 「伊川易傳」卷三, 『文淵閣四庫全書電子版』, 經部 易類의 "有天地 然後有萬物 有萬物 然後有男女 有男女 然后有夫妇 有夫妇 然後有父子 有父子 然後有君臣 有君臣 然後有上下 有上下然後禮義 有所错 夫婦之道不可以不久 男女者 三纲之本 萬事之先也" 참조.

14) 조규익, 『고전시가의 변이와 지속』, 學古房, 2006, p.90.

관계의 근원이라는 것이다. 작품 ③에서의 "남녀를 막논하고 저으일신 생겨날제 아바으게 배를타고 어마으게 살을비러 어마복중 십삭만에 이세상에 나왓도다 어마복중 나온후에 세월따라 자라난다"에서 남성과 여성은 모두 부모의 피붙이로 십삭 만에 세상에 나온 지라 모두 귀한 존재라고 인정하는 외에 작품 ④에서의 "천지게벽 하온후의 음양이 성취하사"나 ⑤에서의 "천지가 개벽후에 사람이 생겼도다 남녀를 분간하니 부부간이 섯도다 부자유친 하흔후에 군신유의 하엿세라"등은 바로 이러한 성리학적 인간관을 그대로 수용한 언술들이다.

① 군ᄌᆞ호구 짝을만나 종고락지 빅년은약
요조숙녀 뉘니른고[15)]

② 요됴숙여 군자호구 젼세상의 몃몃인고[16)]

위의 작품들에서 나온 "窈窕淑女 君子好逑"는 『시경詩經』「국풍國風 · 주남周南 · 관저關雎」의 구절로 남녀가 서로 좋은 짝을 만나 배필을 짓는다[17)]는 의미를 강조한 개념이다. '군자君子'는 도덕적으로 완성된 인격자로서 유교사회의 이상적 인간상이며 小人의 반대개념으로 존재한다. 주희가 "숙녀淑女를 얻어서 군자의 배필로 삼는 것을 좋아한다."[18)]라고 언급하듯이 남성이 제가齊家의 과제를 실현하기 위해서 정숙한 여성과의 배필을 이루어야 한다는 것이다. 유가 철학에서 이른 바 군자의 배필을 숙녀로 정하는 것은

---

15) 권영철, 〈신힝가〉, 『규방가사』 Ⅰ, 한국정신문화원, 1979, p.37.
16) 권영철, 〈부여 교훈가〉, 『규방가사』 Ⅰ, 한국정신문화원, 1979, p.93.
17) 「周南 · 關雎」, 『詩傳』, 名門堂, 1998, pp.2~3의 "關關雎鳩, 在河之洲" 참조.
18) 「朱子五經語類」卷五十三, 『文淵閣四庫全書電子版』, 經部 五經總義類의 "樂得淑女以配君子" 참조.

여성을 부정하거나 여성의 주체성을 무시한 것이 아니다. 오히려 군자가 숙녀와의 평등하고 조화로운 관계로 맺어져야 제가·치국과 평천하平天下[19]를 기할 수 있다는 의미로 이해해야 할 것이다.

에코페미니즘이 비판하는 것은 남성과 여성이 불평등한 가부장제이다. 그와 동시에 생명의 가치, 평등한 삶의 가치를 추구하며 남성 중심의 주장을 바꿀 것을 역설하고 여성 억압을 해결할 것을 주장하지만, 남성을 타도대상이 아닌 공존대상으로 인식한다. 때문에 남성과 여성에게 동등한 가치를 부여한다는 면에서 성리학과 에코페미니즘은 상통되는 것이며 동시에 계녀가류 규방가사를 에코페미니즘의 관점으로 볼 수 있는 가능성을 제공한다.

세 번째는 각각 동양과 서양의 사상인 성리학과 에코페미니즘간의 연관이 가능할 지에 관한 문제이다. 2000여 년간 동양의 정치·경제·문화의 이념적 토대이자 통치사상으로 굳어져 온 유교는 동아시아의 문화와 철학을 이해하기 위한 필수적인 정신체계이다. 손홍철의 관점대로 동양의 철학적 사유의 지평을 세계의 지평으로 승화시키기 위해서는 동양의 고유한 사상적 특징과 사유방식을 더 발전시켜야 하지만, 한편으로 세계화의 조류에 맞추어 서양의 철학적 사유와 만날 수 있는 논리와 사유를 개발할 필요가 있다.[20] 인의예지仁義禮智라는 인간의 본질을 설명하고 있는 성리학은 결코 인간을 중심으로 인정하고 자연을 근원적으로 부정하거나 배제하는 것이 아니라 우주만물과 인간의 관계, 자연 속에서의 인간을 담론하고 있다. 이런 면에서 보면 성리학은 자연과 인간이 상호작용을 하며 생태계

19) 〈小學原序〉, 「御定小學集註」, 『文淵閣四庫全書電子版』, 子部 儒家類의 “皆所以为修身 齐家治国 平天下之本” 참조.

20) 손홍철, 「동서양 여성철학의 현장탐구: 任允摯堂의 성리학과 버지니아 울프의 페미니즘」, 『퇴계학과 유교문화』 36, 경북대학교 퇴계연구소, 2005, p.439.

전체의 유기적인 연관성을 이해하는 에코페미니즘과 서로 상반대거나 모순되는 이론이 아니다. 계녀가류 규방가사는 여성향유의 문학 장르이며 에코페미니즘은 여성의 지위와 역할, 여성의 자연적 근원을 계발하는 이론체계라는 점에서 양자의 만남은 충분히 가능하다고 인정한다.

동양의 문화나 서양의 문화는 다 별개의 영역이 아니고 인간의 삶에 유익한 학문으로 상호 연관성을 지닌다. 성리학은 동양의 귀중한 문화적 유산이다. 단지 동양의 문화적 유산이라는 시각으로만 가사문학을 바라보지 말고 인류 문학자원의 재해석을 통해 다른 사고체계와의 소통을 시도하여 의미 있는 결과를 도출해보는 것도 가능한 발상이다. 이 부분에서 계녀가류 규방가사의 문학적 가치와 고유한 논리를 새롭게 찾아보고자 하는 것도 그 때문이다. 계녀가류 규방가사와 에코페미니즘간의 상호연관성에 대한 실험적 해석은 동양문화와 서양문화 사이에 새로운 대화의 길을 열어주고 서로의 충돌을 극복하면서 가사문학에 새롭고 깊이 있는 통찰적 시각을 마련해 줄 것이라 본다.

계녀가류 규방가사는 가부장제의 위계 면에서 여성에 대한 사회적 · 도덕적 이데올로기를 얘기하고 있는 것은 분명하나,[21] 그 이면에는 새로운 여성상의 실현과 역할, 양성의 조화, 인간관계의 연대와 균형을 실현하고자 하는 바람이 담겨져 있다. 지금까지 에코페미니즘이나 계녀가류 규방가사에 대한 연구는 상당히 이루어져 왔지만, 에코페미니즘 관점에서 계녀가류 규방가사를 해석한 연구는 미비한 실정이다. 이 부분에서는 기존 논의와 시각을 달리하여 계녀가류 규방가사가 단순히 가부장제 이념전달의 도구가 아닌 이면적 의미에 대해 에코페미니즘 이론으로 분석해 보고자 한다.

---

21) 염수현, 「〈계녀가〉의 교수 학습방안 연구」, 인제대학교 석사학위논문, 2009, p.11.

5.1 여성성 패러다임의 전환

5.1.1 여성성의 현실과 이상

전통사회에서 여성교육의 목표는 가부장적 가족제도에 순응하는 여성을 길러내는 것이었다. 교육의 주지를 바람직하게 전달하기 위해서는 무엇보다 본보기로 삼을 만한 규범적 인물의 구체적인 사례와 행실을 제시하는 것이 필요하다. 숭고한 인간은 대부분의 인간들에게는 '외경畏敬과 존숭尊崇'의 대상이기 때문이다.[22] 계녀가류 규방가사의 작품들에서는 중국의 규범적인 여성인물의 행실을 빌어 교훈의 의미를 강조하고 있다.

① 정슉ᄒᆞ신	아황녀영	현철ᄒᆞ신	틔임태ᄉᆞ
구고봉양	극진ᄒᆞ고	군ᄌᆞ시위	공경ᄒᆞ야
만고의	놉흔일홈	녀즁셩인	
황후왕비			
위를어더	텬ᄒᆞ후세	법이되야[23]	

② 태임태사	유ᄒᆞᆫ셩덕	쥬나라이	흥ᄒᆞᆼ시고[24]

③ 진나라	목난이는	방년이	십칠세라
그부친이	종군하야	말리전장	가려하니
노부대신	자청하여	남복을	바과입고
군정군긔	등에지고	삼년 변수	사라시되
동처하면	적군사가	녀잔줄	몰라스니
공현도	잇거니와	기절도	장할시고[25]

---

22) 조규익, 『고전시가와 불교』, 학고방, 2010, p.12.
23) 권영철, 〈신힝가〉, 『규방가사』 Ⅰ, 한국정신문화원, 1979, p.40.
24) 권영철, 〈부인 경유사〉, 『규방가사』 Ⅰ, 한국정신문화원, 1979, p.638.
25) 신지연 · 최혜진 · 강연임, 〈행실교훈ᄀᆡ라〉, 『개화기 가사 자료집』 4, 보고사,

④ 단일하신　ᄐᆡ임씨난　문왕성인　나흐신이
후ᄉᆡᄋᆡ　유전하되　퇴교라　층찬하고
지속하신　ᄆᆡᆼ씨모난　두번세번　집을옴겨[26)]

①과 ②에서는 정숙하고 현철한 태임, 태사, 아황, 여영이라는 여성인물을, ③에서는 목란이라는 여장군을, ④에서는 태임과 태사, 여성교육가인 맹모를 예로 들고 있다. 이런 여성인물들은 당시 봉건사회의 여성들의 규범이 되기에 손색이 없을 뿐만 아니라, 실제로 그 시대 여건 속에서 중요한 사회적 역할을 담당했다는 면에서 의의를 갖고 있다. 사회적 활동이 제한된 시대상황 속에서 여성의 능력과 가치를 실현한 맹모, 태임, 태사, 아황, 여영, 목란 등 실제 인물들은 전형적인 '효녀열부'가 아닌 여성으로 존재했다.[27)] 예컨대 훌륭한 어머니의 고전적인 용례로 계녀가류 규방가사에서는 '삼천지교'[28)]를 들고 있는데, 맹모는 훌륭한 여성교육가의 전형사례로 지금까지 그 의미를 유지하고 있다. 주나라 황실의 기틀을 마련한 태임[29)]과 태사는 신화시대에 종족의 국가 건립을 위한 배후인물로 남편의

2011, p.255.

26) 권영철, 〈규문전회록〉, 『규방가사』 Ⅰ, 한국정신문화원, 1979, pp.68~69.

27) 이 여성인물들의 대부분 사적은 기원전 1세기 한나라의 劉向이 쓴 『烈女傳』에 수록되어 있다. 『烈女傳』은 여성을 정면으로 다룬 유교 문화권 최초의 저작으로서 前漢시대의 사상가 劉向이 기존의 경전이나 역사서적에 등장했던 여러 인물을 재구성하여 만든 전기집이며 동아시아의 여성 이미지를 형성하는 데에 결정적인 영향을 미친 여성 교육서이다.

28) 이숙인 역주, 『女四書』, 여이연, 2003, pp.219~220. 맹모의 삼천은 『烈女傳』에, 고기 사건은 『한시외전』에 처음으로 이야기 된 후 『小學集註』와 『女範帖錄』에도 반복 소개되었다.

29) 성백효 역주, 『小學集註』, 전통문화연구회, 1993, p.209. (劉向의 『烈女傳』에 周室三母로 태임, 태강, 태사를 들었고 태임에 관한 기록은 『女四書』 중 『內訓』「修身章」 第二와 소학集註 『稽古』 第四 「入敎篇」에 보인다.) 이숙인 역주, 『女四書』, 여이연, 2003, pp.121~208. "주나라가 일어설 수 있었던 것은 문왕의 비가 관저의 덕

사업을 돕고 나라기강을 세우고 왕업의 기틀을 융성하게 했을 뿐만 아니라 역사발전을 추동한 모범적 여성이기도 하다. 그 중에서 태임은 조선사회에서도 모든 양반사대부 여성[30]들에게 요구되던 전범이었다. 아황과 여영은『열녀전』104편에 나오는 인물들로서, 자매 사이인 이들은 요임금의 딸이자 순임금의 두 아내였다. 높은 신분의 두 여성이 미천한 남편을 도와 천하의 성군聖君이 되게 했고 요·순 두 시대의 부흥에 이바지하였다.[31] 목란[32]은 중국 북위北魏의 여성으로 아버지 대신 종군하여 전공을 세우고 개선한 여장군이다. 계녀가류 규방가사는 이런 여성들의 가정 내 역할뿐만 아니라 바람직한 사회적 공헌에 대해서도 긍정적 관점으로 바라본다. 물론 가부장제 사회에서 사회적 역할과 공헌을 한 여성들은 극히 희소하다. 하지만 계녀가류 규방가사는 여성의 사회적 역할 즉 여성의 에너지를 공동체의 기강이나 질서 유지에 활용한 점에 대해서도 주목한 것으로 보인다. 이런 점에서 남성 중심적 가치관을 벗어난 에코페미니즘과 연결시켜 볼 수 있는 것이다.

에코페미니즘은 사회에서 여성과 자연이 각각 남성과 문명에 대해 '타자화'되어 열등한 존재 또는 도구로 취급되어 온 점에 주목하고 남성만으

화를 널리 펼쳤기 때문이다(成周之興 文王后妃 克廣關雎之化)", "문왕이 많은 아들을 낳을 수 있었던 것은 태강과 태임, 태사가 연이어 그 아름다움을 실천했기 때문이다(文王百子紹姜任 太姒之徽)".

30) 윤지당의 호에는 중국 고대 문왕의 어머니 태임을 본받는 다는 뜻이 들어있으며, 신사임당의 사임당 역시 태임을 본받는다는 뜻으로 온아한 천품과 예술적 자질조차도 모두 최고의 여성상인 태임의 덕을 배우고 본뜬 다는 뜻이 들어있다.

31) 이숙인 역주,『女四書』, 여이연, 2003, pp.209~210 참조.

32) 장용화,『낯선 문학 가깝게 보기: 중국문학』, 인문과 교양, 2013, p.69의 "木蘭은 중국 북위의 名歌인 〈木蘭辭〉에 등장한 花木蘭이라는 인물로, 부친을 대신하여 종군했고 여러 차례 큰 전공을 세웠지만 여자였기 때문에 공공연히 자신을 드러낼 수가 없었다. 12년 만에 전쟁이 끝나 尙書郎으로 임명되었지만 완곡하게 거절하였다." 참조.

로는 자연의 파괴를 해결해 나갈 수 없다고 주장하는 사유체계이며, 여성의 중추적인 역할이 필요함을 언급한다.[33] 또한 여성들에게 지배적인 권력개념과 정치체제에 비판적 관심을 갖도록 촉구한 것은 물론 그 속에서 얼마든지 여성의 사회적 역할을 발휘할 수 있다고 인정한다.[34] 계녀가류 규방가사는 "여자의 타인복은 유순하기 쥬ᄌᆞᆼ이라 유순하고 졍슌함은 여자의 태도"[35]라는 식으로 여성이 남성보다 약하고 부드러워야 함을 강조하면서도 이면적으로는 유능한 여성모델의 사례로 여성은 '힘과 용기를 갖춘 인간'이라는 관점을 병존시키고 있다.

이외에도 이러한 관점은 '복선화음류'에서도 잘 체현되고 있다. '복선화음류'는 규범적 여성인물을 끌어오지 않고 화자 자신의 실천적 경험으로 한 가문의 부귀와 빈천은 남성이 아닌 여성에게 달렸음을 보여주고 강조하려 했다는 점이 독특하다. 시집은 명문이지만 "진황시 서방님은 아난거시 글쌘이요 시정모른 늙은구고 다만망영 쌘이로다"[36]라고 시부모나 남편은 무기력하고 생활개척의 힘이 부족한 현실을 보여준다. 주인공의 노력으로 가문을 일으켜 세웠다는 것은 남성이 아닌 여성의 치부능력과 생활지혜가 가문의 궐기를 결정짓게 했으며 양반과 서민의 지위를 오르내리게 했다는 것을 보여주었다.[37] 이처럼 '복선화음류'에서는 여성이 억압받는 시대에 화자의 심층심리에 내재된 인간의 기본적인 욕구 즉 자기긍정과 자기실현의 욕망이 담겨 있다. 나아가 여성의 경제활동의 참여, 가정내에서 여주인으로서의 자부감으로부터 출발하여 경제적 · 정신적 성장욕

---

33) 마리아 미스 · 반다나 시바, 손덕수 · 이난아 옮김, 『에코페미니즘』, 창작과 비평사, 2000, pp.25~27.
34) 문순홍, 『한국의 여성환경 운동』, 아르케, 2001, p.34.
35) 권영철, 〈규문전회록〉, 『규방가사』 Ⅰ, 한국정신문화원, 1979, p.65.
36) 권영철, 〈福善禍淫歌〉, 『규방가사』 Ⅰ, 한국정신문화원, 1979, p.29.
37) 서영숙, 『한국여성가사연구』, 국학자료원, 1996, p.146.

구를 보여주었다. 여성도 한 가문의 정신적 경제적 지주支柱로 가문의 궐기를 책임질 수 있으며, 심지어는 남성보다 더 월등한 능력을 가질 수 있다는 것도 보여주려 했다.

주지하는 바와 같이 조선 시대라는 가부장제 사회가 여성에게 강요한 덕목은 순종과 공경이었다. 계녀가류 규방가사는 가부장제 위계질서의 산물이고 대부분의 여성들은 태어나면서부터 당시 사회적 태도와 이념에 의해 교육되었다는 점에서 위계질서의 의식에서 벗어나기란 쉽지 않았다. 하지만 계녀가류 규방가사는 분명 여성의 사회적 역할에 대해서도 인정하고 강조하려 한 것으로 보인다. 가부장적 위계질서 하에서 여성의 영역은 가정이지만 일부 작품에서 분명히 여성을 리더형 모델로 그려내고 있기 때문이다. 여성 리더의 역할은 남성적인 강제력이나 억압을 통해서 공동체 구성원을 통제하는 것이 아니라 도덕적 감화력을 보여줌으로써 차이와 다름을 인정하고 구성원들의 자발적인 추종을 가능하게 하는 것이 페미니즘 리더의 전형적인 모델인 것이다.[38]

이외의 작품에서도 "남에집 흥망성쇠 부녀케 잇난이라"[39]고 가정의 흥망은 부녀자에게 달려 있음을 강조하는 부분이 보여 지는 것으로 봐서 계녀가류 규방가사의 작자는 작품을 통하여 여성은 단순히 남성의 종속적 지위에 머물러 있는 것이 아니라 하나의 주체적 존재로의 역할을 충분히 수행할 수 있다고 인정하며 여성을 바람직한 인간적 지위로 상승시키고 있다. 이러한 방법으로 여성의 재질 · 역량 · 가능성을 인정하며 자주적 인간으로서의 사회 실현을 꿈꾸는 에코페미니즘의 원리를 체현했다고 볼 수 있다.

---

38) 김세서리아, 「유가 경전에서 찾는 '유교적' 여성주의 리더십」, 『동양철학연구』 69, 동양철학 연구회, 2012, p.84.
39) 권영철, 〈행실교훈기라〉, 『규방가사』 Ⅰ, 한국정신문화원, 1979, p.42.

전통사회에서 여성교육의 목표는 '부양자이자 보호자'인 남성에게 충실하고 의지하며 덕행과 순종으로 길들여진 효녀열부를 만드는 것이었다.[40] 유교적 예와 도덕적 당위성을 작품구성의 전제로 제시하고[41] 가부장적 가족제도에 바탕을 두고 긍정적인 여성상을 본보기로 교훈을 전달하는 계녀가류 규방가사는 역으로 인간의 원초적인 모습을 가진 새로운 '여성상'을 보여주기도 한다.[42] 규범행실을 지키는 것보다 탐욕과 비도덕, 심지어는 음란까지 저지르는 〈복선화음류〉의 괴똥어미, 〈용부가〉에서의 '저 부인'과 '뺑덕어미', 〈나부가〉의 '금세부인'이라는 등 부정적 인물들을 예로 들어 규범의 파괴를 보여주면서 그에 대응한 유교질서의 회복을 목적으로 교훈의 주지를 강화하고 있는 점도 그런 경우들이라 할 수 있다.

① 흉보기도 싫다마는 저婦人의 擧動보소
시집간지 석달만에 시집살이 심하다고
친정에 편지하여
(…)
男便이나 믿었더니 十伐之木 되었에라
여기저기 사설이요 구석구석 모양이라

---

40) 이순구, 「조선시대 가족제도의 변화와 여성」, 『한국고전여성문학연구』 10, 한국고전여성문학회, 2005, pp.137~139. "열녀는 당시로서는 여성이 거의 유일하게 사회적으로 인정받는 방법이었다. 열녀가 된다는 것은 남자들이 충신이나 효자가 되는 것과 마찬가지로 당대 사회에서는 최고의 도덕적인 실천으로 평가되었기 때문이다. 따라서 조선후기 여성들은 딸에서 며느리로 자신의 주된 정체성이 바뀌면서 시집살이와 같은 갈등을 겪었지만 남성중심의 사회제도에 자신을 적응시키면서 갈등을 해소하는 방법을 찾았고, 또 다른 영역에서 자신들의 권리를 확보하고자 노력하였다. 그리고 대상자로서 주어진 도덕을 수용하는 정도에서 점차 그것을 체득하고 주체적으로 실천하는 쪽으로 변화해 갔다." 참조.

41) 조규익, 『고전시가의 변이와 지속』, 學古房, 2006, p.161.

42) 박춘우, 「계녀가류 규방가사의 교훈전달방식과 교육적 활용방안 연구」, 『우리말글』 45, 우리말글학회, 2009, p.15.

시집살이　못 하겠네　간숫병을　기우리며
치마쓰고　내닫기와　보찜싸고　도망질에
오락가락　못견디어　僧들이나　따라갈까
(…)
양반자랑　모두하며　色酒家나　하여볼까
(…)
남문 밖　빵덕어미　천성이　저러한가
들며는　飮食공논
(…)
물레 앞에　선하품과　씨아앞에　기지개라
이집저집　이간질과　淫談悖說　일삼는다
(…)
무슨꼴에　생트집에　머리 싸고　드러눕기
간부달고　달아나기[43]

② 빗조흔　ᄀᆡ살구라　이ᄃᆡ지　소겻ᄂᆞᆫ고
얼골이나　조ᄒᆞᆫ다시　치장ᄒᆞ기　일삼어셔
낫부터　머리빗고　분발ᄋᆞ고　출입ᄒᆞ며
아홉폭　긴치마을　길이ᄃᆡ로　쌍의쓸어
오촌ᄃᆡᆨ　뉴ᄀᆞ촌ᄃᆡᆨ　일업시　왕ᄂᆡᄒᆞ니
눈치도　바히업다　남웃ᄂᆞᆫ줄　모로ᄂᆞᆫ고
이러구러　소일ᄒᆞ고　어늬여가　세간
(…)
그 가장　어더듯고　ᄒᆞᆫ말겨오　ᄭᅮ지시면
이불쓰고　들어누어　사흘나흘　말을안코
조곰ᄒᆞ면　힛죽ᄒᆞ고　ᄒᆞᆫᄃᆡᄌᆞ면　간간ᄒᆞ니

43) 金聖培 · 朴魯春 · 李相寶 · 丁益燮, 〈庸婦歌〉, 『주해 가사문학전집』, 集文堂, 1961, pp.442~443. 이밖에도 〈庸婦篇(814)〉, 〈庸婦篇(815)〉, 〈慵婦篇(816)〉 등이 『역대 가사문학전집)』 15에 수록되어 있는데, 내용은 大同小異하다.

ᄌᆞ른언문 능ᄒᆞ다시 풍운젼과 츈향젼을
물릅우희 언져놋고 남보ᄅᆞ고 흥흥ᄒᆞ며[44][45]

인용한 작품 속의 여성인물들에서 그 일탈의 모습은 다양하게 나타난다. ①에서 '저 부인'은 시집살이가 싫어져 탈출을 꾀하는 인물이며, '남문밖 뺑덕어미'는 게으르고 음담패설을 즐기는 외에도 간부까지 두고 있는 인물이다. ②에서의 여성 주인공은 화장과 의복 단장에만 열중하고 소일과 언문소설을 좋아한다.

이러한 부정적 여성인물들은 무절제한 식욕, 외부 세상에 대한 욕망, 가정적 관리와 통제로부터의 일탈 욕망, 심지어는 위험하고 적극적인 성적 욕망 등까지 매우 다양하게 보여주고 있는 데, 그 공통점은 사회적 시선을 아랑곳 하지 않고 자신의 본능적 욕구에 충실하며 반윤리적인 개인 욕망을 거침없이 발산한다는 것이다. 이런 욕망들이 이접되고 결합되면서 주인공들은 자신에게 주어진 삶을 해체하고 새로운 삶의 형태를 추구하고자 한다. 유교 및 남성 중심의 세계관은 여성들에게 절대적인 순응과 절제를 요구하고 규범에 의해 길들여지고 다듬어지기를 요구한다. 가부장제 사회에서 여성은 현처양모의 이미지를 강요받으며 자신의 본능적 욕구를 제거하거나 억누르고 절제해야 했다. 유교윤리가 사회를 통제하던 당대에 성의 주도자는 남성이었고 여성은 '성적 주체성'을 주장할 수 없는 타자에

---

44) 정인숙, 「〈나부가〉에 나타난 게으른 여성형상과 그 의미」, 『한국고전여성문학연구』 26, 2013, p.195. 이 연구에서는 그다지 주목받지 못한 〈나부가〉에서 나오는 금세부인의 개성적인 특징에 대해 논의를 진행하였는데 금세부인을 그저 게으르고 철없는 며느리 혹은 패악한 아내로만 치부해 버릴 수 없는 해석의 단서를 제공한다. 금세부인을 전통 규범에 무조건 순응하지 않는 개성적 인간형으로 인식하고 있으며〈나부가〉를 전통 규범에 포획되지 않는 며느리 세대와 여전히 전통 사회의 테두리 안에서 규범을 요구하는 시부모 세대와의 갈등을 노출한 작품으로 보고 있다.

45) 林基中, 〈나부가(361)〉, 『역대가사문학전집』 8, 東西文化院, 1987, p.82.

불과한 현실 속에서[46] 이런 욕망의 추구는 남성 중심의 이데올로기가 만들어낸 '정숙한 여성'의 표준과는 너무나 거리가 먼 탈규범적 행위이다. 가부장제 규범에 절대 허용될 수 없는 것이지만 작품 속의 인물들은 자신의 욕망들은 결코 감추거나 회피하지 않고 솔직하고 스스럼없이 드러내고 있다.

이런 여성인물들의 행위를 유교 이데올로기에 매몰된 순종적이고 규범적인 여성들과 비교를 하면 인간성이 풍부하고 자유분방하며 생명력이 흘러넘치는 인간임이 분명하다. 에코페미니즘은 자연 즉 인간 욕망의 '저절로 그러함/스스로 그러함'을 억압하거나 막는 것은 반자연적이거나 반 생태적이라고 인정한다.[47] 이 원리에 따라 자연스러운 본능적 욕구를 억누르기 위해 심리적인 압박과 공황상태를 겪으면서 만들어지는 '정숙한 여성'은 당시 가부장적인 사회구조의 반 자연적 · 반생태주의적 산물이다.[48] 인간의 내면에 내재되어 있는 자연적인 욕구가 끊임없이 작동하고 움직이면서 생명력이 넘치는 이런 여성 인물은 '억압을 거부하고 본능욕구에 충실한 심층생태학이나 생태여성주의의 본질적 내용을 벗어나지 않는다.'[49]

인간의 욕망은 본능에서 비롯된다. 조선 시대는 유교적 경건주의를 바탕으로 지배되던 사회였다. 계층의 상하를 막론하고 본능의 자연스러움과 존재를 억압하는 것이 미덕으로 여겨지던 시대였다. 하지만 인간의 내면에는 본능과 이성이 존재한다. 특정 자극으로 유발되는 선천적 반응양식이 본능인 것만큼 그것은 무한자유를 지향한다. 이에 비해 이성은 본능을 통제하는 자율적 능력이다. 본능이 누리고자 하는 무한자유를 억압하는

46) 조규익, 「蔓横清類와 에코 페미니즘」, 『溫知論叢』 28, 2011, p.171.
47) 조규익, 「蔓横清類와 에코 페미니즘」, 『溫知論叢』 28, p.171.
48) 이숙인, 「열녀담론의 철학적 배경: 여성 섹슈얼리티의 문제로 보는 열녀」, 『조선시대의 열녀담론』, 한국 고전여성문학회, 월인, 2002, p.48.
49) 조규익, 「蔓横清類와 에코 페미니즘」, 『溫知論叢』 28, p.171.

것이 이성이므로 양자는 서로 상극이면서도 궁극적으로는 보완의 관계를 맺는다.

칸트(Immanuel Kant, 1724~1804)는 본능이나 감성적 욕망에 기초한 행동이 아닌 의무 혹은 당위성의 의식으로 결정되는 행위의 성격을 '이성적'이라 했다. 이성이 이념보다 훨씬 본질적이며 선험적인 영역에 속하면서도 이념에 의해 인간의 이성이 지배받는 것이다.[50] 하지만 인간은 항상 본능과 이성, 욕구와 이념 사이에서 갈등하기 마련이다. 이념의 규범에서 벗어나는 개체가 생겨난 것은 이성이 본능의 힘을 이기지 못하기 때문이다. 본능의 억압은 한계가 있는 것이다. 봉건사회 여성의 행실규범을 지도하면서도 인간의 본능을 억압하고 욕구를 막기 위해 고안된 것이 무형적 강제력을 발휘하는 교훈서들이다. 이런 교훈서를 바탕으로 지어낸 계녀가류 규방가사는 규범을 실행할 목적으로 지어낸 것이지만, 여성이라는 인간의 본능을 철저히 말살하기에는 한계가 있는 것이다. 유교적 경건주의는 당위의 문제이고 인간의 본능은 존재의 문제였다. 예컨대 허균(許筠, 1569~1618)과 같은 인물은 벼슬에서 파직 당하자 시를 통해 "예교禮敎가 어찌 자유로움을 구속하리오. 인생의 부침을 다만 정情에 맡겨 두겠노라. 그대들은 모름지기 그대들의 법을 지키라. 나는 내 삶을 살겠노라"는 의기를 드러냈으며 또한 "남녀의 정욕은 하늘이 준 것이오. 윤리의 분별은 성인의 가르침이니 차라리 성인의 가르침을 어길지언정 하늘이 내려준 본성을 감히 어길 수 없다."는 논리로 모순을 중시하는 자신의 노선을 분명히 하기도 했다.[51]

계녀가류 규방가사는 가부장제의 산물로 그 창작목적은 가부장제의 이념과 인간의 이성을 강조하고 그 당시 사회가 인정하는 이상적이고 이성

---

50) 조규익, 『풀어 읽는 우리 노래문학』, 논형, 2007, p.196.
51) 조규익, 『풀어 읽는 우리 노래문학』, 논형, 2007, pp.197~198.

적인 여성을 만들기 위해서 지어진 것이다. 하지만 이념과 이성은 인간의 본능을 만족시킬 수 없다. 인간의 욕망은 '생명을 꽃피우는 강렬한 에너지'이기 때문이다. 인간의 본능이 억압당하면 반드시 분출구를 찾기 마련이다. 〈나부가〉, 〈복선화음가〉, 〈용부가〉 등은 부정적인 여성형상으로 이상적인 여성형상과의 대립을 통해 교훈을 전달하려는 목적으로 지어진 것이다. 작품에 드러나는 것은 규범적이고 이성적인 여성과는 대립되는 본능적이며 일탈을 추구하는 부정적인 여성형상이다. 일탈은 지배이념이나 사회적 규범으로 벗어나는 일이다.[52] 이런 일탈적인 여성형상은 본능욕구의 분출에서 만들어진 것이다.

에코페미니즘은 남성 중심의 가부장적 산업문명 속에서 여성과 자연이 차별과 파괴의 대상이 되어온 시각에서 출발하여 새로운 대안을 모색하는 한편 가부장제가 여성과 자연에 대한 억압을 비판하며, 그 지배가치로부터의 해방과 본원적인 여성성의 지향을 내세운다. 인간의 의식은 억압집단에 대한 완벽한 복종을 이상으로 삼으면서도 늘 내부에서는 전복의 씨앗을 배태하게 된다.[53] 조선 후기는 역사의 전환기로서 기존의 이념 · 체제 · 질서가 부정되기 시작하고 그것을 대체할 새로운 움직임이 일어난 때였다. 여성의 입지가 점점 축소된 것은 사실이지만 반대로 변모의 모습도 곳곳에서 나타나기 시작했다. 여성들은 자신들에 대한 사회적 통제와 억압을 받아들이는 동시에 의식형태도 변화를 겪고 있었다. 계녀가류 규방가사 역시 보수적인 사회분위기 속에서도 새로운 가치관과 자의식의 변화를 가져오고 있었다.

대상에 관한 작자의 판단이나 생각은 문학작품에 늘 일관성 있게 표상되기 마련이며 이와 같이 문학작품에 나타난 생각의 체계가 바로 문학의

52) 조규익, 『풀어 읽는 우리 노래문학』, 논형, 2007, p.198.
53) 케이트 밀렛, 김전유경 옮김, 『性 정치학』, 이후, 2009, p.162.

식이다. 작자 개인의 내면의식이 외부로 향할 때 우리는 그로부터 모종의 세계관을 읽어 낼 수 있다.[54] 작품의 문맥에 드러나는 표층적 차원에서 〈나부가〉, 〈복선화음가〉, 〈용부가〉 등에서 보여준 부정적인 여성형상을 보면 작자는 분명히 전통적이고 규범화된 여성상에 대한 추대와 교훈주지의 강화를 목적으로 만들어낸 것이다. 하지만 그 이면적으로는 현실적인 억압과 제재를 피해가면서 심리내면의 응어리를 해소하고 낡은 가치관과 새로운 가치관을 넘나들며 여성의 욕망과 본능이라는 금기적 주제를 고안해내고 있다고 볼 수도 있다. 이는 계녀가류 규방가사 작자의 지혜로 귀결될 수 있다. 〈나부가〉, 〈복선화음가〉, 〈용부가〉 등 작품에서 보여준 부정적인 여성형상은 자연적 본능에 충실하고 인간의 칠정육욕七情六欲, 희노애락喜怒哀樂을 거침없이 발산할 뿐만 아니라 생생하게 살아 숨 쉬는 인간적인 여성들이다. 이는 조선 후기 가사문학이 관념적인 틀에서 벗어나 인간의 욕망과 성정을 있는 그대로 표출하고 있는 특징이 계녀가류 규방가사에도 수용이 된 것이라 볼 수 있다.

5.1.2 한 몸으로서의 '자연과 여성'

인류의 보편적인 인식 속에서 자연과 여성은 생육의 근본적인 터전의 상징으로 인식되어 왔다. 만물을 길러내는 대지의 여신(가이아)[55]처럼 동양의 『도덕경』에 나오는 '곡신谷神' 역시 모든 것을 끊임없이 생산해 내는 자연과 여성의 이미지를 포괄하고 있다. 이처럼 동양과 서양에서 자연과 여성은 동일시되어 왔다.

조선 시대의 혼인은 '위로는 조상을 받들고 아래로는 후사를 잇기 위한'

---

54) 조규익, 『고전시가의 변이와 지속』, 學古房, 2006, p.492.

55) 가이아란 고대 그리스 신화에 등장하는 대지의 여신을 일컫는 말로, 지구의 생물들을 어머니처럼 보살펴 주는 자애롭고 자비로운 신의 형상이다.

현실적 목적을 갖고 있었으므로, 여성은 시집의 가부장적인 질서에 적응함과 동시에 가문의 대를 이어주어야 했다. 가사 노동의 책임과 가족의 일상생활 문제보다 여성에게 있어서 더욱 중요한 일은 출산이었다. 계녀가류 규방가사에서는 여성이 담당하는 생명잉태와 자식양육의 역할이 무엇보다 중요함을 강조하고 있다.

① 아ᄒᆡ야 드러봐라 ᄯᅩᄒᆞᆫ말 이르니라
ᄌᆞ식을 보양ᄒᆞ미 장ᄂᆡ예 ᄒᆞᆯ일이나
미라야 가ᄅᆞ치기 자ᄉᆡᆼᄒᆞᆫ듯 ᄒᆞ다마ᄂᆞᆫ
슈ᄐᆡ을 ᄒᆞ거들랑 각별이 조심ᄒᆡ라
침셕을 바로안고 사ᄉᆡᆨ을 보지말고
긔울게 서지 말고 틀리게 눕지말고
열달을 이리ᄒᆞ야 ᄌᆞ식을 나흘진딘
얼골이 단졍ᄒᆞ고 총명이 더ᄒᆞ리라
문왕의 어마님은 문왕을 ᄇᆡ엿실ᄯᆡ
이갓치 ᄒᆞ엿스니 쏜바듬직 ᄒᆞᆫ거시라
두세살 먹은후의 지각이 들거들랑
장난을 엄금ᄒᆞ고 의식을 죤절ᄒᆞ고
명주옷 입게말고 ᄉᆡ쇼움 놋치말고
썩은음식 쥬지말고 ᄉᆡᆼᄒᆞᆫ고긔 먹게말라
귓타고 안을바다 버릇업게 ᄒᆞ지마라
밉다고 과장ᄒᆞ여 졍신일케 ᄒᆞ지마라
ᄆᆡᆼ자의 어마님도 ᄆᆡᆼ자를 길으실제
가긔를 세번옴겨 학궁겻ᄒᆡ 사라실제
이웃제 돗잡거늘 너먹일라 소기시고
도로혀 후회하여 사다가 머기시니
너도이걸 효칙ᄒᆞ야 소기지 말라셔라[56]

---

56) 권영철, 〈誡女歌(權本)〉, 『규방가사』 Ⅰ, 한국정신문화원, 1979, p.11.

② 슈ᄐᆡ를　하거덜랑　음셩을　듯지말고
난ᄉᆡᆨ을　보지말고　셔근음식　먹지말고
기울게　셔지말고　기울게　눕지말고
십삭을　이리ᄒᆞ여　긔자을　나흐시면
얼고리　영쥰ᄒᆞ고　품명이　출등ᄒᆞ졔
문왕의　어마님이　문왕을　나흐실졔
이갓치　ᄒᆞ겨시니　어이그리　착ᄒᆞ신고
착ᄒᆞ신　ᄐᆡᄐᆡ셩덕　쌘바들가　바ᄅᆡ노라
이갓치　나은후의　두세살에　이르러셔
지각이　드러갈졔　작난을　졀금ᄒᆞ고
명주옷　입게말고　ᄉᆡ솜을　노치말고
셔근음식　주지말고　써근고기　먹게말고
지품얼　션도ᄒᆞ야　쏘기기　마라셔라
ᄆᆡᆼ자의　어마님이　ᄆᆡᆼ자럴　기르실제
자거ᄒᆞ여　셰번옴겨　학궁겻ᄒᆡ　사르실제
이웃집에　돗잡거날　너머길나　쏘기시고
도리어　후회하여　사다가　머겨스니
그후의　ᄆᆡᆼ자님이　아셩공이　아니신가[57]

③ 태왕후비　태님씨는　문왕을　수태하사
올으잔키　짜는자리　안지도　안이하고
기울기　보인음식　먹지도　안이하고
음성을　안이듯고　사ᄉᆡᆨ을　아니보고
십삭을　차연후에　문왕을　탄생하니
문왕에　착한성덕　모부인　ᄐᆡ교바다
겨록한　명문영황　만세에　빗낫도다
맹자도　잠부인은　공자를　다리시고
이사를　세번하야　ᄒᆡᆼ실을　교훈터니

---

57) 권영철, 〈훈시가〉, 『규방가사』 Ⅰ, 한국정신문화원, 1979, pp.23~24.

일일은 ᄆᆡᆼ자게서 모부인에 엿자오데
동역이웃 사람드러 도철잡아 쌈드시다
노부인에 긔리하사 자연이 ᄃᆡ답하듸
그돗철 굉자함은 누를주려 하심니가
이욱고 ᄉᆡᆼ각하니 자식쏙기 절통하다
져육을가 마이사서 ᄆᆡᆼ자를 머기스니
자식을 교훈하니 진실노 생애로다[58]

④ 슈퇴를 하거든 동정언행 삼가하소
기울ᄀᆡ 눕지말며 ᄉᆡᆼᄒᆞᆫ음식 먹지말고
삿특한빗 보지말며 음난한소리 듯지말며
니브오한 말하지말고
열달을 삼긴후ᄋᆡ 자식을 나흐시면
형용이 단정하고 ᄌᆡ질이 명민하여
범인과 다러리라
슈삼ᄉᆡ 어린ᄯᆡᄋᆡ 외연한 성심이라
그른행실 보지말며 그른말씀 듯지마소
사오ᄉᆡ 어린이의 장기심 되오리라
고약한말 ᄇᆡ우그든 ᄭᅮ지저 말리오며
고약한일 익히거든 매질하여 금지하소
귀하다 안을바다 버릇업게 고양마오
불효지소 되난이라
꾀가들어 가난아ᄒᆡ 쏘기난상 버릇말고
명주옷 덤게입혀 삿치한마음 주지마소
맛난고기 만히먹여 입버릇 대ᄀᆡ마소
어릴적ᄋᆡ 교도함도 어부ᄋᆡ기 맛혓난이
단일하신 ᄐᆡ임씨난 문왕성인 나흐신이
후ᄉᆡᄋᆡ 유전하되 퇴교라 충찬하고

58) 권영철, 〈행실교훈ᄀᆡ라〉, 『규방가사』 Ⅰ, 한국정신문화원, 1979, pp.47~48.

지속하신　믱씨모난　두번세번　집을옴겨
의방으로　인도하여　아성지위　일어신이
부모되어　자식사랑　고금의　일을손가
사랑하고　불교하며　금록지의　안이련가
부대의을　뿐을바다　죄명을　입게마소
이려케　성취함을　이삼삭　되온후의
입신양명　현부모난　죄도리만　볼지어다[59]

위의 인용문들은 제목은 다르나 내용이 거의 동일하다. 특히 ①, ②, ③은 내용뿐만 아니라 표기에서도 매우 유사한 양상을 보여준다. 그럼에도 모두 인용한 것은 각각 다른 제목으로 되어 있다는 점에서 서로 다른 기록자들에게 수용된 것으로 추정되기 때문이다. 위의 작품에서는 출산을 담당하게 될 여성의 정서와 일상행실이 태아에게 미칠 영향을 고려하여 음식 · 언어 · 행동 · 심신의 수련 및 절제의 중요함을 강조하고 있다. 동시에 맹모의 예를 들어 육아의 태도와 방법에 대해서도 언급하고 있다. 내용이 일상적이고 단편적이기는 하지만 인간의 생명에 대한 진지한 성찰을 전제로 하고 있다는 점에서 의미심장하다. 단순히 대를 잇기 위한 여성의 의무감에서 벗어나 생명의 잉태나 육아의 과정이 수동적인 것이 아니고 막중하고 절대적인 책임감을 동반하는 일임을 강조하고 있다. 여성은 생명의 원초적 모태로 '모성'을 지니고 있으며 '모성'이라는 것은 여성이 어머니로서 가진 성질로 자연 · 애정 · 지혜 · 이해 등 광범위한 생태학적 의미를 함축하고 있다.[60] 계녀가류 규방가사는 인간의 생명에 대한 경위를 나타내고 새로운 생명 잉태를 담당하는 여성의 기능에 성스러움과 신비성을 부여하며, 이러한 경험을 통하여 여성의 가장 본질적이고 공통된 특징인 모

59) 권영철, 〈규문전회록〉, 『규방가사』 Ⅰ, 한국정신문화원, 1979, pp.68~69.
60) 거다 러너, 김인성 옮김, 『역사 속의 페미니스트』, 평민사, 1993, p.136.

성적 체험을 강조하고 있다. 나아가서 이렇게 제기되고 강조되는 여성의 모성적 체험은 만물을 생육하는 자연의 섭리를 인정하는 에코페미니즘 원리와 연결될 수 있는 것이다.

에코페미니즘은 인간인 여성이 비인격적인 자연과 같은 질서를 형성하며 종種을 생산하는 생물학적 신체구조를 갖고 있음으로써[61] 자연과 가까운 생태학적 존재라고 본다. 자연과 여성의 이미지는 동일할 뿐만 아니라 한 몸이라고 인정하며 자연과 여성의 가치를 새롭게 부각시키려는 담론이다.[62] 여성의 재생산(생식), 모성, 양육적 기질을 강조하고 이른바 실생활 속에서 형성된 여성기능을 내세우며 자연과 여성은 '생명출산', '돌보기', '양육적 기질', '모성' 등의 존재방식을 속성으로 하는데, 이는 자연과 여성의 생물학적 요인에 의해 본래적으로 주어진 것이라고 인정한다.[63]

계녀가류 규방가사의 작자는 생명을 잉태하고 양육하는 실천적 과정을 경험으로 내세우면서 여성자체에 내재되어 있는 본질적인 생명체험을 긍정하고 있음이 분명하다. 부모의 결합으로 태어난 자녀는 기골은 아버지를 닮고 성정性情은 어머니를 닮기 때문에 어머니가 보여 주는 모범이 아버지가 행하는 교훈보다 우선적인 효과를 가진다[64]고 하듯이 계녀가류 규방가사는 후대생산과 자식양육에 있어서 여성의 역할을 강조하고 최대한 상승시키며 어머니라는 천성적인 역할에서 그 권리의 원천을 찾아보려 했다. 그리고 생명의 성장을 정성스럽게 대접하고 포용하면서 자기 몸으로

---

61) 이영옥, 「에코페미니즘의 기독교 윤리학적 이해」, 한남대학교 석사학위논문, 2007, p.10.
62) 케이트 밀렛, 김전유경 옮김, 『性 정치학』, 이후, 2009, p.92.
63) 이귀우, 「에코페미니즘」, 『여성연구 논총』 13, 서울여자대학교 여성연구소, 1998, p.4.
64) 이숙인 역주, 『女四書』, 여이연, 2003, p.218의 "骨氣像父 性氣像母 上古賢明之 女有娠 胎教之方必愼 故母儀先於父訓 慈教嚴於義方" 참조.

생명의 지혜를 깨달아가는 여성의 생태학적 근원성을 강조하고 있다.

계녀가류 규방가사의 작자가 모두 여성은 아니지만 결과적으로는 여성을 중심으로 교훈을 전달하고 정서를 토로한다. 여성의 입장에서 '모성'은 결코 개인적인 사항이 아닌 사회적인 구조인 바, 어머니의 역할, 권리, 의무를 규정한 법적, 경제적, 제도적 수단을 갖고 있다.[65] 역사 속에서 항상 주변적인 위치를 담당해야 했던 여성들이 주된 작자 층으로 되어 있는 계녀가류 규방가사는 모성 역할을 강조함으로써 여성들의 집단실체를 '자매의식'으로 확대하기도 했다. 아내가 되고 어머니가 된다는 것은 대부분의 여성들이 다른 여성들과 쉽사리 공유할 수 있는 실천적 경험이며 세월의 흐름과 함께 이런 의식과 경험은 필연적으로 여성들의 집단적인 연대의식으로 형성된다. 대다수의 여성에게 있어서 결혼하고 어머니가 되는 것은 운명이었고 이런 면에서 여성들은 쉽사리 자매애의 유대감과 함께 집단의식의 형성도 가능한 것이다. 계녀가류 규방가사에서 모성체험에 대한 강조는 여성들에게 특별한 사회적 역할을 부여하고 여성들에게 가부장제 사상과 현실 양상에 대응할 수 있는 힘을 부여하려 했다고 볼 수 있다.

5.2 인간관계의 연대와 조화

생태학은 구성원간의 상호작용을 통한 관계 맺기와 소통을 하면서 조화적으로 공존하는 원리이다. 에코페미니즘은 생태학적으로 자연과 인간, 인간과 인간의 관계성 안에서의 조화와 연대를 추구한다.[66] 자연과 인간, 남성과 여성, 사회의 각 계층에 속한 사람들뿐만 아니라 지상의 모든 존재

65) 거다 러너, 『역사 속의 페미니스트』, 평민사, 1993, p.172.
66) 이영옥, 「에코페미니즘의 기독교 윤리학적 이해」, 한남대학교 석사학위논문, 2007, p.32.

가 서로 존중받고 함께 어울려 살 수 있는 조화로운 세상을 만들어 가야 한다고 주장하며 이 과정에서 여성의 작용과 정서가 중요하다고 본다.

계녀가류 규방가사에서 나타나는 인간관계는 남성과 여성으로 맺어지는 부부관계, 시부모와의 관계, 동기 친척간의 관계, 노복과의 관계 등이 포함되어 있다. 이런 인간관계에 초점을 맞춰 계녀가류 규방가사는 여성이 가부장제 가족 내의 일상생활 속에서 가장에 대한 공대, 남편과의 화목한 부부관계, 동기들 간의 배려, 노복들에 대한 다스림 등에서 지켜야 할 인간관계의 규범을 전달한다. 이런 연유로 가부장제 가족을 유지하면서 이루어지는 복잡다단한 인간관계 내에서 중요한 역할 담당인 여성의 체험적인 이념과 정서가 잘 드러나 있다.[67]

5.2.1 양성의 화합과 가족

과거나 지금이나 인간 공동체의 최소 결정체는 가정이다. 인간의 삶은 인간관계 속에서 지내게 되며 이 인간관계를 형성하는 최소의 기본단위이자 시발점은 가정이기 때문에 가족 관계가 가장 기본적인 인간관계라고 할 수 있다. 인간은 태어나서부터 생을 마감할 때까지 가족이라는 범위를 벗어날 수 없으며 남성과 여성으로 대표되는 부부관계는 가족 내의 인간관계를 형성하는 1차적 관계이자 양성관계의 기본단위이다. 예로부터 가부장제는 남·녀의 생물학적인 구별을 토대로 한 것이 아니라 통치이념을 근간으로 남성과 여성에 대해서 성별 상, 직책상 상하관계이며 종속관계라고 인정을 해 왔다. 이 부분에서는 가부장제의 이분법적인 논리가 아닌

---

67) 가부장제 사회에서 가족 의식의 근거는 유교에서 찾을 수 있다. 유교의 기본강령인 삼강오륜은 가족 간 윤리의 기본이며, 冠婚喪祭의 儀禮는 가족 공동체를 결성시켜주고 가족 구성원들 간의 질서를 확립시켜 주는 원리였다. 특히 삼강오륜 중의 父子, 夫婦, 長幼의 세 윤리는 가족 관계를 원만히 결성하는 덕목이다.

에코페미니즘의 가능성으로 계녀가류 규방가사에 담겨진 양성조화 의식을 분석해보려고 한다.

지금까지 전통적인 페미니즘은 남성은 이성 · 활동성 · 능동성을 대표하고, 수동적 · 감성적인 여성을 억압하고 착취하는 입장이며 타도의 대상이었다. 이와 달리 에코페미니즘은 '남성성'과 '여성성'이라는 이분법적 관점을 넘어서서 여성적 특질을 강조하고 남성을 제외하거나 타도하는 것이 아니라 동반자로 취급하며 양성의 화합과 조화를 추구한다. 자연을 이루고 있는 모든 개체가 그러하듯이 남성과 여성 가운데 어느 한쪽을 제외시켜도 균형과 조화가 깨뜨려질 수 있다고 인정한다.[68] 이런 원리를 전제로 아래의 작품을 보기로 한다.

① 부부간 인졍이야 화슌밧긔 업ᄂᆞᆫ이라[69]

② 밧그로 맛튼일을 안흐로 간여말고
안흐로 맛튼일을 밧그로 미지말고
(…)
부부간을 쏠작시면 화순ᄒᆞ기 심난이라[70]

③ 남자는 밧게있고 여자는 안에잇서
여공에 매인일을 난낫치 ᄇᆡ와ᄂᆡ리[71]

④ 남자는 밧깨잇고 부인은 안에잇서
음식이나 장만하고 방직에다 힘을서라

68) 김욱동, 『문학 생태학을 위하여』, 민음사, 1998, p.408.
69) 권영철, 〈誡女歌(權本)〉, 『규방가사』 Ⅰ, 한국정신문화원, 1979, p.9.
70) 권영철, 〈계여가〉, 『규방가사』 Ⅰ, 한국정신문화원, 1979, p.16.
71) 신지연 · 최혜진 · 강연임, 〈행실교훈ᄀᆞ라〉, 『개화기 가사 자료집』 4, 보고사, 2011, p.249.

내할일을　　생각하고　　박째말을　　부대마라[72]

⑤ 아리ᄯᅡ은　　교운태도　　녀인일시　　분명하나
내외분별　　차리면서　　행실난　　정락하세[73]

⑥ ᄂᆡ외란　　구별ᄒᆞ여　　힐난케　　마라스라
져규난　　금슈로ᄃᆡ　　갓가이　　아니ᄒᆞ고
연지ᄂᆞᆫ　　남기로ᄃᆡ　　나지면　　풀리나니
ᄒᆞ물며　　ᄉᆞ름이야　　분별이　　업슬손가
학업을　　권면ᄒᆞ여　　현져키　　ᄒᆞ야서라
ᄂᆡ외란　　구별ᄒᆞ여　　음난케　　마라스라
(…)
부부간　　인졍이야　　화슌밧긔　　업ᄂᆞᆫ이라[74]

⑦ ᄂᆡ외간이　　화ᄒᆞᆸᄒᆞ면　　부모안락　　ᄒᆞ시리라
(…)
남ᄌᆞ난　　동물이라　　공부의　　작심ᄒᆞ고
ᄉᆞ업ᄋᆡ　　주의ᄒᆞ야　　빕ᄒᆞᆼ을　　ᄯᅡᄭᅡ내야
ᄉᆞ방ᄋᆡ　　뜻을두니
시간ᄉᆞᆯ림　　ᄒᆞ난거선　　부여ᄋᆡ　　첵임이라
밧것일을　　간섭말고　　중문안의　　거처ᄒᆞ야
ᄯᆡ맛추어　　음식ᄒᆞ기[75]

⑧ 그즁ᄋᆡ　　부부간은　　지즁하고　　지정하니
지즁지정　　하온도리　　되강만　　일으리라
인륜의　　웃듬이요　　만복ᄋᆡ　　장원이라

72) 권영철, 〈훈민가〉, 『규방가사』 Ⅰ, 한국정신문화원, 1979, p.50.
73) 林基中, 〈여행녹(390)〉 『역대가사문학전집』 7, 東西文化院, 1987, p.309.
74) 최태호, 〈誡女歌〉, 『교주 내방가사』, 螢雪出版社, 1980, pp.11~12.
75) 권영철, 〈여아ᄉᆞᆯ펴라〉, 『규방가사』 Ⅰ, 한국정신문화원, 1979, p.83~84.

천지로 샹을하고 음양으로 ᄇᆡ합하여
부창부화 하을진되 그안이 지즁한가
이셩ᄋᆡ 한되모여 한몸ᄋᆡ 되어신이
백연 고락을 한가지로 ᄒᆞ올지라
여고슬금 배합하니 그안이 지정한가
(…)
옛사람 부부간은 뉘안이 그려하리
문왕후비 ᄐᆡᄉᆞ씨난 군ᄌᆡ호귀 되야이서
금실노우 귀할ᄌᆡ 공고라 낙지한이
요조하고 단일함을 단서장의 찬미하고
기주땅 곽결이난 포야에 농부로서
부부간의 공경함을 손갓치 ᄃᆡ접한이
여형공의 부부간은 육십을 회로하되
한날갓치 조심하여 낫빛찰 홧케하고
ᄆᆡᆼ광ᄋᆡ 현ᄒᆡᆼ실은 반을들어 들이오며
눈썹을 갓치한이 공경이 지극기로
사ᄎᆡᆨᄋᆡ 기록하여 후ᄉᆡ의 유전하고
(…)
부부지간 조심하여 화순이 쥬장이요[76)]

⑨ 부화부순 議論하며 各盡其道 ᄒᆞ여갈제
박그로 周旋키는 男子의 할도리은
안으로 切用키는 婦人의 ᄉᆞᆺ긋치라[77)]

①은 남자와 여자는 화순이 중요함을, ②~⑤는 남자와 여자는 서로 밖과 안의 맡은바 역할을 잘 해야 함을, ⑥와 ⑦은 남성에 대해서는 학업을 권하

76) 권영철, 〈규문전회록〉, 『규방가사』 Ⅰ, 한국정신문화원, 1979, p.70~71.
77) 林基中, 〈婦人箴(576)〉, 『역대가사문학전집』 11, 東西文化院, 1987, p.420.

고 남녀는 내외분별을 하며 서로 간섭 말아야 함을, ⑧은 금슬 좋은 부부의 전고를 들면서 남녀 간이 화순하고 부창부화夫唱婦和해야 음양조화陰陽調和와 여고슬금如鼓瑟琴를 가져올 수 있으며 백년고락百年苦樂의 복을 이룰 수 있음을, ⑨에서는 부부사이에 서로 의논하면서 안과 밖이라는 각자의 직분을 담당해야 함을 각각 강조하였다.

위에서 제시한 작품들에서 볼 수 있듯이 남편은 사회활동에 전념하고 아내는 가정의 일에 전념하는 것처럼 남편과 아내는 각자 할 일이 따로 분리되어 있으며 그것이 바로 남녀의 분별과 책임이라고 인정한다. 작품들에서는 남성과 여성 각자의 역할과 조화에 대해 '별別'과 '화和'를 강조한다. '별'은 오륜의 하나인 '부부유별'[78]을 나타낸 말로 남편과 아내는 의무상 각자의 직분과 서로 침범하지 말아야 할 분별이 있음을 의미한다. '별'은 결코 남성과 여성의 차등을 드러내는 차별의 관계가 아니라 상보적 관계를 나타내는 개념이다. 즉 여성과 남성은 가정 내에서 남편과 아내로서 역할은 다르지만 상하의 구별이 없이 의무와 본분을 지키면서 조화를 이

78) 신정연, 「朝鮮後期 閨房文化에서 治産活動의 展開過程」, 성균관대학교 석사학위논문, 2014, p.16. 신정연은 "삼강오륜 중 여인들의 삶과 관계가 깊은 것은 夫婦有別이라고 할 수 있는데 이는 내외법으로 남녀와 부부 등을 실제적으로 의미한다. 즉 남녀를 구별하고 부부간에 예의를 지킨다는 뜻이지만 좀 더 정확한 의미는 '남녀간에 서로 멀리하고 접촉을 피한다"는 뜻으로 해석을 했다.
조선영, 『가사문학과 유학사상』, 태학사, 2002, pp.196~199. 조선영은 "〈계녀가〉에서 사군자 항목의 정신은 진정한 의미의 '부부유별' 정신과 관련되어 계승되어야 한다. 아내가 남편에게만 공경을 다하는 것이 아니라 상호간의 공경이 필요한 시대이다. '부부유별'의 의미는 부부란 차별적인 것이 아니라 상대적이며 평등한 관계에서 시작된 관계이면서 동시에 조화와 상호보완으로 완성을 이루어져 가는 관계라는 것이다. 즉 부부유별의 근본적인 뜻은 남녀의 역할이 다르니까 역할이 다른 그대로를 구별을 하여 서로 도와 인격을 완성시키고 마침내는 자기의 직능을 완수하자는 것이다. 즉 남녀의 역할에 따라 부부 각자의 올바른 역할 수행을 강조하고 조화로운 부부생활을 위하여 서로 예의를 다해야 할 것이다."라고 보았다.

루어야 한다는 말이다. 의무란 사람이 마땅히 해야 할 일이나 직분을 말하고 있는데, 남성이 가계를 책임지는 것이나 여성이 가사와 육아에 몰두하는 것은 직분에 따른 의무와 책임이라는 것이다. '화'는 '조화'나 '화합', 즉 서로간의 마음과 뜻을 모아 화목하게 어울린다는 뜻으로 남성과 여성의 조화는 가정의 근본임을 강조한다. 또한 '화이부동和而不同'으로 이해할 경우 쌍방의 차이를 인정하면서도 자기의 중심과 원칙을 잃지 않고 화합해야 함을 말한다. 결과적으로 계녀가류 규방가사에서는 남성과 여성이 각자의 의무 분담에서 출발하여 '화이부동'을 인정하고 '부부유별'을 바탕으로 조화를 이루어야 '부화부순夫和婦順'[79]할 수 있으며 가정의 화목을 이어갈 수 있다고 강조하고 있다. 가정의 덕목은 부자자효父慈子孝, 부화부순夫和婦順, 형우제공兄友弟恭의 덕목이 기본이며 역할분담과 화목은 저절로 이루어지는 것이 아니라 가족 구성원 서로가 각자의 직분을 다하며 실천할 때 가능하다는 것이다.

『동몽선습』에서 "남편과 아내는 두 성이 합한 것으로 인간이 태어난 시초이며 만복의 근원이다"[80], "부부가 생기고 부자가 생기니 부부는 인간도리의 시작이다(…) 인간은 부모 아니고는 태어날 리 없다"[81], '내외가 화순해야 부모님께서 편안하고 즐거워하다'[82]라고 하는 것처럼 부부는 가정의 근원이며 부부화합은 가정의 화목을 이루는 밑거름으로 인식했다.

이는 남성과 여성의 조화로움이 생태계를 유지한다는 에코페미니즘의

---

79) 박세무 · 이이, 『童蒙先習 · 擊蒙要訣』, 동양고전연구회, 나무의 꿈, p.16의 "父慈而子孝 夫和而妻順 事君忠而接人恭 與朋友信而撫宗族厚 可謂成德君子也" 참조.

80) 박세무 · 이이, 『童蒙先習 · 擊蒙要訣』, 동양고전연구회, 나무의 꿈, p.41의 "夫婦二姓之合 生民之始 萬福之源" 참조.

81) 박세무 · 이이, 『童蒙先習 · 擊蒙要訣』, 동양고전연구회, 나무의 꿈, p.162의 "有夫婦然後有夫子 夫婦者 人道之始也(…)人非父母無從而生" 참조.

82) 박세무 · 이이, 『童蒙先習 · 擊蒙要訣』, 동양고전연구회, 나무의 꿈, p.16의 "內外和順 父母其安樂之矣" 참조

원리에 부합된다. 또한 위의 작품에서 '여고슬금'[83]적인 부부화합은 인륜의 으뜸이고 만복의 근원이라고 표현했다. 이는 '남성은 '정正'이고 여성은 '반反'이고 결혼은 '합合'이기 때문에 남녀의 결혼이 서로 조화되어 "완벽한 음악"이 될 것'[84]이라는 에코페미니즘의 관점과도 상통한다. 생존의 그물망 속에서 남성과 여성은 상호 의존하며 각자의 역할을 충실히 수행해야[85] 한다는 의미가 바로 그것이다.

가부장제는 여성의 지위를 일차적으로 혹은 궁극적으로 남성에 의존하도록 요구한다.[86] 이 제도의 산물인 계녀가류 규방가사도 '안'과 '밖'의 구별이라는 명분을 인정하고 명확히 구분하고 있다. 하지만 그 이면에 역할분담과 양성조화의 관점으로 남녀가 상하 구별이 없이 정해진 능력에 따라 각자의 책임과 가정 내 의무에 대한 충실로 가정영위를 이어나가려는 소원을 내비치고 있는 것도 사실이다. 계녀가류 규방가사 작자들의 내면의식을 따져보면 가정 내에서 남·녀의 성적 차별이 아닌 직책상 구별과 책임을 강조함으로써 보편적 존엄성의 유지 위에 양성관계를 바라보려는 의식이 분명 담겨져 있다.

지금까지 양성의 관계를 규율해 온 것은 남존여비의 담론이었다. 그러나 성리학적 음양론에 대해서는 다양한 시각으로 보아야 할 필요가 있다. 유교는 원론적인 차원에서 볼 때 위계론과 평등론을 주장하는 이중적 세계관을 가지고 있다. 유교의 음양론은 음과 양을 대등하게 보는 다른 측면 즉 대대성(서로 없을 수 없으며 어느 한편으로 치우치지 않는)과 차등성(음적인 것을 억누르고 양적인 것을 부양하는)을 동시에 갖는다는 것이다.

---

83) 『漢文大系 十二:毛詩』(동경, 부산방, 1973)卷第九, p.170의 "妻子好和 如鼓瑟琴" 참조.
84) 케이트 밀렛, 김전유경 옮김, 『性 정치학』, 이후, 2009, p.170.
85) 어니스트 칼렌바크, 노태복 옮김, 『생태학 개념어사전』, 이코리브르, 2009, p.109.
86) 케이트 밀렛, 김전유경 옮김, 『性 정치학』, 이후, 2009, p.92.

유교는 음양의 형평성을 지향하는 데 본질을 두고 있는데, 그것은 자기 정체성의 논거를 '중中'인 '불편불이불과불급不偏不倚無過不及'에 두고 있듯이 음과 양 어느 하나에 치우치지 않는 균형성을 본질로 한다. 이는 유교 최고의 덕목이며 실천 윤리인 동시에 유교 사상과 문화의 기저를 이루는 원형적 논리다.[87)]

건곤이	초판한후	만물이	품싱한대
명완한	초목이요	무지한	금수로다
거록할사	우리사람	규중에	회령이라
습저의	참예하고	요행으로	풍부하니
지즁하신	사람이요	지정하신	사람이라
건도난	성남이요	곤도난	성여로다
음양이	거뢰여	강유을	갈나뇌니[88)]

여기서는 성리학의 한 부분인 주돈이周敦頤의 「태극도설太極圖說」을 바탕으로 해석하려고 한다. 위의 인용문에서 '건乾/곤坤'은 '주역'에서의 건괘乾卦와 곤괘坤卦이며 순양괘純陽卦와 순음괘純陰卦로 음양의 원형이기도 하기 때문에, '남/녀' 각자 속성으로 전환설정을 하고 있다. 주돈이는 자연법칙을 태극이라 칭하고 우주가 건남곤녀乾男坤女를 동시에 낳고, 만물이 화생하나 만물은 결국 하나의 음양으로, 그리고 음양은 하나의 태극으로 각각 돌아간다고 설명하고 있다. 자연법칙 아래 만물이 생겨나고 그 중에서 인간은 인륜의 규범을 지키고 있기에 제일 영묘靈妙한 생물이라는 것이다. "건乾도

87) 최영진, 「젠더에 대한 유교의 담론」, 『동양 사회사상』 8, 2003, p.103.
88) 권영철, 〈규문전회록〉, 『규방가사』 I, 한국정신문화원, 1979, p.65. 이 작품 중에서는 성리학 발전의 선구자 중인 周敦頤의 〈太極圖說〉 에서 "乾道成男, 坤道成女, 二氣交感, 化生萬物, 萬物生生 而變化無窮焉"이라는 어구를 인용한 것이다.

난 성남聖男이요 곤坤도난 성녀聖女로다"는 분명 양과 음 즉 남성과 여성은 모두 성적인 존재로 인정을 하고 있으며, 불편불이不偏不倚한 음·양의 상보성과 균형성을 강조하고 있는 것이다. 사회 변화의 다양한 요인으로 이런 평형성이 기울어지고 조선 시대 성리학이 정치제도의 근간으로 되면서 여성의 지위가 낮아지게 된 것이다. 그리고 지금까지 인간의 의식에는 유교가 바로 남존여비를 고집한다는 가치관과 문화가 공고하게 자리 잡게 되었고 그 원인으로 성차별의 의식·가치·제도의 이념적 기제가 존재하게 된 것이다.

조규익은 질서와 자연의 조화에 대해 "천지인은 모두 도로부터 본을 받으며 도는 자연으로부터 본을 받는다. 도보다도 상위의 개념이 바로 자연인 것이다. 이때 자연으로부터 본받는 실체는 질서다. 다시 말하여 도는 자연의 질서를 본받는 것이다. 질서는 또한 획일이 아닌 조화를 전제로 한다. 조화는 역동과 생명력을 기반으로 하며 모든 창조는 조화에서 이루어진다"고 해석했다.[89] 남성은 '밖', 여성은 '안'이라는 것은 부처지도夫妻之道을 말하는 것이며 이는 곧 가족의 질서이다. 양과 음 또한 자연의 본연적인 질서이다. 즉 부처지도 역시 조화를 전제로 한 자연의 질서를 본받는 것이므로 남성과 여성을 획분하고 있는 '밖'과 '안'이라는 역할분담을 차별이 아닌 조화로 인정해야 할 것이다.

남성과 여성을 서로 위계적으로 이분하는 가부장적 이데올로기로 계녀가류 규방가사를 평가하는 단계를 넘어서 양성조화의 새로운 생태학적 관점에서 해석할 필요가 있다고 보는 것도 그 때문이다. 계녀가류 규방가사에서 여성 행실을 경계하고 교훈하는 것을 단순히 남존여비 사상의 산물로 볼 수 없다. 사고의 틀을 바꾸어 보다 적극적으로 남성과 여성의 생물

89) 조규익, 『고전시가의 변이와 지속』, 學古房, 2006, p.92.

학적 특징과 성별분업을 인정하고 상호보완과 각자의 역할에 대한 인정이라고 해야 할 것이다. 어느 한편이 다른 한편을 부당하게 평가 절하하거나 왜곡하지 않고 서로가 동등한 역할과 주체성을 실현해 나가는 가족관계를 바라는 것이 계녀가류 규방가사 작자의 내면의식에 자리 잡고 있는 페미니즘의 본질이다. 봉건사회에서 태어나고 그 사회의 인륜교육을 받아온 계녀가류 규방가사의 담당 층인 여성들은 가부장제를 극복하거나 벗어날 용기와 힘이 부족한 개체들이었다. 성적 차별에 대항하거나 남성주의를 타도할 의향을 비치기란 전혀 불가능한 시대이고 인간들이었다. 그들은 '남성성'과 '여성성'의 이분법적 인간관계가 아닌 서로가 동등하게 상호주체성을 실현하는 양성조화와 양성공존의 가족관계에 대한 소망을 지녀봤을 뿐이다. 또한 그런 소망을 작품 속에서 조심스럽게 제기해 보았으며 자신도 중생 중에서 존중받고 동일시 받는 인간임을 자각하려고 한 것이다. 작자의 이런 지향의식은 에코페미니즘이 궁극적으로 추구하는 이념과 같은 맥락에 있는 것이다.

효는 가정이란 제도가 존속되는 한 영원히 있어야 할 윤리 덕목이며 조선 시대의 사회 윤리에서 가장 중요한 가치 의식과 확고한 지배 이념으로 자리매김 되는 행동규범이다. 효의 가치가 최대의 가치로 숭상되는 전통사회에서 여성은 자신을 낳고 길러준 부모보다도 남편의 부모에게 더 효도해야 했고 시집살이에서 시부모와의 인간관계는 가정 내에서 여성의 위치를 결정하는 결정적인 요소였다. 아래의 작품에서는 시부모에 대한 효도와 처신방법에 대해서도 가르치고 있다.

① 부모의　　글력보고　　부모의　　말숨바다
구틱야　　말리시면　　가만이　　안자짜가
절ᄒᆞ고　　돌아나와　　등촉을　　도도오고

ᄒᆞᆯ일을　ᄉᆡᆼ각ᄒᆞ여　ᄎᆡᆨ을보나　일을ᄒᆞ나
이윽히　안자ᄯᅡ가　밤들거든　ᄌᆞ거셔라
(…)
부모님　ᄭᅮ즁커든　업드려　감슈ᄒᆞ고
아모리　올흐나마　발명을　밧비마라
발명을　밧비ᄒᆞ면　도분맘　나ᄂᆞ니라
안ᄉᆡᆨ을　보아가며　노기가　풀리거든
조용히　나아안자　ᄎᆞ례로　발명ᄒᆞ면
부모님네　우스시고　용서를　ᄒᆞ시리라[90]

② 가장이　구죵커던　우스면　ᄃᆡ답ᄒᆞ면
공경은　부족ᄒᆞ다　화슌키난　ᄒᆞ나니라
금실우지　의가제절　화슌밧게　ᄯᅩ잇나냐
부모님이　안락ᄒᆞ야　만실춘풍　화긔즁의
영영부조　살진집의　쳔세구련　올이시면
그아니　즐거오며　그아니　조홀소냐[91]

①에서는 시부모에게 복종을 하면서 화를 내면 용서받는 방법을 가르치고 있는 데 무조건적으로 감수하고 따라야 하는 것이 아니라 사후에 간곡한 태도로 간언을 드리고 해명을 해야 한다고 했다. ②에서도 역시 부모님이 꾸중하면 웃으며 대답해야 하며 부모님의 심정이 안락하고 평온해야 집안의 화순과 즐거움을 유지할 수 있다고 했다. 효도는 자식의 도리지만 분명히 무조건적인 요구나 강요에 의한 것이 아니고 부모의 옳은 뜻에 순종하고 그렇지 못한 경우에는 간쟁하는 것이 그 진정한 의미라고 인정하고 있다. 계녀가류 규방가사에서는 시집살이 과정에서 여성은 자신의 주

90) 권영철, 〈誡女歌(權本)〉, 『규방가사』 Ⅰ, 한국정신문화원, 1979, p.8~9.
91) 권영철, 〈훈시가〉, 『규방가사』 Ⅰ, 한국정신문화원, 1979, p.21.

견을 버린 인생으로 살아가기보다 적합한 간언과 해명으로 시부모에 대한 처신을 바람직하게 유지해나갈 수 있는 생활의 지혜를 전달하고 있는 것이다.

그리고 같은 여성으로서 시부모는 들어온 며느리에 대해서도 아끼고 사랑해야 할 것을 강조하고 있다.

내외화목	졔일일셰		
싀어마니	되나니난	자긔경역	생각하소
어졔날에	나의정상	내가남의	며나리오
오날날의	이사람이	네가나의	며나리니
남의자부	되압기난	피차셔로	일반이라
남의자부	되그보니	시부모늬	심하심이
마음속의	즈왓스며	외면상의	즐겁던가
사람됨은	다갓흐니	헤아림	헤아리소[92]

이 작품에서는 며느리가 시어머니로 되고 시어머니가 며느리의 삶을 경력經歷하는 과정은 똑같으니 그런 처지를 헤아릴 것을 강조하고 있다. 며느리와 시어머니는 가족 내에서 서로 다른 구성원이지만 같은 삶을 살아야 한다는 의미에서 작자는 상하관계로만 보고 있는 것은 아니었다. 집안 살림 계승자로서의 시어머니와 며느리에 의해 살림의 운영권이 이양되는 과정은 개인 정체성의 연속이나, 삶의 모습 재현과 신분의 순환으로 볼 수 있다는 것이다. 순환은 자연의 유기적인 법칙이자 우주의 섭리이기 때문이다. 이처럼 이 작품에서는 인간도 자연의 일부분으로 이런 섭리를 피할 수 없으니 순환의 과정에서 이기심을 버리고 평정심과 자비심으로 가정의 조화를 이어나가야 한다는 관점을 제기하고 있는 것이다.

---

92) 林基中, 〈여행녹(390)〉, 『역대가사문학전집』 7, 東西文化院, 1987, p.319.

조선 시대는 가족이 사회의 기본제도라고 인정하고 있기 때문에 형제간의 우애나 친척 간의 화목을 매우 중시한다. 결혼 후의 여성들은 시부모와 남편 외에도 필연적으로 시집의 친척과 동기간의 인간관계에 노출되어 있기 마련이다.

그즁에	어렵기ᄂᆞᆫ	동긔와	지친이라
ᄌᆡ물로	시ᄉᆡᆨᄒᆞ면	동긔간	불목되고
언어를	잘못ᄒᆞ면	지친간	불화되니
그아니	두려우며	그아니	조심할샤
일쳑포	갈나ᄂᆡ여	동긔와	갈나입고
일두속	갈나ᄂᆡ여	동긔와	갓치먹어
지친은	우익이라	우의업시	어이살리
무사이	이실ᄯᆡᄂᆞᆫ	남보듯	ᄒᆞ거니와
급ᄒᆞᆫᄯᆡ	당ᄒᆞ오면	지친밧긔	ᄯᅩ잇ᄂᆞᆫ가
번부를	혜지말고	영양이	제일이라
의복을	ᄇᆞ랠져긔	말업시	ᄂᆡ여쥬고
음식을	ᄂᆞᆫ흘져긔	구무ᄂᆡ여	쥬지말라[93]

위의 작품에서는 동기와 지친 간의 우의를 돈독히 하는 도리를 가르치고 있다. 언어행위 때문에 친척 간에 싸움이 생기기 쉽고 재물 때문에 동기간에 불목하기 쉬우니 아무리 적은 양이라도 나누어 쓰고 빈부를 따지지 말고 평등하게 대할 것을 당부하고 있다.

계녀가류 규방가사는 서두부터 마지막까지 교훈의 내용을 명심하고 실천할 것을 당부하고 있는데, 창작의 궁극적의 목적 즉 시집살이의 법도와 방법을 단순한 전달로 그친 것이 아니라 화자의 경험에서 깨닫고 얻은 조

93) 권영철, 〈誡女歌(權本)〉, 『규방가사』 Ⅰ, 한국정신문화원, 1979, pp.9~10.

화로운 가족 내 인간관계를 유지해나가는 요령 즉 생태학적인 생존방법을 알려주는 것이다.

5.2.2 조화와 상생의 사회윤리

계녀가류 규방가사에는 부모와 자식 간의 관계, 동기간의 관계, 남편과 아내간의 관계 등이 노출되는데, 이 부분에서는 논의의 초점을 가정에서 안방주인이자 상전인 여성과 하인, 여성과 이웃 간, 여성과 '세상사람'들과의 파생적 인간관계에 맞추고자 한다.[94]

아드리엔느 리치(Adrienne Rich)는 오이디푸스(Oedipus)적 삼각구도를 강압적 이성애성으로 명명하고 여성의 진정한 가족 로망스는 가족 관계에서 파생되며 부권적 질서를 강요하는 강압적 이성애성에서 벗어나 가족 외의 새로운 공간과의 접속과 관계 맺기를 적극적으로 시도한다고 주장했다. 즉 남성의 시선을 끊임없이 의식하고 감지해야 하는 오이디푸스 삼각구도에서 벗어나 열린 가능성의 공간, 새로운 인간관계에 대한 지향을 무의식적으로 수립하게 된다고 했다.[95]

계녀가류 규방가사들에 나타나는 여성과 노복사이는 가족관계 외에 봉건질서 속에서 소외된 사람들 사이의 새로운 유기적 인간관계로 인식될 수 있다. 사대부가 여성들은 가문 살림 영위에 있어서 노복을 거느려야 했고 여주인과 노복 사이의 처신관계 또한 생활에서 아주 중요한 일부분인 것이다. 전통사회에서 노복을 거느리고 다스리는 것은 여성 치가법治家法 중 중요한 조목의 하나로 계녀가류 규방가사에서는 어노비의 항목으로 설정되고 있다.[96]

---

94) 이영옥, 「에코페미니즘의 기독교 윤리학적 이해」, 한남대학교 석사학위논문, 2007, p.32.

95) 서강여성문학 연구회, 『한국문학과 모성성』, 태학사, 1998, p.86.

① 노비ᄂᆞᆫ	수족이라	슈족업시	어이살며
더위예	농사지여	상전을	봉양ᄒᆞ며
치위예	물을ᄶᅵ어	상정을	공양함이
그안이	불상ᄒᆞ며	그안이	귀ᄒᆞᆯ손가
귀쳔은	다르나마	혈육은	ᄒᆞᆫ가지라
ᄭᅮ지져도	악언말고	치나마	과장말고
명분을	발계ᄒᆞ여	긔슈를	일치마라
졔ᄶᅬ에	ᄒᆡ입히고	ᄇᆡ골케	마라서라[97]

② 婢僕은	사령이라	手足과	같으니라
貴賤이	다르나마	그도또한	血肉이니
살뜰이	거두우되	恩威를	並施하라
威嚴이	至重하면	忠誠이	전로 없고
恩愛를	과히하면	버릇없기	쉬우니라
衣食을	살펴보와	飢寒이	없게하며
疑心커던	쓰지마라	시킨후에	의심마라
兩班이	의심하면	속일눈을	뜨나니라
죄가있어	꾸짖어도	事情을	忖度하여
威令을	세우나마	義理를	타이르면
感服도	하려니와	위우가	없나니라[98]
③ 노비가	많으나마	수족같이	아낄지며
노비난	자식이라	자식같이	거두소

96) 이헌경, 「계녀가류 규방가사 연구」, 원광대학교 석사학위논문, 2003, p.42. 이헌경은 계녀가류 규방가사에서 보여 지는 것이 노비에 대한 인간적 대우가 아니라 노동을 위한 가치기준의 평가이고 신분적으로 불평등한 主從관계와 함께 어떻게 바른 주인행세를 해야 하는 건지를 가르치고 있다고 보았다. 이는 계녀가류 규방가사가 상하신분제 수호의 산물이라는 관점에서 기존의 연구방향과 상사하다.

97) 권영철, 〈계여가〉, 『규방가사』 Ⅰ, 한국정신문화원, 1979, p.19.

98) 金聖培 · 朴魯春 · 李相寶 · 丁益燮, 〈戒女歌〉, 『주해 가사문학전집』, 集文堂, 1961, p.478.

더울때에 농사지어 ᄒᆞᆫ술이 먹게하고
추위에 낭글하여 일신을 덥게하고
취위에 물을길려 조석하여 드리오면
내하기 실은일 종을블러 씨기오며
자식이 이러하며 그안이 효자오며
ᄂᆡ몸을 편리한이 그안이 슈족인가
한담으로 맛ᄀᆡ하여 ᄇᆡ골게 하지말며
한섬을 ᄆᆡ을알아 벗긔지 말을건이
등더시고 배부르면 반심이 잇을손가
적은죄난 매질하되 슌이로 ᄀᆡ육하며
지죄랄 알ᄀᆡ하며
조그마한일 불만함이 이서나마
잘못힛다 항복커던 굿ᄐᆡ여 들어뇌며
여럿이 알ᄀᆡ마소
이렁키 되접하면 범백사랄 씻킬적도
불민지심 두ᄀᆡ말며 비정비칙 하지말며
ᄇᆡ심을 먹ᄀᆡ마소
이렁키 ᄃᆡ접하면 복심이 되오리다.[99]

④ 불상한이 되접하ᄃᆡ 부ᄃᆡ슬컷 접대하소
(…)
음식을 서로논와 나에마음 들어준들
자발업난 저부녀가 타인데헤 참을동안
일가친척 화목하고 노복노비 선쉬하소
지성간에 이업스면 타성사람 낫비말고
타인에게 정업스면 비방할가 염여하소
상하명분 다름업ᄂᆡ 그도쏘한 사람일세[100]

99) 권영철, 〈규문전회록〉, 『규방가사』 Ⅰ, 한국정신문화연구원, 1979, p.69.
100) 권영철, 〈행실교훈ᄀᆡ라〉, 『규방가사』 Ⅰ, 한국정신문화연구원, 1979, p.43.

①에서는 나이 많은 노비와 어린 노비에 대해 적합한 방법으로 대해야 함을, ②에서는 친족관계가 아닌 상전과 노비 사이의 조화로운 관계의 중요성과 다스리는 방법에 대해 설명했고, ③에서는 노비를 자식같이 거두고 노비의 말에도 귀를 기울여주면 복이 올 것이라는 것, ④에서는 상하명분을 따지지 말고 불쌍한 사람한테 관심과 배려를 베풀어야 화목한 세상살이가 가능하다는 관점을 내비치고 있다.

위의 작품들에서는 하나같이 노비는 엄하게 다스리고 부려먹어야 하는 대상이 아니라 '해 입히고 타이르면서' 따뜻하게 배려하여야 하며 귀천이 달라도 '혈육'은 한가지라고 보아야 할 대상이라고 가르치고 있다.[101] 양반과 상민을 엄격하게 구분하던 당시 신분제 사회에서 계녀가류 규방가사 작자는 하층인간을 배려하는 인간적인 정서를 실천적으로 보여주고 있는 경우다.

물론 노비를 잘 다스리고 거느려야 집안 살림 영위에도 더 유익하겠지만, 계녀가류 규방가사에서 노비를 '수족'과 같이 여기고 '돌봐야' 하는 것이 바람직한 인간적 도리라고 강조하고 있는 것은 타인을 생명 자체로써 존중하는 '유기체적 관계'의 중요성에 대한 인식 때문이라는 점이 드러난다. 이는 가부장제 사회와 상관없이 어느 시대에나 통용되는 인간의 아름다운 미덕과 가치이다.[102] 가부장제 사회에서 남성과 여성, 상전과 노복으

101) 봉건사회에서의 노비는 최하층 신분인 예속민 계층을 구성하는 용어로 인간임에도 불구하고 인간으로 대우받는 계층이 아니며 가축과 동일한 매매대상이다. 조선시대는 一賤則賤, 즉 부모 중 한쪽이 천한 신분이면 자식도 천한 신분이라는 사상 때문에 사대부가 종과 아이를 낳으면 그 아이도 노비의 신분으로 되었다. 가부장제 봉건사회는 엄격한 신분제를 선호하여 상전과 노비 사이의 신분차이를 명확하게 규정을 하고 있는 데 주인은 노비를 개인적으로 처벌할 수 있고 생사를 결정할 수도 있었다.

102) 염수현, 「〈계녀가〉의 교수학습방안 연구」, 인제대학교 석사학위논문, 2009, p.25. 염수현은 〈계녀가〉의 인성교육 학습방안에 논의의 중심을 두면서 신분제 사회에

로 분리되는 이분법적인 세계관보다도 '비천'한 인간에 대해서도 부드럽고 포용력 있는 여성성을 보여주어야 하는 당위성이기도 하다. 신분지위로 인한 사회적 차별에 의한 차이를 인정하면서도 이런 차이로 인한 분열이나 이분법적인 대립보다 유기체적 연대와 공존을 유지해 나가는 것이 곧 생태학의 법칙이다. 노복과의 조화로운 관계를 유지하는 것은 또한 안방 주인으로서의 자리를 확실히 굳혀가는 필수적 조건이기도 하다. 주인과 노복 간의 조화로운 관계유지를 추구하고 있다는 면에서 '생명에 대한 보호와 애정, 인간적 가치의 평등하고 조화로운 상생의 삶'에 주목하는 에코페미니즘 의식과 연결시켜 볼 가능성을 보여준 것이다.

계녀가류 규방가사는 "이웃불화 하지말고 남에음ᄒᆡ 할거신가"[103]라고 하며 이웃 간의 인간관계에 대해서도 상호상생의 원리를 가르치고 있다. 다음의 인용문을 보기로 한다.

야ᄒᆡ야	드러바라	ᄯᅩ한말	이르리라
농사ᄯᆡ	당ᄒᆞ오면	농사를	척염ᄒᆞ여
아모쬬록	남과갓치	득인심을	잘ᄒᆞ여라
밥ᄒᆞᆫ술의	후풍이요	쟝반술에	원셩이라
무식한	야인드리	염치예의	어이아리
논가이며	밧가온ᄃᆡ	누집낫고	못ᄒᆞ기로
셔동부인	분운ᄒᆞ야	안흉이	등등ᄒᆞ니
그아니	됴심이며	그아니	두려올가[104]

서 귀천이 다르지만 노비를 식구처럼 대하는 것은 사람의 '마음'을 중시한 가르침이며 노비도 진심으로 상전을 따르게 되기에 이는 전근대적인 신분제 사회에서 아이러니한 극히 아이러니한 일이라고 주장했다.

103) 권영철, 〈행실교훈ᄀᆡ라〉, 『규방가사』 Ⅰ, 한국정신문화원, 1979, p.46.

104) 권영철, 〈훈시가〉, 『규방가사』 Ⅰ, 한국정신문화원, 1979, p.25.

이 부분을 보면 "아희야 드러바라 쏘한말 이르리라"의 반복구 다음에 농사철에 주위 사람들의 인심을 잘 얻으라는 당부를 하고 있다. 당시 생업의 주된 생산원인 농사의 귀중함에 따른 인간관계의 중요함을 일깨워주고 풍년과 복록을 강구하는 내용이다.[105] 농사일을 할 때 타인에 대한 대접을 소홀히 하면 인심을 잃고 소문이 나기 쉬우니 조심하라고 당부한 것이다. 농사일은 집안의 가사일과는 조금 다른 특별한 노동이다. 생명을 심고 키우고 가꾸고 보살피고 꽃피우며 거두는 농사일의 결실은 한 해 동안 인간의 '식食'문제를 해결하며 생존과 생활에 필수적인 것이다. 이는 자연생명의 결실로 인간의 생명을 지속해가는 가장 기본적인 생태학의 원리를 체현하고 있다. 인간의 육체적인 노동을 생명의 성장, 유지와 확대에 투여해야 하는 농사철에 조화롭고 유기적인 인간관계가 매우 중요하며 상부상조적인 배려와 애정을 지녀야 한다고 강조한다. 인간도 자연의 일부이고 인간의 '식'은 자연에서 창출된다는 원리는 만물의 영장인 인간도 자연과 균형과 조화를 이루어야 한다는 생태학적인 의식세계를 보여주고 있다.

가사문학의 한 갈래인 계녀가류 규방가사는 교훈전달을 목적으로 하기 때문에 화자가 청자와 소통하려고 하는 가사의 대화적 특성이 잘 나타나 있다. 이러한 담화 방식은 계녀가류 규방가사의 중요한 표현기법이다. 화자가 청자에게 어떻게 교훈을 전달하는가를 연구하는 것도 계녀가류 규방가사를 이해하는 하나의 방법이 될 것이다.[106] 작품에서는 화자가 실제 청자에게 남겨주는 글이 작품 말미에 적혀 있는 경우도 있는가 하면 구체적인 청자를 호명하면서 서술하는 경우도 있다. 여기에서 계녀가류 규방

---

105) 구사회, 「韓國樂章文學研究」, 동국대학교 박사학위논문, 1992, p.65.

106) 계녀가류 규방가사의 담화방식에서 제일 전형적인 것은 '老→少'담론에 기초한 '下向'담론인데 윗사람이 아랫사람에게 자기의 체험과 경험을 빌어 교훈을 전달하는 것이다.

가사는 청자의 존재가 있고 청자를 향해 말하고 있는 텍스트라는 특성을 알아볼 수 있다.

계녀가류 규방가사에서는 여성청자를 1차 대상으로 설정한 경우가 대부분이지만 남성과 '세상사람'들까지 청자의 범주에 넣은 경우도 허다하다.

① 이세상에 나온남녀 이가사를 읽어보라
무슨가사 지엇난고 남녀으계 훈계사라
차홉다 남녀아해 이가사를 자세쉽혀
(…)
남녀를 막논하고 저으일신 생겨날제
아바으게 배를타고 어마으게 살을비러
어마복중 십삭만에 이세상에 나왔도다
(…)
차오라남녀 아해들아 부대부대 조심하여
착한일른 쏜을바다 어대까지 지도하고
악한일른 부대마라 사람도리 하여보자
각성하라 남녀아해 사람으게 따른 법을
(…)
드러보라 남녀아해 또한말 이르노라
(…)
남녀여러 아해들아 멧줄을 이른말을
로망말노 듯지말고 숙독하여 실행하라
이상에 거룩한 말이 남녀으게
이른말이니[107]

② 어와세상 사람들아 이닉말삼 들어보소[108]

③ 이화새상 사람들아 이내말삼 들어보소[109][110]

107) 권영철, 〈경계사라〉, 『규방가사』 Ⅰ, 한국정신문화연구원, 1979, pp.72~76.
108) 권영철, 〈복선화음가〉, 『규방가사』 Ⅰ, 한국정신문화연구원, 1979, p.27.

①에서는 청자를 '세상의 남녀', '남녀 여러 아해들'로 설정했고, ②와 ③에서는 '세상 사람들'로 설정했는데, 여기에서는 세상 사람들과 소통하고 연대하고자 하는 기대가 드러낸 것으로 보인다. 이외에도 "이른 말을 로망말노 듯지말고 힝실에도 유익ᄒᆞ고 복록을 누루리라", "아비ᄋᆡ 정곡이요 너ᄋᆡ게 기약서라 ᄀᆡᄀᆡ히 ᄉᆞᆯ펴보고 일일이 쏜바드면 힝실에도 유익ᄒᆞ고 복록을 누루리라"[111], "악한일을 하지말고 착한이럴 할지어다 물ᄂᆡ갓치 정한날에 선악뒤로 도라온다"[112], "조물주의 정한리치 아라보기 어렵도다 착한자는 행복밧고 악한자는 앙화온다(…) 착한일른 쏜을바다 어대까지 지도하고 악한일른 부대마라 사람도리 하여보자"[113] 등의 표현들은 모든 인간과 우주 만물이 서로 그물처럼 연결되어 혼연일체를 이루는 동시에, 타인에게 주는 행위의 결과가 자기의 삶에도 똑같이 돌아온다는[114] 생태학의 원리를 그대로 설명하고 있는 셈이다.

제19회 전국내방가사 경창대회(2015.7.14. 안동문화권)

계녀가류 규방가사는 유교체제에 순응하고 행실덕목을 구비한 여성들을 교육하기 위해 만들어진 것이지만 이면적으로 여성성의 발현에 천착하

109) 권영철, 〈훈민가〉, 『규방가사』 Ⅰ, 한국정신문화연구원, 1979, p.49.
110) 〈복선화음가〉와 〈훈민가〉는 서두에서 모두 "어와세상 사람들아 이ᄂᆡ말삼 들어보소"로 서두를 떼고 있지만 동일한 작품은 아니다.
111) 권영철, 〈여아ᄉᆞᆯ펴라〉, 『규방가사』 Ⅰ, 한국정신문화원, 1979, p.80.
112) 권영철, 〈행실교훈ᄀᆡ라〉, 『규방가사』 Ⅰ, 한국정신문화원, 1979, p.45.
113) 권영철, 〈경계사라〉, 『규방가사』 Ⅰ, 한국정신문화연구원, 1979, p.75.
114) 이영옥, 「에코페미니즘의 기독교 윤리학적 이해」, 한남대학교 석사학위논문, 2007, p.10.

고 있음이 분명하며, 결과적으로 여성들이 그 시대환경에서 생존하고 살아가는 지혜와 원리를 보여주었다고 봐야 할 것이다. 그 시대의 여성들은 순응과 복종이라는 이념에서 벗어나기 어려웠지만, 남성을 포함한 여러 인간관계에서 상부상조의 관계를 유지하면서 조화와 상생이라는 여성의 사회적 지향성을 보여주었다고 할 수 있다. 성리학적 인간관을 토대로 하는 계녀가류 규방가사는 여성이 행실규범을 바르게 하고 자기 수신을 강조하면서 남성을 포함한 타인과의 조화로운 인간관계를 지향하고 있기 때문에 결코 여성의 무조건적인 순종과 피억압의 산물로만 이해할 수 없는 것이다. 타인과의 유기체적 관계를 유지하면서 혈연을 초월한 모든 생명이 소중하고 존중받아야 하며 공동체적 삶의 기반을 마련해야 한다는 면에서 에코페미니즘의 생태의식을 체현하고 있는 것이다.

계녀가류 규방가사는 외형상으로 부모가 자식을 걱정하는 감정을 바탕으로 엄숙한 윤리적 규범을 전달하고 있지만, 내재적으로는 혈육이라는 인간감정을 바탕으로 조화에 대한 가르침을 제시하고 있다. 따라서 나정순의 관점대로 계녀가류 규방가사의 관습적 성향은 이념이나 규범적 보편성이 아니라 인간관계에서 오는 절실함의 발현[115]으로서 정서적 가치와 문화적 보편성에 기반을 둔 조화와 상생의 원리를 체현했다고 할 수 있다. 계녀가류 규방가사는 '밖'으로부터 소외된 '안'이라는 규방공간을 기반으로 탄생된 여성문학으로, 얼핏 중세이념을 고수한데 그친 듯하다. 그러나 여성과 남성, 여성과 타자 사이의 인간관계를 언급하고 있는 작품 군이라는 사실과 현대[116]에도 지속적으로 창작되고 있다는 점을 감안하면, 유교적

115) 나정순, 『규방가사의 본질과 경계』, 『한국고전여성 문학연구』 16, 한국고전여성문학회, 2008, p.98.

116) 박병근, 「내방가사 중 계녀가류와 탄식가류의 작품내용연구」, 충남대학교 석사학위논문, 2004, p.72. 현재는 내방가사가 쇠퇴기를 맞고 있으나 경상북도 안동의 '안동내방가사전승보존회'에서는 1997년 6월 9일부터 현재까지 매년 1회씩 단오

이데올로기만이 계녀가류 규방가사의 근간이 아니라는 점을 알 수 있다.[117) 생태구조 내의 모든 생명체들이 동등한 가치를 지니며 그들의 상호의존적인 관계를 인식하고 나아가 평등과 조화를 꿈꾸는 에코페미니즘과 계녀가류 규방가사의 연관이 가능한 것도 그 때문이다.

안동경창시연(안동문화원)

계녀가류 규방가사의 이념적 토대인 유교적 인간관은 하늘, 땅과 인간 존재의 연관성, 남성과 여성, 음과 양의 연관과 조화를 인정하는 관점이다. 인간과 만물의 조화를 인정하는 면에서 유교적 인간관은 에코페미니즘과 일정한 연관성을 보이는데 관해서 앞에서도 제기한바가 있다. 에코페미니즘은 생물학적 · 문화적 · 다양성, 상호연관성과 상보성 등에 관한 것이다. 에코페미니즘은 이성을 거부하는 것이 아니라, '이성-몸', '과학-직관', '남성-여성' 등의 이원론二元論으로 세계를 바라보되 이성과 과학, 남성이 여성을 지배해온 사고 틀을 해체하고 양성의 화합을 주장한다. 이런 면에서 유교적 인간관은 우주의 상호연관성을 인정하고 인간과 자연의 공존을 강조하는 서구 중심의 생태이론인 에코페미니즘과 본질적인 유사성은 외면할 수 없

를 기하여 '내방가사 경창대회'를 낙동강변의 특설무대나 안동박물관 광장에서 실시해 오고 있으며 창작이 계속되고 있다.

117) 계녀가류 규방가사가 현대에도 계속 창작되고 있다는 것은 그 작자들이 유교적 이데올로기의 맥을 이어오기 위한 목적보다도 가사장르가 소실되어 가고 있는 현시점에서 여성의 정서와 발현을 담아내는 여성가사장르의 맥을 이어나가고 꽃피워 보려는 당위성으로 이해해야 할 것이다.

는 것이다.[118] 이 역시 유교적인 인간관에 바탕을 둔 계녀가류 규방가사를 에코페미니즘으로 해석할 만한 가능성을 보여주는 근거라고 할 수 있다.

이상에서는 계녀가류 규방가사가 여성에 대한 억압으로만 해석이 되었던 논의에서 벗어나 에코페미니즘 관점으로 해석할 수 있는 가능성을 검토해보았다. 계녀가류 규방가사의 작품들에는 중국의 규범적 여성인물들의 행실을 빌어 교훈의 의미를 강조하면서 여성을 남성의 종속적 위치가 아닌 주체적인 존재로 보려는 생각이 들어있다. 여성이 담당하는 생명잉태와 양육의 경험을 통하여 여성의 가장 본질적이고 공통된 특징 즉 모성적 체험을 강조하고 있는데, 이 점은 계녀가류 규방가사가 여성 자체에 내재되어 있는 모성과 생명의식을 긍정하는 담론체계임을 입증하는 근거라 할 수 있다. 긍정적인 여성상을 본보기로 삼아 교훈을 전달하던 계녀가류 규방가사를 역으로 보아 자연적 본능에 충실하고 욕망을 발산하는 솔직한 여성형상을 부각한 사례들이 생태학의 본질적 내용과 연결된다는 점도 계녀가류 규방가사를 새롭게 보아야 할 근거라고 할 수 있다.

아울러 계녀가류 규방가사에서는 인간과 인간 사이의 유기적 연대관계에 대해서도 언급을 하고 있는데, 이 역시 에코페미니즘적인 사고와 연결된다. 가족 내 남성과 여성의 역할에 대하여 '별'과 '화'로 구분하면서 양성이 각자의 역할을 담당하고 수행해야 조화로운 가족관계가 영위될 수 있음을 강조한 것이 바로 그 점이다. 어노비의 항목에서 귀천이 달라도 '혈육은 한 가지'라는 생각을 견지하며 노비에게도 인간적 대우를 해주는 것이 바람직한 도리라고 강조하고 있다. 이 점에서도 혈연을 초월하여 타인과

118) 이귀우, 「에코페미니즘」, 『여성연구논총』 13, 서울여자대학교여성연구소, 1998, p.3. (현재 너무 쉽게 에코페미니즘이 동양사상이나 전통사상과 통한다고 받아들여진 관계로 여성의 영성을 에코페미니즘의 핵심 개념이라고 주장하는 편파적인 이해에 머물러 있기 때문에 페미니즘 학계에서 더 깊은 논의가 진전되어야 한다.)

의 바람직한 유기체적 관계를 형성하고 공동의 삶의 기반을 마련해야 한다는 면에서 에코페미니즘의 생태의식과 연결된다고 할만하다.

조선시대 여성들은 경제적 · 정치적 · 법적 · 성적으로 차별을 당해 왔고 불이익을 겪었다. 여성들은 교육의 기회를 박탈당했고 경제적으로 남성에게 의존할 수밖에 없었다. 자신들이 지녀온 정신적 · 성적인 열등성을 이겨내면서[119] 여성들은 '딸자식', 타자의 '여성' 그리고 자신을 위해서 계녀가류 규방가사라는 문학창작물과 향유 물을 전승해 왔다고 할 수 있다. 동시에 여성들은 계녀가류 규방가사를 통해 끊임없는 자기수양과 자기완성을 이룩하면서 바람직한 생활을 유지해왔다. 여성의 생존의식과 생활체험을 담고 있는 계녀가류 규방가사에는 여성 특유의 역할과 관점으로 남성중심의 사고방식을 미묘하게 전복시켜 이해하고 통합하고자 한 노력도 깃들어있다. 페미니즘이라 하여 남권에 대항하고 방어하고 타도하는 것이 유일한 목적은 아니고 남성과의 간격을 좁히고 자신들을 격려하고자 하는 목적의식 또한 저변에 숨겨져 있는 것으로 보인다. 또한 계녀가류 규방가사를 지은 여성들은 성적으로는 피지배계층이나 신분상으로는 양반계층인 점을 감안할 때 이데올로기적인 면과 주체성을 겸비하고 있다는 점도 간과해서는 안 된다. 가부장적 가족제도는 여성을 억압하는 사회적 장치였으나 여성들로서는 자신의 삶을 지탱해나가는 기반이기도 했다.[120] 그 속에서 여성들은 며느리로서 아내로서 시가의 당당한 일원으로 살아가기 위한 구체적인 방법들을 계녀가류 규방가사를 통해 가르치고 체득해온 것이다.

---

119) 마리아 미스 · 반다나 시바, 손덕수 · 이난아 옮김, 『에코페미니즘』, 창작과 비평사, 2000, p.388.

120) 조자현, 「誡女歌에 나타난 조선후기 양반여성들의 감정구조-〈福善禍淫歌〉를 중심으로」, 『국제어문』 46, 국제어문학회, 2009, p.413.

그런 이유로 계녀가류 규방가사는 남권에 무조건 순응하는 여성을 키워내기 위해 지어낸 장르가 아니고 가부장제 하에서 여성들에게 생존의 비법을 가르치고 있는 교훈 장르라고 해야 할 것이다. 남성을 포함한 어떠한 중심부에 단순히 동화되지 않고 다양한 차이를 인정하는 속에서 조화와 연대를 추구하는 생태학적 태도를 구현하고 있는 것도 그 때문이다. 조화를 이룬다는 것은 자신의 고유한 특성을 잃어버린 채 다른 것에 동화되는 것이나 모든 것이 동일함으로 귀속되는 것을 의미하지도 않는다. 진정한 의미에서의 조화는 차이를 인정하고 계발하며 개별적인 특성을 살리고 보전시키면서 전체와 융합하고 통합하려는 것을 말한다.[121] 이런 면에서 본다면 어울림과 균형, 조화를 인정하고 강조하고 있는 계녀가류 규방가사에서는 모든 생명체의 통합을 강조하는 생태학의 원리가 구현될 수 있는 것이다.

물론 계녀가류 규방가사를 창출한 시대나 그 작자 층이 가부장제의 패러다임을 변모시키지 못했고 혹은 자신들의 사고를 페미니즘적인 방향으로 진전시키지 못했다는 견해도 타당하다. 계녀가류 규방가사의 작자들이 작품을 창작·향유하면서 의식적으로 어떤 이념이나 사상을 생각해 보거나 제기할 의도가 없었던 것은 사실이다. 그러나 여성을 억압한 가부장적 사고와 비정성에 대응하는 여성성을 지향하면서 그 소원을 작품 속에 은연 중 반영한 것 또한 사실이다. 조선 후기 여성들은 딸·며느리·안방주인·아내 등 복합적 정체성으로 인생을 살아가면서 남성 중심의 사회제도와 시집살이에 자신을 적응시키고 대상자로서 주어진 도덕규범을 수용하거나 이해하고 주체적으로 실천하는 방향으로 변화해 갔다. 그리고 계녀가류 규방가사라는 문학 영역에서 갈등을 해소하는 방법을 찾았고, 자신

121) 김세서리아, 「유가 경전에서 찾는 '유교적' 여성주의 리더십」, 『동양철학연구』 69, 동양철학연구회, 2012, p.86.

들의 권리를 확보하고자 소망하였다. 주어진 현실을 그대로 수용하지 않고 그것을 극복하려는 힘을 우려하면서 여성의 정체성을 찾으려 '여권'에 접근하려고 시도한 점은 여성의 생태적 체험과 감수에서 비롯된 것이며 여성들이 잃어버리지 않으려고 지켜온 본질적 가치였다고 생각한다.

제6장

계녀가류 규방가사의 문학사적 위상

가사는 시조와 더불어 조선 시대 문학을 대표하는 시가장르로서 근대까지 면면이 창작, 향유되어 온 한국 고유의 문학 갈래이다. 현재까지 많은 가사 작품들이 발굴되어 왔으며, 국문학 유산 중 가장 방대한 양을 차지한다. 독특한 장르적 성격과 형식을 갖춘 가사는 전 조선시대에 걸쳐 향유되었으며 그 담당 층 또한 다양한 면모를 보이며 발전되어 왔다. 조선 시대 전기에 가사는 사대부 양반들의 유교적 이념을 표출하는 장르로 전개되었으나, 조선 시대 후기부터는 서민 및 여성들도 대거 참여하게 되었다. 특히 여성들에 의하여 생산된 규방가사는 영남지방을 중심으로 규방문화권을 중심으로 묶여진 가사문학의 한 갈래로 정착했다. 규방가사는 조선 전기에 사대부에 의해 창작 · 향유된 양반가사와는 다른 양상을 많이 담고 있는데, 이는 규방가사의 창작과 향유가 여성들의 공간인 '규방'을 중심으로 이루어지기 때문이다. 규방가사는 주로 양반 부녀자들의 규방공간과 시집살이 생활에서 얻은 경험이 주된 것이며, 유교적 윤리관에 입각한 주제와 소재를 선택했다. 교훈적인 내용을 전달하는 계녀가류 외에도 자신의 운명을 한탄하는 신변 탄식류과 여성의 놀이와 풍류를 읊은 화전가류, 이외에도 자연에 대한 관조, 인심, 풍속, 의무 등도 언급하고 있다.

계녀가류 규방가사는 부녀자의 행실을 가르칠 목적으로 창작된 규방가사의 한 부류이다. 초기의 계녀가류 규방가사는 할머니나 어머니, 또는 할아버지나 아버지가 출가하는 손녀나 딸에게 시집살이의 방법을 자신의 실천경험과 결부시켜 전달한 것이다. 계녀가류 규방가사의 주요 담당 층인 영남지방의 사대부 부녀 층은 영 · 정조 시대에 사회 정치적으로 몰락한 남인계 가문에서 성장한 인물들이다. 양반계층으로서의 명예를 지키기 위해서 이들에게는 양반다운 언행이 무엇보다 요구되었고 쇠퇴해가는 가문일지라도 양반가의 부녀자로서 효성과 내조, 자녀교육 등 가정에서의 임무를 성실하게 수행하면 가문 회복이 가능하다는 신념을 갖고 있었다. 이런 그들에게 가정 안에서의 부녀자 소임이 어느 때보다 절실하게 요구되었고 계녀가류 규방가사는 바로 이러한 소임을 수행하기 위해 산출된 것이다.

계녀가류 규방가사는 남성문학이 주도적 지위를 차지하고 있던 가부장제 사회에서 학문이나 문학과의 접촉이 어려운 상황에 처한 여성이 문학장르의 생산과 소비의 담당 층으로 부상되어 산출된 문학창작물이자 향유물이다. 양반 가사의 방계傍系나 지류支流라고 볼 수 있는 계녀가류 규방가사는 가사의 하위분류 가운데 남성중심이라는 가사문학의 주류문학에 대응한 여성중심의 가사이다. 하나의 문학 장르가 어느 계열에 속하는 지는 단순히 작자 층의 소수 타자에 의해 속성이 달리 결정되는 것이 아니라 문학에서의 생산과 유통 영역에서 담당하는 주도적 역할에 의해 결정되는 것이다. 때문에 일부 작품의 작자가 남성이라고 할지라도 계녀가류 규방가사를 여성문학의 범주로 보아야 할 것이다. 양반가사가 남성의 사회 정치적 이상, 유교적 관념이나 삶을 표현했다면 계녀가류 규방가사는 그 창작과 향유에서 '규방' 공간을 중심으로 이루어졌고 '여성'만의 생활 · 정서 · 삶의 모습 등을 진솔하게 담아내었으며, 여성이 주체로 되어 전승해온 문학이다. 남성들에 비해 사회규제의 제한을 받고 있던 여성들은 계녀가류 규방가사를 통해 자신의 체험과 정감을 토로하였고 자기 정체성을 사고하기도 했다.

계녀가류 규방가사는 문학작품으로 구체화된 여성교육 자료의 한 형태이다. 여성교육 기관이 설치되어 있지 못한 조선 시대의 사회체제하에 계녀가류 규방가사는 여성의 행실규범을 교훈하고 가르치는 기능을 담당해 왔다. 계녀가류 규방가사는 근면, 절약, 효성, 인성 등 여성의 수신, 자세와 도리를 설명하면서 여성의 내면적 성장과 수양을 도와주는 여성의 교육 전용서이다. 계녀가류 규방가사에서 청자를 '아히', '남녀들' 심지어는 '세상사람'들로 설정된 것으로 봐서 남녀노소까지 교육대상으로 넣었음을 알 수 있다. 또한 근대에 이르러 개화가사의 영향을 받아 근대 교육이나 계몽까지 담론하고 있다는 것은 이데올로기 변화의 일부분을 보여주고 있으며 현대의 인간들에게까지 중요한 교육적 가치를 지닌 문학교육서로도 봐야 할 것이다. 이 외에도 규방여성들이 계녀가류 규방가사의 창작과 향유를 통하여 자기정체성에 대한 끊임없는 사고를 보여주면서 동류사이의 소통과 대화의 기능으로 이용했다는 점에서 중요한 의의를 가지고 있다.

계녀가류 규방가사는 여성들의 생활문학이다. 문학은 생활의 반영이다. 계녀가류 규방가사의 내용을 보면 비 생활적, 비실제적인 일반이론, 추상이론, 이론적인 교훈보다 일상생활의 내용과 직결되는 세미한 언어, 행동, 윤리, 인간관계 등 경험적인 내용을 절실하고도 실감나게 표현하고 있다. 또한 한자漢字나 한문漢文보다도 여성의 문자라고 할 수 있는 언문諺文으로 표현되었기에 평이하면서도 일상적인 특성을 더하고 있다. 때문에 계녀가류 규방가사는 여성들의 일상 속에서 이루어진 문학행위이자 산물로 여성적 자아표출의 장을 마련해 주었다고 할 수 있다. 계녀가류 규방가사를 통하여 조선 시대 이데올로기가 요구하는 가정 내 윤리와 그 시대의 여성상과 생활상을 직접적으로 확인하고 엿볼 수 있으며 나아가 조선시대 여성들의 의식형태와 양상을 이해할 수 있다. 문학을 통해 사회적 이상이나 신념을 전파하는 남성의 문학과는 달리 계녀가류 규방가사는 단순한 학문적 재주의 표출이 아닌 여성의 생활의 경험, 언행과 삶의 방향을 제시하였다는 가치를 지니고 있다.

계녀가류 규방가사는 수많은 이본들을 산출하면서 복잡다단한 변이양상을 보여주었다. 초기의 계녀가류 규방가사는 부모가 딸자식의 신행 시기에 임박하여 써준 가사이거나 신행 전에 이미 써놓은 가사의 형태로 그 내용은 애절한 자식사랑에 토대하여 여성이 지켜야 할 행실덕목들을 조목조목 열거한 것이다. 즉 인간적 감정을 바탕으로 작자의 실제경험을 전달하는 것이 계녀가류 규방가사에서 드러나는 서정성의 표현방식이다. 시대적 상황의 변천을 거치면서 산출된 계녀가류 규방가사의 이본들을 보면 서정적 교술 외에도 서사적 방법을 통한 교술적 특성을 보여주기도 했다. 조선후기 융성한 서사문학의 영향을 받아 가사장르 속에 규범적 여성상과 부정적 행실의 여성상을 부각하고 있는 것이 계녀가류 규방가사에서 드러나는 서사성의 표현방식이다. 이처럼 계녀가류 규방가사는 교술이 주조를 이루고 서정과 서사는 이를 뒷받침하여 보조적 성격을 이루는 장르적 복합성을 지니고 있는 특별한 유형의 장르문학이다. 이는 가사라는 문학 장르가 역사·사회적 변모에 따른 변이의 결과라고 보아야 할 것이다.

최규수가 계녀가류 규방가사는 규방가사이면서 교훈가사이기도 한 양면적 속성을 동시에 보여주는 작품 군이라는 점에서 흥미롭다고[1] 한 것처럼 계녀가류 규방가사는 여성중심의 가사이면서 교훈의 문학 즉 교훈가사라는 점에서 탄식가류나 화전가류와 구별된다. 동시에 계녀가류 규방가사는 부모가 딸자식이 올바른 행실규범을 실행하게끔 경계하고 가르친다는

1) 최규수, 『규방가사의 '글하기' 전략과 소통의 수사학』, 명지대학교 출판부, 2014, p.12.

점에서 부모와 자식 간 혈육의 감정을 기반으로 하고 있다. 때문에 계녀가류 규방가사는 '부모와 자식 간 혈육의 정'과 '교훈'의 양면적 속성을 동시에 보여주는 장르이다.

계녀가류 규방가사는 오늘 날까지도 창작과 향유의 맥을 이어온다는 면에서 독특한 형식의 전승 문학이다. 돌려 베끼기 · 낭송하기 · 암송하기 등의 전승방식은 계녀가류 규방가사로 하여금 개인의 창작물이라는 점을 뛰어넘어 여성들의 집단적 창작과 이념이 깃든 교육과 공론의 독서 물로 형성되게 했다.

계녀가류 규방가사는 윗세대의 여성들이 자신의 과거의 실천경험을 빌어 아랫세대의 여성에게 교훈의 현실성과 당위성을 깨닫게 하며 바람직한 생활을 해나가기를 바라는 미래지향적 의지를 표현하고 있다는 점에서 여성의 '일생의 서사'와 '세대 순환의 담론'을 보여주고 있다. 그다지 길지 않은 편폭에 여성이 일생동안 실행해야 할 행실규범과 생애담론을 제시했으며 이런 행실교훈은 객체로 실현되는 것이 아니라 세대를 거쳐 전승되거나 가문 내에서 세습되어 온다. 계녀가류 규방가사는 가사 담당 층 여성들에게는 문학창작과 자기표현의 유용한 도구로 작용하면서 혈연성을 토대로 그 맥을 전승해 왔다는 특징 외에도 교훈 전달의 연속성과 순환성이라는 면에서 다른 가사장르와 구별되는 점이기도 하다.

조선후기에 이르러 날로 몰락해가는 양반사대부가에서 여성들이 가문의 경제적 생산과 영위를 담당해야 했다. 가정의 바람직한 경영과 안주인의 지위를 지켜나가기 위해 여성들은 자신의 행실범절과 수양을 끊임없이 연마해야 했다. 이런 특수한 사회적 · 가정적 분위기 속에서 계녀가류 규방가사는 여성들에게 입지를 더욱 확고하게 구축해 나가는 방법을 체계적으로 가르치고 전달하는 작용을 수행했다. 이런 점에서 계녀가류 규방가사는 문학작품의 단순한 미적향유보다 가부장제 사회에서 여성의 생존의 욕망과 이념을 동반하고 수용한 문학 장르이다.

계녀가류 규방가사의 정착과 발전과정에서 익명의 많은 여성작자들이 활약했다. 조선 시대 여성들은 일상생활에서 규범을 내면화하면서 가부장제 이데올로기가 지배하는 기존 질서 속으로 편입된 삶을 살아가야 했다. 이러한 사회적 현실은 필연적으로 자아의식과의 갈등을 초래하게 되는 데 계녀가류 규방가사라는 문학 장르는 바로 규방공간에서 여성들의 정서적 위로와 이념적 표출의 수단이 된 것이다. 계녀가류 규방가사의 여성작자들은 가부장제 하에서 그들의 재능을 옥죄고 부정하는 사회적 장애로부터 지속적인 좌절을 겪으면서도 나름대로의 문학 영역을 구축하고, 자기들의 표현권, 창작권을 포기하지 않았다. 그들은 행실덕목을 가꿔가는 과정에서 자신의 본질적인 역할을 깨닫게 되었으며 자신과 가문의 삶을 유지해 온 실질적인 생활의 지혜를 계녀가류 규방가사라는 문학형태에 담아 향유하고 전승하였다. 때문에 계녀가류 규방가사의 창작과 향유는 개인적인 생활경험뿐만 아니라 여성 집단의식의 산물이다. 계녀가류 규방가사는 가치와 용기를 가진 여성작자들을 양성했으며 그 시대의 여성들이 더 훌륭한 인간으로 되기 위해 격려해 온 지침서였다.

계녀가류 규방가사는 이데올로기를 바탕으로 정착된 문학 장르이지만 '여성에 대한 억압과 예속'만을 표방한 것은 아니다. 계녀가류 규방가사의 작자들은 작품 속에서 여성의 재질, 역량, 사회참여의 가능성을 꿈꾸며 여성의 본능과 욕망이라는 금기적인 주제를 빌어 여성의 주체성을 더듬어 보았다. 그리고 작품 속에서 생명잉태라는 여성의 모성적 체험을 강조하면서 만물을 생육하는 생태학적 근원성을 표출하고 있다. 또한 남성과 여성의 관계를 이데올로기 범주 안에서 차별 아닌 역할분담을 통한 공동체 내에서의 조화와 균형을 강조했고 가문을 영위해가면서 시부모, 이웃동기, 노복 간의 관계로 이루어지는 생활권 속에서 타인과의 바람직한 인간관계를 통해 공동체적 삶의 기반을 마련해야 함을 인정한 점에서 여성생태주의 의식과 연결되기도 한다. 계녀가류 규방가사는 가부장제에 대한 반기와 극복을 제기한 것이 아니라 조화와 연대라는 사고로 여성 역할을 인식하고 남성위주의 사회체제에서 살아가기 위한 생존 방법을 가르친 것이다. 계녀가류 규방가사는 생물학적 성의 구별이 아닌 '여성적 가치'에 중점을 두었고 양성간의 대립이 아닌 조화와 인간관계의 평화공존을 모색했으며, 이에 근거하여 조화와 균형을 논했다는 점에서 여성문학의 대표적 장르로 보아야 할 것이다.

계녀가류 규방가사는 당대의 사회에서 여성의 목소리로 한국가사문학의 한 축을 보여주었다고 할 수 있다. 계녀가류 규방가사는 조선시대 여성들의 삶과 문화를 더듬어 볼 수 있는 시가 장르일 뿐 아니라 여성들의 내면의식과 주체의식을 키워주고 담아낸 장르이며, 여성들의 삶이 억압받던 시대적 상황 속에서 꽃 피워낸 문학사적 산물이었다.

제7장

결론

이상의 논의를 통해 다양한 측면에서 계녀가류 규방가사를 분석 · 고찰해 보았다. 부녀자의 행실을 가르칠 목적으로 창작된 계녀가류 규방가사는 작자 자신의 생활경험과 결부시켜 교훈전달과 소통을 목표로 한 글쓰기의 산물이며 가부장제에서 요구되던 가정 내 윤리와 그 시대의 여성상을 직접적으로 알려주는 중요한 자료이기도 하다. 학계의 기존 연구들을 충분히 수용하고 검토한 바탕 위에 계녀가류 규방가사에 대해 새로운 견해를 덧붙인 것이 바로 본 연구다.

본격 연구의 대상으로 등장하기 시작한 1950년대 이래 계녀가류 규방가사의 문학적 가치와 특성들 대부분이 드러나기는 했지만, 다른 장르들에 비해 그 연구의 비중이 미미한 것도 사실이다. 계녀가류 규방가사의 새로운 면에 분석의 초점을 맞추어야 한다는 대전제 아래 대상 작품들의 분류, 텍스트와 이본, 인물상, 창작 및 수용계층, 기타 교훈서들과의 연계, 다른 장르나 작품들과의 비교, 시 · 공간성과 함께 이면적 주제의식으로서의 생태 여성주의 등에 대한 분석의 당위성을 제시한 것이 제1장이고, 발생배경, 가사의 장르 내 위치를 밝힌 것이 제2장이다. 장르 양상과 분류, 텍스트의 변이와 확대 등을 중심으로 계녀가류 규방가사의 범주와 변이양상을 살펴 본 것이 제3장이고, 계녀가류 규방가사에서 전개되는 시간의식의 흐름과 함께 창작과 향유의 현장인 규방의 공간적 양상을 살펴보면서 교훈이 어떻게 실현되었는지 작품산출의 기저基底가 어떠한지에 대해 살펴본 것이 제4장이다. 또한 계녀가류 규방가사를 '유교적 부녀윤리'의 함양이라는 주제와 여성 억압적인 측면으로 해석해온 기존논의와 달리 여성과 자연의 조화로운 관계를 추구하는 이론이자 운동으로서의 에코페미니즘적 시각으로 해석한 것이 제5장이고, 다양한 이본들의 변이를 바탕으로 당대 여성들의 욕망과 의식변모 양상이 작품 속에 구현된 양상과 균형 · 조화를 바탕으로 한 여성중심의 문학 장르라는 관점에서 문학사적 의의를 찾아본 것이 제6장이다.

계녀가류 규방가사의 발생 배경은 사회적 측면과 윤리적 측면으로 나누어 보아야 한다. 전통사회의 여성들은 자신들을 구속하던 삼종지도의 예속적 불문율 속에서 계녀가류 규방가사를 생산 · 수용해왔다. 신분의 몰락에 직면한 양반사족들은 가문을 중심으로 결속해야 했고, 철저히 보수적인 윤리의식으로 스스로를 무장해야 했다. 그런 현실상황에서 이루어 낸 것이 교훈가사였고, 그러한 가문의 결속을 위하여 여성들의 자발적인 역할을 요구하던 사회적 상황이 계녀가류 규방가사의 사회적 배경을 형성했다. 여성의 올바른 몸가짐과 마음가짐을 요구하는 여러 교훈서들의 간행은 계녀가류 규방가사가 형성되고 전개되어온 이념적 토대로 작용했으며, 바람직한 행실규범을 위한 경계 및 교훈이나 '부모와 자식 간 혈육의 정'과 가문을 영위해 나갈 여성의 욕망 등이 계녀가류 규방가사의 정서적 토대를 형성해온 것으로 보인다.

계녀가류 규방가사는 기존의 양반가사를 중심으로 하는 교훈가사와 불가분의 연관성을 갖고 있으며, 그 교훈성의 핵심 기능은 이 부류 규방가사의 공통 내용인 '계녀'에 있었다. 이 점은 계녀가류 규방가사가 '시집가는 여성에게 시집살이의 규범을 가르치는 가사'라는 평면적 개념에서 벗어나

'여성들에게 일상생활의 규범과 덕목은 물론 남녀의 역할분담이라는 사회적 의미까지 가르치거나 깨우치려는 규방가사의 총칭'이라는 복합적 차원으로 확대시킬 만한 가능성의 단서로 해석되기도 한다.

계녀가류 규방가사의 이면적 특징은 몇 가지 측면에서 분석될 수 있는데, 우선 시간성과 공간성을 바탕으로 작자 및 수용계층의 의식이 전개되는 양상을 들 수 있고, 여성성에 대한 열린 인식을 바탕으로 '자연 및 남성성과의 조화'를 이루고자 하는 능동적 차원의 새로운 패러다임을 모색하는 것이 또 하나의 특징이었다.

규방 여성들의 창작 및 전사 과정에서 작자 의식과 정서의 시간적 이행에 초점을 맞출 경우, 계녀가류 규방가사에는 '회귀욕망을 표상한 과거시간', '불안 극복의 소망을 표상한 현재시간', '기대와 확장을 표상한 미래시간' 등이 내포되어 있고, 그런 것들은 결국 '순환성을 보여주는 시간의식'으로 수렴된다. 현재 시점에서 딸이 신행 가는 정경과 함께 가장의 애틋함이 드러나고, 이어서 과거 시간대로 회귀하여 역대 효부효녀들의 고사 및 서술자 자신의 시집살이 경험을 통해 규범행실의 당위성이 강조됨과 동시에 딸의 바람직한 미래생활에 대한 격려 또한 드러나는데, 궁극적으로 그런 과정이 '현재 인식-과거 회고-미래 기대'의 시간적 양상으로 연계된다는 것이다.

작품 속 화자는 자신의 과거 생활경험을 근거로 삼아 교훈을 전달하는데, 이런 과거시간으로의 회귀와 지향은 딸이 시집 가는 상황에서의 분리불안이나 미래에 대한 막연함을 표현함과 동시에 보다 적극적으로는 자기가치 실현에 대한 자부심의 표현으로 볼 수도 있다. 작품의 교훈성을 강화하기 위해 인용한 역대 효부효녀들의 전고는 검증된 역사인물들의 행실을 빌어 작자 자신의 철학이나 신념을 합리화하고자 제시한 근거들이었다. 즉 지나간 삶을 통해 작자가 내세우고자 하는 이상적인 여성상이나 그에 체현된 가치 관념을 현실에서 재현하고자 한 의지의 표현이라 할 수 있고, 그것은 당시 작자계층이 흔히 사용하던 '과거 지향적 생애담론'의 좋은 예라 할 수 있다. 현재 시간대에서 딸과 이별해야 하는 불안한 정서, 출가외인이 될 수밖에 없는 여성의 운명에 대한 자탄 등 개인적이면서도 집단적인 고뇌가 작품에 내포되어 있음을 확인할 수 있다. 작품의 결사 부분에서 행실의 중요성이 다시 한 번 강조되면서 행복하고 안정적인 미래 기대와 지향을 드러내는 한편 영원한 '가치실현'의 희원希願을 드러낸 것도 그런 현실적 고뇌를 희석시키려는 의지가 반영된 것으로 보아야 할 것이다. 이와 같은 '과거-현재-미래'라는 시간의 흐름은 작품 전체의 맥락을 형성하면서 역동적인 효과를 발휘하는 동시에 규방 내 여성들의 '일생 서사'와 '세대의 순환성'을 동시에 보여주는 효과를 보여주기도 한다.

계녀가류 규방가사에 내재된 공간성도 시간성과 불가분의 관계를 맺으며 표상되어 왔다. 규방 공간은 당대 여성으로 하여금 의식주거의 일상적 기능을 가능하게 했고 인간으로서의 근원적인 욕망을 체현하는 소우주이기도 했다. 본 논문에서 주목한 것은 '바깥' · '안'의 위계적 공간, 배움 · 실천의 전승 공간, 역사 · 현실 의식의 교차 공간, 집단정서의 현실 공간, 폐쇄된 공간으로부터의 새로운 탈출구 등 작품으로부터 해석되는 공간이 다양한 의미를 갖는다는 점이었다.

'바깥'과 '안'이라는 위계적 공간은 내외를 엄격히 분리한 한국적 주거구조의 특징으로부터 귀납되는 개념적 공간이자 남성과 여성이 각자 구분된 사회적인 위계질서와 유교에서의 내외유별의 도덕적 대칭에서 비롯된 현실적 · 사회적 공간이기도 하다.

'배움 · 실천의 공간'은 여성을 위한 보호 · 사랑 · 배움의 미래지향적 공간이며 친정과 시집에서의 규범을 실천적으로 체험하는 현실의 공간인데, 그 과정에서 대부분의 여성들은 '추상→현실'로의 이행을 체험하기도 한다.

이와 함께 역대 규범적 인물들의 사례를 빌어 교훈을 전달한다는 점에서 역사인물과 현실인물이 만나서 소통하는 규방은 역사·현실 의식의 교차 공간이었음을 확인할 수도 있다. 즉 소외 계층으로서의 여성들이 피할 수 없었던 원망과 체념의 정서가 필연적으로 계녀가류 규방가사라는 작품으로 체현될 수밖에 없었으며, 규방이야말로 이런 집단정서의 표출을 위해 필수불가결한 공간이었던 것이다. 일부 계녀가류 규방가사들에서 남성 내지는 일반 독자들로 청자의 범위를 확대시킨 점은 여성작자들이 분명히 규방 밖의 공간을 엿보면서 바깥세상과의 접속을 꿈꾸고 있었음을 보여주는 동시에 폐쇄된 규방공간으로부터의 새로운 탈출구를 모색한 작가의식을 보여주었다고 할 수도 있다.

이런 관점들을 전제로 할 경우, '유교적 부녀윤리의 함양'이라는 주제와 여성 억압적인 의미로 파악한 기존논의들과 시각을 달리하여 여성과 자연, 혹은 여성과 남성 간의 조화로운 관계를 추구하는 에코페미니즘적 관점으로 해석하려는 새로운 시도는 자연스럽고 생산적이다. 자연과 인간은 하나라는 생태 친화적 기반, 남녀 양성의 동등성에 대한 인식, 동서양 문화의 대화와 통찰적 시각의 제공 등 다양한 관점에서 계녀가류 규방가사의 이념적 토대인 성리학과 에코페미니즘은 상통하는 일면을 갖고 있기 때문이다.

사실 '여성성의 현실과 이상', '한 몸으로서의 자연과 여성'이라는 등의 관점에 바탕을 두고 계녀가류 규방가사를 해석하기 위해서는 기존의 여성성에 대한 패러다임의 전환을 필요로 한다. 많은 계녀가류 규방가사들의 경우 고대 규범적 여성 인물들의 사회적 참여라는 사례를 빌어 교훈의 의미를 강조하는 동시에 여성을 남성의 종속적 위치가 아닌 주체적인 존재로 보려는 사고를 드러내기도 했다. 표면적으로는 규범적인 여성상을 긍정적인 본보기로 수용하여 교훈을 전달하던 계녀가류 규방가사들이 이면적으로는 자연적 본능에 충실하고 욕망을 걸림 없이 발산하는 부정적 여성상을 암시하고 있다는 역설적 논리가 가능하다면, 계녀가류 규방가사에 대한 생태여성학적 해석 또한 가능하다는 사실을 확인하게 된 것이고, 이 점은 계녀가류 규방가사에 대한 새로운 접근이라 할 수 있을 것이다. 여성이 전담해온 생명잉태와 양육의 경험을 통하여 가장 본질적이고 공통된 특징으로서의 모성적 체험을 강조했다는 점으로도 계녀가류 규방가사는 모성과 생명의식을 긍정하는 담론체계를 담지하는 구조임이 입증되는 것이다.

조화와 공존의 이념을 구체적으로 실현한 양상으로서의 '남녀 양성의 화합과 가족윤리'나 '조화와 상생의 사회윤리'라는 덕목들을 감안할 경우, '인간관계의 연대와 조화'가 계녀가류 규방가사에 내재되어 있다는 점을 인정하는 것이 타당하다. '남성과 여성'이란 상하로 구별되는 양자가 아니라 각각에 주어진 책임과 의무를 통해 조화 · 상생을 이루어야 할 상대역임이 계녀가류 규방가사에 암시되어 있다는 점에서 남녀는 차별관계가 아니라 역할분담과 조화의 관계로 공존해야 한다는 긍정적 관점을 읽어낼 수 있다. 사실 계녀가류 규방가사에 표현되어 있는 음양조화의 당위적 관념은 유교 이데올로기에 설명된 자연의 본연적인 질서이자 에코페미니즘이 추구하는 이념의 핵심이기도 하다. 이와 함께 계녀가류 규방가사가 하인, 이웃동기, 세상 사람들 등과의 파생적 인간관계에서도 유기체적 연대와 공존을 유지해나가야 한다고 강조한다는 점에서 '생명에 대한 보호와 애정', '평등과 상생'이라는 생태학적 원리와 직결되는 면모를 보여준다. 여성 작자들이 이데올로기적 규제로부터 벗어나거나 극복하는 일은 현실적으로 불가능했지만, 계녀가류 규방가사의 에코페미니즘적 해석을 통한 상상의 공간에서는 얼마든지 추구할 수 있는 문제였다. 당시 여성들은 계녀가류 규방가사의 다양한 작품들을 통해 자신들의 욕망이나 의식을 표출했으며, 그것이 여성문학의 한 갈래로 정착되었음을 인정할 수 있기 때문이다. 계녀가류 규방가사에 대한 보다 확장된 연구나, 다른 부류 규방가사들과의 심도 있는 비교를 통해 같고 다른 점을 찾아보는 일은 차후에 수행해야 할 과제로 남겨두고자 한다.

참고문헌

1. 단행본

고정옥, 『가사집』 2, 한국문화사, 1996.

구사회, 『한국 고전문학의 사회적 탐구』, 이회문화사, 1999.

구사회, 『한국 고전문학의 자료 발굴과 탐색』, 보고사, 2013.

구사회, 『한국고전시가의 작품발굴과 새로 읽기』, 보고사, 2014.

권영철, 『규방가사』 Ⅰ, 한국정신문화연구원, 1979.

권영철, 『閨房歌辭 硏究』, 二友出版社, 1980.

권영철, 『규방가사 각론』, 螢雪出版社, 1986.

김두헌, 『한국 가족 제도 연구』, 서울대학교 출판부, 1964.

김미숙, 『구비설화 속 거주공간과 인간욕망』, 경인문화사, 2013.

김병국 외 『조선후기 시가와 여성』, 월인, 2005.

김사엽, 『조선시대의 가요연구』, 대양출판사, 1956.

金聖培 · 朴魯春 · 李相寶 · 丁益燮, 『注解 歌辭文學全集』, 集文堂, 1961.

김욱동, 『문학 생태학을 위하여』, 민음사, 1998.

김진성, 『베르그송 硏究』, 문학과 지성사, 1985.

김화영, 『문학 상상력의 연구』, 문학사상사, 1982.

나정순 · 고순희 · 이동연 · 김수경 · 최규수 · 길진숙 · 유정선, 『규방가사의 작품세계와 미학』, 도서출판 역락, 2001.

논총 간행위원회, 『한국문학과 사상』, 국학 자료원, 2005년.

내일을 여는 역사 재단, 『질문하는 한국사』, 서해문집, 2008.
류연석, 『韓國歌辭文學史』, 국학자료원, 1994.
劉向 지음, 이숙인 옮김, 『열녀전』, 예문서원, 1996.
林基中, 『歷代歌辭文學全集』 1~30, 東西文化院, 1987.
문순홍, 『한국의 여성 환경운동』, 아르케, 2001.
박경주, 『규방가사의 양성성』, 도서출판 월인, 2007.
박세무 · 이이, 『동몽선습 · 격몽요결』, 동양고전연구회, 나무의 꿈, 2011.
박연호, 『가사문학장르론』, 도서출판 다운샘, 2003.
박연호, 『교훈가사 연구』, 도서출판 다운샘, 2003.
박연호, 『가려뽑은 가사』, 현암사, 2015.
변태섭, 『한국사통론』, 삼영사, 1987.
서영숙, 『시집살이 노래 연구』, 도서출판 박이정, 1996.
서영숙, 『한국 여성가사 연구』, 국학자료원, 1996.
徐元燮, 『가사문학연구』, 螢雪出版社, 1991.
서정기, 『민중유교사상』, 살림터, 1997.
성백효 역주, 『소학집주』, 전통문화연구회, 1993.
『小學 · 孝經』, 保景文化社, 1997.
소혜왕후 지음, 이경하 주해, 『內訓』, 한길사, 2011.
孫直銖, 『朝鮮時代 女性教育研究』, 成均館大學校 出版部, 1982.
송시열, 『계녀서』, 정음사, 1986.
松亭 金赫濟 校閱, 『詩傳』, 名文堂, 1998.
신지연 · 최혜진 · 강연임 엮음, 『개화기 가사 자료집』 4, 보고사, 2011.
엄경희, 『전통시학의 근대적 변용과 미적 경향』, 인터북스, 2011.
연세대학교 인문과학연구소, 『內訓』 卷一, 白羊出版社, 1969.
유안진, 『한국전통사회의 유아교육』, 서울대학교 출판부, 1990.
육민수, 『조선후기 가사문학의 담론양상』, 보고사 , 2009.
윤덕진, 『가사읽기』, 태학사, 1999.
尹錫昌, 『歌辭文學概論』, 깊은 샘, 1991.

이경재, 『한국 프로문학 연구』, 지식과 교양, 2102.

이광규, 『한국 가족의 구조분석』, 일지사, 1975.

이길표 · 주영애, 『전통가정 생활문화 연구』, 신광출판사, 1995.

이동영, 『가사문학논고』, 螢雪出版社, 1977.

이배용, 『한국 역사 속의 여성들』, 어진이, 2005.

이성림, 『한국문학과 규훈 연구』, 관동출판사, 1995.

이숙인 역주, 『女四書』, 여이연, 2003.

이승훈, 『文學과 時間』, 이우출판사, 1983.

이재수, 『내방가사 연구』, 螢雪出版社,1976.

이재황, 『처음 읽는 한문: 계몽편 · 동몽선습』, 안나푸르나, 2015.

이정아, 『시집살이 노래와 말하기의 욕망』, 혜안, 2010.

이정옥, 『내방가사의 향유자 연구』, 도서출판 박이정, 1999.

이정옥, 『영남내방가사』 1~5, 국학자료원, 2003.

임기중, 『한국가사학사』, 이회문화사, 2003.

장경남, 『임진왜란의 문학적 형상화』, 아세아문화사, 2000.

장용화, 『낯선 문학 가깝게 보기: 중국문학』, 인문과 교양, 2013.

전동진, 『서정시의 시간성 시간의 서정성』, 문학들, 2008.

전통문화연구회, 『효경대의』, 1996.

정병욱, 『한국고전시가론』, 신구문화사, 1976.

정재호, 『한국가사문학론』, 집문당, 1982.

정태섭, 『성 역사와 문화』, 동국대학교 출판부, 2002.

조규익, 『朝鮮朝 詩文集 序·跋의 硏究』, 숭실대학교 출판부, 1988.

조규익, 『고전시가의 변이와 지속』, 學古房, 2006.

조규익, 『풀어 읽는 우리 노래문학』, 논형, 2007.

조규익, 『고전시가와 불교』, 학고방, 2010.

조규익 외, 『한국문학개론』, 새문사, 2015.

조기형 · 이상억, 『한자성어 · 고사명언구 사전』, 이담북스, 2011.

조선영, 『가사문학과 유학사상』, 태학사, 2002.

조연숙, 『한국고전여성시사』, 국학자료원, 2011.
조윤제, 『한국시가사강』, 을유문화사, 1954.
『朱子語類』, 臺灣 中華書局, 1983.
崔康賢, 『가사문학론』, 새문사, 1986.
최규수, 『송강 정철 시가의 수용사적 탐색』, 월인, 2002.
최규수, 『규방가사의 '글하기'전략과 소통의 수사학』, 명지대학교 출판부, 2014.
崔鳳永, 『韓國人의 社會的 性格Ⅰ-一般論理의 構成』, 느티나무, 1994.
최태호, 『校註 內房歌辭』, 螢雪出版社, 1980.
한국여성연구회 여성사분과, 『한국여성사』, 풀빛, 1992.
한국역사연구회, 『한국사강의』, 한울, 1989.
한국정신문화연구원, 『한민족의 정신사적 기초』, 고려원, 1988.
『효경대의』, 전통문화 연구회, 1996.
가스통 바슐라르 저, 박광수 옮김, 『공간의 시학(La poetique de I'espace)』, 동문선, 1957.
거다 러너, 김인성 옮김, 『역사 속의 페미니스트』, 평민사, 1993.
나카노 하지무 지음, 최재석 옮김, 『공간과 인간』, 도서출판국제, 1999.
마르틴 하이데거, 김재철 옮김, 『시간개념』, 도서출판, 2013.
마르틴 하이데거, 이규호 역, 『존재와 시간』(Sein und Zeit, 1927), 청산문화사, 1974.
마르틴 하이데거, 이기상 옮김, 『존재와 시간』(Sein und Zeit, 1927), 까치, 1998.
마리아 미스 · 반다나 시바, 손덕수 · 이난아 옮김, 『에코페미니즘』, 창작과 비평사, 2000.
스테판 티처 · 미샤엘 마이어 · 루트 보닥 · 에바 베터 지음, 남상백 譯, 『텍스트와 담론 분석 방법』, 경진출판, 2015.
에드문트 후설, 이종훈 역, 『시간의식』, 한길사, 1996.
이-푸 투안 지음, 구동회 · 심승희 옮김, 『공간과 장소』, 도서출판대윤,

1995.
케이트 밀렛, 김전유경 옮김, 『性 정치학』, 이후, 2009.
프랭크 렌트리키아, 이태동 역, 『신비평 이후의 비평이론』, 문예출판사, 1994.
한스 메이어호프, 金埈五 옮김, 『文學과 時間現象學』, 三英社, 1987.
한스 메이어호프, 이종철 옮김, 『문학과 시간의 만남』, 자유사상사, 1994.
C.N. · 슐쯔, 金光鉉 譯, 『實存 · 空間 · 建築』, 産業圖書出版公社, 1985.
Calvin S. 홀, 白尙昌 譯, 『(心理學으로서의)프로이드 精神分析學』, 壽文社, 1957.
H.베르그송, 이문호 역, 「시간과 자유」(1889), 대양서적, 1971.
Wellk, René, 이경수 역, 『문학의 이론』, 문예출판사, 1989.
M.Heidegger, 『Bauen Wohnen Denken』, Vortrage und Aufsatze, 1954.
Wellk, René, 『A History of Modern Criticism』 vol.6. New Heaven: Yale University press, 1986.

2. 學位論文

구사회, 「조선 초기 악장에 대한 고찰」, 동국대학교 석사학위논문, 1986.
구사회, 「韓國樂章文學硏究」, 동국대학교 박사학위논문, 1992.
권임순, 「조선 18세기 奴婢實態와 推奴策」, 이화여자대학교 석사학위논문, 1987.
권재성, 「규방가사 〈슈신가〉 연구」, 동국대학교 석사학위논문, 2004.
김란희, 「백석 시 연구-1930년대 후반기 전통담론과 관련하여」, 서강대학교 석사학위논문, 2003.
김문자, 「규방가사에 나타난 조선시대의 부부관계와 아내의 태도」, 연세대학교 석사학위논문, 2001.
金美榮, 「馮至 문학의 실존론적 회귀의식 연구」, 고려대학교 석사학위논문, 2011.

김배흡, 「작자의 성별에 따른 가사의 여성 형상화 양상 연구」, 건국대학교 석사학위논문, 1999.
김선주, 「〈복선화음가〉의 도덕적 민감성 이해 교육 연구」, 서울대학교 석사학위논문, 2014.
김수란, 「傳統 女性敎育에 대한 敎育人間學的 硏究」, 연세대학교 석사학위논문, 2002.
김언순, 「조선시대 여훈서에 나타난 여성의 정체성 연구」, 한국학 중앙연구원 석사학위논문, 2005.
김은미, 「〈계녀가〉의 문체론적 연구」, 경성대학교 석사학위논문, 2009.
김지영, 「송설당 歌辭의 서술방식에 대한 硏究」, 신라대학교 석사학위논문, 2013.
김지은, 「박완서 소설의 에코페미니즘 특성 연구」, 교원대학교 석사학위논문, 2013.
김지은, 「시간성을 통한 현상의 표현 연구: 본인 작품을 중심으로」, 숙명여자대학교 석사학위논문, 2015.
김형태, 「대화체 가사연구」, 연세대학교 석사학위논문, 2005.
남영숙, 「화전가의 여성 문학적 성격 연구」, 창원대학교 석사학위논문, 2002.
류지연, 「백석 시의 시간과 공간의식 연구」, 명지대학교 박사학위논문, 2002.
馬松義, 「송시열의 〈戒女書〉를 통해 본 조선 후기 여성교육의 특징」, 숙명여자대학교 석사학위논문, 2006.
박병근, 「내방가사 중 계녀가류와 탄식가류의 작품내용 연구」, 충남대학교 석사학위논문, 2004.
박선희, 「조선후기 '열녀담론' 연구: 〈열녀전〉을 중심으로」, 강원대학교 석사학위논문, 2012.
박지연, 「조선전기 양반가사와 규방가사에 나타난 시적화자의 목소리 비교」, 아주대학교 석사학위논문, 2008.

박춘우, 「규방가사의 글쓰기 방법 연구」, 영남대학교 박사학위논문, 2007.
백순철, 「규방가사의 작품세계와 사회적 성격」, 고려대학교 박사학위논문, 2000.
변혜정, 「내방가사의 효율적인 지도방안 연구: 〈규원가〉를 중심으로」, 성신여자대학교 석사학위논문, 2002.
서글희, 「조선시대 여성의 생활상을 다룬 규방가사 연구」, 아주대학교 석사학위논문, 2006.
서영숙, 「서사적 여성가사의 전개방식 연구」, 충남대학교 박사학위논문, 1992.
서홍석, 「宋時烈의 鄕村活動과 社會 · 經濟思想」, 韓南大學校 석사학위논문, 2004.
손봉창, 「內房歌辭 硏究 : 새로운 問題點의 提起」, 건국대학교 석사학위논문, 1970.
손직수, 「조선시대 여성교훈서에 관한 연구」, 성균관대학교 박사학위논문, 1980.
손희명, 「조선후기 규방가사 연구: 혼인 제도를 중심으로」, 계명대학교 석사학위논문, 2006.
신정연, 「朝鮮後期 閨房文化에서 治産活動의 展開過程」, 성균관대학교 석사학위논문, 2014.
안선영, 「계녀가사의 구성양상과 서술특성-남성·여성 화자의 차이를 중심으로」, 성균관대학교 석사학위논문, 2005.
양새나, 「탄식가류 규방가사의 치유 기능에 근거한 글쓰기 치료의 교육적 설계」, 한양대학교 석사학위논문, 2012.
양지혜, 「계녀가류 규방가사의 형성에 관한 연구」, 이화여자대학교 석사학위논문, 1997.
양훈식, 「成渾 詩의 道學的 性向과 風格美」, 숭실대학교 박사학위논문, 2015.
엄경섭, 「男性話者 誡女歌辭의 연구: 朝鮮時代 아버지相의 糾明을 중심으로」, 동아대학교 석사학위논문, 2012.
엄경희, 「朴木月詩의 空間意識 硏究: '길' 이미지를 中心으로」, 이화여자대학교 석사학위논문, 1990.
엄경희, 「서정주 시의 자아와 공간 · 시간 연구」, 이화여자대학교 박사학위논문, 1998.
여정희, 「〈胎敎新記〉의 胎敎思想 硏究」, 성균관 대학교 석사학위논문, 2005.
염수현, 「〈계녀가〉의 교수학습방안 연구」, 인제대학교 석사학위논문, 2009.
원종인, 「서사적 규방가사 연구」, 숙명여자대학교 박사학위논문, 2009.
윤의섭, 「정지용 시의 시간의식 연구」, 아주대학교 박사학위논문, 2005.
이경은, 「조선후기 여성들의 삶과 보자기: 조각보를 중심으로」, 이화여자대학교 석사학위논문, 2003.
이영옥, 「에코페미니즘의 기독교 윤리학적 이해」, 한남대학교 석사학위논문, 2007.
이옥경, 「조선시대 정절 이데올로기의 형성기반과 정착방식에 관한 연구」, 이화여자대학교 석사학위논문, 1985.
이원숙, 「계녀가류 규방가사의 화자와 청자 고찰」, 계명대학교 석사학위논문, 2009.
이유경, 「여성영웅 형상의 신화적 원형과 서사 문학사적 의미」, 숙명여자대학교 박사학위논문, 2006.
이은진, 「조선후기 계녀가의 여성 교육적 의의」, 창원대학교 석사학위논문, 2009.
이임선, 「朝鮮時代 規範書를 中心으로 한 九容의 몸가짐과 茶禮節」, 원광대학교 석사학위논문, 2009.
이정덕, 「우리나라 전통적 부덕의 현대적 고찰」, 단국대학교 석사학위논문, 1978.
이정은, 「송시열의 〈戒女書〉에 나타난 도덕적 가치덕목 분석 및 활용에 관한 연구」, 경인대학교 석사학위논문, 2006.

이헌경, 「계녀가류 규방가사 연구-형식구분을 중심으로」, 원광대학교 석사학위논문, 2003.
이형래, 「〈복선화음가〉의 존재의미와 쟁점적 문제」, 부산대학교 석사학위논문, 2003.
이효미, 「박완서 소설에 나타난 여성상 고찰: 여성상의 변화양상을 중심으로」, 경희대학교 석사학위논문, 2011.
장성아, 「여성주의 관점에서 바라본 조선후기 가사 연구: 〈용부가〉·〈덴동어미 화전가〉를 중심으로」, 영남대학교 석사학위논문, 2006.
鄭吉子, 「閨房歌辭에 나타난 缺乏과 實現의 心理的 成格」, 숙명여자대학교 석사학위논문, 1993.
鄭吉子, 「閨房歌辭의 史的展開와 女性意識의 變貌」, 숙명여자대학교 박사학위논문, 2002.
정끝별, 「정지용 시의 상상력 연구-시간과 공간을 중심으로」, 이화여자대학교 석사학위논문, 1988.
정수연, 「전통胎教를 통해 본 현대胎教 실천연구」, 원광대학교 석사학위논문, 2009.
정은화, 「宋時烈의 女性教育觀 : 〈戒女書〉를 中心으로」, 충남대학교 석사학위논문, 1995.
조남호, 「내방가사 여성의식 연구」, 서남대학교 석사학위논문, 2006.
조연정, 「규방가사의 여성의식 연구」, 카톨릭대학교 석사학위논문, 200
崔淑才, 「〈烈女 咸陽 朴氏傳〉 研究: 女性 地位의 歷史的 變遷과 關聯하여」, 圓光大學校 석사학위논문, 2001.
최태호, 「내방가사연구」, 경북대학교 석사학위논문, 1968.
최현정, 「〈소학〉의 사상 연구」, 울산대학교 석사학위논문, 2007.
한 명, 「閨房歌辭의 形成과 變貌樣相 研究」, 전주대학교 박사학위논문, 2002.
한숙희, 「〈규합총서〉에 나타난 집안 교육에 대한 연구」, 부산대학교 석사학위논문, 2014.

한정남, 「규방가사 연구」, 명지대학교 석사학위논문, 1995.
황영란, 「〈小學〉의 내용분석을 통한 교수 가능성 탐색』, 경상대학교 석사학위논문, 1999.

Otsuki, Shinobu, 「한일 여성교훈서 비교 연구:〈계녀서〉와 〈和俗童子訓〉의 여성관을 중심으로」, 이화여자대학교 석사학위논문, 2014.

3. 學術論文

강숙자, 「유교사상에 나타난 여성에 대한 이해」, 『한국 동양정치 사상사연구3』 (2), 한국동양정치사상사학회, 2004.
강연임, 「개화기 여성가사의 분포 양상과 텍스트 언어학적 특성」, 『인문학연구통권』 83, 충남대학교 인문과학연구소, 2011.
권영철, 「閨房歌辭 硏究 一」, 『曉大 論文集』, 1971.
권영철, 「閨房歌辭 硏究 三」, 『曉大 論文集』, 1975.
권영호, 「해방이후 近作內房歌辭에 나타난 女性意識」, 『어문논총』 41, 한국문학언어학회, 2004.
고교형, 「嶺南대가 내방가사」, 『朝鮮』 222, 1933.
고순희, 「만주망명 가사 〈간운ᄉᆞ〉 연구」, 『古典文學硏究』 37, 한국고전문학회, 2010.
고정갑희, 「성과 정치 · 경제」, 『세계의 정치와 경제』, 한국방송통신대학교 출판부, 2011.
김대행, 「정서의 본질과 구조」, 『고려시가의 정서』, 개문사, 1985.
金東奎, 「閨房歌辭에 나타난 現世觀과 來世觀-祭文歌辭와 身邊歎息類를 중심으로」, 『慶東專門大學 論文輯』 2, 慶東專門大學, 1993.
金明準, 「懶婦歌 硏究」, 『語文硏究』 46 · 47, 한국어문교육연구회, 1985.
김상준, 「유교와 여성-도덕적 자기폭력의 승화를 위해」, 한국 사회학대회논문집, 2012.

김석회, 「우산본 복선화음가의 가문서사 양상과 그 여성사적 함의」, 『고전문학과 교육』 10, 한국고전문학교육학회, 2005.
김석회, 「복선화음가 이본의 계열상과 그 여성사적 의미」, 『한국 시가연구』 18, 한국시가연구회, 2005.
김수경, 「신변탄식류 규방가사 〈청승가〉를 통해 본 여성적 글쓰기의 의미」, 『한국고전여성문학연구』 9, 한국고전여성문학연구, 2004.
김수경, 「여성교훈서 『閨곤儀則』과 〈홍씨부인계녀(사)〉와의 관계 탐색」, 『한국고전여성문학연구』 27, 한국고전여성문학회, 2014.
김세서리아, 「유가 경전에서 찾는 '유교적'여성주의 리더십」, 『동양철학연구』 69, 동양철학연구회, 2012.
김준오, 「自我와 時間意識에 關한 詩攷」, 『어문학』 33, 한국어문학회, 1975.
김창원, 「18-19세기 향촌사족의 가문결속과 가사의 소통」, 『19세기 시가문학의 탐구』, 집문당, 1995.
김학성, 「가사의 장르성격 재론」, 『한국고전시가의 연구』, 신구문화사, 1982.
김학성, 「가사의 장르적 특성과 현대사회의 존재의의」, 『고시가연구』 21, 한국고시가문학회, 2008.
김항수, 「조선 전기의 성리학」, 『한국사』 8, 한길사, 1994.
나정순, 「규방가사의 본질과 경계」, 『한국고전여성 문학연구』 16, 한국고전여성문학회, 2008.
류해춘, 「시조와 가사의 향유방식과 그 관련양상」, 『時調學論叢』 44, 한국시조학회, 2016. 96.
박경주, 「남성화자 규방가사 연구」, 『韓國詩歌 硏究』 12, 한국시가학회, 2001.
박덕규·이은주, 「분단 접경지역 문학공간의 의미- 철원 배경의 소설을 중심으로」, 『우리文學研究』 43, 우리문학회, 2014.
박미해, 「유교적 젠더 정체성의 다층적 구조-〈미암일기〉·〈묵재일기〉·〈쇄미록〉·〈병자일기〉를 중심으로」, 『사회와 역사』 79, 한국사회사학회, 2008.
박연호, 「교훈가사 연구현황과 과제」, 『한국가사문학연구』, 태학사, 1996.
박연호, 「장르구분의 지표와 가사의 장르적 성격 -송강가사를 중심으로」, 『고전문학연구』 17, 한국고전문학회, 2000.
박요순, 「영남지방의 여류가사 연구」, 『국어국문학』 48, 국어국문학회, 1970.
박요순, 「女流歌辭의 現況과 硏究 動向」, 『한남어문학』 28, 한남대학교 한남어문학회, 2004.
박용옥, 「유교적 여성관의 재조명」, 『한국여성학』 창간호, 한국여성학회, 1985.
박춘우, 「계녀가류 규방가사의 교훈전달 방식과 교육적 활용방안 연구」, 『우리말글』 45, 우리 말글학회, 2009.
박춘우, 「계녀가류 규방가사의 교훈전달방식과 교육적 활용방안 연구」, 『우리말글』 45, 우리말글 학회, 2009.
朴沆植, 「시의 시간성 연구-심리적 시간을 중심으로」, 『동악어문학』 17, 한국어문학연구, 1983.
박혜숙, 「여성 자기 서사체의 인식」, 『여성문학연구』 8, 한국여성문학학회. 2002.
박혜숙 · 최경희 · 박희병, 「한국여성의 자기서사 1」, 『여성문학연구 통권』 7, 한국여성문학학회, 2002.
박혜숙 · 최경희 · 박희병, 「한국여성의 자기서사 2」, 『여성문학연구 통권』 8, 한국여성문학학회, 2002.
백순철, 「규방가사의 문화적 의미와 교육적 가치Ⅰ-화전가를 중심으로」, 『국어교육학연구』 14, 국어교육학회, 2002, 6.
백순철, 「규방공간에서의 문학창작과 향유」, 『여성문학연구통권』 14, 한국여성문학학회, 2005.
백순철, 「규방가사에 나타난 여성의 가족인식」, 『한민족문화연구』 28, 한민족문화학회, 2009.

백순철, 「규방가사에 나타난 가사노동의 의미와 '일상성'의 문제」, 『韓國詩歌硏究』 29, 한국시가학회, 2010.
사재동, 「內房歌辭 硏究 序說」, 『한국 언어문학』 2, 한국언어문학회, 1964.
사재동, 「충남지방 내방가사 연구」, 『어문연구』 8, 충남대학교 어문연구회, 1972.
서영숙, 「개화기 규방가사의 한 연구-〈싀골색씨 설은타령〉을 중심으로」, 『語文硏究』 14, 어문연구회, 1985.
서영숙, 「여성가사의 형성과 변이연구」, 『한국 여성가사 연구』, 국학자료원, 1996.
성무경, 「〈복선화음가〉류 가사의 이본 현황과 텍스트 소통」, 『민족문학사연구』 22, 민족문학사 연구소, 2003.
성병희, 「조선시대 계녀서 연구(1)」, 『안동문화총서』 1. 1986.
손흥철, 「동서양 여성철학의 현장탐구: 任允摯堂의 성리학과 버지니아 울프의 페미니즘」, 『퇴계학과 유교문화』 36, 경북대학교 퇴계연구소, 2005.
손흥철, 「栗谷 理一分殊論의 內包와 外延」, 『栗谷學 硏究』통권 29, 율곡학회, 2014.
손흥철, 「유학에서 여성의 이해」, 『가톨릭철학 · 제7호 특집 인간과 성』, 한국가톨릭철학회, 2015.
송종관, 「歌辭와 時調의 相補的 關係 硏究」, 『어문학』 66, 한국어문학회, 1999.
송지언, 「'어제런 듯하여라' 시조와 시간경험 교육」, 『고전 문학과 교육』 24, 한국고전문학교육학회, 2012.
신은경, 「조선조 여성 텍스트에 대한 페미니즘적 조명 시고-내방가사를 중심으로」, 석정 이승욱 선생 회갑기념논총, 1991.
魚永河, 「閨房歌辭의 敍事文學的 硏究」, 『國文學硏究』 4, 대구가톨릭대학교, 1973.
오세영, 「문학에 있어서 시간의 문제」, 『한국문학』27, 한국문학사, 1976.

柳奇玉, 「〈님낭자가라〉의 서사적 사건 구성 양상과 의미」, 『溫知論叢』 30, 온지학회, 2011.
육민수, 「'계녀가'류 규방가사의 담화양상」, 『반교어문연구』 14, 반교어문학회, 2002.
이광자, 「한국 여성의 과거와 현재」, 『여성과 한국사회』, 사회문화연구소, 1994.
이경재, 「한국전쟁에 대한 새로운 소설적 형상화」, 『한국문학과 예술』, 2012.
이귀우, 「에코페미니즘」, 『여성연구논총』 13, 서울여자대학교 여성연구소. 1998.
이귀우, 「생태담론과 에코페미니즘」, 『새한 영어영문학』 제43권 1호, 새한 영어영문학회, 2001.
이동연, 「규방가사의 형성과 여성작자」, 『한국고전여성작자연구』, 태학사, 1999.
이선애, 「복선화음가 연구」, 『여성문제연구』 11, 대구가톨릭대학교 사회과학연구소, 1982.
이숙인, 「유교의 새로운 여성이미지는 가능한가」, 「전통과 현대』 여름호, 전통과 현대사, 2000.
이숙인, 「열녀 담론의 철학적 배경: 여성 섹슈얼리티의 문제로 보는 열녀」, 『조선시대의 열녀 담론』, 한국고전여성문학회, 월인, 2002.
이숙인, 「우리 여성의 기원-유향의 〈열녀전〉」, 『동양의 고전을 읽는다』 4, 휴머니스트, 2006.
이숙인, 「조선 초기 유학의 여성인식-여성 범주의 제도화를 중심으로」, 『정신문화 연구31』 2, 한국학중앙연구원, 2008.
이순구, 「조선시대 가족제도의 변화와 여성」, 『한국 고전여성문학연구』 10, 한국고전여성문학회, 2005.
이순구 · 소현숙, 「역사 속 여성의 삶」, 『새 여성학 강의』, 도서출판 동녘, 2005.

이을환, 「〈戒女書〉의 言語戒訓 硏究-一般意味論 · 傳達理論의 照明을 겸하여」, 『아시아여성연구』 29, 숙명여자대학교 아시아여성연구소, 1990.
李在銑, 「家의 時間性과 空間性-家族史 小說과 집의 空間詩學」, 『人文硏究論集』 20, 西江大學校 人文科學硏究所, 1988.
이재수, 「계녀가 연구」, 『학술원논문집』 11, 대한민국학술원, 1972.
이종숙, 「내방가사연구」 Ⅰ, 『한국문화연구』 15, 이화여자대학교 한국문화연구원논총, 1970.
이종숙, 「내방가사연구」 Ⅱ, 『한국문화연구』 17, 이화여자대학교 한국문화연구원논총, 1971.
이종숙, 「내방가사연구」 III, 『한국문화연구』 24, 이화여자대학교 한국문화연구원논총, 1974.
이해진, 「'여성'에서 '인간' 으로, 주체를 향한 열망-임윤지당과 울스턴크래프트 비교 연구」, 『한국 여성학』 제30권 2, 한국여성학회, 2014.
이형대, 「규방가사 · 민요 · 계몽가사의 모성 표상」, 『한국고전여성문학회』 14, 한국고전여성문학회, 2007.
이형래, 「〈복선화음가〉의 존재의미와 쟁점적 문제」, 『국어국문학지』 41, 문창어문학회, 2004.
장덕순, 「誡女歌辭 試論」, 『국어국문학』 3, 국어국문학회, 1953.
장병인, 「혼인사적 측면에서 본 조선시대 여성의 지위」, 『인문학 연구』 27, 충남대학교 인문과학연구소, 2000.
장정수, 「고전시가에 나타난 여승 형상, '비구니 되기'와 '환속 권유'」, 『한민족문화연구』 32, 한민족문화학회, 2010.
전미경, 「개화기 규방가사에 나타난 여성의 일상에 대한 여성의 시각-계몽의 시각과의 다름을 중심으로」, 『가족과 문학』 제14집 1, 한가족학회, 2002.
정옥자 · 이순형 · 이숙인 · 함재봉, 「조선 여성은 억압 받았는가」, 『전통과 현대』, 전통과 현대사, 2000.
정진영, 「16, 17세기 재지사족의 향촌지배와 그 성격」, 『역사와 현실』 3,

영남대학교 민족문화연구소, 1990.
정진영, 「18, 19세기 사족의 촌락지배와 그 해체과정」, 『조선후기 향약연구』, 민음사, 1990.
정재호, 「규방가사에 나타난 말의 아름다움」, 『한글』 214, 한글학회, 1991.
정영자, 「한국 여성주의 문학의 전개과정과 전망」, 『여성과 문학』 2, 한국여성문학연구회, 도서출판 베델사, 1990.
정인숙, 「근대전환기 규방가사 〈시골여자 슬픈 사연〉의 성격과 여성화자의 자아인식-〈싀골 색씨 설은타령〉과의 비교 분석을 중심으로」, 『한국언어문학』 72, 한국언어문학회, 2010.
정인숙, 「노년기 여성의 '늙은 몸/아픈 몸'에 대한 인식-규방가사를 중심으로」, 『한국고전여성 문학연구』 21, 한국고전여성문학회, 2010.
정인숙, 「〈나부가〉에 나타난 게으른 여성 형상과 그 의미」, 『한국 고전여성문학연구』 26, 한국고전여성문학회, 2013.
정진영, 「16, 17세기 재지 사족의 향촌지배와 그 성격」, 『역사와 현실』 3, 영남대학교 민족문화연구소, 1990.
정한기, 「가사 〈나부가〉의 형성 배경에 대한 연구」, 『어문연구』 129, 한국어문교육연구회, 2006.
조규익, 「교훈의 장르론적 의미와 교훈가사」, 『한국 고시가문화연구』 23, 한국고시가문학회, 2009.
조규익, 「蔓横淸類와 에코 페미니즘」, 『溫知論叢』 28, 온지학회, 2011.
조동일, 「개화・구국기의 애국시가」, 『한국 근대 문학사론』 (임형택, 최원식 편), 한길사, 1982.
조선영, 「계녀가류 가사와 〈효경〉」, 『국어국문학』 124, 국어국문학회, 1999.
조선영, 「계녀가류 가사와 〈여사서〉」, 『한국문학연구』 22, 동국대학교 한국문학연구소, 2000.
조세형, 「가사를 통해 본 여성적 글쓰기, 그 반성과 전망」, 『한국고전여성문학연구』 12, 한국고전여성문학회, 2006.
조연숙, 「류한당 언행실록」, 『아시아여성연구』 44, 숙명여자대학교 아시아

여성연구소, 2005.
조윤제, 「嶺南女性과 그 文學-특히 歌辭文學에 대하여」, 『新興』 6, 1932.
조자현, 「誡女歌에 나타난 조선후기 양반여성들의 감정구조-〈福善禍淫歌〉를 중심으로」, 『국제어문』 46, 국제어문학회, 2009.
천혜숙, 「근작 여성 생애가사의 담론 특성과 여성 문화적 의미」, 『실천 민속학연구』 23, 실천민속학회, 2014.
최규수, 「〈김대비 훈민가〉의 말하기 방식과 가사문학적 효과」, 『한국문학논총』 27, 한국문학회, 2000.
최규수, 「〈홍씨 부인 계녀사〉에 나타난 자전적 술회의 글쓰기 방식과 의미」, 『한국시가연구』 10, 한국시가학회, 2001.
최규수, 「〈사친가〉의 자료적 실상과 특징적 면모」, 『한국고전연구 통권』 25, 한국고전연구학회, 2012.
최규수, 「〈女子自歎歌〉의 資料的 實相과 特徵的 面貌」, 『語文研究』 43권 2, 한국어문교육연구회, 2005.
최규수, 「〈석별가〉에 나타난 처녀들의 이중 욕망과 '철들다'의 문제」, 『한국고전여성문학연구』 16, 한국고전여성문학회, 2008.
최규수, 「계녀가류 규방가사에서 〈귀녀가(貴女歌)〉의 특징적 면모와 '귀녀(貴女)'의 의미」, 『한국시가연구』 26, 한국시가학회, 2009.
최 연, 「許蘭雪軒과 王采薇의 애정 시 비교연구」, 『온지논총』 43, 온지학회, 2015.
최 연, 「계녀가류 규방가사의 공간적 성격 연구」, 『한국문학과 예술』 17, 숭실대학교 한국문예연구소, 2015.
최 연, 「계녀가류 규방가사의 시간성 연구」, 『온지논총』 46, 온지학회, 2016.
최 연, 「계녀가류 규방가사의 에코페미니즘적 해석」, 『한국문학과 예술』 18, 2016.
최영진, 「젠더에 대한 유교의 담론」, 『동양사회사상』 8, 동양사회사상학회, 2003.

최배영 · 이길표, 「조선시대 문헌에 나타난 가정경제 생활관」, 『한국 가정관리 학회지』 28, 한국가정관리학회, 1995,
최상은, 「규방가사의 유형과 여성적 삶의 형상」, 『새 국어 교육』 91, 한국국어교육학회, 2011.
최은숙, 「고전시가의 텍스트 변이를 활용한 문화읽기 교수 학습방안-〈계녀가〉류 가사를 중심으로」, 『동방학』 20, 한서대학교 동양고정연구소, 2011. 4.
최정아, 「개화기 여성가사에 나타난 여성의식 고찰」, 『여성문학연구』 29, 한국여성문학회, 2013.
최혜진, 「가사문학의 향유전통과 현대적 계승」, 『열상고전연구』 32, 열상고전연구회, 2010.
최정아, 「개화기 여성 가사에 나타난 여성의식 고찰」, 『여성문학연구』 29, 한국 여성문학회, 2013.
최재석, 「조선시대의 문중의 형성」, 『한국학보』 32, 일지사, 1983.
최혜진, 「개화기 가사에 나타난 여성의 몸 담론」, 『어문연구』 68, 어문연구학회, 2011.
河祥奎, 「閨房歌辭 〈석별가라〉에 대하여」, 『동아어문논집』 1, 동아어문학회, 1991.
韓碩洙, 「〈신행가〉외 五篇-資料紹介 및 解題」, 『開申語文硏究』 8, 개신어문학회, 1991.
黃在君, 「閨房歌辭의 思想的 背景 硏究」, 『한국어교육 학회지』 41, 한국어교육학회, 1982.

Ann Ferguson, 「페미니스트 철학의 쟁점과 전망」, 『최근 여성학의 쟁점과 여성주의윤리학』, 이화여자대학교 아시아여성센터 초청강연회 자료집, 1996.
R.Margliola, 「An Intro duction」, 『phenomenology and Literature』, West Lafayette: purdure Univ. press, 1977.

4. 기타 자료

가토 히사타케 외, 『헤겔사전』, 도서출판 b, 2009.
국학자료원, 『문학비평용어사전』, 2006.
김학성, 〈계녀가〉, 『민족문화대백과사전』, 한국정신문화연구원, 1991.
어니스트 칼렌바크, 노태복 옮김, 『생태학 개념어 사전』, 이코리브르, 2009.
한국 문학평론가협회, 『문학비평용어사전』, 국학 자료원, 2006.
한림학사, 『통합논술 개념어 사전』, 청서출판, 2007.
한용환, 『소설학 사전』, 문예출판사, 1999.

〈誡女歌 · 계녀가사〉, http://blog.naver.com/kwank99/30029670318.
「남성화자 규방가사」, 『시조가사론』, http://blog.daum.net/nbuy1po
조규익, 「계녀가」, 사이버 문학광장, http://munjang.or.kr/archives/209223.
조규익, 「용부가」, 사이버 문학광장, http://munjang.or.kr/archives/209235.

찾아보기

(가)

(나)

(다)

(라, 마)

(바)

(사)

(아)

(자)

(차)

(카, 타)

(파)

(하)

• 저자소개 •

최연 崔燕

1981년 중국 黑龍江省 木蘭縣 출생. 중국 연변대학교 조문학부 졸업(2002년). 동 대학교 대학원 석사학위(2005년). 중국 魯東大學校 한국어학과 교수(2005~현재).

한국 숭실대학교 대학원 박사과정(2012~2016)에서 공부하고, 문학박사학위 취득.

「장백산 口傳說話의 民族特殊性 연구」, 「한국어 교수현장에서의 의문문 형태 연구-中韓疑問文對照를 中心으로」, 「한국어 교육현장에서 영화를 이용한 한국어 視聽教育」, 「하근찬 전쟁소설 속에 나타난 부자모티브 연구」, 「한국어 교육현장에서의 발음 연구」, 「許蘭雪軒과 王采薇의 애정 시 비교연구」, 「계녀가류 규방가사의 공간적 성격 연구」, 「계녀가류 규방가사의 시간성 연구」, 「계녀가류 규방가사의 에코페미니즘적 해석」등 논문 다수.

숭 실 대 학 교
한국문예연구소
학 술 총 서 53

계녀가류 규방가사 연구

초판 인쇄 2016년 10월 10일
초판 발행 2016년 10월 17일

지 은 이 | 최 연
펴 낸 이 | 하운근
펴 낸 곳 | 學古房

주 소 | 경기도 고양시 덕양구 통일로 140 삼송테크노밸리 A동 B224
전 화 | (02)353-9908 편집부(02)356-9903
팩 스 | (02)6959-8234
홈페이지 | http://hakgobang.co.kr/
전자우편 | hakgobang@naver.com, hakgobang@chol.com
등록번호 | 제311-1994-000001호

ISBN 978-89-6071-617-9 94810
978-89-6071-160-0 (세트)

값 : 18,000원

이 도서의 국립중앙도서관 출판예정도서목록(CIP)은 서지정보유통지원시스템 홈페이지(http://seoji.nl.go.kr)와 국가자료공동목록시스템(http://www.nl.go.kr/kolisnet)에서 이용하실 수 있습니다. (CIP제어번호 : CIP2016023954)